Le chardon et la rose

BECKY LEE WEYRICH

LE VENT BRÛLANT DE BOMBAY	*J'ai lu* 3036/**5***
LE CHARDON ET LA ROSE	*J'ai lu* 3110/**6***
LA PROIE DU PIRATE	*J'ai lu* 3158/**5***

Becky Lee Weyrich

Le chardon et la rose

traduit de l'américain
par Véronique DEPOUTOT

Éditions J'ai lu

Titre original :

THE THISTLE AND THE ROSE

Copyright © Becky Lee Weyrich, 1987
Pour la traduction française :
© Éditions J'ai lu, 1991

1

Vers la fin de sa vie, quand des reflets gris éclairaient ses cheveux auburn, Anna Rose Macmillan évoquait souvent comment de vieilles planches de bois pourri avaient fait basculer son destin... Cela ne la faisait pas rire, loin de là. Mais du moins n'en pleurait-elle plus.

Le premier jour du mois de mai 1834, dans un champ d'orge près d'Inverness, en Ecosse, l'univers d'Anna Rose s'effondra, en même temps qu'une carriole chargée de six précieux tonneaux de whisky pur malt. Ils représentaient tous les espoirs des Macmillan. Quand la charrette se retourna, les tonneaux se brisèrent, écrasant les jambes de John Macmillan, et la destinée d'Anna Rose prit un autre cours que celui de ses rêves.

L'alcool ambré — dernière production de son père avant que la profession de bouilleur de cru ait été proscrite en 1814 — avait vieilli en fûts de chêne pendant vingt ans, prenant une teinte chaleureuse tandis que son goût âpre se bonifiait avec le temps. Mais maintenant l'or liquide arrosait le champ où gisait John Macmillan...

Ce fut le hurlement de son père, retentissant soudain dans un silence surnaturel et alertant toute la famille, qui mit fin à l'adolescence insouciante d'Anna Rose.

Avant l'accident, Anna Rose vivait dans l'optimisme des jeunes filles de son âge. Le monde entier ne s'offrait-il pas à elle ? Ce matin-là, elle s'était éveillée, radieuse de bonheur. Elle avait passé un long moment assise sur son lit, les jambes ramenées contre elle, laissant son regard errer sur les prairies, si rayonnante, si légère qu'elle avait cru s'envoler, enivrée de troublantes sensations. « J'ai seize ans ! », avait-elle songé, « voilà pourquoi ! »

Plus tard, au petit déjeuner, son père leur avait annoncé une nouvelle qui l'avait transportée de joie et elle avait vaqué à ses tâches quotidiennes — ramasser les œufs, nourrir les poules, traire la vache — en flottant sur un petit nuage. Même le petit scandale provoqué par sa sœur Iris n'avait pu gâcher sa bonne humeur.

Mais maintenant, debout dans le champ à demi labouré devant le corps blessé de son père, étourdie par les vapeurs d'alcool, Anna Rose pensait déjà avec nostalgie au bonheur qu'elle avait cru devenir le sien. Quelle injustice ! Ils avaient travaillé si dur et maintenant tout leur échappait...

Anna Rose regarda ses deux frères et l'homme venu d'Inverness — le galant d'Iris — peser de toutes leurs forces contre la carriole retournée pour dégager son père. Ils soufflaient et s'arc-boutaient, leurs bottes s'enfonçant dans les ornières du chemin. La sueur dégoulinait sur leur visage tandis qu'ils bandaient leurs muscles.

— A trois, ordonna l'étranger, poussez de toutes vos forces ! Allons-y : un... deux... trois !

Le chariot trembla une dernière fois avant de céder enfin, libérant John Macmillan. Margaret, son épouse, se précipita vers lui et tomba à genoux, lui faisant un oreiller de son tablier usé.

— Oh Johnny, tu es presque mort... murmura-t-elle, en larmes.

— Mais pas encore enterré, ma chérie, répliqua-t-il dans un hoquet de douleur. Je serai vite sur pied, tu verras.

Anna Rose se détendit, soulagée : son père parlait, il était vivant ! Mais en même temps, une colère inexplicable envahit la jeune fille. Elle n'était pas dupe de ses paroles de réconfort et les autres non plus... Et même s'il se remettait rapidement de l'accident comme il le promettait, le whisky et l'argent de la vente s'étaient envolés et avec eux leur rêve américain !

Pourquoi ? Pourquoi fallait-il que tu sois si maladroit ? hurla-t-elle intérieurement, en plein désarroi. Quand tout allait merveilleusement bien, son père avait tout gâché !

Anna Rose se détourna, honteuse de son égoïsme et pourtant incapable de se contrôler. Son visage habituellement serein trahissait le tumulte de ses émotions quand elle jeta un regard en arrière, vers le cottage de crépi qui l'avait vue naître. Elle refoula ses larmes, ses yeux verts brillant d'une lueur d'orage. Si seulement elle pouvait repartir une heure en arrière ! Si seulement tout pouvait redevenir normal, comme au petit déjeuner, par exemple...

Le clan Macmillan d'Inverness possédait d'immenses richesses dont malheureusement seule une infime partie se comptait en espèces sonnantes et trébuchantes. Mais Anna Rose, l'aînée de la famille, ne s'en était jamais rendu compte.

Chaque matin devant le porridge, l'imposant John Macmillan faisait face à sa « jolie Meg » et à leurs six beaux enfants, Anna Rose, Iris, Gavin, Ewan, Laure et Fern, un bon sourire plissant son visage carré et ses yeux ardoise pétillant comme s'il détenait un secret d'Etat :

— Comptez vos trésors les plus chers, afin de commencer la journée riches comme des lords ! ordonnait-il.

Ce matin-là, il avait ajouté :

— Et après, je vous réserve une petite surprise...

Meg s'était levée. Elle se tenait très droite, contrairement aux autres fermières que le dur labeur voûtait prématurément. Elle était allée à la fenêtre. Au-delà de la cour et des barrières de pierre, elle avait embrassé du regard les champs et la lande de Culloden qui s'étendait jusqu'aux Highlands bleu lavande, au loin.

— C'est le printemps, murmura-t-elle comme une formule magique.

Et tous frissonnèrent à ce miracle : le terrible hiver s'était enfui et dehors la prairie verdissait au soleil, chaude et douce comme du beurre fraîchement baratté.

— C'est vrai, répliqua John en lui prenant tendrement la main. Le printemps est parmi nous, ce matin. Merci, mon Dieu.

Les six têtes bouclées s'inclinèrent. Anna Rose avait hérité la chevelure couleur de miel chaud de sa mère tandis que ses frères et sœurs passaient des nuances acajou, rousses et brunes aux mèches de jais que Fern avait prises chez son père.

— Eh bien, mes enfants, qu'avez-vous à dire ? demanda John.

— Le fier héritage du clan Macmillan est mon trésor ! s'exclama Gavin du haut de ses douze ans, manquant dégringoler de sa chaise dans sa démonstration d'orgueil familial.

— Bien dit, mon garçon !

Les deux cadettes, sept et neuf ans, chuchotaient en secret. Laure, qui avait pourtant deux ans de plus que Fern, était trop timide pour prendre la parole durant ces grandes conversations.

— Pour moi, les papillons jaunes, dit Fern de sa petite voix flûtée et pour ma sœur, du miel de trèfle rouge.

— De bien jolis trésors, mes chéries... fit leur père en ébouriffant leurs mèches brunes dans un geste d'amour et de fierté.

Ewan, qui était un garçon de onze ans maussade et enclin à la mélancolie, grommela :

— La pluie...

Il espérait gâter la bonne humeur ambiante qui le contrariait comme s'il avait un caillou dans sa chaussure, mais en vain.

— Comme tu es astucieux, mon fils ! répliqua John. Sans la pluie, tout le précieux trèfle de nos prairies se dessécherait et comment votre pauvre sœur pourrait-elle tartiner ses brioches de miel ?

Anna Rose était en plein débat intérieur, tâchant de trouver une idée à la hauteur de son humeur. Ce matin-là possédait une saveur rare pour elle, et pas uniquement grâce à son propre bien-être : son père rayonnait lui aussi. Certes, il appréciait toujours la cérémonie du breakfast, à laquelle il tenait beaucoup. Mais il y avait autre chose. Son visage arborait cet air martial qu'il adoptait pour raconter les hauts faits des générations de Macmillan morts à la guerre sur la lande, et il avait ce même regard brillant qui lui venait quand il évoquait les châteaux, les rois et la gloire du clan à la bataille de Bloody Marsh dans un pays lointain que l'on nommait la Géorgie.

Elle essaya de deviner ce que John Macmillan pouvait avoir en tête. Il n'y avait qu'une seule chose pour enflammer son imagination aussi fort que le souvenir des gloires passées : la promesse de l'avenir... Or, des années auparavant, à l'occasion de la naissance d'Anna Rose en 1818, John Macmillan avait solennellement prêté serment d'emmener sa famille vivre en Amérique.

Serait-ce possible ? Enfin ? se demanda-t-elle.

Un douloureux coup de pied allongé sous la table la ramena brutalement à la réalité. Elle se tourna vers Iris, prête à réagir. Mais l'expression doucereuse de sa sœur l'arrêta net.

— Papa attend, Anna Rose. Je voudrais parler, moi aussi, mais je te laisse passer avant moi. Alors dépêche-toi un peu, s'il te plaît.

S'il te plaît ? Anna Rose dévisagea sa sœur, stupéfaite. Que lui arrivait-il ? D'habitude il fallait toute la fermeté de son père et l'insistance de sa mère pour obliger Iris à des efforts de politesse. Et là, elle était presque gracieuse !

A quinze ans, la brune Iris possédait un irritant mélange d'enfance et de maturité qui lui donnait une vision acide du monde et la rendait agressive envers ses proches. Pour Anna Rose, elle ne ressentait que jalousie et rancœur.

— Alors, Anna Rose, ma chère sœur... reprit Iris, mielleuse.

— Euh... balbutia l'aînée, tellement prise au dépourvu par ces égards inhabituels qu'elle ne trouvait plus rien à dire. Mon trésor... c'est... d'avoir une sœur... trois sœurs... et deux frères... et Papa et Maman...

— Oh là, arrête-toi ma fille, et garde quelque chose pour demain ! conseilla son père avec sa prudence habituelle.

— Pardon, Papa, fit Anna Rose en baissant les yeux. Je me suis laissée emporter.

— Comme d'habitude ! lança Iris, soudain redevenue elle-même.

— Bien, Iris, reprit son père. A te voir te trémousser sur ta chaise depuis un quart d'heure, j'imagine que tu bous d'impatience. Quelle est donc cette richesse que tu brûles de partager avec nous, ma fille ?

Iris se leva avec une lenteur majestueuse, une expression angélique sur le visage. Elle retroussa ses cheveux châtain foncé avant de sourire à chaque membre de la famille, puis voila ses prunelles derrière des cils presque aussi longs et dorés que ceux de sa sœur aînée.

— Mon trésor est resté secret jusqu'à maintenant. Mais aujourd'hui, il vient nous rendre visite. Il s'appelle Rory McShane et il est second sur le navire *Olympia*, qui appartient au capitaine Hugh Sinclair et mouille à Glasgow actuellement.

Chacun retint sa respiration.

— Iris ! s'exclama soudain leur mère d'une voix aiguë.

Meg étreignit son mouchoir nerveusement. Quel coup ! Iris et Anna Rose étaient toutes les deux en âge de se marier et le plus cher désir de leur mère était de les voir heureuses. Mais il ne s'agissait pas d'accepter n'importe quel homme de passage ! Et un marin, en plus !

Il était en outre parfaitement déplacé d'inviter un étranger sous leur toit. Du reste, Iris n'aurait pas de soupirant tant que sa sœur aînée ne serait pas fiancée : c'était la coutume et elle le savait très bien. Décidément, Iris demeurait une énigme pour sa mère.

Anna Rose sentit l'atmosphère se charger d'électricité. Elle était elle-même sous le choc et la tension faisait encore empirer son appréhension : sa mère paraissait au bord des larmes et son père s'était empourpré de rage. Il sauta soudain sur ses pieds et abattit son poing sur la table, faisant danser les plats sur la nappe usée.

— Il n'y aura pas de catin chez moi ! rugit-il. Tu m'entends, Iris ?

Anna releva la tête. Iris se tenait toujours très droite, le menton en avant dans une attitude de défi, mais elle était livide et ses yeux crachaient le feu. Elle se préparait pour un esclandre, c'était évident. *Il faut intervenir*, pensa Anna Rose. Non pas pour épargner Iris — Dieu sait qu'elle ne recevait que ce qu'elle méritait —, mais pour éviter une méchante scène aux plus petits.

— Papa, je t'en prie, s'écria Anna Rose en posant sa main sur le bras de son père alors qu'il semblait sur le point de frapper Iris. Nous attendons tous ta surprise !

Il suspendit un instant son geste, puis se rassit lourdement.

— Ah oui, ma fille, reprit-il d'une voix adoucie. J'avais failli oublier, avec les sottises de ta sœur. De toute manière, ce que j'ai à vous annoncer la ramènera sur le droit chemin, qu'elle le veuille ou non.

Anna Rose souffrait pour Iris. Elle avait dépassé les bornes et ce n'était pas la première fois ; mais son père n'aurait pas dû l'humilier ainsi devant toute la famille. Elle s'était probablement contentée d'échanger quelques mots avec ce... Rory McShane quand elle était allée vendre des œufs et du beurre à Inverness, et rien de plus.

A son grand soulagement, Iris reprit sa place et

son père se dirigea vers la cheminée, revenant à son intention première. Il manœuvra avec précaution une pierre du foyer, révélant une cache sombre qui recelait une bourse de cuir. Ses yeux pétillaient d'excitation comme il la montrait du doigt.

— Qui peut me dire ce que c'est ?

Tous le savaient et ils s'écrièrent en chœur, à l'exception d'Iris :

— La clef de notre avenir !

La bourse contenait effectivement une clef, celle de la cave creusée sous la grange. Là, dans la pénombre fraîche, reposaient six gros tonneaux de whisky pur malt qui dataient du bon vieux temps, avant l'interdiction faite aux fermiers de brasser leur propre alcool. John Macmillan, comme son père et son grand-père avant lui, avait semé l'orge puis l'avait récoltée et mise à tremper dans un bassin de pierre pour obtenir le malt avant de la déshydrater et de la moudre. Ensuite il avait ajouté la levure et distillé deux fois le liquide pour obtenir un fort degré d'alcool et un minimum d'impuretés. Enfin il l'avait fait vieillir en fûts de chêne : plus longtemps il reposerait, meilleurs en seraient le goût... et le prix !

Chaque année, John Macmillan faisait descendre toute la famille dans la cave et renouvelait le serment de vendre le whisky quand il serait temps et d'émigrer ensuite en Amérique. Pourtant les années passaient et rien ne se produisait.

Mais ce matin-là, John leva la clef bien haut :

— Vous avez deviné, mes enfants ! J'ai trouvé

preneur pour la marchandise que garde cette clef. Après la transaction, en route pour l'Amérique!

Puis, d'une voix altérée par l'émotion, il ajouta:

— Pour la Géorgie, très exactement. Nous avons de quoi payer la traversée et acheter une bonne parcelle de rizière. Avant que le printemps ne revienne, nous serons parmi les nôtres à La Nouvelle-Inverness.

— La ville s'appelle Darien maintenant, rappela Anna Rose.

— Peu importe! C'est la terre qui compte! Là-bas, le riz vaut de l'or. On circule de plantation en plantation sur de splendides bateaux. C'est comme à Venise, dit-on.

Sa voix se fit moins rêveuse et il s'écria:

— Alors, les enfants? Irons-nous en Amérique?

Un chœur d'exclamations accueillit sa question et tous l'entourèrent, s'embrassant, riant et parlant à la fois. Seule Iris resta en arrière, offensée.

Anna Rose se glissa près d'elle:

— Oublie ce garçon, Iris. Il y en aura d'autres.

— Et pourquoi devrais-je attendre puisque c'est Rory McShane que je veux?

— Je t'en prie, Iris, ne fais pas d'histoires... supplia Anna Rose. Nous allons enfin en Amérique! Tu te rends compte? Ne gâche pas tout comme d'habitude, ajouta-t-elle plus fermement.

Mais Iris ne voulut rien entendre:

— Ce n'est pas de ma faute, mais de la sienne! siffla Iris avec un signe de tête en direction de son père. Qu'il aille au diable! Je pars pour l'Amérique, mais pas avec lui. Je n'attendrai pas qu'il ait vendu son fichu whisky ! Je m'en vais avant la fin du mois, avec Rory !

— Il t'a demandée en mariage ? s'exclama Anna Rose, choquée.

Ainsi leur relation serait allée si loin sans que leurs parents le sachent...

Iris resta silencieuse quelque temps.

— Eh bien... pas exactement, reconnut-elle finalement, les yeux plissés de ruse, mais j'ai bien vu comment il me regarde. Je lui plais ! Et puis, il y a des moyens de se faire épouser...

— Iris !

Anna Rose fut tirée de sa rêverie comme on la secouait doucement par une épaule. Elle se tenait toujours près du chariot accidenté mais les autres étaient partis — sauf un.

— Vous vous sentez bien, mademoiselle ?

Elle se retourna vivement et se trouva face à un visage hâlé et encore enfantin. C'était l'ami d'Iris, Rory McShane. D'un geste nerveux, il repoussa une mèche blonde qui tombait sur ses yeux.

— Vos frères et moi, nous avons ramené monsieur Macmillan à la maison. Gavin est parti appeler le docteur. Votre père est mal en point mais votre mère dit qu'il s'en sortira. C'est une brave femme, encore très belle.

Il s'interrompit, attendant une réponse d'Anna Rose. Mais elle le regardait fixement sans rien dire.

— Vous lui ressemblez beaucoup, vous savez.

Vous avez les mêmes cheveux, les mêmes yeux verts ombrés de gris...

Anna respirait avec difficulté, tant elle était émue. Sa colère contre son père se mêlait à un élan de pitié pour lui ainsi que pour elle-même. En même temps, elle se sentait complètement découragée. Mais tout à coup, elle ne pensa plus qu'à Rory McShane, à sa main restée sur son épaule tandis qu'il plongeait son regard dans le sien. Il avait les yeux les plus bleus qu'elle ait jamais vus. Il était grand et maigre, mais ses muscles de marin roulaient sous le tissu usé de sa chemise.

— Vous êtes muette, ou quoi ? lui demanda-t-il avec un sourire charmeur.

Elle avala sa salive et reprit contenance.

— Non, mais je parle seulement quand j'en ai envie et si la compagnie est bonne. Que faites-vous ici, au fait ?

— Nous sommes tous rentrés et votre mère m'a demandé d'aller vous chercher. Elle m'a expliqué que vous étiez très proche de votre père et que l'accident vous avait certainement bouleversée. Elle avait peur que vous vous trouviez mal, je suppose.

Le cœur d'Anna Rose battait si fort qu'elle n'avait entendu que la moitié de sa réponse.

— Non, je voulais dire : pourquoi êtes-vous venu à la ferme ?

Le sourire du jeune homme s'élargit et il se passa à nouveau la main dans les cheveux.

— Peut-être pour vous rendre visite et trouver enfin l'occasion de vous parler. Quand vous venez au village, vous regardez toujours droit devant vous...

Anna Rose le dévisagea, tâchant de se souvenir si elle l'avait déjà vu à Inverness. En tout cas, elle ne s'en souvenait pas. Du reste, Rory McShane n'avait rien d'exceptionnel. Il ressemblait à tous les fils de fermiers du coin : les Grant, les MacLeod, les Farquharson. Il était simplement plus grand, et puis il y avait ses yeux, couleur d'un ciel matinal reflété dans le loch.

— Ma sœur m'a dit que vous veniez lui rendre visite, l'accusa-t-elle.

Il se recula, offensé.

— Mais pas du tout !
— Iris nous a expliqué...
— Je ne sais pas ce qu'elle vous a déclaré mais je connais les usages ! Nous avons bavardé à son étal l'autre matin, mais je ne serais pas venu traîner par ici sans l'accord de votre père. En fait, Iris m'a appris que monsieur Macmillan avait une femelle chien-loup qui venait de mettre bas et je venais voir s'il y avait des chiots à vendre.

Anna Rose se détendit. Tout s'éclairait ! Cette idylle n'avait jamais existé que dans l'imagination d'Iris. Elle avait inventé toute l'histoire parce qu'elle voulait qu'un homme — n'importe lequel, même quelqu'un d'aussi ordinaire que Rory McShane — s'intéresse à elle et la trouve jolie. C'était de son âge...

Anna Rose éclata de rire, toute joyeuse. Rory se joignit à elle, sans savoir de quoi il retournait.

— Pardieu ! que vous êtes jolie quand vous êtes

naturelle ! On vous l'a déjà dit ? Quand vous souriez, ce sont d'abord vos yeux qui se plissent et ensuite tout votre visage rayonne. Je n'ai qu'une envie, c'est de poser un baiser sur vos pommettes roses.

Il leva une main puissante vers le visage d'Anna Rose ; mais quand elle se posa sur la joue brûlante de la jeune fille, elle parut douce et légère comme la brise. Anna Rose retint sa respiration.

Il prit ses deux mains dans les siennes sans qu'elle résiste, savourant ce contact viril. Rory McShane n'était peut-être pas si banal. Il avait un certain charme...

Avant qu'elle ait eu le temps de s'en apercevoir, Rory l'avait attirée à lui et prise dans ses bras. Anna Rose, stupéfaite, ne songea même pas à protester. D'ailleurs il lui semblait qu'ils étaient seuls au monde et qu'elle allait découvrir un univers de sensations délicieuses...

Mais ils avaient un témoin. Iris, partie en quête de Rory, le vit enlacer sa sœur, les entendit rire ensemble. Elle se couvrit les oreilles, en larmes.

Anna Rose avait toujours tout ! Elle était belle, intelligente et maintenant Rory lui tombait dans les bras... Au fond, Iris se moquait bien de lui : elle avait simplement voulu produire son effet au petit déjeuner. Mais c'était injuste !

Puisque c'est ainsi, je l'épouserai ! se jura Iris.

Elle s'enfuit en courant pour ne plus les voir, trouvant refuge dans un bosquet pour verser des larmes de fureur. Anna Rose paierait, c'était décidé. Et elle se mit à conspirer...

Margaret Macmillan, qui veillait son époux, aperçut elle aussi le couple, sur le chemin. Son sang ne fit qu'un tour : comment ce McShane osait-il toucher sa fille ? Mais, impuissante, elle en était réduite à les observer et céda bientôt à une étrange fascination.

Rory lui avait été sympathique au premier coup d'œil avec son air innocent et l'impétuosité dont il avait fait preuve pour secourir John. Ensuite, quand il avait expliqué qu'il voulait un chiot, elle avait été soulagée. Il n'était pas allé trop loin avec Iris. Non, c'était un bon garçon.

Margaret avait immédiatement compris que son époux resterait alité quelque temps. Comme d'autre part il ne fallait plus compter sur l'argent du whisky, elle avait demandé au jeune marin de demeurer chez eux pour récolter l'orge promise aux grosses distilleries. Il avait accepté, la prévenant cependant qu'il devait embarquer un mois plus tard sur le navire du capitaine Sinclair, à destination de l'Amérique.

— Ah... l'Amérique... avait soupiré Meg en jetant un regard attristé sur son mari inconscient. C'était un si beau rêve...

Après l'accident de John, La Nouvelle-Inverness redevenait une chimère.

Mais, en observant Anna Rose et Rory, Meg eut une inspiration. Peut-être que pendant ce mois qui allait venir, avant que le jeune McShane ne rejoigne son bateau...

— Meg, ma chérie, murmura John d'une voix rauque.

— Je suis là, mon amour, répliqua-t-elle en se penchant plus près. Tiens bon, le docteur va arriver sous peu.

Il l'attira dans ses bras et elle l'embrassa avec la même tendresse, le même amour que vingt ans auparavant.

— Ne me quitte jamais, Meg. Je veux être entouré de toute ma famille, souffla-t-il avant de replonger dans l'inconscience.

— Bien sûr...

Le moment était mal choisi pour lui faire part de ses projets. Il n'était pas en état de l'écouter.

Meg regarda à nouveau dehors. Rory et Anna Rose n'avaient pas bougé et se contemplaient, radieux, comme s'ils venaient de découvrir un secret unique au monde.

Dieu ne lui en voudrait pas de ses plans... Meg souhaitait seulement la prospérité de ses enfants : comment la trouveraient-ils sur ces pauvres fermes ?

— Oui, il est temps qu'Anna Rose fonde un foyer, murmura Meg pour elle-même.

Ses yeux revinrent sur le visage douloureux de son mari.

— Johnny, mon chéri. Ce n'est pas la fin de nos rêves. C'est seulement le début !

2

Les journées de printemps étaient douces et parfumées à la ferme des Macmillan, mais le crépuscule ramenait de la côte une brume glacée qui enveloppait le cottage de pierre. A cette heure-là, le feu de tourbe flambait haut et toute la famille se réunissait, une fois le travail quotidien achevé.

Quelque temps après la catastrophe, un soir entre chien et loup, le clan s'était retrouvé autour de l'âtre comme de coutume. John, loin d'aller mieux, s'affaiblissait peu à peu et Margaret remuait de sombres pensées en berçant Fern devant le foyer. Deux semaines avaient passé et ses projets n'avaient pas avancé d'un pouce. Elle regarda ses enfants attentifs au cliquetis des ciseaux d'Anna Rose. Leurs visages rieurs étaient illuminés par les flammes — sauf celui d'Iris, qui mijotait sans doute quelque chose. Elle s'était assise aussi près que possible de Rory et se serrait contre lui à la moindre occasion.

L'expression inquiète qui ne quittait plus Meg depuis l'accident s'assombrit encore. Rien n'allait comme elle l'avait espéré. Rory marquait sans doute une petite préférence pour Anna Rose mais à ses yeux, les jeunes filles Macmillan n'étaient visiblement que des enfants.

Une voix courroucée s'éleva soudain.

— Cela ne me ressemble pas du tout, pleurnichait Iris. J'ai l'air d'une vieille sorcière, Anna Rose !

Iris voulut s'emparer de la silhouette que sa sœur venait de découper sur un carton noir mais Rory fut plus rapide et l'agita hors de sa portée en riant.

— Mais regarde, Iris, suggéra-t-il en montrant à tous le tracé du profil de la jeune fille. C'est tout à fait toi ! Tu vois la moue que fait la lèvre inférieure ? Iris la boudeuse ! taquina-t-il. Ton image toute crachée !

— Tu me le paieras ! s'écria Iris en se jetant sur le croquis.

Mais Rory le lança sur les genoux de Gavin qui le passa à Ewan. S'ensuivit une joyeuse mêlée indescriptible. Iris, furieuse, défoula sa colère en distribuant des coups et des gifles, les joues ruisselantes de larmes.

— Moins de bruit, les enfants ! Vous allez réveiller votre père, gronda Margaret. Faites voir.

Le calme revint instantanément et Rory lui tendit le carton qu'il avait repris à Ewan. Elle le tint devant ses yeux, l'observant d'un air pensif.

— Il ne me ressemble pas, n'est-ce pas, Maman ? implora Iris.

— Mais si ma chérie, et il est ravissant. Anna Rose a beaucoup de talent. (Elle sourit à son aînée mais se retourna vers Iris, soucieuse de leur dispenser la même attention.) Cependant, Anna n'aurait jamais réussi une aussi charmante silhouette sans un joli sujet.

— Allons, Iris, ne te fâche pas. Nous plaisantions, intercéda Rory.

— Eh bien, je ne trouve pas cela drôle, répliqua-t-elle avec la moue qu'Anna avait si bien croquée d'un coup de ciseaux.

— Je suis désolée que tu n'aies pas aimé ce découpage. Je vais en faire un autre, proposa Anna Rose, rencontrant le regard complice de Rory.

— Je n'en veux pas ! s'écria Iris qui avait surpris leur échange.

Puis, sautant sur ses pieds, elle s'enfuit dans la nuit en claquant la porte du cottage derrière elle.

Margaret Macmillan poussa un profond soupir et tendit sa dernière fille, endormie, à Anna Rose.

— Couche-la, veux-tu ? Il faut que je m'occupe d'Iris.

— Laissez-moi la retrouver, madame Macmillan, offrit Rory. C'est de ma faute, je l'ai trop taquinée.

Meg hésita. Sa journée avait été épuisante : elle avait soigné son mari et accompli les tâches qui revenaient habituellement à John. Il ferait froid, dehors... En outre, Iris écouterait peut-être plus volontiers Rory que les sermons de sa mère. A la vérité, Margaret ne se sentait pas de taille à affronter sa fille.

— Merci, Rory. Tâchez de la ramener à la raison.

La cour était plongée dans la pénombre. En parcourant le terrain inégal, Rory appelait à voix basse :

— Iris, Iris ! C'est moi, Rory. Sors de ta cachette...

Frissonnant dans l'air humide, Rory resserra son gros chandail de marin contre lui en songeant qu'Iris n'avait rien pour se couvrir.

Il s'arrêta un instant, prêtant l'oreille à un petit gémissement qui montait depuis la barrière. Il s'y dirigea à pas feutrés, s'immobilisant devant un fourré.

— Iris ?

— Va-t'en ! murmura-t-elle en reniflant.

— Allons... Je ne vais pas te laisser toute seule ici. Tu pourrais te faire dévorer par un loup.

Il attendit en vain une réponse.

— Ou un éléphant, ou un crocodile, reprit-il.

Il devina un petit rire étouffé mais n'osa pas bouger de peur qu'elle ne fuie encore plus loin dans l'ombre.

— Tu es fou, Rory ! Il n'y a pas de bêtes sauvages par ici !

— On ne sait jamais. Veux-tu prendre le risque ? demanda-t-il en se déplaçant dans la direction de la voix.

Un froissement de branches trahit Iris et Rory plongea sur elle, réussissant à grand-peine à la maîtriser malgré ses griffes, ses coups de pied et ses exclamations.

— Alors quoi ? siffla Iris. Tu joues au crocodile ?

— Non. C'est ainsi que j'attrape les jolies filles qui se cachent dans les buissons la nuit.

— Tu provoques toujours, Rory, fit-elle dans un gloussement.

— Moi ? s'écria-t-il. Ce sont les filles qui cherchent les hommes ! Je ne compte plus toutes celles qui m'ont supplié de les aimer... (Il secoua la tête en riant.) C'est fatigant, au bout du compte, ajouta-t-il avec un soupir de feinte lassitude.

— En tout cas, moi, je sais me tenir, contrairement à Anna Rose, répliqua Iris avec suffisance.

— Anna Rose ? questionna Rory en prenant Iris par les épaules et en tâchant de deviner son expression dans la nuit. Que veux-tu dire par là ?

— J'ai vu comment elle te dévore des yeux ! C'est une honte...

Les accusations d'Iris produisirent sur Rory l'effet contraire de ce qu'elle avait escompté — il resta silencieux, le cœur battant d'espoir. Avait-il été aveugle durant ces deux dernières semaines ? Chaque nuit il rêvait de leur rencontre dans la prairie, le premier jour. A la simple idée qu'elle partageait peut-être ses sentiments, de douces sensations le troublèrent.

Il leva soudain la tête : ses pensées n'étaient pas seules responsables de son désordre physique. Il saisit la main qui s'était égarée contre lui.

— Mais enfin, Iris ! A quoi joues-tu ? Arrête immédiatement !

— Donne-moi un baiser, haleta Iris. Ce sera la première fois. On m'a déjà demandé mais j'ai attendu jusqu'à ce que je te rencontre. Je veux que tu sois le premier, Rory chéri.

Avant qu'il ait le temps de réagir, Iris se pressa contre lui. Il n'eut pas la présence d'esprit de se dégager quand la bouche de la jeune fille trouva la sienne et en voulant rouler hors de sa portée, il s'aperçut qu'il était prisonnier des basses branches. Iris était une fameuse guerrière !

— Iris ! protesta-t-il en détournant le visage pour échapper à ses baisers. Iris, un peu de tenue !

— Embrasse-moi, Rory. Je te désire tant !

Le souffle d'Iris et son murmure rauque enflammaient son corps. Ses lèvres descendirent sur sa gorge, chatouillant sa pomme d'Adam avant de caresser la poitrine musclée qu'elle avait réussi à dénuder. Rory poussa un gémissement de plaisir malgré lui, reconnaissant sa défaite : il était homme, après tout, et forcé à la chasteté depuis trop longtemps.

Rory McShane avait connu bien des filles dans les ports. Il avait commencé par une prostituée d'une maison de Glasgow où son beau-père, un sacré gaillard, l'avait emmené se déniaiser. Il avait alors treize ans. Depuis lors, il avait reçu les faveurs de femmes de tous âges et de toutes couleurs. Mais Iris était unique — jamais encore il n'avait été forcé par une vierge... Il ne fut pas tenté de résister.

Iris retroussa ses jupes et se pressa contre lui, le faisant gémir de volupté au contact de ses cuisses. Elle se pencha en avant, ses seins effleurant la toison virile, et Rory étreignit instinctivement sa chair tendre, agaçant les pointes de ses seins jusqu'à ce qu'elles se tendent contre sa paume.

— Prends-moi, Rory, murmura-t-elle. Tu seras le premier !

— Bon Dieu ! Tu n'es qu'une enfant...

Mais elle acheva de délacer les braies du jeune

homme et Rory céda sans réfléchir, satisfaisant Iris d'un coup de reins. Elle poussa un cri et s'agrippa à lui, plantant ses ongles dans son épaule, puis suivit son rythme après un instant d'hésitation, s'effondrant finalement contre lui.

Rory n'osait pas faire un geste, se préparant à une scène d'hystérie, à des accusations, à des larmes — bien méritées, mais qu'il se serait volontiers épargnées. C'était pour éviter ces pénibles moments qu'il s'était juré de ne plus séduire de jeunes filles avant de mener sa propre épouse à leur couche nuptiale.

Mais Iris releva la tête et posa un baiser léger sur ses lèvres avant de déclarer avec le plus grand naturel :

— Evidemment, il faudra que tu obtiennes le consentement de Père avant le mariage. Mais cela ne devrait pas poser de problème, maintenant...

Abasourdi, Rory dévisagea Iris. L'épouser ? Cette petite garce savait exactement ce qu'elle faisait en l'entraînant dans les buissons ! Il ne voulait pas d'elle ! C'était Anna Rose qu'il désirait prendre pour femme. Mais avec ce qui venait de se passer... Et puis, il n'avait pas dit toute la vérité aux Macmillan. Il n'était pas second sur l'*Olympia*, mais simple matelot.

— Qu'y a-t-il, chéri ? demanda Iris en l'obligeant à la regarder.

— Je pensais à mon capitaine. Il ne va pas s'en laisser conter, lui. J'ai besoin de sa permission pour me marier. En plus, nous partons dans quelques jours et le règlement interdit aux hommes de voyager avec leur épouse. Si nous nous marions, il faudra que tu restes m'attendre ici.

— Jamais de la vie ! s'exclama Iris en se levant. Le diable emporte ton capitaine ! Si tu ne m'emmènes pas avec toi, je raconterai que tu m'as violentée et Papa enverra chercher le shérif. Tu échoueras en prison aussi facilement que ça ! ajouta-t-elle en claquant des doigts.

— Mais Iris...

Elle se contenta de sourire : Rory était entre ses mains. Il ne pouvait pas deviner qu'elle ne mettrait jamais sa menace à exécution. Avouer ce rendez-vous à un père aussi strict ? Il lui donnerait le fouet... En tout cas, elle était confiante : elle serait mariée bientôt et enfin libérée de la tutelle de ses parents !

— Allons-y, maintenant, dit-elle aussi calmement que si la date de leur mariage était fixée. Papa dort, mais tu pourras lui parler dès demain.

Anna Rose, qui se sentait fautive, n'avait pu trouver le sommeil, doublement inquiète de ne pas voir sa sœur revenir. Rory était toujours dehors avec elle... Elle tira le rideau et scruta la cour. La campagne paraissait figée dans la brume argentée mais elle distingua bientôt deux silhouettes qui marchaient à pas lents vers la maison.

— Rory l'a retrouvée, soupira-t-elle avec soulagement.

Pourtant elle sursauta en voyant qu'Iris était accrochée au bras du garçon. *Je n'ai aucun droit sur Rory*, se dit-elle pour réprimer sa jalousie. *Mais Iris non plus !*

— Et c'est moi l'aînée ! s'exclama-t-elle à voix haute, furieuse.

Iris avait des brindilles dans les cheveux et sa robe était toute froissée. Rory ne paraissait pas en meilleur état. Il avait sans doute été contraint de la ramener de force. Iris ne se conduirait-elle jamais comme une dame ? Soudain elle attira le visage de Rory contre le sien et l'embrassa à pleine bouche, comme pour narguer Anna Rose. Elle ne pouvait pourtant pas savoir que sa sœur les observait. Anna laissa retomber le rideau et s'effondra sur son lit. Pourquoi avait-elle envie de pleurer ? Pourquoi avait-elle cru que Rory lui réservait ses sourires ? Il avait probablement les mêmes attentions pour Iris...

Mais il m'a prise dans ses bras ! ne put-elle s'empêcher de penser, tandis qu'une petite voix plus raisonnable venait lui répondre : *Et alors ? Les marins ont une femme dans chaque port !*

— Et parfois deux, murmura-t-elle en repensant au baiser avec Iris.

Quand celle-ci entra dans leur chambre quelques minutes plus tard, Anna Rose feignait le sommeil.

— Anna Rose, tu dors ? demanda Iris sans aucun scrupule.

— Je dormais, oui.

— J'ai quelque chose à te dire et tu pourras te rendormir après. Au cas où tu voudrais le savoir, je vais épouser Rory.

— Epouser Rory ? Mais comment ? Quand ? s'exclama Anna Rose en se dressant sur son lit.
— A l'église, c'est l'usage, je crois... Et la date sera fixée quand Rory demandera ma main.
— Mais... Tu plaisantes ?
— Pas le moins du monde, ma chère sœur. Je te l'avais bien dit : il y a des moyens !

Sur cette dernière flèche, Iris se coucha et s'endormit instantanément, laissant Anna Rose bouleversée. Cette nouvelle avait porté un coup d'autant plus fort à la jeune fille qu'elle découvrait soudain combien Rory comptait pour elle. Des fils de fermiers qui l'avaient remarquée à Inverness étaient déjà venus lui rendre visite. Mais aucun n'avait produit sur elle l'effet du jeune marin aux yeux bleus. Il n'avait qu'à la regarder pour qu'elle perde contenance...

Le monde devenait soudain gris et terne, l'avenir indécis. D'abord le rêve américain avait volé en éclats et maintenant Iris lui prenait le seul homme qui l'intéressait. Les joues baignées de larmes, Anna pilonna son oreiller de coups de poing comme pour éliminer celle qui s'interposait entre Rory et elle. Iris ne devait pas l'épouser ! C'était injuste.

Soudain Anna Rose se rassit, brusquement plus lucide, le cœur battant non plus de colère ou de crainte, mais d'excitation. C'était tout simple... Elle aimait Rory !

3

Le lendemain matin, Margaret Macmillan décida que le moment était arrivé. Elle avait accordé deux longues semaines à John dans l'espoir qu'il se remette avant de lui confier ses plans. Mais elle ne pouvait attendre davantage ni laisser Rory McShane repartir comme il était venu.

Allongée dans le grand lit conjugal près de son époux, Meg voyait les premiers rayons du soleil glisser sur le visage familier de John. Avec ses joues creusées et ses yeux cernés de gris, il n'était plus que l'ombre du vigoureux fermier qu'elle aimait depuis l'enfance. Pourtant, après vingt ans de mariage, elle le regardait toujours avec les yeux du cœur, indifférente à cette altération.

Cependant, jamais ils ne s'étaient trouvés dans une situation aussi désespérée. Pour la première fois, Margaret était acculée à prendre seule une décision capitale. John le comprendrait-il ? Lui donnerait-il sa bénédiction ?

Elle le regarda longuement, cherchant ses mots. Il fallait le convaincre sans trop l'émouvoir, sans risquer de compromettre sa guérison. Finalement, Margaret leva timidement la main vers lui et lui effleura les doigts. Il s'agita et gémit quand la douleur le réveilla.

— John, mon chéri...

Au son de sa voix, il voulut l'attirer contre lui comme par le passé.

— Ce n'est pas possible, mon amour, murmura-t-elle en refoulant son chagrin.

John, qui avait ouvert les yeux, écrasa une larme sur la joue de sa femme.

— Ne pleure pas, jolie Meg, nous nous aimerons encore. Tu verras.

— Oui... répliqua-t-elle avec toute la conviction qu'elle pouvait rassembler, troublée par l'émotion. Mais il y a autre chose, reprit-elle finalement. Il faut que je te parle, John. J'ai voulu reporter cette discussion jusqu'à ce que tu te sentes mieux, mais...

— Mais mon état ne s'améliore pas, acheva-t-il à sa place, un peu brusquement. Il faut bien le reconnaître...

Sa voix s'était adoucie. Il caressa le buste encore ferme de sa femme sous la mince chemise de nuit. Meg ferma les yeux. Un amour aussi profond, aussi fidèle pouvait-il trouver son pareil ? C'était difficile à croire. Pourtant elle espérait que ses enfants partageraient le même bonheur — ce qui la ramena au sujet qui la préoccupait. Posant un baiser sur la main de John, elle la reposa près d'elle.

— Ecoute-moi bien, John. Il s'agit de l'avenir de toute notre famille et même des futures générations de Macmillan.

— Quel programme ! s'exclama John en riant. Je suis tout ouïe.

— Il est temps que notre fille se marie, John,

d'autant qu'elle a trouvé l'homme qu'il lui faut. Je l'ai observée quand elle regarde Rory McShane : elle l'aime.

— Mais... Nous parlons bien d'Anna Rose, n'est-ce pas ? intervint John en fronçant les sourcils, se rappelant que c'était Iris qui, la première, avait évoqué le jeune marin.

Sur un signe affirmatif de sa femme, John se mit à sourire.

— C'est une excellente idée, jolie Meg. Ils se marieront, puis le jeune McShane abandonnera la mer et reprendra mes affaires jusqu'à ce que je sois de nouveau sur pied. Tu es une femme de bon sens.

Voilà le moment que Margaret redoutait le plus.

— Non, chéri, ce n'est pas exactement ce à quoi je songeais.

Elle prit une grande inspiration tandis que son mari la fixait gravement, tâchant de comprendre.

— Rory part en Amérique sous peu. Je voudrais les marier d'ici là. Anna Rose l'accompagnera et préparera notre arrivée. Nous les suivrons dès que tu seras remis.

— Anna Rose... nous quitterait ? murmura-t-il les yeux perdus dans le vague.

Margaret lui pressa la main, sensible à son désarroi.

— C'est la seule solution, John. Sinon elle finira mariée à quelque fermier de la région et n'en bougera plus.

John se tourna vers son épouse, un sourire mélancolique aux lèvres.

— La vie a été dure pour toi, n'est-ce pas ?

— Non, chuchota-t-elle, pas à tes côtés, mon amour. Mais nous rêvons de l'Amérique depuis si longtemps, Anna Rose plus que nous tous. Ne voudrais-tu pas qu'elle réalise cet espoir ?

— Bien sûr... Tu as raison, Meg. Mais qu'en pense McShane ? Il a tout de même son mot à dire...

Margaret se pencha vers son époux, posa un baiser sur son front.

— Qui ne voudrait pas épouser Anna Rose ?

John sourit et attira Meg dans ses bras sans qu'elle oppose de résistance, cette fois-ci.

— Personne, si elle vaut le dixième de sa mère...

Ils échangèrent un regard d'amour complice et passionné et restèrent allongés l'un contre l'autre, savourant leur douce intimité.

Ce fut une longue journée pour Anna Rose. Elle avait passé une nuit agitée et une triste matinée à retourner dans sa tête la surprise que lui avait réservée Iris. Puis sa mère l'avait prise à part dans l'après-midi :

— Ton père et moi aimerions t'entretenir en privé, Anna Rose. Tu viendras ce soir dans notre chambre.

La chambre de John et Meg Macmillan était la seule pièce fermée du cottage et leurs enfants avaient appris très tôt à en respecter le secret. Y être convoqué impliquait généralement qu'on avait commis une faute très grave dont le châtiment serait d'autant plus terrible qu'il n'aurait pas de témoin.

Anna Rose, soigneusement recoiffée et vêtue d'une robe et d'un tablier propres, hésita devant la porte. Elle avait examiné tous les péchés qu'elle avait pu commettre, se préparant au pire, mais restait décontenancée. Il y avait bien la silhouette peu flatteuse qu'elle avait découpée pour Iris, cependant le délit paraissait bénin...

— Entre, Anna Rose, l'invita sa mère sans rien trahir.

Anna Rose fit quelques pas, contemplant la chambre comme si elle y pénétrait pour la première fois. Le grand lit de chêne sculpté au chevet surélevé, seul beau meuble de la maison, jetait une ombre menaçante sur le corps affaissé de son père. Le halo blanchâtre d'une lampe à pétrole qui faisait danser des reflets sombres sur le visage de ses parents les rendait encore plus intimidants.

— Viens par ici que je te voie, lui ordonna son père. Tu ne m'as guère rendu visite depuis que je suis alité.

— Tu avais besoin de repos, John, intervint Meg. J'avais éloigné les enfants.

Anna Rose se rapprocha et lui prit la main, surprise de la trouver si douce : deux semaines d'inaction avaient effacé les cals de ses paumes. John lui sourit et sa fille revit une faible étincelle danser au fond de ses yeux gris. Mais elle fut surtout frappée par les rides creusées de chaque côté de sa bouche. Elle lui rendit mécaniquement son sourire.

— Les enfants ? reprit John. Mais tu n'en fais plus partie, ma fille ! Vois comme tu t'es épanouie... A ton âge, ma jolie Meg te donnait déjà le sein !

Anna jeta un regard vers sa mère, qui observait fixement les motifs écossais de sa jupe, les joues soudain plus roses.

— C'était ton idée, Meg. Es-tu toujours d'accord ?

Margaret hocha la tête, tandis qu'Anna Rose, à la torture, les regardait tour à tour.

— Je vous en prie, les supplia-t-elle, qu'ai-je fait ?

— Mais rien, ma chérie, fit John en riant. C'est tout le contraire : tu es une joie pour nous depuis que tu es née. C'est à toi d'être comblée, maintenant.

Un silence tendu suivit, pendant lequel Anna Rose sentit ses parents l'observer. Elle tâcha de répondre mais ne trouva absolument rien à dire.

— Allons, John, explique-lui maintenant.

Il soupira et s'agita dans le lit, étudiant comme pour les mémoriser à jamais les reflets roux des cheveux de sa fille, les pommettes hautes de son visage, la ligne délicate de son nez, sa bouche généreuse et ses yeux verts comme voilés de brume. Puis il prit sa fille en pitié.

— Ta mère et moi pensons qu'il est temps que tu te maries.

— Que je me marie ? reprit-elle en un murmure.

— Que tu fondes un foyer et que tu partes en Amérique, précisa sa mère. Pour nous c'est impossible maintenant, mais tu iras la première et nous te rejoindrons dès que ton père sera sur pied et que nous aurons économisé assez d'argent pour la traversée.

— C'est un beau projet, confirma John.

— Mais qui épouserais-je ? s'écria Anna Rose, en proie au vertige. Personne ne t'a demandé ma main, papa...

— Mais si, répliqua Meg sans lever les yeux de son tablier.

— Qui, alors ? interrogea Anna Rose avec impatience, craignant de n'être que le témoin passif d'une décision qui engageait tout son avenir.

— Le jeune McShane, annonça John.

— Rory ? s'exclama Anna Rose qui tombait des nues.

— Il t'a demandée en mariage pas plus tard qu'hier ! ajouta Meg.

A vrai dire, les mots avaient failli s'étrangler dans sa gorge car Margaret Macmillan ne mentait que poussée par la plus dure nécessité. Elle était certaine qu'une simple pichenette suffirait pour que le tourtereau se déclare. Cependant il fallait sonder les sentiments de la jeune fille pour ne pas commettre une tragique erreur.

— Et que penses-tu du jeune McShane ? demanda John.

Comment répondre simplement à cette question ? Anna Rose ne pouvait expliquer à ses parents que devant Rory, son cœur se gonflait d'espoir et qu'elle perdait tous ses moyens dès qu'il la touchait... Elle n'avait seulement jamais osé imaginer qu'elle pourrait devenir sa femme ! C'était trop beau. Pourtant, même si elle ne le connaissait que depuis deux semaines, elle savait déjà qu'il était l'homme de sa vie.

— Eh bien, Anna ? l'invita sa mère.

— Monsieur McShane est assez gentil, articula-t-elle avec difficulté, au bord du fou rire nerveux.

— Alors c'est arrangé, conclut John.

Anna Rose brûlait d'interroger ses parents au sujet d'Iris. Qu'avait-il pu se passer depuis les confidences de sa sœur ? Mais après tout, les décisions de ses parents avaient force de loi à la maison. Ils n'avaient pu manquer de ramener Rory à la raison. Le tour d'Iris viendrait en son temps.

Anna Rose se jeta dans les bras de sa mère et elles s'étreignirent avec la complicité de deux femmes qui ont trouvé leur bonheur sur terre.

Rory, épuisé et courbatu après une dure journée de récolte, se coucha tôt ce soir-là, s'étendant avec délices dans le foin odorant de la grange. Il abandonna pourtant toute idée de repos en entendant son nom dans la stalle voisine, où Gavin et Ewan étaient déjà censés dormir.

— Tu ne sais pas de quoi tu parles, Ewan ! chuchota Gavin, si fort que Rory n'eut aucun mal à le comprendre.

— Je l'ai entendu de mes oreilles ! Père et Mère ne parlent pas à la légère et ils ont prononcé le nom de Rory. Juré, craché !

— Ils parlaient sûrement d'une broutille.

— Une broutille ? Ta propre sœur ? Ils arrangent le mariage, je te dis...

— Espèce de petit fouineur ! Que faisais-tu sous leur fenêtre, de toute manière ?

— Retire ça immédiatement !
— Pas question !

Le ton montait et Rory crut bon d'intervenir au son de coups échangés. Inutile qu'ils se réduisent en charpie : leur aide à la ferme, toute modeste qu'elle fût, était encore la bienvenue !

— Suffit, les garçons ! s'écria Rory en les prenant par la peau du cou et en les séparant. Qu'ont dit vos parents à mon sujet ?

— On croyait que tu dormais... balbutia Gavin.

— Avec deux garnements comme vous autour de mes oreilles ? Dites-moi tout ou bien vous le regretterez ! Alors, je vous écoute...

Gavin jeta un regard menaçant à Ewan. Mais celui-ci eut un sourire malicieux.

— Si je te répète ce que j'ai entendu, tu n'auras plus qu'à prendre tes jambes à ton cou, Rory !

— Ce n'est pas mon genre, figure-toi ! répliqua-t-il en le foudroyant du regard. En cas de coup dur, je fais face, moi !

— Tout dépend de la manière dont on voit les choses, reprit Ewan avec un sourire entendu. A ta place, je préférerais avoir affaire au diable qu'à une fille !

— Quelle fille ? rugit Rory. Allez-vous enfin me le dire ?

Il se préparait au pire : vraisemblablement, Iris avait rapporté à ses parents le sordide épisode de la nuit précédente. Rory prit une grande inspiration : il ne l'aimait pas, mais au besoin il réparerait ses torts comme un homme.

Ewan, trop excité, ne se laissa pas démonter par les avertissements de son frère :

— Papa et Maman ont décidé que tu ferais un bon mari. On va te passer la corde au cou, Rory ! conclut Ewan en ricanant. Et tu y gagnes même deux charmants petits frères...

— Ah oui ? Et qui est ma promise ? interrogea Rory en avalant sa salive.

— Mademoiselle Anna Rose Macmillan elle-même !

Rory, qui tenait les deux garçons par le col, les lâcha brusquement sous le coup de l'émotion et ils basculèrent dans le foin. Rebondissant aussitôt, ils l'invectivèrent, prêts à chahuter, mais Rory était ailleurs.

Epouser Anna Rose ? Cette chimère était venue le hanter bien des nuits sans que jamais il ose y croire. Un simple matelot, tomber amoureux d'une étoile !

Gavin et Ewan s'interrompirent soudain : Rory, qui les avait complètement oubliés, sortit en titubant de l'écurie, puis, renversant la tête sous la voûte nocturne, ouvrit les bras comme pour récolter une pluie d'astres.

— Je t'avais bien dit que tu aurais dû te taire, Ewan !

— Bah... un condamné a bien le droit de connaître sa sentence...

Mais Rory était loin de pleurer sa liberté : lui, Rory McShane, le sans-famille, le sans-foyer, recevait tout d'un coup le plus beau trésor que la terre ait jamais porté. Lui, dont personne ne s'était jamais préoccupé, sauf peut-être Hugh Sinclair, allait épouser la femme la plus jolie, la plus tendre, la plus précieuse...

— Anna Rose... murmura-t-il avec respect.

Et si Ewan s'était trompé ? Les Macmillan ne pouvaient offrir leur fille à un rien-du-tout comme lui ! Dieu, qu'il la désirait, pourtant ! Le jour de leur rencontre, dans le pré, le simple contact de son épaule l'avait fait frémir et lorsqu'il l'avait spontanément prise dans ses bras, il avait cru que le monde entier s'écroulait autour d'eux. Anna Rose... Elle était unique. Ce serait elle ou personne d'autre.

Dépassant la barrière, il erra sans but jusqu'à la rivière qui accompagnait de ses méandres la route d'Inverness, indifférent au scintillement des premières étoiles, aux dernières notes des étourneaux et aux riches parfums qui montaient de la terre fraîchement labourée. Il ne voyait qu'Anna Rose et les taches de rousseur qui dansaient autour de son nez retroussé ; ses prunelles mystérieuses comme la prairie voilée de brume ; sa bouche pulpeuse et délicate.

Ivre de bonheur, il se laissa tomber près de la rivière et s'allongea dans le trèfle odorant, fermant les yeux pour mieux savourer la vie au cœur de la nature.

— Rory ?

Son ouïe lui jouait-elle des tours ? Mais non, c'était bien elle, debout dans le halo de la lune. Il crut pleurer à cette vision.

Anna Rose ne se reconnaissait plus. Elle n'aurait pas dû le suivre quand elle l'avait vu quitter la grange ! Il était encore temps de repartir en courant... Mais ses jambes refusaient, cédant à l'attirance irrésistible qui les menait l'un à l'autre.

— Anna Rose, mon amour, murmura-t-il. Viens près de moi.

Elle prit la main tendue et s'agenouilla dans le trèfle, en proie au vertige, avant de s'étendre près de lui. La bouche du jeune homme trouva la sienne, lui faisant battre le cœur soudain plus fort, puis caressa ses paupières, ses joues humides de larmes et revint à ses lèvres gourmandes. Leurs corps s'enlacèrent dans l'herbe parfumée tandis qu'Anna, à demi pâmée, songeait que jamais elle n'oublierait ces moments.

— Je te désire tant, ma chérie, chuchota-t-il, une main s'égarant sur les seins tendus d'Anna Rose. Mais nous devons être patients jusqu'à notre mariage.

Elle frémit à ces paroles. Elle brûlait qu'il l'initie aux mystères de la passion — pourtant c'était interdit. Heureusement, il paraissait trop transi pour lui demander ce qu'elle n'aurait jamais pu lui refuser... Rory était pleinement heureux à cet instant et elle en fut comblée. Ils attendraient donc.

— Tu m'épouseras, n'est-ce pas ? demanda-t-il sur un ton hésitant, presque timide.

Anna Rose, aveuglée par les larmes, lui répondit par un long baiser qui en disait plus que toutes les déclarations.

Ils restèrent longtemps ainsi, avec la lune argentée pour seul témoin. Anna, comme toutes les jeunes filles, avait rêvé à ce moment, curieuse et inquiète à la fois de devenir femme. Dans les bras de Rory, il lui semblait comprendre mieux, impatiente maintenant d'épouser l'homme qui l'éveillerait à la vraie vie.

Rory McShane, son époux...

4

Le capitaine Hugh Sinclair remonta le col de sa cape noire en murmurant un juron entre ses dents. Le jeune McShane n'apprendrait-il donc jamais à obéir aux ordres ? Ce vaurien aurait dû envoyer de ses nouvelles depuis plus d'une semaine !

En suivant sa piste, le capitaine avait remonté la côte jusqu'à Peterhead puis Inverness mais il était rentré bredouille de l'enquête menée à la prison locale et à une certaine maison de plaisirs. Même les pompes funèbres n'avaient pu lui fournir d'indice. L'*Olympia* attendait son dernier matelot pour faire voile vers l'Amérique plus tôt que prévu. Et il ne manquerait pas un homme à bord !

— Je lui ferai appliquer la garcette ! s'exclama Sinclair en tournant dans la rue principale d'Inverness.

Il se carra contre le vent qui s'élevait et poursuivit son chemin. Un grain se préparait, comme l'avaient annoncé les mouettes au crépuscule en regagnant l'intérieur des terres. Leurs cris perçants prenaient valeur d'avertissement et Sinclair ne pouvait le négliger: l'*Olympia* devait lever l'ancre au plus tôt pour échapper à la tempête et si McShane les retardait, il l'enverrait directement rôtir en enfer!

Sinclair repéra une enseigne de bois peint qui grinçait au vent. « Skean Dhu », « le Poignard d'argent », lut-il. Joli nom pour une auberge, songea-t-il en rattrapant au vol un client éméché qui sortait en titubant.

— Connaissez-vous un certain Rory McShane? l'interrogea-t-il, profitant de l'occasion.

— Ah oui! Un petit gros, aussi large que haut? fit l'ivrogne en clignant de l'œil.

— Je ne crois pas.

— Désolé, mon gars... C'est que nous avons du passage par ici et de drôles d'oiseaux, vous pouvez me croire. Difficile d'en tenir le compte. Mais maintenant que j'y pense, j'ai entendu parler d'un étranger qui s'est embauché sur une ferme avoisinante...

Grotesque! se dit Sinclair en écoutant toute l'histoire. Pas de doute, c'était Rory. Il ne passait pas un chien perdu ou un oiseau blessé sans que Rory McShane l'invite à bord de l'*Olympia*... Alors l'inconnu qui avait remplacé le fermier accidenté au pied levé ne pouvait être que lui. Rory était un bon à rien, mais comment en vouloir à cet étourdi au grand cœur? Sinclair poussa un soupir. En son temps, lui aussi avait été un rêveur. Mais plus maintenant. Il était responsable d'un navire et de son équipage et devait mener à bon port ses passagers. Sinclair ne ressentait guère de respect pour ces émigrants qui croyaient acheter un billet pour la « terre promise » et s'imaginaient y trouver des routes pavées d'or et de l'argent coulant à flots. En fait, l'Amérique serait une dure épreuve pour ces innocents, à supposer qu'ils y parviennent : le propriétaire du navire avait en effet vendu tant de places qu'ils seraient entassés dans des conditions inhumaines.

Sinclair avait failli lui jeter ses ordres à la figure mais après tout, il n'était que le capitaine. S'il écoutait ses états d'âme, autant rendre son sextant et s'installer sur la ferme de Géorgie qu'il avait héritée de son vagabond de père ! Se trouverait-il des voyageurs pour aller vers les rizières de Géorgie ? Encore faudrait-il qu'ils survivent à la traversée...

— Tu réfléchis trop ! grommela Sinclair en poussant la porte de l'auberge, mécontent de lui.

Il s'immobilisa un instant pour s'accommoder à l'atmosphère enfumée par la pipe et les vapeurs de bière. Les clients le dévisagèrent sans vergogne : il n'était pas des leurs et comme dans toute taverne écossaise, Hugh Sinclair devait d'abord gagner la confiance de ces fermiers, marins et autres artisans. Il traversa la salle sans broncher, sentant les regards posés sur sa nuque.

— Qu'est-ce que ce sera ? demanda la patronne, revêche.

— Une pinte de bière ! s'écria Hugh sur un ton enjoué, tout en se sentant pesé, évalué, examiné de ses bottes de loup de mer jusqu'à sa toison noire.

Il saisit au vol la chope lancée sur le comptoir

de chêne poli et porta un toast à son hôtesse et à la compagnie.

— Que Dieu vous garde !

— Et toi aussi, mon gars ! répliqua enfin un homme à la carrure impressionnante. Tu ne serais pas du Galloway, d'après ton allure ?

— Que si ! Et fier de l'être, répliqua Sinclair. C'est ma tournée, l'ami !

— La maison te l'offre, reprit l'Ecossais. Elspeth, ma belle, remplis sa chope et n'oublie pas les autres !

— Tiens donc, Jamie MacCullough ! s'exclama la patronne en l'empoignant par ses favoris roux. C'est toi qui paies, j'espère. Pour moi, je ne suis qu'une pauvre veuve qui nourrit ses petits tant bien que mal. Sinon je me ferais un plaisir, tu peux en être sûr !

— Ah ! Elspeth, tu me brises le cœur... se plaignit Jamie. (Puis, se penchant à l'oreille de Sinclair, il ajouta :) Vieille sorcière avaricieuse... M'est avis qu'elle cache son or à la cave.

— J'ai tout entendu, espèce de gredin, s'écria Elspeth avec un clin d'œil. N'empêche que tu ne le sauras jamais. Ma cave est bien le dernier endroit que je te laisserais visiter, après mon lit, naturellement ! conclut-elle au milieu d'un éclat de rire général.

L'heure suivante s'écoula avec la même verve, chacun y allant de son histoire et la ponctuant de toasts copieusement arrosés jusqu'à ce que la salle entière se joigne à la conversation. Enfin certain qu'il s'était gagné la faveur de la compagnie, Hugh décida de passer aux choses sérieuses :

— Jamie mon ami, je cherche quelqu'un.

— Mais nous en sommes tous là ! répliqua Jamie en lançant un regard appuyé vers Elspeth.

— Mais non. Il s'agit d'un de mes matelots... Je le considère comme mon propre fils depuis que j'ai promis à son père d'en faire un homme et de le maintenir sur le droit chemin. Malheureusement, il tient davantage de la brebis égarée ! Il travaillerait dans une ferme aux alentours à la suite d'un accident...

— Ah ! C'est de Rory McShane que tu parles, répliqua Jamie. Un bon gars !

— Tu le connais, alors ?

— Mais certainement, reprit Jamie avec importance. Je suis invité à son mariage après-demain.

— Son mariage ? s'étrangla Sinclair en reposant brusquement sa chope sur le comptoir.

— Pardieu ! oui, et la mariée est bien belle. C'est Anna Rose Macmillan.

Mais Hugh Sinclair avait sauté sur ses pieds et s'apprêtait à partir.

— Où puis-je trouver le matelot McShane ? Je dois empêcher la cérémonie !

Jamie lui prit le bras avant qu'il ait atteint la porte :

— Attention à ce que tu fais ! A moins qu'il ne soit déjà marié, tu n'as rien à redire. Les Macmillan sont une famille respectable et Anna Rose en est la fine fleur. Je ne laisserai pas un étranger briser le cœur de ce pauvre garçon.

— Il vaut mieux que ce soit moi plutôt qu'une petite intrigante! répliqua Sinclair avec amertume.

— Tu parles en connaisseur, on dirait.

— Peu importe, rétorqua le capitaine en écartant la vision de la belle qui l'avait aimé puis trahi autrefois.

— Chat échaudé craint l'eau froide, en somme, conclut Jamie. Tu lui interdis de se marier parce que tu as été déçu par le passé.

— Tu ne comprends pas. Mon bateau fait voile dans trois jours et McShane sera des nôtres. Or, je n'emmène pas les femmes des marins sur l'*Olympia*.

Jamie se retourna vers la compagnie.

— Belle ordure, hein les gars? Ce n'est pas le cœur qui l'étouffe!

Hugh eut un mouvement de recul devant les regards soudain hostiles.

— Allons, messieurs, pas de sang chez moi! cria soudain Elspeth, détendant brusquement l'atmosphère. Quant à vous, capitaine, si vous connaissiez la jeune fille, vous la remercieriez à genoux d'épouser votre homme!

— Vous savez qui est cette Macmillan, alors?

— Mais bien sûr! Je connais tout le clan, et Anna Rose en particulier. Elle m'apporte mes œufs et mon beurre chaque jour de marché depuis qu'elle sait se tenir debout et elle viendra demain, même si c'est la veille de ses noces.

— Demain, dites-vous ? reprit Hugh, sa curiosité éveillée.

— J'ai sa parole, acquiesça Elspeth en opinant vigoureusement du bonnet.

— Alors, qu'est-ce qu'on fait de ce lascar ? lança un client en colère. On le jette dehors dans la tempête ?

Un murmure d'assentiment accueillit la proposition mais Elspeth intervint à nouveau, couvrant le brouhaha de sa voix de virago :

— Ecoutez-moi bien, tous ! Le capitaine changera d'avis quand il verra le mariage. J'ai un plan ! Gardons l'œil sur lui et emmenons-le avec nous. Je serais surprise qu'il cause du grabuge !

— D'accord ! s'exclamèrent les clients avant de retourner à leurs conversations, soulagés de voir que Hugh n'opposait aucune résistance.

Le capitaine n'en avait pas non plus l'intention car les villageois facilitaient son jeu : il se trouverait là quand la marchande d'œufs viendrait apporter sa commande habituelle à la patronne de l'auberge. Non seulement il pourrait juger par lui-même, mais en plus il aurait quelques révélations à livrer à la petite... Il resterait fort peu de chances qu'il assiste au mariage le surlendemain.

La nuit s'annonçait longue et la veuve remplit à nouveau sa chope tandis que Hugh méditait le discours qu'il tiendrait à Anna Rose. Une chose était claire : il fallait annuler les réjouissances. Rory était trop jeune pour prendre une pareille décision et une union trop hâtive tournerait rapidement au vinaigre. Il devait bien y avoir un moyen de le tirer d'affaire.

Ce matin-là, Anna Rose était en retard. Toute la ville savait qu'elle se mariait le lendemain et ses connaissances venaient lui présenter leurs vœux de bonheur. Quand elle eut finalement placé les deux mottes de beurre et une douzaine d'œufs dans son panier, Anna Rose se sentit d'humeur délicieuse, gagnée par l'excitation de tous.

Une seule personne détonnait dans l'euphorie générale : Iris, qui, les yeux rouges et gonflés, vendait les produits de la ferme en boudant. Depuis que leurs parents lui avaient annoncé leur décision, elle ignorait ostensiblement Anna Rose et Rory.

Avant de se diriger vers l'auberge, Anna Rose entreprit une dernière tentative pour la consoler.

— Ce sera pour notre bien à tous, Iris. Et je ne te l'ai pas volé ! L'amour ne se commande pas.

Iris lui lança un regard glacial.

— Epargne ta salive, Anna. Si je voulais l'épouser, j'en aurais le moyen. Mais il n'en vaut pas la peine. Crois-moi, ajouta-t-elle sur un ton déplaisant, tu regretteras tes noces. Mais vous êtes bien assortis, tous les deux. Je serai plus qu'heureuse de vous voir décamper en Amérique !

Anna Rose reprit son panier en soupirant. Elle ne s'était jamais bien entendue avec sa sœur et tout espoir de réconciliation s'envolait définitivement. Mais elle ne laisserait pas Iris lui gâcher sa journée !

Hugh, qui arpentait sa chambre exiguë au-dessus de la taverne, jeta un coup d'œil à la pendule. Presque midi ! La demoiselle était en retard... *Parfait, se dit-il, voilà qui ne parle pas en sa faveur. Peut-être même ne viendra-t-elle pas !*

Il alla à la fenêtre et examina la rue animée : des carrioles remontaient vers le marché, tirées par des chevaux efflanqués, des fermiers allaient et venaient d'un pas lourd parmi des enfants qui jouaient bruyamment au cerceau. Soudain, Hugh aperçut une silhouette féminine qui se dirigeait vers l'auberge. Ses cheveux flamboyaient au soleil comme elle avançait, fière et droite. Ses pieds nus et sa coiffure indiquaient qu'elle était encore demoiselle.

« Joli brin de fille », se dit-il en souriant malgré lui.

Il la suivit du regard, notant le balancement harmonieux de ses jupes au rythme de son pas régulier, oublieux de l'affaire qui l'occupait. Mais il revint sur terre quand la jeune fille s'engouffra sous le porche de la taverne. Il ne s'agissait pas d'une simple passante ! Tout à coup, il identifia le plaid vert et rouge du clan Macmillan et distingua des œufs au fond de son panier.

Comme elle disparaissait, Hugh se précipita dans le couloir juste à temps pour entendre la voix rauque de la patronne :

— Te voilà enfin ! J'ai eu peur que tu m'oublies, dans tout ce remue-ménage.

— Comment le pourrais-je, madame Elspeth, après toutes ces années ? répliqua une voix douce comme le murmure du ruisseau dans la prairie. Dire que c'est ma dernière visite ! La semaine prochaine, je serai en route pour l'Amérique...

— Et tu seras mariée, ajouta Elspeth sur un ton rêveur.

— Oui ! Madame Rory McShane... Je n'arrive pas à y croire.

Hugh se racla la gorge de fureur en entendant Elspeth répliquer avec affection :

— Ce brave garçon ne connaît pas sa chance !

Sa chance que je vienne à sa rescousse, oui ! rectifia Hugh pour lui-même.

— Tu trouveras du thé et des scones dans la petite salle comme d'habitude, Anna Rose. Va te servir pendant que je range les œufs et le beurre.

Hugh se donna quelques minutes avant de descendre à son tour, vérifiant que la patronne était bien repartie. Quand il s'encadra dans la porte de la petite salle, Anna Rose buvait son thé à petites gorgées, un sourire rêveur aux lèvres. Le capitaine retint son souffle. Une vraie beauté ! La femme idéale... Quoi qu'il en soit, il devait s'en tenir à sa mission.

Anna Rose était perdue dans ses pensées. Elle s'imaginait déjà, au bras de son mari, sur le navire qui les conduirait vers les côtes dorées de l'Amérique. Elle tourna soudain la tête, alertée par un bruit ou la sensation d'un regard posé sur elle, elle n'aurait su le dire. Un étranger la dévisageait depuis la porte. Elle remarqua qu'il était grand, brun et de puissante stature, et comprit qu'il était marin à ses culottes de toile, ses bottes et son chandail.

— Si vous cherchez madame Gray, elle est au garde-manger, aventura Anna Rose, intimidée par le regard appuyé de l'inconnu.

— Non, fit-il d'une voix traînante. Je crois que j'ai trouvé la personne que je cherchais. Vous êtes bien Anna Rose Macmillan ?

Décontenancée, Anna hocha mécaniquement la tête. L'étranger la fixait toujours sans ciller. Comme le silence s'éternisait, elle reposa sa tasse trop brusquement.

— Excusez-moi de vous admirer, dit enfin l'étranger après s'être éclairci la gorge, mais vous êtes si jolie !

Troublée par ce regard noir qui la faisait frémir, Anna Rose se leva et battit en retraite.

— Je vous prie de me laisser, monsieur. Nous n'avons pas été présentés, il me semble.

— Pardonnez encore mon manque de manières. Décidément je ne suis plus moi-même. Ce pauvre Rory n'aura pas résisté non plus à votre charme ! (Devant son expression intriguée, il se hâta d'ajouter :) Je suis le capitaine Hugh Sinclair, maître après Dieu sur l'*Olympia*.

Anna Rose se rassit avec un rire soulagé.

— Vous m'avez fait peur, capitaine. Je vous avais pris pour un client de la taverne. On m'a recommandé d'éviter ce genre d'individus.

Rory avait également reçu le conseil de fuir les filles de son espèce... se dit Hugh avec un sourire cynique.

— J'espère que vous assisterez à notre mariage, capitaine. Rory en serait si heureux. Il ignore que vous êtes parmi nous, je pense.

Hugh s'assit de l'autre côté de la table, remarquant avec un brin d'envie l'émotion de la jeune fille quand elle évoquait son fiancé. Il posa ses mains bien à plat devant lui et les examina, cherchant ses mots.

— Anna Rose, j'ai bien peur que ce soit impossible. Je crois... qu'il faut tout simplement annuler la cérémonie pendant qu'il en est encore temps. Réfléchissez bien, insista Sinclair en voyant la jeune fille sursauter et pâlir. Vous ne gagnerez rien à épouser le matelot McShane. Vous êtes si jolie que vous lui avez tourné la tête mais vous n'êtes pas la première. Allons, laissez-le partir. Vous ne manquerez pas de prétendants, j'en suis certain.

— Comment osez-vous rabaisser Rory de la sorte ? s'écria Anna Rose en sautant sur ses pieds, mi-furieuse, mi-incrédule. Je ne veux personne d'autre ! C'est Rory que j'aime. Et puis, il n'est pas matelot, mais second, si je ne m'abuse.

— Il est incorrigible... observa le capitaine avec un rire désabusé. Apparemment, ma jeune demoiselle, votre promis a oublié de vous confier certaines choses, et notamment sa réelle fonction à bord. Rory n'est que simple matelot et ce ne sont pas ses qualités de marin qui lui vaudront de l'avancement.

— Je me moque de ce que vous pouvez dire. J'aime Rory, je vais l'épouser et ensuite nous partirons vivre en Amérique.

— Tiens donc ! s'exclama le capitaine en plissant les yeux. Et sur quel navire, je vous prie ?

— Mais sur l'*Olympia*, naturellement. Rory a tout arrangé.

— Sur *mon* bateau ? ricana Sinclair. Mais je n'en ai pas été informé. Surprenant, tout de même...

Anna Rose se leva, au bord des larmes. Comment cet homme que Rory portait aux nues pouvait-il raconter de telles horreurs sur son compte ? Elle se détourna pour sortir, bien décidée à ne pas en écouter davantage. Mais Hugh l'intercepta d'une main et la plaqua contre sa dure poitrine.

Anna Rose se débattit en vain. Elle sentait leurs cœurs battre l'un près de l'autre et la chaleur virile de l'homme se diffuser contre ses cuisses. Elle leva les yeux vers lui, effrayée mais étrangement fascinée en même temps, comme magnétisée. Elle s'immobilisa tandis qu'il la scrutait avec attention :

— Vous a-t-il déflorée ?

Anna Rose en suffoqua d'indignation.

— Ce n'est pas votre affaire, capitaine !

— Oh que si ! Je ne laisserai pas une donzelle se jouer de lui. Comment une femme telle que vous pourrait-elle l'aimer ? Vous avez trop de passion, trop de tempérament ! Jamais il ne pourrait vous combler... Il vous faudra un homme, un vrai, mademoiselle Macmillan.

— Vous, par exemple ? explosa la jeune fille.

— Peut-être bien, Anna Rose, murmura-t-il d'une voix rauque.

Embrasée par l'émotion, Anna Rose avait le visage en feu. Jamais un homme ne l'avait traitée ainsi ! Il la maintenait contre lui, lui imposait son corps d'homme et la brûlure de son désir pour *elle* ! Anna Rose défaillit, en proie au vertige, troublée par la vie secrète qui semblait soudain animer son corps, ses seins qui se tendaient, ses jambes qui se dérobaient.

— Mon Dieu, capitaine... implora-t-elle.

— Madame Rory McShane ? s'écria-t-il en riant. Eh bien, nous verrons si vous vous obstinez ! Je vous crois assez sage pour comprendre que ce serait une erreur...

Anna aurait voulu le contredire, démentir ces prévisions, mais les mots s'étranglèrent dans sa gorge quand elle sentit le souffle de Sinclair près de sa bouche. Privée de toute volonté, elle s'abandonna, mi-craintive, mi-curieuse.

— Anna Rose ! Es-tu toujours là ? s'écria Elspeth depuis la grande salle.

Hugh relâcha la jeune fille à regret. Elle était née pour lui et pour personne d'autre ! Leur étreinte était si simple, si naturelle... Hugh avait rencontré pareille splendeur une seule fois dans sa vie et la belle en avait épousé un autre, elle aussi. Mais cette fois-ci, il remuerait ciel et terre pour empêcher le mariage. Anna Rose Macmillan serait sienne ! Il s'en fit le serment. Pourtant... Elle appartenait à Rory, elle l'aimait...

— Je dois partir maintenant, madame Elspeth, répondit Anna d'une voix chantante avant de disparaître.

Hugh s'assit lourdement et passa la main dans ses cheveux, poussant un long soupir. La pièce était vide tout à coup, dépourvue de la vie et de la lumière qui y rayonnaient un instant auparavant.

Anna Rose s'enfuit au marché en courant, un seul nom sur les lèvres : « Rory, Rory, Rory... » Rory, qui l'attendait à la ferme, Rory au regard candide qui lui murmurait sa tendresse. Encore deux jours et ils seraient mariés. Rien ne pourrait les séparer. Elle oublierait le capitaine Sinclair et ses mensonges — elle décida même de ne pas rapporter leur rencontre à son fiancé. Cet homme était dangereux et vil.

De retour à leur étal, même la moue boudeuse d'Iris lui parut la bienvenue. Au prix d'un gros effort, Anna retrouva le sourire pour servir ses clientes et lorsque les deux sœurs reprirent le chemin de la ferme, au soleil couchant, Anna Rose s'était presque rassérénée.

5

La matinée du mariage arriva, radieuse et fraîche. Anna Rose s'était éveillée à l'aurore pour voir le soleil se lever sur le jour triomphal de ses noces. Puis comme le veut la coutume, elle alla dans la prairie se baigner le visage à la rosée du joli mois de mai. Jamais plus elle ne sacrifierait à ce rituel virginal et ce matin-là, au lieu de murmurer traditionnellement «qui m'aimera?», elle chuchota: «Que mon époux me conserve son cœur!»

L'heure approchait. Elle avait revêtu sa robe de batiste et de dentelle blanche et tressé ses cheveux en une longue natte couronnée de bruyère et de boutons de rose.

Debout près de son lit elle attendait, prêtant l'oreille aux cornemuses et aux violons que l'on accordait tandis que les baladins répétaient leurs chants malgré le fracas des carrioles qui amenaient les invités. Il y en aurait quarante en tout comme le prescrivait l'Eglise d'Ecosse. Chacun apporterait de quoi boire et manger ou une obole pour les musiciens.

Tout était prêt. Seule la disparition d'Iris menaçait de mettre la cérémonie en péril — elle avait bien choisi son jour! Pourvu qu'elle ne réapparaisse pas pour faire une scène! Et que mijotait le capitaine Sinclair?

— Es-tu prête, ma fille? s'enquit Margaret Macmillan.

— Je crois, Mère. A-t-on des nouvelles d'Iris?

— Ne t'inquiète pas pour elle, lui intima sa mère. Nous ne la laisserons pas gâcher une si belle journée. Elle reviendra tôt ou tard, de toute manière, et je l'attends de pied ferme. Qu'elle ne s'imagine pas être trop grande pour recevoir une bonne correction! Allons, souris, ma fille. On dirait que tu vas à un enterrement, pas à ton mariage!

— Oui Maman, fit-elle docilement.

Il ne fallait plus penser à Iris. Elle avait sans

doute inventé cette fameuse demande en mariage... Et le capitaine Sinclair se trompait : l'amour qui l'unissait à Rory était fort et sincère. Aujourd'hui serait un jour de réjouissances !

Rory McShane arpentait nerveusement la cour, s'interrompant parfois pour échanger quelques mots avec un nouvel arrivant. Que préparait Iris ? D'abord soulagé de la voir s'éclipser, il craignait maintenant qu'elle vienne tout révéler au dernier moment...

— Rory ! le héla une voix familière.

Il se retourna vivement, trop surpris pour en croire ses oreilles. Etait-ce possible ?

— Capitaine ! s'écria-t-il avec joie, comment avez-vous découvert que je me mariais ?

— Peu importe, puisque tu ne te maries plus ! Je ne sais pas comment tu t'es encore fourré dans ce pétrin, mais j'arrive à point. Une bourse pleine d'or devrait racheter ta liberté, comme d'habitude... La fiancée est enceinte, je suppose.

— Je ne l'ai pas encore touchée, expliqua Rory en riant. Mais j'espère qu'elle portera nos petits avant longtemps.

Hugh le dévisagea, incrédule. Rory était un séducteur et le capitaine l'avait appris à ses dépens : deux fois déjà, il l'avait sauvé devant l'autel. Jamais deux sans trois ! Il fallait seulement espérer que Rory en tirerait une leçon salutaire. Et puis, Hugh avait une autre raison de dissuader le jeune homme depuis qu'il avait lui-même rencontré Anna Rose...

Le capitaine regarda autour de lui : les musiciens, les invités et le pasteur attendaient. Il était un peu tard pour intervenir mais il trouverait une solution pour tirer son jeune ami d'affaire et le ramener sur le navire. Quant à Anna Rose...

— Capitaine, je l'aime ! entendit soudain Sinclair, absorbé dans ses pensées.

— Tu as perdu la raison ! s'exclama le capitaine en le secouant par les épaules.

— Capitaine, implora Rory en l'emmenant s'asseoir dans un coin plus calme. Ecoutez-moi : je veux cette femme plus que tout au monde. Ce mariage fera un autre homme de moi. Je vous en prie, accordez-nous votre bénédiction, ajouta-t-il sans succès, Sinclair se rembrunissant à vue d'œil. Attendez au moins que je vous la présente. Elle est merveilleuse...

— Allons, Rory, je ne parle que dans ton propre intérêt...

Soudain les cornemuses sifflèrent et les deux hommes levèrent la tête : la porte du cottage venait de s'ouvrir et Anna Rose parut. Hugh resta bouche bée devant une telle vision. Etait-ce la jeune fille aux pieds nus qu'il avait tenue dans ses bras à la taverne ? Muet d'admiration, il la regarda s'approcher de l'assistance avec un sourire pour chacun, accueillant ses invités par de petites révérences. Elle croisa le regard du capitaine et se figea un instant avant de l'implorer de ses yeux verts. Hugh sentit ses résolutions s'effondrer et avala sa salive, tâchant de retrouver sa voix.

— Jolie mariée, Rory.

— Pour ça oui, capitaine ! Pouvez-vous croire qu'elle va devenir ma femme ?

— Franchement non !

Il fallait peser la situation. Rory n'avait pas un mauvais fond, même s'il avait mal commencé dans la vie. Et puis, Hugh avait promis de veiller sur lui comme sur son propre garçon : Anna Rose n'était-elle pas une épouse idéale pour un fils ? — *et pour toi...* susurra une petite voix. Mais non ! Il n'avait pas le droit de priver ces deux-là de leur bonheur.

— Très bien. Je vous donne ma bénédiction. Mais nous mettons demain à la voile.

— Demain ?

— Et tu prendras la mer seul !

— C'est impossible, capitaine. J'ai promis à Anna Rose et à toute sa famille de l'emmener en Amérique.

Hugh regarda encore la jeune mariée. Elle paraissait ravissante et fragile, mais son port altier annonçait une grande force intérieure. Il l'avait constaté lui-même à la taverne quand elle avait fougueusement défendu Rory. Le capitaine prit une nouvelle résolution. Il ne pouvait infliger pareille déception à son protégé. Du reste, aucun des deux hommes ne souhaitait laisser Anna Rose en arrière...

— Quels sont tes projets en Amérique ?

— Je pensais quitter la marine et prendre une petite exploitation en Géorgie. Anna et moi... continua Rory en rougissant jusqu'à la racine des cheveux, nous adorons les enfants et voulons en avoir sans tarder.

— Vous ne vous êtes donc pas encore attelés à la tâche ?

— Capitaine ! protesta Rory. Je respecte trop Anna Rose...

Il s'interrompit brusquement, songeant qu'il avait eu moins de scrupules avec Iris.

— Parfait, mon garçon, elle te suivra. J'ai un plan, si tu es prêt à me faire confiance.

Rory poussa un cri de joie et Hugh lui donna une affectueuse bourrade sur l'épaule, secrètement ravi de voyager en si séduisante compagnie.

Les cornemuses entamèrent une mélodie dont les notes graves firent frémir Anna Rose. Des larmes de bonheur montèrent à ses yeux et son cœur battit plus vite. Elle lança un regard furtif vers Sinclair, soudain étreinte par l'angoisse. Il ne souriait pas mais répondit à sa question muette par un petit signe de tête. Soulagée d'un grand poids, elle chercha son fiancé des yeux. L'heure était venue.

Rory lui offrit solennellement la main et Anna Rose l'accepta, aussi émue que s'ils consacraient leur union par ce simple geste. Leurs doigts s'entrelacèrent en une chaleureuse caresse et Rory conduisit sa fiancée vers le pasteur qui les attendait.

Anna Rose avait le sentiment de franchir un seuil invisible : elle devenait femme — l'épouse tendrement chérie de l'homme qu'elle aimait passionnément. Tenant la tête encore plus haut, elle serra la main de Rory avec une énergie née de leurs doux liens.

Ainsi cheminerons-nous ensemble toute notre vie durant, songea Anna Rose, *chacun le soutien de l'autre.*

Puis le pasteur prononça les paroles rituelles et le mariage fut célébré selon la coutume. Rory et Anna Rose, agenouillés sur un coussin de satin blanc, une bible à la main, échangèrent leurs promesses d'amour et de fidélité tout près de la rivière, symbole d'éternité.

Pendant ce temps, Margaret Macmillan souriait avec fierté et le père d'Anna Rose pleurait d'émotion depuis sa fenêtre, bouleversé par la beauté de la cérémonie et le départ imminent de sa fille. Iris, dissimulée derrière une petite butte de terre, assistait également à la scène, le cœur empli de venin. Peut-être portait-elle l'enfant de Rory. Ce n'était pas certain. Mais elle aurait un bébé et une fois l'heure venue, elle révélerait l'identité présumée de son père à Anna Rose !

— Tu me le paieras ! siffla-t-elle, avant de prendre la direction d'Inverness.

Mais Anna Rose, indifférente au reste du monde, baignait dans l'allégresse, enveloppée avec Rory dans une bulle de pur bonheur. Le pasteur prononça le dernier « amen » et le violoneux donna le signal de la danse.

Rory présenta son bras à son épouse pour inaugurer le bal par la traditionnelle danse du baiser. Quand il posa ses lèvres sur celles de la jeune fille, elle frémit, oubliant la musique — mais un instant plus tard, ils tournaient et virevoltaient au rythme des cornemuses.

Hugh ne quittait pas Anna Rose des yeux. Ses mouvements gracieux éveillaient en lui des désirs réprimés depuis longtemps. Il s'était éloigné des femmes depuis la trahison de sa fiancée, satisfaisant dans les ports les besoins de sa virilité auprès de conquêtes de passage. L'amour ? Une épouse ? Ce n'était pas pour lui. Mais alors pourquoi souffrait-il tant de voir la jeune madame McShane rayonner d'amour pour son mari ? Etait-ce la fierté d'un père pour son fils ? Non, ses sentiments n'étaient pas précisément ceux d'un beau-père.

— Capitaine ! appela Rory, à votre tour !

C'était au-dessus de ses forces. Sinclair aurait voulu prendre la place de Rory, et pas seulement pour la danse... Aussi feignit-il de ne rien entendre et s'éloigna-t-il pour se rafraîchir d'un peu de bière.

Contrairement à ce que pensait le capitaine, Anna Rose n'avait pas été aveugle à son manège. Il la regardait comme à la taverne... Mais pourquoi cette tristesse mêlée à la joie dans ses yeux noirs ?

— Capitaine ! insista Rory.
— Laisse-le, implora Anna Rose.

Qu'il ne réponde pas à ce deuxième appel plongea la jeune fille dans une étrange déception mêlée de soulagement. Mais elle s'interdit de penser davantage à lui. Anna Rose leva les yeux en souriant vers son époux qui lui rendit un regard d'adoration. Soudain tremblante, elle se pressa contre lui et leurs lèvres se joignirent, la transportant loin, très loin, dans une bulle de paradis qui n'admettait personne d'autre.

Violons et cornemuses battaient une cadence endiablée tandis qu'au bord de la rivière l'on montait des tréteaux à l'ombre d'un bosquet. Des femmes apportèrent des monceaux de gibier rôti à la broche, du pain doré et des gâteaux luisants de sucre. Anna, qui ne manquait pas une danse, ne trouvait ni le temps d'avoir faim ni celui de songer à sa nouvelle vie.

Rory et le capitaine, en revanche, s'étaient isolés de la foule en liesse pour boire tranquillement leur bière en discutant de l'affaire qui les préoccupait.

— Tu as de quoi payer sa traversée, naturellement.

— Payer? s'exclama Rory en rougissant. Je... je n'y avais pas songé, murmura-t-il en fixant le bout de ses chaussures, incapable de rencontrer le regard du capitaine.

— Comptais-tu sur ma bonté d'âme? Mais à quoi penses-tu, Rory? rugit-il. Même si je lui offrais le voyage, reprit-il d'une voix plus calme, tu sais bien que j'ai à répondre de mes passagers au propriétaire!

— J'ai gagné de l'argent en travaillant ces dernières semaines, commença Rory, mais je ne le prendrai pas, conclut-il en carrant les épaules. Je me demande déjà ce que vont devenir les Macmillan avec leurs deux vauriens de Gavin et Ewan pour abattre tout le travail!

Hugh le regarda avec un certain respect. Même si Rory n'était qu'un étourdi pour se marier sans un sou vaillant, il faisait preuve d'une réelle dignité quand il redressait l'échine. Mais les beaux principes ne nourrissent pas leur homme.

— Voilà qui est très noble, mais ne fournit pas de cabine à ta femme pour autant. Si je possédais ce bateau, il n'y aurait aucun problème, mais tu sais aussi bien que moi que le propriétaire enverra un agent compter les hommes, femmes, enfants et même les rats qui débarqueront à New York ! Sa présence doit être enregistrée.

— Je sais, reconnut Rory piteusement. Dites, capitaine, reprit-il avec un sourire enjôleur, pourquoi ne pas me concéder une petite avance sur mon salaire ?

Sinclair fronça les sourcils. Ce jeune fripon espérait sans doute qu'il oublierait ensuite sa dette. Pas question ! Il lui avait d'ailleurs déjà prêté une bonne partie de ses gages... Et puis, Rory devait acquérir le sens des responsabilités. C'était le moment ou jamais.

— J'ai promis à ton beau-père de faire de toi un homme, pas d'être ta nounou ! Si tu es assez grand pour prendre femme, il faut en assumer la charge.

Un silence gêné s'installa. Les deux hommes, invinciblement attirés par la même femme, observaient Anna Rose danser tant bien que mal avec un Jamie MacCullough passablement éméché. Anna était toute rose d'animation et respirait le bonheur.

— Belle fille, commenta Sinclair pour lui-même.

— Oui, répliqua le jeune marié, c'est vrai.

— Il y a un moyen, mon garçon, reprit le capitaine sur un ton égal. Tu veux t'installer dans le Sud ? continua-t-il quand il vit que Rory lui accordait toute son attention. Eh bien, je connais un propriétaire de la région qui cherche un contremaître pour gérer ses terres et son personnel en son absence. Il achète ta traversée, moyennant quoi tu travailles sept ans pour lui. Réfléchis bien. En échange de ta liberté pour quelques années, tu pourras garder Anna Rose près de toi et le moment venu, tu recevras tes propres outils et peut-être même un morceau de terrain.

Inutile de préciser à Rory qu'il n'était autre que ce maître et que le domaine qu'il lui proposait d'exploiter était celui que son père lui avait légué près de Darien, en Géorgie.

— Alors ?

Rory fit la grimace.

— Faudra-t-il prévenir Anna Rose ?

— C'est ta femme, mon garçon ! Allez-vous vous faire des cachotteries dès le début ?

Rory frémit en songeant à l'autre secret, celui qu'il devrait porter seul jusqu'à la mort. Il fallait espérer qu'Iris ne le trahirait pas — et éloigner Anna Rose. Le plus tôt serait le mieux.

— Je ne lui veux que du bien, mais pour l'instant, elle n'a pas besoin de le savoir.

Sinclair poussa un soupir de soulagement.

— Tu acceptes mon offre, alors ?

Jetant un dernier regard vers sa femme, Rory haussa les épaules.

— Je n'ai guère le choix, me semble-t-il.

— Il reste à signer les documents de rachat.

Rory frissonna. En s'exécutant, il s'engageait à devenir l'esclave de ce propriétaire, même si ce n'était que pour sept ans. Or, il se souvenait avoir vu vendre aux enchères certains malheureux pour qui la chance avait tourné.

— Allons, courage ! fit Sinclair avec une bourrade affectueuse. De toute façon, s'il t'arrivait quoi que ce soit, Anna Rose ne serait pas vendue pour racheter ta dette, je t'en fais le serment.

— Vous prendriez soin d'elle en cas de problème ? reprit Rory, quelque peu soulagé. Iriez-vous jusqu'à l'épouser pour lui épargner la misère ?

Hugh eut un mouvement de recul, refusant d'envisager une situation si troublante.

— Je ne pense pas que tu aies le droit de décider à sa place. Mais si cela peut te tranquilliser, je le promets.

— Marché conclu ! répliqua Rory en lui serrant la main. Vous êtes un ami, un vrai, capitaine !

— Rory, mon chéri ! s'écria Anna Rose. Viens danser le dernier quadrille avec moi !

Hugh leva les yeux et leurs regards se croisèrent. Elle rougit et se détourna. Quelle ravissante créature, songea Hugh à qui cette vision fouettait le sang.

— Viens plutôt que je te présente quelqu'un, répliqua Rory. Et puis j'ai de grandes nouvelles.

Ainsi le moment était venu de retrouver l'audacieux inconnu du Poignard d'Argent. Anna Rose avait fini par croire que son époux préférait qu'ils ne se rencontrent pas. Elle ne lui avait pourtant rien dit de leur entrevue à l'auberge et elle avait l'intuition que le capitaine en avait fait autant. Elle savait bien que Sinclair n'approuvait pas leur mariage. Jamie le lui avait confirmé et même Rory l'avait laissé entendre. Aussi s'était-elle inquiétée en le voyant paraître. Soulagée qu'il reste à distance, elle demeurait cependant désorientée par ses regards insistants, qui lui rappelaient la pénible scène de la taverne.

Elle sourit à son époux mais s'avéra incapable de faire face à Sinclair. Il l'intimidait comme s'il connaissait de sombres mystères à son sujet, des secrets étrangers même à son mari.

— Voici le capitaine Sinclair, annonça Rory avec un sourire rayonnant. Il nous emmènera en Amérique.

Anna Rose fit une petite révérence au maître du navire. Saisissant sa main, Sinclair y déposa un baiser. Prise au dépourvu, elle leva les yeux vers lui, immédiatement captive de son regard noir et incisif comme l'obsidienne.

— Madame McShane, je suis très honoré, dit-il comme s'il lui adressait la parole pour la première fois.

— Capitaine ! s'exclama-t-elle avec un sourire reconnaissant, vous êtes le premier à m'appeler par mon nouveau nom. Je vous en remercie !

Il lâcha sa main à regret et elle se réfugia près de Rory.

— Quelles sont ces nouvelles urgentes, Rory ?

— Le capitaine m'annonce que nous mettons à la voile dès demain.

— Demain ! s'exclama Anna Rose.

— En effet, madame McShane, confirma Hugh. Dès que la fête est terminée, nous partons sur l'*Olympia*.

— Tout est arrangé, alors ? insista Anna en fixant le capitaine avec méfiance.

— Oui.

Mais Anna Rose, loin de pousser des cris de joie, parut soudain troublée. Rouge de confusion, elle ne trouvait plus ses mots.

— Que t'arrive-t-il, Anna Rose ? s'inquiéta Rory.

Elle jeta un regard nerveux en direction de Sinclair avant de chuchoter à l'oreille de son époux qui se dérida finalement et partit d'un grand rire.

— Ne te fais pas de souci, ma chérie, lui murmura-t-il en retour. Nous trouverons une solution.

Mais Anna Rose restait perplexe : quelle nuit de noces serait la leur sur un navire bondé de marins et d'émigrants ? Faudrait-il attendre la fin de la traversée ? Elle ne supporterait pas une telle tension ! Anna Rose ne frémissait-elle pas de désirs inconnus à la moindre caresse de son mari ?

— Peut-être pourrions-nous passer la nuit dans une auberge et embarquer au dernier moment demain matin... proposa Rory.

Le capitaine Sinclair devina soudain la cause de leur agitation. Ainsi, Anna Rose était bien la femme passionnée qu'il avait supposé. Il saisit Rory par le bras et s'éloigna pour ne pas offenser la pudeur de la jeune fille.

— Je suis désolé pour la nuit de noces, mais je ne peux vous laisser dormir à l'auberge, expliqua Sinclair, car nous partons avec la marée demain à l'aube. Cependant, reprit-il en lisant une cruelle déception sur le visage de Rory, je vous prêterai ma cabine cette nuit. Cette nuit seulement, attention, mais cela devrait lui faciliter les choses. J'ai cru comprendre que la première fois est toujours un peu rude pour les demoiselles...

— Capitaine, vous êtes grand seigneur ! s'exclama Rory en lui sautant au cou. Chérie, cria-t-il ensuite à Anna Rose, c'est arrangé ! Nous passerons notre nuit de noces à bord de l'*Olympia*, mais dans la cabine du capitaine !

Une ovation accueillit ses paroles qui n'avaient échappé à personne, au grand embarras d'Anna Rose qui n'eut d'autre ressource que de relever fièrement la tête en ignorant les commentaires grivois des invités. Quand elle détourna les yeux, elle croisa malgré elle le regard intéressé du capitaine Sinclair...

Les adieux furent bouleversants. John Macmillan fit bonne figure malgré ses yeux rougis et serra gravement Anna Rose dans ses bras :

— Ma fille chérie... Je suis fier de toi, tu sais. Souviens-toi toujours que la terre compte plus que tout, après votre amour l'un pour l'autre. Ce sera difficile, au début, mais pense courageusement à l'avenir.

— Je te le promets, Papa, répondit-elle en luttant contre les larmes.

— Va, Anna Rose, je te bénis. Nous nous reverrons sous d'autres cieux.

« Sous d'autres cieux » ? Voulait-il parler de l'Amérique ou bien... ? Mais Anna Rose devinait la réponse sans avoir à poser la question. Leur séparation fut déchirante.

Sa mère et ses sœurs ne cherchèrent pas à retenir leurs larmes et même Gavin et Ewan reniflèrent un peu. Seule Iris était absente et nul ne savait ce qu'elle était devenue.

— Ne t'inquiète pas à son sujet, Anna, la réconforta sa mère, elle sera de retour avant le coucher du soleil. Et je parie qu'elle montera à bord la première quand nous irons te rejoindre en Géorgie. Dieu veuille que ce soit bientôt !

— Je vous enverrai de l'argent, Maman, promit Anna Rose.

— Ne vous privez pas pour nous. Tout ira très bien. Nos deux gaillards de fils vont bien se mettre au travail !

Margaret Macmillan lui offrit la bible sur laquelle elle avait juré amour et fidélité à Rory.

— Tiens, ma fille. J'y ai mis à sécher quelques fleurs de ta couronne nuptiale en souvenir de ce jour et de ton foyer. Prends bien soin de toi et sois certaine que nos prières t'accompagnent.

Quelques minutes plus tard, une carriole emportait Anna Rose le long de la route sinueuse, vers Inverness et la mer. La gorge nouée par l'émotion, la jeune fille restait muette, craignant d'éclater en sanglots. Mais bientôt, l'air vif et iodé réveilla son courage et les regrets firent place aux projets. L'avenir commençait dès maintenant ! Elle glissa sa main dans celle de Rory qui se pencha pour déposer un baiser sur sa joue.

— Je t'aimerai toujours, murmura-t-il.

— Moi aussi, mon chéri, répondit-elle, oubliant la présence du capitaine.

— Ah, la jeunesse et l'amour... soupira celui-ci avec une feinte nostalgie.

— Avez-vous été amoureux, capitaine ? demanda Anna Rose par politesse davantage que par réelle curiosité.

Il fallait pourtant reconnaître que Hugh Sinclair avait la beauté du diable. Pourquoi n'était-il pas marié ? Avait-il fui les liens sacrés du mariage en devenant marin ?

— Oui ma fille, répondit-il enfin. J'ai connu l'amour et il m'a trop fait souffrir.

— Pardon, capitaine. Je ne voulais pas vous attrister.

— Qui fréquente une femme infidèle oublie le goût du bonheur, répliqua Sinclair avec amertume.

— Votre épouse ? ne put-elle s'empêcher de demander.

Le capitaine lui-même semblait disposé à se confier.

— Nous n'étions pas mariés, Dieu soit loué. La date de la cérémonie était pourtant déjà fixée quand mon bateau revint, mais la belle était volage. Elle m'avait quitté pour un pêcheur qui mourut en mer peu après en lui laissant un enfant.

Alors elle revint à moi avec le bébé, mais je n'avais plus confiance. (Il poussa un long soupir de lassitude.) Ah... Lil était belle à croquer. Peut-être aurais-je dû l'épouser. Le destin en a décidé autrement. Allons, allons, madame McShane, ajouta-t-il précipitamment en voyant Anna Rose au bord des larmes, il ne faut pas pleurer sur de l'histoire ancienne le jour de vos noces ! Certains hommes naissent pour épouser la mer, plutôt qu'une femme. C'est mon cas, je suppose, et je ne suis pas malheureux.

Pourtant, si jamais une créature telle qu'Anna Rose croisait son chemin, il savait bien qu'il tournerait le dos à la marine et se reconvertirait pour plaire à son épouse. Qui était cette fille ? Une sorcière de la lande écossaise ? Comment pouvait-elle raviver un cœur mort depuis dix longues années ? Elle le hantait depuis son arrivée au Poignard d'Argent et maintenant, il ne pouvait détacher ses pensées de l'étroite couchette de sa cabine où Anna Rose allait connaître sa première nuit de femme. Sa présence y resterait imprimée pour toujours.

— Le voilà, Anna Rose ! s'exclama fièrement Rory. L'*Olympia* !

— Rory ! Il est magnifique !

Le capitaine, tiré brusquement de sa rêverie, faillit éclater de rire. L'*Olympia* n'était qu'un gros baquet sale à côté des clippers fins et élégants que l'on affrétait en Amérique. Ce serait son dernier contrat avec un armateur de Liverpool, réfléchit Sinclair. Il avait suffisamment d'expérience pour progresser dans la profession et peut-être acheter son propre bateau avec l'argent qu'il avait investi à New York.

Rory sauta de la carriole et saisit leur petit bagage, laissant le capitaine aider son épouse à descendre.

— Je peux me débrouiller seule, l'assura Anna Rose, qui n'avait pas oublié l'étrange émoi dans lequel Sinclair l'avait plongée à la taverne.

Pourtant il insista et, lui encerclant doucement la taille de ses mains puissantes, il la souleva comme une plume. Il la reposa sans heurt mais un talon resta coincé entre deux pavés.

Déséquilibrée, Anna Rose chancela et le capitaine la prit dans ses bras pour la remettre debout. Cette étreinte rapide fut presque aussi intense qu'à l'auberge, et durant le court instant où Anna Rose se trouva plaquée contre la poitrine du capitaine, elle sentit son cœur battre follement. Soudain, rencontrant le regard troublé de Sinclair, elle y lut un désir intense, devina un bouillonnement d'émotions, sentit qu'une force inconnue se déchaînait en lui. Si ses provocations avaient effarouché la jeune fille à l'auberge, son expression la terrifiait bien davantage maintenant — et en même temps... un étrange frisson la parcourait. Elle recula, le repoussant :

— Je vous en prie, Hugh... murmura-t-elle.

Étrange chose à dire, pensa-t-elle en même temps. *Et pourquoi l'appeler par son prénom ?*

— J'attendrai, répliqua-t-il, la déconcertant davantage encore.

Un groupe de marins bruyants rompit soudain leur tête-à-tête : les camarades de Rory venaient féliciter l'heureux époux à coups de grandes claques dans le dos et admirer à loisir la jeune mariée. Bien que Rory gardât un bras protecteur autour d'elle, les hommes avaient visiblement l'intention de lui présenter eux-mêmes leurs vœux de bonheur.

— Laissez-la tranquille ! s'écria Rory.

— Mais nous ne lui avons pas fait la bise, mon petit Rory ! hurla un gros matelot à la barbe rousse.

Anna s'abrita derrière son époux mais l'importun, résolu à obtenir son baiser de gré ou de force, approcha son visage mal rasé et ses lèvres épaisses.

— Il suffit, Guilcher ! retentit une voix sévère.

Guilcher obéit à son capitaine et tous se reculèrent à une distance plus respectueuse.

— Fini de jouer, les gars. Retournez au travail ! ordonna Sinclair d'une voix de stentor. Nous n'avons que quelques heures avant de lever l'ancre.

— Tout va bien maintenant, dit Rory pour la réconforter. Viens, mon amour. Je vais te conduire à bord.

Hugh Sinclair avait disparu mais Anna Rose sentait encore son regard la caresser et suivre ses mouvements. Même s'il était l'ami et le supérieur de Rory, elle devrait l'éviter pendant la traversée. Quelque chose chez cet homme exerçait une étrange attirance sur elle — et la repoussait en même temps. Elle leva les yeux vers Rory qui la pilotait vers la passerelle :

— Je te suis, mon chéri.

6

La cabine du capitaine, étroite et sombre comme le vaisseau lui-même, n'était guère luxueuse. Mais Anna Rose, qui n'en avait jamais vu d'autre, s'émerveilla de ses coffres construits dans les boiseries et de la grande couchette installée sous le hublot.

Rory s'éclipsa rapidement, prétextant quelque affaire urgente. Anna Rose supposa qu'il souhaitait la laisser s'apprêter pour son retour... Quoi qu'il en soit, ce moment de solitude était le bienvenu. Agenouillée sur la couchette, elle fixa la mer, imaginant les côtes d'Amérique au loin. Mais la nuit tombait doucement et elle dut revenir à la réalité.

Elle ouvrit le sac que sa mère avait préparé à la hâte avant son départ. Sous la viande, le pain, le fromage et les pots de miel soigneusement enveloppés, elle trouva une chemise de nuit blanche toute neuve. Elle était de coton fin et chaque point avait été cousu de la main de sa mère. Anna Rose l'avait vue travailler la fine étoffe depuis des années et l'entendait encore lui dire :

— J'espère que tu connaîtras autant de bonheur quand tu la revêtiras que j'en ai eu à la façonner.

Anna Rose alluma une lampe à huile de baleine fixée à la cloison et tira les rideaux de velours. Puis elle ôta sa jupe et son corsage et, versant de l'eau dans un bassin de cuivre, se baigna le visage et le cou. Enfin elle se dénuda complètement avant d'enfiler la chemise de nuit qui se drapa sur elle comme une caresse, répandant un parfum de bruyère. On frappa légèrement à la porte et Anna Rose se hâta d'aller ouvrir à son mari. Mais c'était Sinclair.

— Je ne veux pas vous déranger, Anna Rose, expliqua-t-il.

Puis un lourd silence tomba, durant lequel il parut la déshabiller du regard. Avec peine, elle se retint de lui demander de sortir — c'était sa propre cabine, après tout ! Mais en effet, il la dérangeait...

— Capitaine ? articula-t-elle pour qu'il en vienne au fait.

— Je préfère que vous m'appeliez Hugh, rectifia-t-il en souriant, comme tout à l'heure.

— C'était un lapsus. Je n'aurais pas dû. Cela ne serait pas convenable. D'ailleurs je n'y arrive plus.

— Choisissez le nom qu'il vous plaira. Dans votre bouche, il sera forcément délicieux.

Il la fixait toujours. Anna Rose sentit monter sa nervosité. Soudain elle s'aperçut qu'elle se tenait devant la lampe. Quel spectacle devait-elle offrir, nue dans sa fine chemise ! Précipitamment, elle s'écarta du halo lumineux et s'enveloppa d'une couverture.

— Rory arrivera-t-il bientôt, capitaine ?

Il se raidit.

— C'est ce que j'étais venu vous dire. Il a été retenu, mais je pensais que vous voudriez peut-être vous restaurer avant...

— Merci, répliqua-t-elle dignement, soulagée qu'il ne puisse la voir rougir dans l'ombre. Ma mère nous a préparé un petit repas. Tout ira bien.

Encore ce sourire insolite, comme si Anna Rose avait involontairement dit quelque chose de drôle.

— J'en suis certain. Mais vous ne pourrez refuser une bouteille de mon meilleur vin français. Surtout pour votre nuit de noces !

— Eh bien, je vous remercie, répondit-elle de guerre lasse, bien qu'elle n'eût jamais bu une goutte de vin, espérant enfin mettre un terme à la conversation. Maintenant, si vous voulez bien m'excuser, capitaine...

— Naturellement. (Il allait partir quand il se retourna une dernière fois.) Anna Rose, si vous avez besoin de parler avec quelqu'un ensuite... je serai sur le pont.

Déconcertée, elle le remercia avant d'ajouter :

— Je pourrai bavarder avec mon mari, capitaine.

— Bonne nuit alors, et faites de beaux rêves, Anna Rose.

Enfin il referma la porte, laissant la jeune fille les joues en feu et les jambes flageolantes.

Anna Rose eut le temps de se morfondre d'inquiétude avant l'arrivée de Rory. Elle avait remué dans son esprit tout ce qu'elle connaissait des hommes, du mariage et du devoir conjugal, arrivant à la triste conclusion qu'elle était très ignorante. Comment commençait-on ? Et pour aboutir à quoi ? Combien de temps cela prenait-il ? Rory s'attendrait-il à la trouver instruite, sinon expérimentée ? Non, impossible... Mais alors il devrait savoir. Et comment aurait-il appris ?

— Non ! s'écria-t-elle. Pas avec une autre avant moi !

Elle se mit à arpenter la cabine, trop préoccupée pour rester assise. Allons, il fallait penser à autre chose et faire confiance à la nature. Elle se rassit et se força à respirer profondément.

Quand on frappa à nouveau à la porte, elle ne se rua pas pour l'ouvrir comme précédemment, mais demanda prudemment :

— Qui est-ce ?
— Ton mari, Anna Rose.

Le cœur d'Anna Rose battit plus vite et ses jambes refusèrent soudain de la porter. Mais Rory entrait déjà, la bouteille du capitaine et deux verres de cristal à la main. Il posa un baiser maladroit sur sa joue puis fit sauter le bouchon du champagne.

— Bois, ma chérie, tu vas en avoir besoin quand tu connaîtras la nouvelle.

Anna Rose s'exécuta, manquant éternuer quand les bulles lui chatouillèrent le bout du nez. Le vin lui brûla la gorge tout d'abord mais fit rapidement courir d'excitantes sensations dans ses veines.

— Es-tu prête ? demanda Rory après avoir vidé et empli son verre à nouveau.

— Mais quoi ? Que s'est-il passé ?

— C'est Iris ! s'exclama Rory. Figure-toi qu'elle s'est mariée aujourd'hui !

— Mon Dieu ! s'écria Anna Rose, songeant que sa sœur avait réussi à gâcher son mariage, finalement.

— Sa fugue l'a menée jusqu'à Inverness, où elle a rencontré un marin. Ils sont restés ensemble toute la nuit, murmura Rory comme pour étouffer le déshonneur, et ce matin elle a traîné ce vieux Stuart Kilgore chez le pasteur et lui a passé la bague au doigt !

Rory s'interrompit pour reprendre souffle et boire une gorgée de champagne.

— Comment sais-tu tout cela ? interrogea Anna Rose, atterrée. Qui te l'a dit ? Où se trouve Iris, maintenant ?

— Iris et son mari me l'ont dit eux-mêmes, vois-tu. C'est pourquoi je suppose que c'est la vérité ! Après t'avoir installée ici, je suis redescendu sur les quais et je les ai croisés par hasard. Ils allaient se présenter à tes parents. Stuart se met en route dans quelques jours mais son capitaine ne veut pas entendre parler d'Iris. Il faut qu'elle amadoue ses parents et qu'ils la gardent jusqu'à ce que Stuart revienne la chercher.

Epouvantée, Anna Rose resta muette. Iris ne pouvait aimer cet homme : elle venait de le rencontrer ! Ce mariage était une terrible erreur. Quelle responsabilité pour l'aînée ! Si elle ne lui avait pas pris Rory...

— Allons, viens chérie, reprit son époux, au lit !
Anna Rose sursauta, tirée de ses pensées.
— Nous avons assez attendu, insista Rory. Nous sommes mariés, maintenant. J'ai tellement envie de toi...

Elle désirait aussi qu'il la reprenne dans ses bras comme l'autre nuit, près de la rivière, qu'il l'embrasse et la caresse jusqu'à ce qu'elle hurle son nom. Mais les nouvelles d'Iris lui avaient porté un coup. Comment pouvait-elle s'abandonner au bonheur en imaginant le désarroi de sa sœur, en la sachant prisonnière de ce mariage conclu à la hâte ? Comme elle se sentait coupable, maintenant !

— Que va-t-il lui arriver, Rory ?
— A qui ? demanda-t-il étourdiment, ne songeant qu'à posséder sa femme.
— Ma sœur !
Il la serra affectueusement dans ses bras.
— Dieu du ciel ! Iris est bien la dernière dont il faille se soucier. Elle retombe toujours sur ses pieds, tu sais. Et puis, Stuart est sérieux, et beau garçon avec ses yeux noirs. Il s'occupera bien d'elle.

Anna Rose se laissa bercer par ces paroles de réconfort. Il était déjà si dur de quitter sa famille et son pays ! Elle voulait croire à tout prix que ce mariage forcé ne serait pas un chagrin supplémentaire pour ses parents. Elle se détourna pour s'essuyer les yeux.

Quand elle regarda Rory, il avait enlevé sa chemise et sa poitrine glabre et hâlée luisait dans l'éclat de la lampe. Puis il dénoua son pantalon et elle alla précipitamment souffler la mèche. Il tendit la main vers elle dans l'ombre et elle sentit une caresse monter de son bras à ses seins.

— Comme tu veux, chérie. Si tu préfères rester dans le noir, je comprends.

Elle demeura silencieuse, figée, émue de le sentir tout proche, attendant qu'il la prenne dans ses bras.

— Anna Rose, l'appela-t-il finalement en l'entourant de ses bras, je suis là. Je serai toujours là pour toi.

— Rory, je t'aime tant ! s'écria-t-elle dans un demi-sanglot.

— Je sais, je sais, l'apaisa-t-il. Moi aussi. Laisse-moi te serrer fort, chérie.

Il l'attira contre lui, trouvant ses lèvres. Une chaleur très douce se communiqua à la jeune fille, d'abord effarouchée de sentir le corps nu de Rory qui se pressait contre elle, ne laissant rien ignorer de son désir. Quand il taquina ses lèvres d'une langue coquine, elle comprit que leur amour saurait les guider.

Il la conduisit vers le lit sans la brusquer, comme s'il avait peur qu'elle ne s'enfuie. Anna Rose s'allongea et perçut des parfums masculins qui se mêlaient. Son époux sentait la mer et le sel mais du lit montait l'arôme puissant du tabac et du cognac, rappelant la présence de l'autre. Sinclair s'insinuait entre eux comme un voyeur observant leurs mouvements d'un œil accusateur. Elle secoua la tête : il ne fallait pas penser à de telles choses !

Rory était tout près d'elle. Il se pencha avec précaution sur elle, baisant son visage avec lenteur, son cou et ses lèvres offertes. Anna se rapprocha de lui, aiguillonnée par le désir. Elle le voulait si fort ! Il hésita un instant, jouant avec le bas de sa chemise, tandis qu'Anna le suppliait intérieurement de l'ôter. Mais elle n'osa rien dire, de peur que Rory la juge impudique. Finalement, il remonta l'étoffe jusqu'à ses cuisses sans rencontrer de protestation. Au contraire, elle se cambra contre lui lorsqu'il explora son innocente intimité.

Elle frissonna sous les caresses de Rory et gémit. Encouragé par ce premier signe, il s'enhardit à faire glisser la chemise plus haut, lui découvrant les seins. Quand sa bouche se referma sur une pointe dressée, elle suffoqua. Jamais elle n'avait rien ressenti de pareil. Son corps paraissait dévoré par un feu liquide, et de cette mystérieuse souffrance, seul son mari pouvait la délivrer. Il était son maître et saurait satisfaire l'ardeur qui brûlait en elle.

Il goûta un sein puis l'autre tandis que, se mordant les lèvres pour ne pas crier, elle lui griffait inconsciemment le dos. Ses hanches, comme mues par une volonté indépendante, ondulaient contre son flanc. Le dos de Rory était maigre et musclé et, surexcitée par le jeu interdit de ses mains et de sa bouche, elle l'étreignit sauvagement.

— Dieu que c'est bon ! s'exclama Rory. Je ne peux attendre !

Et soudain il l'attira sous lui, écarta ses cuisses et plongea. L'amant attentif avait fait place à un passionné incapable de freiner ses pulsions. Anna poussa un cri sous l'assaut mais il ne ralentit pas son mouvement. L'instinct qui conduisait Rory à chercher l'extase portait également Anna Rose. A chaque élan elle répondait avec rage, désireuse de connaître également cet océan inexploré du plaisir. Tandis que la douleur disparaissait sous une jouissance montante, Rory eut un dernier spasme et roula près d'elle.

— Pardieu ! tu es merveilleuse, Anna Rose, s'exclama-t-il, essoufflé, avant de lui donner un long baiser. Chérie, ajouta-t-il avant de se tourner sur le côté, il faut dormir maintenant. L'aube viendra vite.

Quelques secondes plus tard, Rory dormait près d'elle.

Anna Rose en resta incrédule. Quelle était sa faute ? Elle avait pourtant suivi son époux et s'était montrée docile à ses caresses, les savourant même, bien qu'elle eût honte de se l'avouer. Mais tout était terminé ! Elle restait seule avec sa frustration.

Elle sortit du lit, recouvrit Rory et alluma la lampe. Elle épongea vivement le sang qui tachait ses cuisses et remit sa chemise de nuit. La bouteille était restée sur la table, à demi pleine. Elle se versa un verre et le but à petites gorgées en méditant. Apparemment, il demeurait quelques mystères conjugaux à éclaircir. Elle avala un second verre encore plus vite : cette nuit devait être le châtiment que Dieu lui infligeait à cause d'Iris. Un troisième verre suivit sans même qu'elle s'en rende compte. Quand elle se leva, la pièce sembla tanguer autour d'elle.

« J'ai le mal de mer ! se dit-elle, titubant contre un mur, la tête lui tournant, la vision troublée. De l'air ! J'ai besoin d'air frais ! Je vais sortir. »

Le capitaine Sinclair arpentait le pont sans pouvoir trouver la paix. La veille de minuit était passée depuis longtemps et il ne pouvait détacher son esprit de ce qui se déroulait dans sa cabine. Qu'il regarde vers Inverness ou la mer, il ne voyait qu'un jeune gars élancé apprenant l'amour à la plus belle jeune fille dont Dieu eût fait présent à l'homme. Quoiqu'il s'en défendît, cette scène produisait un effet irrésistible sur lui.

Comment serait Anna Rose au lit ? Timide et docile, ou sauvage et passionnée comme une fille ? Ses lèvres rouges devaient être si douces. Et ses petits seins pommés... Mais Sinclair secoua la tête. Il n'osait pas réfléchir plus avant, craignant de perdre la raison.

Il continua sa ronde, repérant soudain une silhouette devant lui, penchée par-dessus le bastingage. Il se hâta :

— Eh bien, matelot, que se passe-t-il ?

Anna Rose se tourna soudain vers lui, ayant oublié sa présence à bord. Elle ne voulait voir personne, et surtout pas Hugh !

— Ce n'est que moi, capitaine. Je suis montée prendre un peu l'air.

Elle se redressa, tentant de garder l'équilibre. Mais le champagne, allié à la marée montante, la fit chanceler et elle atterrit dans les bras du capitaine.

— Vous allez bien ? lui demanda-t-il.

— Certainement, bafouilla-t-elle. Je n'ai jamais été mieux.

Eclatant de rire, il passa un bras autour de sa taille pour lui permettre de se redresser.

— Vous avez aimé mon vin, on dirait.

— Délicieux, délicieux, capitaine !

— Et où se trouve votre époux ?

— Ah non, vous n'auriez pas dû parler de lui. Regardez ce qui m'arrive, maintenant, bégaya-t-elle, éclatant en sanglots. Il dort ! Comme une bûche !

— Allons, ce n'est pas un drame...

Il l'attira dans ses bras pour qu'elle pleure tout son soûl contre sa chemise, respirant son chaleureux parfum de bruyère. Mais à quoi pensait ce pauvre garçon en laissant son épouse monter sur le pont dans un état pareil ? Le plus comique était qu'Anna Rose était exactement là où Sinclair la rêvait : dans ses bras ! Mais quoi faire d'une jeune mariée ivre et en larmes ?

— Anna Rose, écoutez-moi, demanda-t-il en levant d'un doigt le menton de la jeune fille.

Il plongea le regard dans ses yeux brillants, soudain tenté de sécher ses larmes par un baiser.

— Ne serait-il pas indiqué de rentrer vous coucher ? Vous irez mieux demain matin.

— Aller au lit ? s'exclama-t-elle d'une voix furieuse. Pour quoi faire ? Il a bien su me mettre en train mais ensuite, plus personne ! De toute manière, il ne se réveillera pas. Il se moque bien de mes sentiments ! Il prend son plaisir, et puis bonne nuit ! Ce n'est pas juste...

— Chut, Anna Rose.

Hugh ne voulait pas en entendre davantage. Ces détails de la bouche même de la mariée étaient insupportables. S'il écoutait encore un mot, il serait trop tenté d'apaiser lui-même sa frustration. Il valait mieux la ramener sans attendre.

— Venez, Anna Rose. Vous ne savez plus ce que vous dites. Tenez-vous à moi, je vous reconduis.

Elle lui sourit avec une confiance enfantine.

— Hugh va s'occuper d'Anna Rose, marmonna-t-elle.

— C'est cela, répliqua-t-il en la pilotant vers la cabine.

— Et vous me borderez avec un baiser ?

— Il suffit, Anna Rose ! rugit-il avec une expression menaçante qui échappa à la vision troublée de la jeune femme. Ne me provoquez pas !

— Vous provoquer ? Moi ? s'exclama-t-elle en lui tendant une bouche mutine.

— Je vous aurai prévenue, conclut-il dans un murmure rauque.

Et sans lui donner le temps de se reprendre, il se pencha vers elle et lui vola le baiser dont il avait rêvé depuis la scène de l'auberge. Instinctivement, elle le lui rendit et il l'étreignit si fort qu'il sentit sa poitrine dressée contre sa vareuse.

Anna Rose, soudain dégrisée, voulut se débattre. Ce plaisir-là était interdit ! Elle se dégagea finalement et chercha à retrouver sa respiration, frémissante d'émotion après cet instant d'intimité avec Hugh Sinclair, furieuse contre elle-même. Affectant un calme qu'elle était loin de ressentir, elle lui souhaita bonne nuit et courut vers sa cabine. Quand elle referma la porte, il était encore dans la coursive et lui souriait.

Elle trébucha dans la pénombre jusqu'à la couchette et serra convulsivement contre elle son époux endormi. *Qu'avait-elle fait ?*

— Rory, je suis navrée, murmura-t-elle à travers ses larmes.

Mais il ne s'éveilla pas.

7

Anna Rose gémit sous le rai de soleil qui transperçait son pauvre crâne.

— Mais que s'est-il passé ? demanda-t-elle tout haut sans oser ouvrir les yeux.

Elle s'éveilla tout à fait quand une voix désormais familière — et cependant inattendue — lui répliqua :

— Le diagnostic est simple : trop de bulles de champagne explosant en même temps.

— Hugh ! Capitaine, je veux dire, s'écria-t-elle en se redressant d'un seul coup. Que faites-vous ici ? articula-t-elle malgré un vertige.

— Aussi étrange que cela puisse vous paraître, Anna Rose, vous êtes dans mon lit, qui se trouve être dans ma cabine, où sont rangés mes vêtements. Je suis venu me raser et me changer.

Dans un effort désespéré, elle voulut se couvrir, mais l'énergie lui manqua. Et cette migraine... Quelle importance, d'ailleurs ? Les événements de la nuit lui revenaient par bribes — sa sortie sur le pont pendant le sommeil de Rory, l'arrivée subite de Sinclair, ses larmes, leur étreinte, leur baiser. Ces souvenirs étaient douloureux, eux aussi. Elle aurait voulu se jeter à l'eau... Le capitaine Sinclair ne lui facilitait pas les choses, du reste.

— Pourquoi me dévisagez-vous toujours ainsi ? lança-t-elle.

— Comment cela, Anna Rose ? demanda-t-il sur un ton amusé. Je regarde les jolies femmes depuis toujours. C'est une habitude dont je n'ai jamais réussi à me débarrasser. Jamais essayé non plus, d'ailleurs.

— Jolie ? grogna-t-elle. Surtout aujourd'hui ! Ce que je me sens mal... Je voudrais mourir.

— Cela passera.

Il se moque de moi ! fulmina-t-elle. *Quel toupet ! D'abord ce vin, ensuite le baiser alors qu'il savait que je n'étais pas moi-même, et maintenant des sarcasmes ! Le voyou ! Le goujat !* Ce n'était qu'un...

— Odieux personnage !

Les mots lui avaient échappé !

— Quel caractère !

S'il n'effaçait pas cette expression suffisante de

son visage, elle allait hurler ! Elle le fusilla du regard, furieuse.

— Et quel langage ! Ce n'est certainement pas chez vos parents que vous avez appris à remercier ainsi vos hôtes. Mais évidemment, à fréquenter des marins... Je n'ose pas imaginer vos manières quand nous arriverons en Amérique.

Il s'était rapproché de la couchette, tendant la main comme pour apaiser la jeune fille. Elle tourna la tête.

— Je suis navrée, dit-elle. Vous m'avez irritée.

— Dans ce cas, c'est à moi de vous présenter des excuses. Je ne voulais pas vous agacer. Mais après tout, vous l'avez cherché.

— Pardon ? demanda-t-elle sèchement.

— Vous vouliez épouser Rory, aller en Amérique, boire trop de vin. Il vient toujours un moment où l'on paie ses erreurs.

— Mon mariage avec Rory n'est pas une erreur ! rétorqua-t-elle.

— Ce n'est pas l'impression que vous donniez la nuit dernière.

Elle se renversa en arrière, vaincue.

— C'était votre maudit champagne, marmonna-t-elle.

Il lui prit le menton dans le creux de la main et la força à le regarder. Voulait-il donc encore l'embrasser ? Elle ne devait pas se laisser faire ! Mais en même temps, elle se sentait impuissante face à lui, comme une petite fille devant un adulte dominateur. Pourtant les sensations qu'il provoquait en elle n'étaient guère enfantines... Où était

Rory ? Pourquoi ne venait-il pas à son secours ? Ses lèvres tremblèrent et ses yeux vert tempête s'embrumèrent.

Hugh Sinclair savait qu'il n'aurait jamais dû la toucher et qu'il fallait la lâcher maintenant. Par une étrange perversion, il savourait la torture qu'il s'infligeait en même temps qu'à elle. Etait-il trop dur avec Anna Rose ? Mais pourquoi était-elle si belle, si féminine et si vulnérable qu'il rêvait de la posséder chaque fois qu'il s'approchait d'elle ? Et le parfum de sa peau...

Il aurait dû interrompre le mariage. Il se maudirait sa vie entière de ne pas être intervenu. Dès le début il savait que Rory n'était pas l'homme qui convenait à Anna Rose. La jeune femme était pour lui, passionnée, impulsive, sensuelle — vive en paroles et en actes, chaleureuse de tout son être. Il grogna inconsciemment et Anna Rose eut un mouvement de recul. S'il osait lui dire la vérité, elle saurait que sa colère n'était pas dirigée contre elle mais contre lui-même. Sa vulnérabilité d'homme serait exposée au grand jour : il avait baissé sa garde et une femme s'était insinuée dans son cœur. Pourtant, il avait tous les droits d'être furieux. Il ne l'avait pas invitée dans sa vie !

Il fronça les sourcils.

— Allons, Anna Rose ! Vous n'allez pas vous remettre à pleurer...

Piquée, elle se maîtrisa et brava son regard. Elle ne baisserait pas les yeux la première.

— C'est mieux, conclut-il en la lâchant enfin. Et votre migraine ?

— Epouvantable... fit-elle avec difficulté, la gorge sèche. Pourrais-je avoir un peu d'eau ?

— Certainement pas. Il n'y a rien de pire après un abus de champagne ! Je vais vous préparer quelque chose. Fermez les yeux.

Elle le dévisagea, déconcertée. Que mijotait-il encore, debout près de la couchette, les mains sur les hanches, avec cet air déterminé ? Pas question de fermer les yeux ! Il haussa les épaules et dégrafa sa ceinture avant de déboutonner les boutons de son pantalon.

— Hugh ! Que faites-vous ?

— Je vous ai demandé de ne pas regarder, Anna Rose. Mais je vous laisse seule juge. Je vais me changer. Vous êtes une femme mariée. Faites comme bon vous plaira.

Elle baissa immédiatement les paupières.

Un silence suivit, rempli par des froissements de tissu et le martèlement des bottes du capitaine quand il traversait la cabine. Anna Rose se tenait toute raide, guettant ce qu'il faisait et où il se trouvait. Un bruit d'eau, le raclement du rasoir contre les favoris, des tiroirs que l'on ouvrait et que l'on fermait. Comme une aveugle, elle devint sensible aux parfums de rhum, de savon à raser et de musc. De temps à autre elle sentait son regard sur elle. Il profitait de son avantage et cette idée la faisait frémir. Mais elle n'osait pas entrouvrir les yeux, peu soucieuse de courir le moindre risque. Elle attendit une éternité.

— Je ne vous ai pas demandé de vous taire. Vous pourriez me tenir compagnie, tout de même.

Allez, dites quelque chose, insista Sinclair comme elle restait silencieuse, en plein désarroi.

— Je ne peux pas penser les yeux fermés! explosa-t-elle soudain, rougissant jusqu'à la racine des cheveux.

Quelle stupidité! se reprocha-t-elle aussitôt. Et il ne disait rien! Il la laissait dans la nuit... Finalement, elle n'y tint plus et glissa un regard furtif. Elle suffoqua : il était entièrement habillé et visiblement depuis quelque temps déjà.

— Tiens, vous êtes réveillée? la taquina-t-il. Mais trêve de bêtises. Maintenant que vous pouvez « penser » à nouveau, sachez que nous avons levé l'ancre depuis six bonnes heures. Votre époux s'est levé avant l'aube pour vaquer à sa tâche. Ajouterai-je qu'il siffle comme un pinson? Il a l'air tout à fait satisfait de lui-même. Visiblement, vous vous êtes montrée aussi experte avec lui qu'avec moi, ajouta-t-il en la regardant rougir.

— Je vais débarrasser votre cabine de nos affaires sans tarder, capitaine, rétorqua-t-elle sèchement. Vous voudrez bien m'indiquer mes nouveaux quartiers.

Elle sortit du lit avec une grimace.

— Vous avez tout le temps. Je vais vous préparer de quoi guérir votre migraine et vous vous reposerez ensuite un peu. Je regrette de ne pouvoir mieux vous loger mais nous sommes serrés comme des sardines, sur ce navire. Je me suis arrangé pour que vous dormiez près d'une personne convenable, tout de même. Une madame Tierney, de Glasgow. Elle s'occupera de vous.

— Et Rory ? demanda-t-elle, incertaine.

— Vous êtes passagère, maintenant, et lui matelot comme les autres. Il accrochera son hamac avec les hommes d'équipage. Je sais que ce n'est pas une lune de miel rêvée, mais je n'y peux rien. Si je laissais Rory s'installer avec les passagers, mes hommes se mutineraient ! D'ailleurs les couchettes sont toutes occupées. Je suis navré. Mais vous saviez à quoi vous attendre.

Hugh regrettait d'avoir à exposer les faits aussi brutalement mais madame McShane devait s'endurcir si elle espérait réussir en Amérique auprès de Rory. S'il ne tenait qu'à lui, il aurait volontiers abandonné sa cabine aux jeunes mariés. Mais ce serait de la folie. Et puis, rien ne disait qu'Anna Rose aurait accepté son offre. Au contraire... Il se radoucit pourtant :

— Au moins vous êtes mariés et vous avez pu passer votre première nuit ensemble.

Anna Rose se détourna. Pourquoi revenait-il toujours sur cette fameuse nuit ? Elle avait envie de s'enfuir et de ne plus entendre ses sarcasmes.

— Tout ira bien, merci, répliqua simplement Anna Rose.

Qu'aurait-elle pu dire d'autre ? Que Rory ne l'avait pas prévenue ? Qu'elle était ignorante de tout ? Soudain paniquée, elle songea qu'elle n'aurait peut-être jamais dû quitter son foyer. Mais non ! Il était trop tard. Elle avait engagé sa foi à tout jamais. Elle réussirait !

Anna Rose obéit aux instructions du capitaine : elle but l'horrible mélange qu'il avait concocté pour elle et s'allongea le temps que le médicament produise son effet. A en juger par la tempête qu'il déchaîna en elle, elle fut certaine qu'il l'avait empoisonnée. Mais après une heure de sommeil, elle avait retrouvé sa vigueur et sa lucidité naturelles.

Elle rassembla ses effets en hâte et se rhabilla avec soin pour rencontrer sa compagne de voyage. Elle imaginait une petite cabine avec deux lits superposés et avait déjà prévu d'occuper le lit du haut afin d'épargner tout désagrément à sa voisine. Mais la réalité était bien différente.

De la poupe à la proue, le navire grouillait de passagers. Des couchettes provisoires et des planches avaient été installées dans l'entrepont. Dans l'air confiné montaient des relents de sueur et d'urine et les cris des enfants atteints du mal de mer. Il régnait une pénombre à peine éclairée par des lampes dont les vapeurs polluaient encore plus l'atmosphère. Anna Rose se figea, atterrée.

— Bonjour ma jolie, s'exclama une grosse dame coiffée d'un turban de cheveux gris. Vous devez être la jeune mariée. Je suis madame Tierney. Enchantée de faire votre connaissance, madame McShane.

— Anna Rose, je vous en prie, murmura cette dernière, encore sous le choc.

Ils seraient trente à partager ce fond de cale !

— Ce nom vous va bien ! Vous êtes fraîche comme une pâquerette. Je suis sûre que nous nous entendrons très bien. (D'un geste affectueux, elle attira Anna Rose près d'elle.) Le capitaine Sinclair m'a demandé de veiller sur vous ! Moi, si j'étais votre mari, je garderais l'œil sur ce vaurien ! conclut-elle avec un gros clin d'œil qui fit frémir Anna Rose.

Personne n'avait pu assister à ce baiser. Pourvu que non ! Mon Dieu ! Comment pourrait-elle jamais regarder Rory en face s'il apprenait ce qui s'était passé ? N'avait-elle pas provoqué le geste de Sinclair, en outre ? Quelle honte... Involontairement, elle se rappela comment il avait su éveiller ses sens d'une langue experte, et revécut son étreinte puissante mais douce. Il ne fallait pas songer à de telles choses !

N'écoutant que d'une oreille le bavardage interminable de madame Tierney, Anna Rose rangea ses affaires en réfléchissant. Que dirait-elle à Rory quand elle le reverrait ? Mais avant qu'elle ait pu mettre de l'ordre dans ses idées, il se tenait près d'elle :

— Anna Rose, mon amour, murmura-t-il, tu as été merveilleuse la nuit dernière !

Il voulut lui donner un baiser mais elle recula, consciente de la curiosité des autres passagers.

— Rory, je t'en prie ! Pas devant tout le monde.

Le sourire du jeune homme s'évanouit et il lui lança un regard de reproche.

— Mille pardons. Je pensais que tu serais contente de me voir.

— Bien sûr, le consola-t-elle. Mais je n'ai pas encore l'habitude. Il faut me donner le temps.

— Et toi, qu'as-tu pensé de cette nuit ? C'était bon, j'espère ? reprit-il, mendiant un compliment.

— Mais naturellement, confirma-t-elle, pourtant incapable de soutenir son regard candide.

— Je négocie avec le cuisinier, chuchota-t-il. Nous pourrons utiliser le garde-manger de temps en temps. Pas ce soir, mais très bientôt, je te le promets. Je ne peux pas rester davantage parce que le capitaine a demandé à me parler.

Rory n'eut pas plus tôt disparu que madame Tierney se mit à glousser.

— Le garde-manger ! Il est plein de ressources, ce garçon ! Vous pourrez dévaliser les placards pendant qu'il troussera vos jupons !

Anna Rose s'empourpra. Les autres n'avaient pu surprendre sa conversation avec Rory, mais maintenant, grâce aux exclamations de sa voisine, ils n'en ignoraient plus rien. Quand la jeune mariée leva la tête, elle trouva trente paires d'yeux rieurs braqués sur elle.

Il s'écoula une longue semaine avant que Rory puisse convier Anna Rose dans le garde-manger. Aux désagréments d'une mer houleuse et de l'enfermement dans l'entrepont s'ajouta le premier cas de fièvre. Anna Rose s'épuisa à soigner la petite fille qui dormait sur la couchette voisine et faillit elle-même tomber malade. Comme les autres passagers, elle était maigrement nourrie de haricots et de pain rassis, le mauvais temps interdisant d'aller cuire les repas sur le pont. Heureusement, l'enfant allait mieux maintenant et on ne signalait pas d'autres malades. Même s'il ne s'agissait de quitter l'entrepont que pour l'arrière-cuisine, Anna Rose se réjouissait de changer d'air.

Rory lui avait terriblement manqué. La nuit, au lieu de dormir, elle écoutait l'océan battre contre la coque, rêvant aux bras de son époux, à la sécurité et à l'amour qu'il lui prodiguait. En y réfléchissant bien, leur nuit de noces avait été normale — innocente, spontanée. Quant à sa déception, Anna Rose se sentait en partie responsable. Maintenant que la vierge effarouchée savait à quoi s'attendre, elle guiderait mieux Rory.

— Redescendez sur terre, mon enfant! Une vraie jeune mariée! s'exclama madame Tierney. Cette mousseline vous va à ravir.

Anna Rose la remercia. La coupe de sa robe était simple mais seyante, en effet : le corsage ajusté moulait sa poitrine avant de s'affiner à la taille; puis l'étoffe s'épanouissait aux hanches en une courbe harmonieuse, tombant ensuite aux chevilles avec un souple plissé. Anna Rose avait hardiment ôté tous ses jupons sauf un et n'avait pas non plus enfilé de bas : elle était chaussée de légères ballerines noires dont les minces lacets s'enroulaient à ses jambes nues.

— Je suis prête! songea-t-elle tout haut.

— Eh bien, allez-y, ma fille. Et montrez à votre époux combien vous l'aimez.

Madame Tierney lui posa un baiser maternel sur la joue avant de l'envoyer sur le pont.

Rory l'attendait en arpentant la coursive, sa mèche rebelle gominée sur le front. Rasé de près et la mise impeccable, il ne dissimulait pas son impatience.

— 'Soir ! fit-il avec le sourire mécanique qui trahissait toujours sa nervosité. Mer calme et belle. Pas de nuages à l'horizon. Vent force deux, tout au plus.

Anna glissa sa main dans le creux de sa paume et la griffa tout doucement.

— Je ne suis pas venue pour le bulletin météorologique, chéri, mais je veux bien admirer un peu les étoiles.

Elle se rapprocha de lui et leva les yeux vers le ciel. Rory respira son parfum de lavande, ne pouvant détacher les yeux de la veine qui palpitait à son cou. Il voulut soudain y poser sa bouche, mais plusieurs matelots les observaient depuis la mâture. Inutile de se prêter à leurs railleries. Rory en était déjà la cible depuis le début de la traversée.

— Allons, Anna Rose. Descendons. Nous n'avons pas beaucoup de temps : je suis de garde à minuit.

Mais elle ne bougea pas d'un pouce et le força à demeurer près d'elle.

— Je n'aime pas qu'on me bouscule, Rory. Je préfère prendre les choses tranquillement et savourer le temps qui passe. (Puis elle le fixa droit dans les yeux.) Tu comprends ?

Il déglutit plusieurs fois, incapable de trouver ses mots. Enfin, fixant le bout de ses chaussures :

— Tu penses à notre nuit de noces ?

Elle ne répliqua rien, baissant les yeux.

— Je suis navré, Anna Rose. Je ne sais pas ce qui m'a pris. C'était sans doute le champagne.

Oui! Ce maudit vin! songea-t-elle. Il avait produit un étrange effet sur elle aussi... Il ne fallait plus y penser.

— Je suis prête, Rory, dit-elle enfin.

Le cuisinier s'était éclipsé et ils purent accéder discrètement au garde-manger. Anna Rose poussa un soupir de soulagement quand la lourde porte se referma derrière eux. Elle s'était sentie épiée depuis qu'ils avaient mis à la voile. Un peu de solitude était un luxe! Surtout avec son époux...

Rory la prit sans tarder dans ses bras et faillit l'étouffer de ses baisers ardents. Comme il se pressait contre elle, elle sentit la montée de son excitation. Non! Elle le repoussa doucement mais fermement.

— Pas si vite, Rory, je t'en prie! le supplia-t-elle en reculant d'un pas.

— Mais Anna Rose, je veux simplement...

— Je sais ce que tu veux, chéri, et je désire la même chose. Mais savourons ce moment le plus longtemps possible!

— Et si j'étendais la couverture?

— Bonne idée, murmura-t-elle en souriant, soudain timide.

Elle faillit éclater de rire en observant les précautions et la lenteur avec lesquelles il étalait l'étoffe. Ce n'était pas cela qu'il s'agissait d'accomplir sans hâte! Mais elle se tut, reconnaissante de ses efforts. Il installa leur couchette le plus confortablement possible, la délimitant avec des tonneaux de porc salé et de farine.

— Veux-tu que je souffle la lampe ?

Elle jeta un regard hésitant vers la flamme tremblante. Tôt ou tard, il faudrait qu'ils se voient nus...

— Baisse-la un peu, suggéra-t-elle, le faisant sourire malgré lui.

Cette dernière formalité marquait la fin des préliminaires.

— Maintenant, Anna Rose ? demanda Rory avec un sourire soumis.

— Oui, mon chéri, acquiesça-t-elle amoureusement.

Il vint lentement vers elle, comme elle l'avait demandé, et posa délicatement les mains sur sa taille fine. Anna Rose frémit sous la caresse et le serra contre elle quand il se pencha pour l'embrasser, hésitant.

— Pas trop vite, pas trop vite, murmura Anna Rose quand elle sentit l'excitation de Rory monter.

Il quitta bientôt sa bouche pour effleurer la veine palpitante qui l'avait tant ému sur le pont. Quand elle sentit sa langue la taquiner, Anna Rose soupira, les jambes flageolantes.

— Allongeons-nous, murmura Rory, si près qu'elle frissonna.

Elle se blottit dans ses bras et il commença à jouer avec les boutons de son corsage sans qu'elle proteste. Elle retint sa respiration, imaginant les doigts de Rory sur sa peau nue, tandis qu'avec une lenteur extrême il ouvrait le haut de sa robe. Savourant l'attente, elle défit la chemise de son époux, dénudant sa poitrine dure et lisse puis, rassemblant son courage, laissa sa main s'égarer vers sa ceinture.

— Non ! refusa-t-il fermement. Il faut attendre le bon moment. Sinon, je vais encore perdre mon sang-froid. Laisse-moi m'occuper de tout.

Anna Rose se rallongea tandis qu'il caressait ses seins avec une infinie tendresse. Ils se gonflaient, leurs pointes dressées comme pour accueillir ses baisers. Dès que sa bouche les trouva, les suçotant, les mordillant, elle poussa un cri qu'il étouffa de sa main.

Puis, la soulevant, il fit glisser son corsage. Dans un réflexe de pudeur, elle croisa les bras sur sa poitrine mais il lui prit les poignets et s'allongea sur elle en un corps à corps brûlant. Anna Rose plongea les yeux dans les siens, lisant le reflet de son propre désir dans leur profondeur bleutée, émue au-delà de l'imaginable.

Rory se recula, la possédant du regard.

— Tu es belle, Anna Rose, dit-il simplement.

Puis il hésita. Anna Rose, devinant la cause de son incertitude, se mordit les lèvres : il avait tous les droits sur elle. Il ne devait pas demander la permission de la déshabiller.

— Rory, intervint-elle, aide-moi à enlever ma jupe, veux-tu ?

Son visage s'éclaira de gratitude et il étreignit sa taille tandis qu'elle fermait les yeux, gênée. Mais il n'ôta pas immédiatement le vêtement. Elle sentit les mains de Rory descendre le long de ses jambes puis délacer ses ballerines avant de les faire glisser l'une après l'autre, caressant ses pieds, ses chevilles, sa chaleur irradiant Anna Rose jusque sous son jupon. Enfin, Rory tira sur le ruban et elle se souleva pour qu'il puisse la dénuder.

— Mon Dieu, Anna Rose! Quelle splendeur...

Elle gardait les yeux fermés, mais quand Rory toucha sa chair vulnérable d'une main timide, comme venue en éclaireur, elle suffoqua d'une bouffée de désir. Elle se cambra contre lui, s'entendant le supplier:

— Prends-moi, Rory!

— Pas encore, Anna Rose. Tu n'es pas prête. Allonge-toi.

Allonge-toi? Pourtant le sang bouillait dans ses veines et elle se sentait prête à exploser en une pluie d'étoiles! Mais elle respira profondément et se soumit.

Ses baisers embrasaient le corps d'Anna Rose tandis que Rory paraissait explorer ses secrets les plus intimes. Il la tenait toute proche, la caressant, lui murmurant des mots d'amour jusqu'à ce qu'elle n'y tienne plus et l'implore à nouveau de la pénétrer.

Cette fois il céda, mais avec une douceur maîtrisée, pour ne pas l'effrayer. Anna Rose, oubliant la règle qu'elle s'était fixée, accéléra leur rythme, se donnant plus profondément à chaque coup de reins, impatiente d'atteindre l'extase à mesure que ses sens s'enflammaient. Enfin le plaisir l'engouffra et elle s'abandonna au tourbillon effréné, ne laissant pas Rory se retirer ni même ralentir, de peur que la délicieuse sensation ne s'évanouisse.

— Rory ! cria-t-elle. Aime-moi !

Mais enfin, ils s'apaisèrent.

— Mon amour... murmura-t-il en lui donnant un dernier baiser. Je n'ai jamais rien connu d'aussi bon.

Elle hocha la tête, toute au bonheur de sentir son corps s'alanguir, craignant de rompre l'enchantement.

Rory avala sa salive. Il redoutait ce qui allait venir — mais il avait promis au capitaine de tout avouer. Il fallait se lancer avant de perdre courage.

— Anna Rose, j'ai quelque chose à te dire, commença Rory sur un ton qui l'inquiéta. J'aurais dû te le confesser avant notre mariage, mais je ne pouvais courir le risque de te perdre.

Elle fronça les sourcils, tâchant de deviner.

— Je suppose que tu as compris que je m'étais attribué une fonction que je n'ai pas. Je ne suis pas second sur ce navire, mais simple matelot sans un shilling en poche. C'est tout mon problème. Je ne pouvais pas demander l'argent de ton billet à tes parents. Alors je me suis vendu pour payer ton passage.

Elle ne savait à quoi s'attendre, mais certainement pas à cela.

— Tu seras obligé de travailler comme esclave en Amérique ?

— Oui, mais ce ne sera pas si terrible. Le capitaine m'a assuré que nous irions en Géorgie, comme tu le souhaitais, et à la fin de l'engagement, qui est de sept ans, nous serons chez nous.

— Sept ans, Rory ? Mais c'est une éternité !

— Non, honnêtement, Anna Rose, tu verras. Ce sera vite passé. Tu t'occuperas de nos bébés pendant que j'apprendrai la culture du riz. Nous serons riches comme des lords et ensuite nous ferons venir ta famille. J'ai tout prévu ; je tiendrai mes promesses, chérie.

Anna Rose tira sa jupe sur elle, perplexe, désorientée. Une fois de plus, ses projets volaient en éclats. Envahie par une colère irrationnelle, Anna Rose ressentit la même frustration que le jour de l'accident de son père. Elle regarda Rory comme si elle le voyait vraiment pour la première fois : John Macmillan et lui étaient taillés dans la même étoffe ! Des rêveurs sans le moindre sens pratique...

Rory ne put soutenir son regard.

— Excuse-moi, Anna Rose. Tu peux hurler, tempêter... Je le mérite bien. Le capitaine m'a déjà passé un savon parce que je t'ai caché certaines choses. J'ai eu tort, je m'en rends bien compte. Me pardonneras-tu jamais, chérie ? l'implora-t-il avec un regard pitoyable qui apaisa un peu la colère d'Anna Rose. Je t'aime comme ma propre vie, mais je ne suis pas digne de cirer tes chaussures — et encore moins d'être ton époux.

— Chut, ne dis pas une chose pareille, s'écria-t-elle. Tu es mon mari et je ne veux rien entendre de ce genre.

Anna Rose le prit dans ses bras, lui murmurant

des mots de réconfort comme s'il était l'offensé. Il paraissait tellement bouleversé de ses propres mensonges qu'elle ne pouvait lui infliger des reproches supplémentaires. Elle saurait se montrer forte, maintenant et plus tard, et l'aiderait à surmonter les moments difficiles. Et durant ces sept années, il y en aurait... C'était prévisible. Un nouvel élan d'affection la porta vers son époux, émue par sa vulnérabilité de grand enfant.

— C'est bien, Rory, je comprends, dit-elle finalement. Mais je t'en prie, plus de secrets, à l'avenir ! Il ne doit pas y avoir de cachotteries entre mari et femme s'ils s'aiment vraiment.

— Je le sais maintenant, Anna Rose. Je te le promets, déclara-t-il en lui baisant les doigts. Il y a juste une chose encore, mais sans grande importance. Souviens-toi quand nous accosterons à New York que tu es « gagée », si jamais on te le demande.

— Gagée ? articula Anna Rose avec répugnance. Qu'est-ce que cela signifie ?

— C'est ton statut de passagère, rien de plus. Mais on le vérifiera sans doute à l'arrivée.

Anna Rose resta pensive. Pourquoi Rory détournait-il les yeux ainsi ? Elle résolut de s'informer auprès de madame Tierney. La commère savait tout sur tout et ne gardait pas la langue dans sa poche.

On cogna soudain à la porte et les deux époux se rhabillèrent en toute hâte. Comme Rory aidait Anna Rose à reboutonner son corsage, elle frémit au contact de ses doigts, envahie d'une nouvelle vague de désir. Elle lui baisa les doigts avec fièvre. Combien de temps s'écoulerait avant le prochain rendez-vous ? Mais maintenant qu'elle savait ce qu'était l'amour, elle aurait la force d'attendre et se réfugierait au besoin dans ses souvenirs.

— Dépêchez-vous un peu, tous les deux ! Le capitaine veut souper !

Après une rapide étreinte, Anna Rose et Rory se séparèrent et Rory ouvrit le verrou. Le cuisinier, une montagne de graisse, se tenait devant la porte. Son regard concupiscent s'attarda sur Anna Rose.

— Vous lui donnerez mon nom, j'espère.

— A qui ? demanda Anna Rose étourdiment.

— Au petit lardon que vous venez de faire à côté de mon tonneau de porc salé, évidemment, hurla le cuisinier dans un gros rire. Les paris sont ouverts. Personnellement, je prévois l'accouchement pour le 2 mars 1835. Neuf mois après vos galipettes dans mon arrière-cuisine !

Anna Rose, révulsée, pâlit de fureur. *Tout l'équipage était au courant !* Quelle humiliation...

Oubliant même de dire au revoir à Rory, elle s'enfuit en courant, remontant l'échelle et traversant les coursives sans regarder autour d'elle. Elle entendit quelqu'un l'appeler — le capitaine Sinclair, peut-être — mais ne se retourna pas. Rouge de honte, elle ne pensait plus qu'à se cacher.

Malgré l'amour qu'elle portait à Rory, elle ne pouvait supporter ce manque d'intimité. Il fallait s'y résoudre : à leur prochain rendez-vous, elle lui expliquerait qu'il n'était plus question de se revoir ainsi... Elle se coucha en larmes.

8

Bien joli spectacle, méditait le capitaine en observant Anna Rose agenouillée près du feu. Elle faisait frire des œufs et des toasts pour son petit déjeuner, le soleil du matin flamboyant sur sa lourde natte. Sa jupe pervenche s'épanouissait autour d'elle comme une fleur ouverte à la rosée matinale. Le capitaine se força à détourner le regard. *Trop joli, même...*

Mais sa curiosité s'éveilla quand il vit Rory arriver près d'elle. Il savait que les deux époux s'étaient rencontrés la veille dans l'arrière-cuisine. Pourvu que ce jeune voyou ait saisi l'occasion de s'expliquer avec Anna Rose ! D'après ce qu'il voyait — Anna secouait vigoureusement la tête et Rory la suppliait par gestes — le matelot avait dû lui parler des documents de gage. Mais il était trop loin pour entendre leur conversation.

— Je suis navrée, expliquait Anna Rose à Rory, pourtant c'est ainsi.

— Ne plus s'aimer pendant la traversée ? geignit Rory. Ce n'est pas possible !

Il semblait au bord des larmes. Anna Rose, gênée, baissa les yeux — mais elle ne se laisserait plus humilier de la sorte, même par amour.

— Nous arriverons bientôt, Rory chéri. Ensuite, nous aurons le reste de notre existence, ajouta-t-elle pour le dérider un peu.

— Cela va me paraître des siècles...

Anna Rose s'enhardit à lui tapoter la main, malgré les regards des marins.

— Je t'aime aussi, Rory, murmura-t-elle. Tu verras, le temps passera vite.

Mais il se détourna, les épaules affaissées, lui brisant le cœur.

Rory avait expliqué à sa jeune épouse que la traversée durerait quatre semaines par beau temps ou une dizaine en cas de grain. Après une période agitée lors du passage de Pentland Firth où les courants filaient dix nœuds, les quinze jours suivants furent plutôt agréables. Les occupants de l'entrepont pouvaient prendre un peu d'exercice à l'air frais et cuisiner leurs repas sur les petits foyers de brique aménagés sur le pont.

Anna Rose, excellente cuisinière, se réjouissait chaque jour davantage que Rory eût acheté d'amples provisions de bacon, de biscuits salés, de thé, de sucre, de farine, d'orge et d'essence de menthe avant leur départ d'Inverness. Pourtant, lorsqu'elle l'avait chaleureusement félicité de sa prévoyance, il lui avait jeté un regard incertain sans répondre.

— Je n'aurais jamais cru que les rations du navire se périmeraient si vite ! Il n'y a plus rien de frais. Seule la viande salée n'a pas pourri, le beurre est rance et le pain grouille de vers. Même l'eau a un goût épouvantable. Le cuisinier y ajoute plus de vinaigre chaque jour. Sans le thé et la menthe, je mourrais de soif !

Rory avait hoché la tête, acceptant la paternité de ce geste. Pourtant il n'avait rien acheté — l'idée ne l'aurait même pas effleuré ! Il devina que tout provenait du capitaine. Sinclair souhaitait sans doute faciliter la traversée à Anna Rose et savait pertinemment que le jeune marin n'avait pas un sou pour payer la nourriture. Mais Rory préféra s'en attribuer le crédit, quitte à remercier le capitaine plus tard, en privé.

Au fil des jours, alors que de nombreux passagers étaient terrassés par des fièvres, des diarrhées et la dysenterie, Anna Rose resta en bonne santé. La chaleur ne l'avait incommodée qu'à de rares reprises pendant la nuit, et un peu de menthe avait suffi à la soulager. Heureusement, car le beau temps s'évanouit bientôt et toute la menthe disponible servit à soigner les malades.

Par forte houle, les passagers étaient enfermés dans l'entrepont. Plus de promenades, ni de repas en plein air ! Il fallait vivre de pain rassis et d'eau fétide. L'unique écoutille d'aération était fermée et les lanternes interdites par crainte des incendies. Les heures duraient interminablement, occupées par la faim, la crainte et le mal de mer.

Contente d'avoir été attentive aux soins que sa mère prodiguait à ses frères et sœurs, Anna Rose découvrit sans tarder que ses talents d'infirmière étaient les bienvenus. Les plus jeunes paraissaient souffrir le plus : tous les bébés étaient atteints de coliques et certains se trouvaient dans un état fébrile. Faute de médicaments, on ne pouvait pas grand-chose pour eux, sinon les veiller, et Anna

Rose relayait les mères souvent harassées de fatigue, voire malades elles-mêmes.

La tempête fit rage deux jours et s'aggrava encore au point que tous les passagers regagnèrent leur couchette, incapables de rester debout avec le tangage et le roulis. Il faisait noir comme poix en plein midi et Anna Rose essaya de dormir, épuisée par une nuit d'insomnie auprès d'un enfant. Mais le vacarme de l'océan et la chaleur étouffante qui régnait sous le pont l'empêchaient de trouver le repos.

Elle songea à son époux. Que faisait-il à cet instant ? Comment affrontait-il le mauvais temps ? Pourvu qu'il ne soit pas balayé par une vague ! Cette idée était insoutenable. Il fallait penser à autre chose, s'accrocher au souvenir de leur dernière étreinte : les mains de Rory sur sa chair nue, la flamme palpitante qui jouait sur le corps de son époux, les odeurs de suif, de poisson et de rhum qui se mêlaient au parfum de leurs corps enlacés. Elle se rappela leur conversation et un détail qu'elle avait été trop occupée jusqu'alors pour élucider : quelle était la signification de ce fameux mot inconnu ?

— Madame Tierney ? interrogea-t-elle en se penchant sur sa couchette. Dormez-vous ?

— Par cette mer ? répliqua son amie. Ce serait peu probable. Je m'efforce déjà de rester sur mon lit.

— Que signifie être « gagé », madame Tierney ? Le savez-vous ?

— Gagé, dites-vous ? reprit sa voisine avec

mépris, faisant presque regretter à Anna Rose d'avoir posé la question.

— Oui... Qu'est-ce que c'est ?

— Ne me dites pas que vous êtes gagée, Anna Rose !

Madame Tierney paraissait si choquée qu'Anna Rose faillit nier. Pourtant Rory l'avait assurée de sa situation.

— Je vous en prie, madame. Je dois savoir.

— S'il le faut... soupira sa voisine. Voyez-vous, il y a trois classes différentes parmi les passagers, même si nous sommes égaux devant la souffrance : ceux qui possédaient les cinquante dollars nécessaires pour payer leur billet à l'entrepont, comme moi ; les serviteurs qui se sont vendus à un patron en Amérique pour acheter leur place ; et enfin, les émigrés « gagés », qui n'ont ni argent ni caution : personne ne veut garantir le prix de leur voyage.

— Qui paie pour eux, alors ?

— Ils s'en remettent au destin une fois arrivés. Le capitaine leur fait signer des papiers de vente et ils sont mis aux enchères sur le quai. Pour rentrer dans ses fonds, le capitaine fournit les papiers et l'émigré à celui qui propose la plus forte somme, un point c'est tout. Certains viennent recruter des employés pour un travail honnête. Et puis, d'autres cherchent de jolies femmes pour des fonctions que je ne nommerai pas.

Anna Rose poussa un soupir de soulagement : elle n'avait rien signé. Quant à Rory, il faisait partie de l'équipage et serait rémunéré, pas vendu. Madame Tierney s'émut du silence d'Anna Rose.

— Me suis-je exprimée clairement ?

— Oui, je vous remercie. Vous me libérez d'un grand poids.

— Vous étiez seulement curieuse alors, Dieu soit loué. Quelle horreur si vous deviez monter sur l'estrade pour vous faire regarder par n'importe qui ! Tout le monde peut enchérir, vous savez. Il suffit d'en avoir les moyens.

Anna Rose eut un petit rire forcé.

— J'imagine la tête de mon mari si cela m'arrivait ! Non, Rory devait parler d'autre chose.

— Pardon ? Que dites-vous ? C'est votre mari qui a abordé le sujet ?

Le navire tangua soudain si fort qu'Anna Rose dut s'agripper aux montants de la couchette pour ne pas être renversée. L'atmosphère étouffante s'emplit de gémissements, de prières et de cris d'enfants terrifiés. Couvrant le brouhaha, la tempête s'enflait et les vagues s'écrasaient contre la coque qui grinçait sous l'assaut. Toutes les conversations s'interrompirent un moment jusqu'à ce que le calme revienne.

Anna put relâcher son étreinte.

— En effet, madame Tierney. Rory m'a recommandé de répondre que je suis « gagée » si on me le demande. Mais c'est impossible : je n'ai rien signé !

— Dieu vous protège, mon enfant, et lui aussi ! C'est très clair... Il a signé les papiers de gage en votre nom. Un mari en a le droit, vous savez.

Quand il s'agit d'argent, une épouse ne compte pas davantage qu'une possession matérielle. S'il est accidenté durant la traversée, c'en est fait de vous. Vous ne serez plus que l'esclave d'un inconnu pour les sept années où devait travailler votre mari... (Madame Tierney murmura une prière pour le salut de sa jeune amie.) Mais vous savez, nous périrons sans doute tous noyés, ajouta-t-elle sur un ton tragique.

Anna Rose se raidit sur sa couchette, les yeux fermés, se pénétrant peu à peu des paroles de madame Tierney. Tout correspondait. Rory s'était vendu pour payer son passage; mais s'il disparaissait, il reviendrait à Anna Rose de rembourser sa dette... Une terreur nouvelle l'assaillit: elle avait craint pour la vie de Rory depuis le début de la tempête mais elle était elle-même en danger !

Comment Rory avait-il pu faire une chose pareille ? Il n'avait pas le droit de disposer de son avenir ! Quel monstre était donc Sinclair pour forcer son pupille à conclure un marché aussi inhumain ? Elle s'était méfiée de lui depuis le début — et à juste raison, visiblement.

Soudain Anna Rose se sentit terriblement faible. Elle ne respirait plus qu'avec difficulté et son corps douloureux paraissait perclus de courbatures. Brûlante de fièvre, elle aurait pu boire un seau de leur eau fétide additionnée de vinaigre. Ses jambes se crispèrent de spasmes — le manque d'exercice, sans doute — et le simple contact de ses vêtements était une torture. Pire que tout, un vertige interminable et lancinant la saisit soudain et elle perdit connaissance.

Hugh Sinclair, las et trempé jusqu'aux os, pénétra dans sa cabine pour la première fois en quarante-huit heures. Cette tempête était effroyable et dépassait ce qu'il avait vu depuis plusieurs années. Mais apparemment, le plus dur était derrière eux et l'*Olympia* avait résisté.

Il jeta son ciré sur son lit et alla se verser un verre de whisky. Il évitait normalement de boire pendant une traversée, mais la situation était rien moins que banale — et la mer n'était pas seule en cause.

Il savoura la chaleur de l'alcool dans sa gorge avant de s'effondrer sur une chaise.

— Petit imbécile ! s'exclama-t-il, songeant toujours à Rory.

A combien de reprises avait-il empêché le matelot de se faire emporter par-dessus bord ? Rory était trop audacieux pour son bien ! A chaque fois qu'il fallait un homme pour monter dans les voiles attacher les vergues ou libérer la toile, il était volontaire et risquait sa vie avec la plus totale inconscience.

Rory était chef de famille, maintenant : l'avait-il oublié ? Que ferait Anna Rose si elle se trouvait veuve avant d'atteindre les côtes américaines ? Seule dans un pays inconnu, sans argent ni amis ? Hugh avait promis de la prendre en charge parce que l'éventualité paraissait peu probable, et voilà que ce jeune freluquet s'exposait au danger sans songer aux conséquences ! Le capitaine soupira avec lassitude. Il se ferait évidemment un plaisir de s'occuper d'Anna Rose.

Il repoussa son verre vide. Quelques heures de sommeil, voilà ce dont il avait le plus besoin. Il enleva ses bottes, ôta ses vêtements trempés et s'écroula sur sa couchette. L'*Olympia* — tout vieux baquet qu'elle fût — s'était bien battue et pourrait continuer sans lui.

Il croyait glisser dans le sommeil sans tarder mais Rory l'obsédait. Il revoyait encore leur première rencontre. C'était alors un galopin des quais de Glasgow, sale, efflanqué et rusé comme un professionnel : Rory lui avait subtilisé sa bourse.

Cet incident aurait pu signifier la ruine de Sinclair : l'or ne lui appartenait pas. Il devait le remettre à ses propriétaires, les armateurs du navire, et serait tenu de le rembourser. Faute de quoi, on le jetterait en prison. Parti à la recherche du petit voleur et revenu bredouille après plusieurs jours, il était allé s'enivrer dans une auberge.

Il revoyait la scène comme si c'était la veille... La taverne sombre et enfumée sentait le vieux whisky et le poisson pourri. Il n'y avait que deux autres clients, vautrés sur une table, chope en main. Hugh lui-même se sentait glisser dans l'alcool et le désespoir quand tout à coup un mouvement dans l'ombre attira son regard. Plissant les yeux, il distingua une silhouette maigrichonne et un visage maculé de boue. L'enfant s'approchait furtivement, croyant passer inaperçu, et voulut poser discrètement la bourse près de Hugh. Mais

Hugh n'était pas ivre à ce point et, saisissant le gamin par le cou, le secoua comme un prunier.

— Je vous en supplie, monsieur, pleurnicha le gosse. Je vous ai tout rapporté ! J'ai juste pris de quoi acheter du pain à mon père. Il est mourant...

Hugh recompta l'or sans lâcher le jeune brigand. Il ne manquait effectivement qu'une petite somme, que Hugh pourrait remplacer de sa poche sans difficulté.

Son regard sévère s'emplit d'indulgence.

— Drôle de voleur ! Pourquoi me l'as-tu rapporté, mon garçon ?

— Je vous l'ai dit, répliqua Rory en haussant les épaules. Je n'avais pas besoin de tout cet or. Je ne voulais pas vous ruiner, moi. Juste aider mon père.

— Et que fait-il ?

— Il était marin dans le temps. Mais il n'a pas navigué depuis très longtemps.

— Mène-moi chez lui ! ordonna Sinclair sans le lâcher.

Hugh avait l'intention de rappeler le père à l'ordre. Rory vivait dans les bas quartiers les plus sordides de Glasgow, où les rats qui infestaient les rues n'avaient guère plus à manger que les habitants. Il fit entrer Sinclair dans une pièce qui empestait l'urine, le whisky et la maladie, et désigna du doigt une silhouette affaissée sur un matelas crevé.

— Je vous ai ramené votre fils, déclara Hugh.

Mais la forme silencieuse ne fit pas un geste. Rory poussa un ululement lugubre, persuadé que son père avait rendu l'âme.

— Allume la bougie, mon garçon, suggéra Hugh pour le faire taire. Il n'est pas mort, tu vas voir.

Rory cessa de crier en constatant que l'homme n'était pas mort, et Hugh reconnut un ancien camarade.

— Black Jack McShane ? C'est bien toi ?

— Oui, répondit l'autre d'une voix faible. Et qui es-tu ?

— Hugh Sinclair. Tu te souviens ? Nous avons navigué sur le *Nancy*, depuis Liverpool.

— Dieu nous aide ! Est-ce possible ? Tu as l'air en grande forme, mon gars. Toujours sur la mer ?

— Eh bien, oui. Capitaine de la *Sirène*, qui fait voile pour l'Amérique.

Black Jack partit dans une quinte de toux qui faillit l'étrangler.

— Je suis content de te voir, dit-il enfin avec un filet de voix. Tu ne pouvais pas mieux tomber. Je meurs et Rory va mal tourner sans personne pour s'occuper de lui.

— Et sa mère ? interrogea Hugh, qui commençait à se douter de ce qui l'attendait.

Black Jack cracha par terre.

— La garce ! Je l'aurais épousée et pris le gosse par-dessus le marché. Mais elle m'a laissé le marmot et n'a pas demandé son reste ! Trois ans sans nouvelles... Rien à attendre d'elle.

— Et le vrai père ? tenta encore Hugh.

— Il n'en a pas ! annonça Black Jack sans vraiment surprendre Sinclair. Il n'a que moi, si l'on peut dire. Je serais mort si le gosse ne m'avait pas trouvé un peu de pain et de whisky. Mais je ne veux pas qu'il vole. Il ne paie pas de mine, pourtant c'est un bon gamin.

Hugh s'arma de courage, devinant ce qui allait suivre. Comment accepter la responsabilité de ce petit voyou de dix ans ? Mais comment la refuser à un ancien camarade sur son lit de mort ! McShane s'interrompit, secoué par une nouvelle quinte de toux. Chaque mot était une torture pour lui. Hugh préféra l'épargner.

— Je vais prendre ton garçon en main, Black Jack. Tu m'as rendu bien des services autrefois et ton fils m'évite la prison ou pire.

L'agonisant lui tendit une main tremblante :

— Dieu te bénisse. J'en connais peu à qui j'aurais pu demander et encore moins qui auraient accepté...

Black Jack McShane expira sous les yeux de Sinclair. Le vieux loup de mer avait été vigoureux, habile et généreux dans le passé et il avait plus d'une fois sauvé le jeune casse-cou qu'était Sinclair. L'heure était venue de payer ses dettes. Hugh avait d'ailleurs un point commun avec Rory : tous les deux étaient les fruits d'un mariage de la main gauche ; deux bâtards, voilà ce qu'ils étaient !

Il avait fallu arracher l'enfant en sanglots du corps de son beau-père... Quelques shillings avaient payé un enterrement décent pour Black Jack. Quant à Rory, un bain, des vêtements propres et un bon repas chaud avaient assuré sa fidélité à son nouveau protecteur.

Hugh s'agita sur sa couchette, écoutant les derniers coups de vent. Il songea aux infortunés enfermés dans l'entrepont. Quelques heures plus tôt, il y avait envoyé des marins pour évacuer trois morts : deux enfants et un vieillard qui n'aurait jamais dû tenter la traversée. Les hommes lui avaient rapporté que l'atmosphère y était irrespirable.

Anna Rose... pensa le capitaine, la belle et fragile Anna Rose s'y trouvait également ! Comment supportait-elle pareille épreuve ? Comment Rory tolérait-il que sa femme soit soumise à ce calvaire ? *Cela doit cesser!* décida Hugh.

Il se leva pour griffonner un message sur son écritoire puis appela un marin.

— Portez cette note à l'entrepont et remettez-la à madame McShane.

— A vos ordres, capitaine !

Mais un instant plus tard, alors que Hugh empaquetait quelques affaires, le matelot était de retour.

— La dame vous remercie, capitaine, mais doit refuser votre aimable proposition. Elle est très prise par les malades.

Hugh fit une grimace dépitée. Quelle tête de mule ! Il lui avait pourtant assuré qu'il quitterait la cabine et partagerait celle du second. Inutile qu'elle reste avec les autres puisqu'elle pouvait s'installer plus confortablement. Il dirait un mot à Rory, lui ordonnerait d'envoyer Anna Rose occuper sa cabine. Si elle était *sa* femme, jamais il ne la laisserait souffrir. Il enfilait son ciré quand tout à coup résonna le cri d'alerte :

— Un homme à la mer ! Tous les hommes sur le pont !

9

Anna Rose semblait flotter loin, très loin de l'*Olympia*, vers le cottage gris au toit de chaume, vers les prairies et la vallée, vers les Highlands qui s'étendaient au-delà.

Elle humait la terre et l'orge fraîchement coupée, admirant le mauve des chardons qui se mêlait au gris lavande des brumes glissant sur les collines, tout près des roses trémières blanches de la maison. Sa mère chantait doucement et le rire un peu rauque de son père couvrait les voix aiguës de ses frères et sœurs excités par leurs jeux.

Là, elle était chez elle et si les images changeaient, elle retrouvait la même chaleur, la même sécurité dans ce havre de paix. Mais un nuage noir vint assombrir la scène, le vent du nord se leva, agitant Anna Rose dans son sommeil. Un éclair, un coup de tonnerre qui claquait et les feuilles mortes tourbillonnèrent contre le visage de la malade. Elle gémit. La fièvre était remontée et la consumait de ses flammes.

Un peu plus tôt, elle avait pu déchiffrer à la chandelle le message du capitaine. La proposition était généreuse. Mais en admettant qu'elle ait accepté de quitter ses compagnons d'infortune pour son propre confort, elle était beaucoup trop souffrante pour le moment.

Quand son rêve s'évanouit, elle s'éveilla encore une fois à la chaleur et aux odeurs nauséabondes, assourdie par les cris des bébés et les supplications de leurs mères. Mais un bruit différent attira son attention : des bottes martelaient le pont et des appels résonnaient de toutes parts, lui donnant l'intuition du danger. Elle s'efforça de retrouver sa lucidité quand un matelot fit irruption dans l'entrepont :

— Tous les hommes valides sur le pont ! Un homme à la mer !

Les « hommes valides » n'étaient pas légion. Pourtant, tous ceux qui se trouvaient en état de se traîner dehors obéirent à l'injonction, attirés par la perspective d'un peu d'air frais. On secouait Anna Rose en répétant son nom. Elle tourna la tête, décollant ses paupières lourdes avec difficulté, tâchant d'accommoder ses yeux.

— Anna Rose, je vous en prie. Eveillez-vous ! insistait madame Tierney. Ils ont enfin ouvert l'écoutille. Il faut aller respirer sur le pont.

— Que se passe-t-il ? Sommes-nous en Amérique ? marmonna la malade.

— Non, répliqua madame Tierney en drapant une couverture sur les épaules d'Anna Rose pour éviter qu'elle prenne froid. Nous en sommes à des lieues. C'est un malheureux qui est passé par-dessus bord, je crois. Personne ne peut rien pour lui, sans doute, mais saisissez au moins cette occasion d'éclaircir vos idées. Vous avez déliré dans votre sommeil. J'étais très inquiète pour vous.

Anna Rose chancela et dut se raccrocher à son amie. Elle n'entendait plus rien.

— Rory ! C'est Rory qui se noie !

— Taisez-vous, mon enfant. Qu'allez-vous penser ? Vous allez vous rendre malade !

Mais Anna Rose grelottait de tous ses membres, angoissée plus que fiévreuse, persuadée que son mari était la victime.

— Etes-vous sûre d'avoir la force de monter sur le pont ? hésita finalement madame Tierney, impressionnée par le tremblement de sa compagne.

— Mais oui, mais oui, répliqua Anna Rose, impatiente d'en avoir le cœur net.

— Bon... Ménagez-vous, tout de même. Vous êtes si pâle.

Les deux femmes continuèrent à petits pas leur pénible progression dans le bateau agité comme un fétu de paille par le roulis et le tangage. Sur l'échelle, un souffle de vent humide balaya soudain l'infection qui régnait en bas. Sans son inquiétude, Anna Rose se serait sentie revivre.

Elle émergea sur le pont, offrant son visage aux embruns. Passagers et hommes d'équipage couraient en tous sens. Elle agrippa un marin par le bras comme il se précipitait, corde de sauvetage en main :

— Où est-il ?

— Aucune idée, madame. Nous ne l'avons pas encore repéré !

Anna Rose se prit la tête entre les mains. Même si la tempête s'apaisait peu à peu, les vagues engloutiraient le malheureux. Son seul espoir était de retrouver Rory sur le pont mais elle scrutait la foule en vain, aveuglée par la pluie. Désespérée, elle leva les yeux vers le ciel, offrant une prière silencieuse à Dieu. La réponse ne se fit pas attendre : Rory était dans le gréement.

— Mon amour... murmura-t-elle, pleurant de soulagement.

Le matelot McShane s'agrippait aux cordages. Il n'avait pas voulu rester en bas, où s'agitaient les autres sans aucune efficacité. De là-haut, avec sa lunette, il commandait tout l'océan. Du diable s'il ne repérait pas leur camarade ! Un bras passé autour du mât, il sondait les vagues, n'apercevant même pas sa femme sur le pont tant il se concentrait sur sa tâche.

Le vent fraîchit à nouveau et les voiles s'enflèrent avec le grondement d'un coup de canon. L'espar où Rory s'était assis à califourchon gémit sous son poids tandis que les cordages se tendaient à se rompre. Alors les cieux s'ouvrirent et une nouvelle averse se répandit sur le navire. Soudain, Rory discerna une forme sombre qui se débattait entre les lames. Il vérifia d'un coup d'œil dans sa lunette avant de rugir par-dessus la tempête :

— Le voilà ! A tribord !

Le capitaine Sinclair leva les yeux en entendant son appel. Protégé par sa visière contre la pluie, il reconnut la silhouette perdue dans les hauteurs :

— Rory, murmura-t-il, incrédule. Le fou !

Ce qu'il voyait le mit en sueur... Sans attendre de communiquer ses ordres au second comme le veut la coutume, il hurla en mettant ses mains en porte-voix :

— Matelot McShane, descendez immédiatement !

Tous les autres se pressaient à tribord pour recueillir le marin dont Rory venait de sauver la vie. On lança des cordes, une barque fut mise à la mer. Nul ne devina quel drame se jouait derrière eux. Mais Anna Rose, près du capitaine, eut la même vision que lui : l'espar menaçait très clairement de se rompre. Pourtant, comme le capitaine, elle se sentait impuissante. Sous ses propres yeux, son mari, si vivant pour l'instant, allait mourir.

Anna Rose se résigna soudain : tout était perdu. Il n'y aurait pas de longues années de bonheur, pas de fils à voir grandir, pas de foyer à partager dans les rizières de Géorgie. Leur amour serait foudroyé aussi vite qu'il était apparu. Une main glacée se referma sur son cœur comme elle appelait son époux, tendant vainement la main vers lui. Mais son appel fut noyé sous le sifflement d'une nouvelle rafale et le sinistre craquement du bois qui, soupirant et grinçant, finit par céder.

— Bon Dieu ! jura le capitaine.

— Anna Rose !... s'écria le matelot comme le vent emportait son cri dans un tourbillon.

Tout se déroula comme au ralenti : le bois qui se fendait, l'espar qui s'affaissait contre la voile déchirée, le corps de Rory projeté sur le pont. Son cri se mêla au gémissement d'Anna Rose avant de s'achever dans le bruit mat de sa chute.

Paralysée d'horreur, Anna Rose resta figée un instant. Rory avait atterri sur le dos, les bras écartés, une jambe repliée sous lui, et semblait fixer le ciel de ses yeux révulsés.

— Rory ? murmura Anna Rose. Je suis là. Tout va bien se passer.

Hugh Sinclair voulut la retenir, mais en vain. Elle se dégagea en hurlant :

— Non ! Laissez-moi tranquille ! Je dois aller le voir.

Un instant plus tard, elle s'agenouillait près de lui, prenant sa tête contre elle, le berçant comme un enfant. Il respirait à peine, un filet de sang coulant de sa lèvre.

— Ne parle pas, mon amour...

— Il le faut... Pas de secrets entre nous... Anna Rose, mon amour... Iris et moi...

Mais il se tordit dans un spasme violent avant de s'affaisser, ses yeux bleus prenant une nuance vitreuse. Anna Rose essuya le sang avec un coin de sa jupe et se pencha tendrement vers lui.

— Voilà, mon chéri, fit-elle doucement, nous arriverons bientôt en Amérique et tout ira très bien. Nous aurons notre maison, nos enfants et nous nous aimerons toute la vie, Rory...

Hugh se tenait à quelques pas, bouleversé par la scène. Tous les autres faisaient cercle maintenant, choqués par ce brusque retournement de situation. Mais le capitaine ne leur accorda pas un regard, ému par les larmes de la jeune veuve. Madame Tierney vint près d'elle et tâcha sans succès de l'arracher à ce macabre monologue. Anna Rose ne s'agrippait que plus fort au cadavre comme pour le ramener à la vie par ses supplications.

Il ne faut pas laisser cela durer! songea le capitaine, soudain ramené à la réalité. La mort survenait trop souvent à bord et les marins devaient apprendre à vivre avec elle : si l'autre homme s'était noyé, il n'aurait reçu qu'un solennel adieu à l'aube, sans plus de cérémonie. Evidemment les circonstances étaient inhabituelles : Rory avait été tué sous les yeux de sa femme... Spectacle malsain, propre à démoraliser le loup de mer le plus endurci!

Hugh se tourna vers deux matelots :

— Allez chercher une bâche pour le corps.

— Oui, mon capitaine, répliquèrent-ils avec reconnaissance, pressés de mettre fin à ce pénible spectacle.

Quand Anna Rose refusa de quitter son mari et se mit à hurler, Sinclair dut intervenir personnellement : il la prit par les épaules et la força à se lever malgré ses cris de protestation. Soudain elle se raidit et s'évanouit dans ses bras.

— Madame Tierney, ordonna-t-il en la cherchant du regard, j'ai besoin de votre aide. Elle brûle de fièvre. Pourquoi ne m'a-t-on pas dit qu'elle était souffrante ? Depuis combien de temps ?

— Plusieurs jours, capitaine, répliqua la commère, livide, mais elle soignait encore les autres. C'est une courageuse petite. Depuis vingt-quatre heures, tout de même, elle est restée alitée. Elle délirait dans son sommeil.

Hugh Sinclair examina la jeune femme de plus près. Ses paupières rougies faisaient encore ressortir sa pâleur. Les yeux fermés, elle respirait à peine, grelottant contre lui.

— Venez vite, commanda-t-il. Suivez-moi dans mes quartiers.

Madame Tierney obtempéra, soulagée qu'Anna Rose puisse se reposer dans un lit convenable au lieu de risquer la mort en bas. Mais elle n'était pas complètement tranquillisée. La jeune femme était gagée... Quel sort lui réservait le capitaine en la ramenant à la vie ? Madame Tierney se signa avant d'entrer dans la cabine.

Deux longues semaines, Anna Rose lutta contre les démons de la fièvre. Aux rares moments où elle reprenait conscience, un homme sévère ou une femme bienveillante se penchait vers elle. Pourtant leurs visages familiers demeuraient flous. Parfois, elle sentait un vide affreux se creuser en elle. Mais ses efforts pour en comprendre la cause l'épuisaient et elle perdait conscience.

Après une dizaine de jours, elle retrouva sa lucidité par intermittence et reconnut madame Tierney ou le capitaine à son chevet ; ils lui faisaient boire un bouillon et lui prodiguaient des paroles de réconfort :

— La traversée est bientôt terminée, lui assurait madame Tierney. L'Amérique est proche !

Et puis, lors d'une nuit calme, elle distingua clairement Hugh, assis près d'elle, les traits tirés et les yeux voilés de fatigue. Il se hâta de lui porter un bol de potage et la persuada de boire.

— Vous avez dormi pendant le pire, Anna Rose. Très ingénieux de votre part ! Le premier grain n'était qu'un apéritif. Mais comme disait mon père, à quelque chose malheur est bon : les vents nous ont poussés si fort que nous serons à New York dans trois jours seulement !

Anna Rose finit docilement le bouillon. Elle ne se sentait pas d'appétit mais voulait guérir vite. Sinclair poursuivait son bavardage, évoquant la force de la tempête et les dégâts matériels. Elle ne l'écoutait plus : d'horribles souvenirs lui revenaient peu à peu...

— Capitaine, interrompit Anna Rose, qu'en est-il pour Rory ?

Hugh s'assombrit et détourna les yeux. Le moment tant redouté était arrivé.

— Nous avons confié le corps à l'océan, déclara-t-il finalement, d'une voix presque solennelle. J'ai lu quelques passages de la Bible pour assurer le repos de son âme. Si vous le souhaitez, je ferai jeter des fleurs sur les flots pour lui.

Anna Rose se sentit plus calme. Le capitaine, en véritable ami, avait pourvu à tout, organisant une cérémonie dont la sobriété aurait plu à son mari. Rory avait été brutalement fauché par la mort et c'est ainsi qu'il désirait disparaître, sans souffrance ni crainte. Elle soupira. Qu'aurait-elle pu demander d'autre dans ces circonstances ? Il ne fallait plus s'épuiser à pleurer. Elle aurait besoin du courage qui lui restait pour affronter le Nouveau Monde.

— C'était un bon camarade, déclara finalement Hugh, ne sachant comment interpréter ce long silence.

— Et un époux aimant...

Les dernières paroles de Rory lui revinrent en mémoire. Iris ? Qu'avait-il voulu lui apprendre ? Elle s'aperçut soudain que le capitaine lui avait pris la main et la caressait tendrement comme pour la réconforter. Elle lui sourit.

— Anna Rose, j'ai fait un serment à Rory le jour de votre mariage. (Elle lui jeta un regard interrogateur, revoyant la radieuse matinée de mai.) J'ai promis à Rory de prendre soin de vous s'il lui arrivait quoi que ce soit durant la traversée. Je serai fidèle à ma parole d'une manière ou d'une autre.

Anna Rose frissonna soudain et retira sa main. Elle venait de se rappeler autre chose... Elle était gagée ! Elle serait vendue au plus offrant pour rembourser la dette de son mari !

— Je vous ai fatiguée, observa le capitaine. Vous devriez dormir, maintenant.

Anna Rose se rallongea et ferma les yeux, incapable de s'assoupir en sa présence mais déterminée à lui donner le change. Elle avait un plan : si Rory avait signé des papiers, elle les trouverait, en retournant toute la cabine si nécessaire, et elle les brûlerait ! Alors Sinclair ne pourrait plus rien contre elle.

Anna Rose reposait paisiblement — du moins Sinclair le croyait-il en la veillant. Tout en elle lui était devenu familier, jusqu'à sa respiration. Il avait appris son visage, la courbe de ses seins sous la couverture, les riches nuances de ses cheveux qui rayonnaient sur l'oreiller comme une flamme sur la neige. Il connaissait ses rêves et ses cauchemars, alerté par ses gémissements d'animal traqué. Dans ces occasions, il lui caressait les tempes et lui parlait doucement. Une fois où elle paraissait terrifiée, il l'avait prise dans ses bras et bercée comme une enfant, osant même poser un baiser sur son front. Fou qu'il était !

Il eut un sourire désabusé. Calmer la jeune femme ? Il en était capable. Mais garder son propre sang-froid... c'était une autre affaire, car au fil des jours une certitude s'était imposée à lui : pour la première fois, il aimait passionnément une femme.

D'où son dilemme : il voulait tenir sa promesse et épouser la veuve de McShane. En apparence, rien de plus favorable à leurs amours. Mais la réalité était plus complexe : Anna Rose était chrétienne et sincère ; elle s'imposerait une période de deuil avant d'envisager le remariage et refuserait également de céder aux circonstances. Et surtout, elle épouserait un homme qu'elle chérirait de tout son cœur. Or, pour l'instant, elle était toujours amoureuse de Rory.

Que pourrait-il donc faire en attendant ? Il commencerait évidemment par payer son billet et déchirer les documents de gage. Il avait souhaité mettre Rory en face de ses responsabilités, rien de plus. Maintenant qu'il était mort... Un coup à la porte le fit sursauter.

— Entrez ! cria-t-il.

— Capitaine, fit le second, voici l'annonce pour les journaux, conformément à vos instructions. Voulez-vous la vérifier ?

Hugh lança un regard vers Anna Rose puis, voyant qu'elle dormait toujours, relut le texte à haute voix.

VENTE PUBLIQUE AUX ENCHÈRES

Le capitaine Sinclair, commandant de l'*Olympia*, annonce la vente de :
— un meunier,
— un tisseur,
— un boulanger,
— plusieurs accortes jeunes femmes pour du personnel de maison,
— quelques enfants.

Les conditions d'achat et de servitude seront rendues publiques lors de la vente sur le quai d'accostage, le lendemain de l'arrivée en port de New York.

— Est-ce correct, capitaine ?
— Parfait, répliqua Sinclair. Faites afficher cet avis et publier l'annonce dans le *Journal of Commerce* et le *Post*.

Anna Rose n'avait pas perdu un mot de toute cette conversation et le passage concernant « d'accortes jeunes femmes » l'avait glacée d'effroi.

D'après le récit de madame Tierney, peu d'entre elles trouveraient effectivement place parmi du « personnel de maison ».

Anna Rose se tourna contre la paroi et ouvrit les yeux. Il n'était plus temps de dormir. Au contraire, elle aurait besoin de tous ses esprits dès que le capitaine la laisserait seule. Il fallait trouver ces papiers à tout prix et les détruire ! Sans la signature de Rory, le capitaine n'aurait plus rien à vendre.

Anna Rose soupira. Dans quelle situation l'avait plongée son mari... Elle ne dépendrait plus jamais d'un homme ! Après son père, Rory et maintenant le capitaine s'étaient mêlés de gouverner son avenir, pour le plus grand désastre ! Mais c'était terminé... Elle espérait aimer encore, se marier peut-être. Mais plus personne ne lui dicterait sa vie !

10

Une nuit bleu cobalt, claire et douce, parfumée par les senteurs du continent, était tombée sur l'*Olympia*. Depuis que la vigie avait crié « Terre ! Terre ! », l'équipage semblait revivre et les passagers s'étaient rassemblés sur le pont pour apercevoir la tache sombre à l'horizon. Quelques marins s'étaient retrouvés pour chanter les ballades de leur pays aux accents plaintifs d'un harmonica.

Mais le capitaine ne voyait ni n'entendait rien de tout cela. Il arpentait le pont, mains croisées derrière le dos. *Que faire d'Anna Rose ?* Il n'avait toujours pas résolu la question. Pourtant, ils accostaient dans une dizaine d'heures... Il lui fallait une réponse.

Anna Rose était presque totalement remise de sa fièvre. Sa résistance n'avait d'égale que sa volonté de vivre : elle saurait faire face toute seule s'il le fallait, songeait Hugh. Mais ce n'était pas nécessaire puisqu'il se tenait prêt à s'occuper d'elle. Il suffisait de la convaincre que tel était le désir de Rory. La docilité de la jeune femme aux volontés de son défunt époux ferait le reste.

Il alla s'accouder au bastingage, à l'endroit même où il avait rencontré Anna Rose pendant sa nuit de noces, et contempla les flots.

— Mais bien sûr ! s'exclama-t-il soudain.

Il n'y avait pas d'autre moyen : il irait réveiller Anna Rose et lui déclarerait son amour. Si elle ne lui cédait pas, il lui montrerait les documents de gage et la menacerait de la vendre. D'une manière ou d'une autre, il aurait gain de cause !

Heureusement pour Anna Rose, le capitaine avait le pas lourd et des bottes bruyantes. Sinon, il aurait pu la surprendre à fouiller dans ses tiroirs... Mais l'entendant arriver, elle glissa rapidement entre les draps et feignit le sommeil.

— Anna Rose ! rugit Hugh en ouvrant brusquement la porte. Réveillez-vous !

Elle sursauta. Quel ton sévère ! Même s'il

maniait ses hommes avec rudesse, il s'était toujours montré patient et affectueux avec elle.

— Je voudrais vous dire un mot, reprit-il plus doucement.

— Il est tard, capitaine, répliqua-t-elle en bâillant. Cela ne pourrait-il attendre jusqu'à demain ?

— Justement non, rétorqua-t-il. Nous serons en baie de New York dès l'aube et je n'aurai plus le temps. Il s'agit d'une affaire très personnelle.

Anna Rose, impressionnée, s'assit dans le lit et le regarda jouer nerveusement avec un encrier sur son bureau, avant de se verser un verre d'eau vinaigrée et de la recracher. Puis il se mit à marcher de long en large.

— Eh bien, capitaine ?

Quand il se tourna enfin vers elle, il paraissait déterminé et sûr de ses arguments.

— Anna Rose, commença-t-il, vous êtes dans une situation difficile : veuve, sans un sou, bientôt abandonnée à vous-même dans un pays inconnu. Rory n'aurait pas voulu cela.

Elle baissa les yeux, assaillie par une émotion soudaine. Accepterait-elle jamais la mort de son époux ?

— Moi non plus, capitaine.

— Nous y voilà ! Vous avez besoin qu'on vous épaule, Anna Rose. Il vous faut un toit et quelqu'un pour vous protéger. Quelqu'un à qui appartenir...

Anna Rose frémit. Un serviteur gagé appartenait en effet à son maître comme un esclave : pendant la durée de sa servitude, il ne pouvait rien acheter ni vendre en son nom, ne pouvait se marier ni circuler librement ; une femme qui devenait mère sans le consentement de son maître était condamnée à une seconde période de servage !

Apparemment, Hugh avait quelques scrupules. Il aurait aimé l'entendre dire qu'elle se soumettait à la décision de Rory, qu'elle acceptait cette immonde vente... Plutôt mourir !

— Capitaine, si c'est le prix de la traversée qui vous tracasse, je trouverai du travail et vous rembourserai. Mais...

— Bon Dieu, Anna Rose ! Vous ne me facilitez pas les choses !

Il se détourna, cherchant ses mots, le visage empourpré.

— Je ne suis pas beau parleur, mais voyez-vous, j'ai promis à Rory de m'occuper de vous s'il lui arrivait un accident. Il était comme mon fils ! Je ne peux le trahir... Anna Rose, je sais que vous êtes veuve de fraîche date, mais parfois, la nécessité doit prendre le pas sur les convenances. Ne vous inquiétez pas de votre billet : j'y veillerai. Mais ensuite, vous échangerez le nom de McShane contre celui de Sinclair.

Il s'interrompit. Il avait été trop brusque ! Mais comment lui parler d'amour alors qu'elle rêvait de son mari chaque nuit ? Le visage figé de la jeune femme était indéchiffrable. Il avait tout gâché !

Pourtant il avait tant à lui dire... Il aurait voulu évoquer les reflets de sa chevelure sous la lune, ses yeux qui brillaient comme une matinée de printemps, sa voix caressante, cet amour qu'il ressentait pour elle. Décrire ses longues nuits passées à la veiller et la tentation de la prendre contre lui, de l'aimer...

Mais il l'aurait offensée. Et puis il n'avait rien d'un poète. Non, il lui avait proposé un marché honnête, le seul possible. Anna Rose était une femme de bon sens et l'intérêt de cette proposition ne pouvait lui échapper. Quant à lui déclarer son amour, il valait mieux attendre un moment plus propice, lorsqu'il pourrait joindre le geste à la parole. Mais elle le fixait toujours de ce regard étrange.

— Anna Rose ? M'avez-vous écouté ?

Elle hocha la tête, réfléchissant à sa réponse.

— Je vous ai bien entendu, capitaine, mais je me demande si mes oreilles me jouent des tours... Rory n'avait pas le droit d'engager mon avenir. On n'achète plus les épouses depuis longtemps ! A moins que vous ne soyez en quête « d'accortes jeunes femmes » ? (Elle secoua la tête, soudain furieuse.) De toute manière, je refuse votre offre... généreuse.

— Anna Rose ! Vous ne vous rendez pas compte de ce que vous dites.

— Mais si, capitaine, déclara-t-elle d'une voix calme malgré le tumulte de ses émotions.

Elle n'ignorait pas avec quel dévouement il l'avait soignée. L'Ange de la Mort lui était apparu trop fréquemment dans ses cauchemars ! Sans les soins attentifs de Sinclair, elle n'aurait sans doute pas survécu. Le capitaine était un homme estimable qu'une femme pourrait être fière d'épouser. Mais pas dans de pareilles circonstances ! Un mariage ordonné par un mort et proposé par charité ? Jamais de la vie ! Pas un seul mot d'amour n'avait été échangé...

Ce n'était pas tout : Anna Rose s'était juré de ne plus dépendre d'un homme pour sa survie. Elle était jeune, vigoureuse, capable. Pourquoi ne pourrait-elle assurer sa propre existence ? Quant à se remarier, si jamais elle y pensait un jour, elle choisirait un homme qui l'aime, pas un qui la prenne en pitié.

— Il est trop tôt pour ce genre d'accord, capitaine, énonça-t-elle finalement avec une indifférence qu'elle était loin de ressentir.

— Mes intentions sont honnêtes, murmura-t-il soudain très las, vous le savez bien.

— Mais cela fait si peu de temps ! s'écria la jeune femme. Ce ne serait pas convenable. Je dois porter le deuil de Rory.

Hugh s'approcha d'elle, reprenant espoir. Il tendit la main vers elle d'un geste solennel.

— Je le comprends — sincèrement. Et je promets de vous laisser le temps. Je ne vous toucherai pas tant que vous ne serez pas prête, que cela prenne un mois ou un an. Vous avez ma parole.

Quelle tentation pour Anna Rose... Qu'il serait facile de remettre sa vie entre des mains aussi solides, aussi fiables ! Mais où l'avait conduite sa confiance en son père, en son époux ? Non, la présence d'un homme ne garantissait absolument rien. En outre, celui-ci n'était guidé que par la charité. Il n'y avait aucune espèce d'affection entre eux : il se bornait à tenir une promesse conclue dans un moment de faiblesse.

— Ce ne serait pas convenable, répéta-t-elle en détournant le regard. Et puis j'ai ma fierté.

— Votre fierté ! ricana-t-il. Elle vaut cinquante dollars, votre fierté, le prix de la traversée ! Si vous vous obstinez, vous choisissez la faim, la solitude, la peur...

— J'ai déjà connu la disette, répliqua-t-elle bravement.

— Eh bien, justement, épargnez-vous des souffrances supplémentaires. Soyez raisonnable, Anna Rose. (Il poursuivit sans lui laisser le temps de répondre.) Je possède une belle demeure de brique hollandaise à Wall Street. Trois étages de pierre qui gardent la chaleur en hiver et de hautes fenêtres qui s'ouvrent à la brise en été. Sans vous, jamais elle ne deviendra un foyer... Vous feriez une merveilleuse maîtresse de maison. Quand je rentrerais le soir, vous seriez là pour m'accueillir. (Il lui sourit pour la première fois.) Ce serait merveilleux, non ?

— Mon père et mon mari échafaudaient également de merveilleux projets, répliqua-t-elle sèchement. Mais je ne me contenterai plus de châteaux en Espagne. (Elle se détourna, dissimulant ses larmes.) Je suis navrée, c'est non.

Il s'interrompit, hésitant à poursuivre son plan jusqu'au bout. Mais sa déception l'emporta.

— C'est le mariage ou bien...

Elle leva brusquement la tête : les documents de

gage étaient sous ses yeux, seul héritage de son époux.

— Hugh, non ! s'étrangla-t-elle.

— Je vous laisse y réfléchir, déclara-t-il en se dirigeant vers la porte. Je vous donne jusqu'à huit heures demain matin. (Il eut un faible sourire.) Vous savez ce que j'espère, Anna Rose.

Il fourra le document dans une poche et sortit, laissant Anna Rose en plein désarroi. Si elle ne trouvait pas une échappatoire, elle serait mariée ou vendue quelques heures plus tard. Drôle de choix entre deux possibilités qui lui répugnaient également ! Si seulement Rory n'avait pas signé ces papiers... Si seulement il n'avait rien demandé à Hugh !

— Ma chère enfant, je vous emmènerais avec moi si je le pouvais. Mais mon fils et sa femme n'ont qu'une maisonnette à Petticoat Lane et six enfants à nourrir.

Anna Rose avait confié sa peine à madame Tierney qui, bouleversée par le tour des événements, tâchait en vain de trouver une solution.

— Et puis, de toute manière, il faudra payer la traversée et je ne vois pas comment, conclut-elle avec un regard compatissant.

Les deux femmes, accoudées au bastingage, regardaient l'île de Manhattan se rapprocher.

— Pourquoi ne pas accepter l'offre du capitaine ? Elle est très honnête.

Mais Anna Rose l'écoutait à peine, perdue dans la contemplation du port : au premier plan, une forêt de mâts qui se balançaient gracieusement sur les vagues, et plus loin, l'*Amérique*! Que n'aurait-elle donné pour que sa famille se tienne à ses côtés! Elle laissa son regard errer sur les flots. Et Rory... Ils avaient tant rêvé de ce moment.

Elle essuya une larme et se redressa. Elle n'avait pas le temps de pleurer sur son propre sort: elle était seule maintenant et ne pouvait compter que sur elle-même. Anna Rose avait pris sa décision à l'aube: ni mariée, ni vendue! Elle profiterait de la confusion générale au moment du débarquement pour s'enfuir. Ensuite, elle se perdrait dans les rues de New York et trouverait bien un emploi.

— Si seulement je pouvais vous aider... l'interrompit madame Tierney.

Anna Rose la regarda fixement, prise d'une inspiration subite.

— J'ai une idée! Quand nous quitterons le navire, laissez-moi porter vos bagages comme si j'étais votre domestique. On ne me posera pas de questions et une fois à terre, je me volatiliserai!

Le visage de sa compagne s'illumina et ses yeux pétillèrent d'excitation.

— Vous avez plus d'un tour dans votre sac, dites-moi! Belle et intelligente comme vous l'êtes, vous ferez fortune au Nouveau Monde, j'en mettrais ma main au feu!

Anna Rose, tranquillisée, parcourut le quai du regard. Elle entendait encore son père:

— Ah, mes enfants! Attendez de voir l'Amérique ! Les routes y sont pavées d'or, à ce qu'on m'a dit. Ce sera la belle vie !

Mais depuis le pont, les rues n'avaient rien que de très ordinaire. Encore une chimère qui s'envolait...

Même si le capitaine attendait la réponse d'Anna Rose avec impatience, il avait fort à faire. Au port de New York convergeaient des navires qui descendaient l'East River, les sloops de l'Hudson qui venaient de la North River et avaient contourné l'île de Manhattan par l'ouest, et les long-courriers comme l'*Olympia*. Il fallait également éviter les chaloupes des camelots qui venaient tenter les marins avant qu'ils débarquent au port. Leurs frêles embarcations se faufilaient entre les bateaux au risque de leur vie.

Le capitaine fit raccourcir les voiles à la hauteur de Battery afin d'accoster dans l'East River près de South Street. C'est là que les attendrait l'agent de la compagnie anglaise Slattery and Smythe, pour percevoir le prix de la vente des billets. Ensuite, l'*Olympia* serait rechargé avant une nouvelle traversée.

Mais le vieux bateau aurait un autre maître, médita Sinclair non sans un certain soulagement. Il avait mené à bon port son ultime contingent de passagers et entendait maintenant se consacrer à ses investissements en Bourse. Son premier rendez-vous à terre serait avec Michael Flynn, le financier avisé à qui il avait confié la gestion de son portefeuille. Ensuite, peut-être aurait-il la chance de partir en lune de miel...

Il parcourut le pont du regard, s'attardant sur une silhouette familière. Un halo de soleil palpitait sur sa chevelure dorée. Un instant, il l'imagina vêtue d'une robe décolletée selon le dernier chic parisien et coiffée d'un audacieux chignon. Elle lui ferait honneur en société, observa-t-il, pragmatique. Et puis surtout, corrigea-t-il, il serait enfin heureux de rentrer chez lui après sa journée de travail !

Hugh lui jeta un dernier regard, chassant ses inquiétudes : peu importait sa réponse, il avait un nouveau plan : il ne l'obligerait pas à l'épouser trop tôt. Ce serait déraisonnable. Il paierait plutôt le billet et lui annoncerait qu'il la prenait à son service pour sept ans. A lui de lui rendre ces années le plus agréables possible ! Elle finirait bien par l'épouser.

Sinclair ne ressentait guère de scrupules : de tels contrats étaient monnaie courante à New York et elle serait bien traitée, contrairement à ce qui l'attendrait dans certains établissements mal famés de Cherry Street. Mais comment accepterait-elle de lui *appartenir* littéralement ? Il faudrait user de diplomatie. Peut-être s'adoucirait-elle en voyant sa demeure de Wall Street. S'il pouvait la persuader de l'aimer, il se ferait une joie de déchirer les documents de gage pour signer un contrat de mariage !

Sinclair ne se comprenait plus lui-même, à vrai dire. Etait-ce l'âge ou le désir de changement ? Il voulait s'installer, prendre femme, fonder une famille. Il avait passé trop de nuits solitaires en mer et Anna Rose McShane était celle qu'il avait choisie pour éclairer sa vie.

Une file de passagers impatients de fouler le sol américain se forma le long du bastingage. Anna Rose et madame Tierney se tenaient parmi eux. La jeune femme espérait passer plus facilement dans la joyeuse bousculade. Pourtant madame Tierney s'inquiétait visiblement du rôle qu'elle aurait à jouer.

— Mon enfant, pourquoi ne pas prendre l'identité de Brigid Dunwoody, Dieu ait son âme, puisqu'elle n'a pas survécu à la traversée ? Elle n'était pas gagée, vous seriez donc en sécurité.

Mais Anna Rose secoua la tête. Elle s'était renseignée auprès du second sur les formalités de débarquement.

— Impossible, répliqua-t-elle. Le premier marin qui descend délivre à l'agent une liste des passagers décédés en mer. Il me repérerait immédiatement. Mais si vous déclarez que je suis votre servante, on ne me prêtera aucune attention. Au pire, on croira à un oubli.

Les émigrés se rapprochaient de l'employé, un personnage courtaud qui tenait la précieuse liste entre ses doigts boudinés. Il était affligé d'un nez en chou-fleur surmonté d'une paire de besicles aux verres épais malgré lesquelles il déchiffrait les noms avec difficulté. Un nouveau plan germa dans l'esprit d'Anna Rose. Elle attendit le moment le plus opportun et quand madame Tierney arriva à la hauteur de l'agent, elle la bouscula soudain.

Celle-ci trébucha contre l'agent qui en perdit ses lunettes ! Le destin fit rebondir les verres non loin d'Anna Rose qui les écrasa du pied sans difficulté.

— Maladroite ! hurla l'employé à l'adresse de madame Tierney.

— Ce n'était pas moi, monsieur ! protesta celle-ci. C'est ma domestique qui m'a poussée. Petite insolente ! s'écria-t-elle en lançant un regard furibond à Anna Rose. Je te ferai donner le fouet dès que nous serons arrivées à la maison !

L'agent scruta la fausse domestique, ne parvenant à distinguer qu'une silhouette floue.

— Ah, le personnel... ronchonna-t-il à l'adresse de madame Tierney. Votre nom ?

Elle répondit docilement, fournissant également une fausse identité pour Anna Rose. L'employé reprit ses papiers d'un geste affairé puis étouffa un juron.

— Je ne vois rien sans ces fichues besicles. Tenez, intima-t-il à un marin de l'*Olympia* en lui fourrant la liste entre les mains. Vérifiez les noms !

Anna Rose se mordit les lèvres pour ne pas sourire. Ce matelot était de ses amis car elle avait écrit pour lui une lettre adressée à sa fiancée : le malheureux ne savait pas lire ! Un service en valant un autre...

Le matelot plissa le front d'un air compétent et hocha la tête.

— Elles sont bien inscrites, monsieur ! confirma-t-il avec un clin d'œil complice en direction d'Anna Rose.

Elle lui lança un regard de gratitude avant de s'élancer en avant. New York ! L'Amérique !

A peine quelques instants plus tard, le capitaine Hugh Sinclair, une fois l'ancre jetée et les formalités de débarquement accomplies, alla chercher Anna Rose sur le pont. Mais elle avait disparu. Elle ne se trouvait pas non plus parmi les serviteurs gagés qui attendaient sur le quai. Avait-elle oublié quelque chose à l'entrepont ? Le capitaine descendit l'échelle. A part un gros rat fouineur et des odeurs fétides, les passagers n'avaient rien laissé derrière eux.

— Bon Dieu ! jura le capitaine en faisant irruption à l'air libre.

Anna Rose s'était envolée ! Il scruta les badauds qui encombraient South Street. Dans la foule bigarrée, il reconnaissait des marins de toutes nationalités, des prostituées venues les aguicher, des armateurs et leurs agents côtoyés par des mendiants et des porteurs. On chargeait des voitures, on déposait des cargaisons. Mais d'Anna Rose, point !

Il repéra les envoyés des hôtels louches, déjà à l'œuvre. Ces truands se jetaient sur les nouveaux émigrés, d'abord polis, puis rapidement menaçants si l'on refusait leur offre de « chambres propres ». Ils n'hésitaient pas à voler les bagages de leurs victimes ni même à enlever un enfant pour en réclamer une forte rançon par la suite.

Le sang bouillit dans les veines de Sinclair. Ces pauvres hères arrivaient en Amérique avec à peine de quoi se vêtir et pouvaient encore tout perdre en une semaine s'ils ne se méfiaient pas.

Il fallait la retrouver!

Il se figea soudain : cette chevelure cuivrée, cette longue natte qui ondulait contre son dos... C'était elle ! Comment avait-elle échappé à l'agent ? Mais il n'était plus temps de s'en préoccuper : jouant des coudes pour s'éloigner plus vite, elle descendait South Street d'un pas déterminé. Il fallait la rattraper avant qu'elle ne se perde dans la ville. Saisissant son porte-voix, il hurla :

— Anna Rose ! Revenez !

Elle parut s'arrêter un instant et regarder dans sa direction. Mais le temps qu'il accoure vers elle, elle était hors de vue.

— Dieu vous bénisse, Anna Rose, car vous en aurez besoin, murmura Sinclair, le regard perdu dans la foule.

11

Anna Rose avait entendu l'appel de Sinclair par-dessus le brouhaha et jeté un dernier regard au bateau. Mais, portée par la foule, il lui aurait été impossible de s'arrêter de toute manière.

Elle venait de faire ses adieux à madame Tierney, attendue sur le quai par son fils. Les deux femmes s'étaient embrassées avec émotion, heureuses d'avoir survécu à la traversée, fières d'avoir partagé tant d'épreuves.

Mais maintenant, égarée dans la cohue, Anna Rose se sentait seule comme jamais ! Elle avait toujours été entourée — par sa famille, son mari, ses compagnons de voyage, Sinclair... Refusant de céder à la panique, elle chercha un moyen d'échapper à ce flot humain pour rassembler ses pensées. Avisant une petite rue, elle s'engagea dans Broad Street.

Soudain, un homme trapu qui sentait le tabac et le whisky irlandais se dressa devant elle et lui fit perdre l'équilibre.

— Eh bien, ma jeune dame ! s'exclama-t-il sur un ton jovial en l'aidant à se redresser. On est pressée, dirait-on ! Et où allez-vous donc ?

Instinctivement, Anna Rose eut un mouvement de recul. Mais l'étranger la considérait avec un regard chaleureux, un bon sourire aux lèvres. Il ne paraissait guère menaçant. Peut-être accepterait-il de la renseigner ?

— Excusez-moi, monsieur, fit-elle avec une petite révérence, je viens de débarquer à New York et je me sens un peu perdue.

— Ah ! J'aurais dû m'en douter ! s'exclama-t-il avec un clin d'œil. J'allais justement accueillir les nouveaux arrivants au port. Merci de m'avoir évité le déplacement ! Vous cherchez un logement, je parie.

Anna Rose hocha la tête.

— Je connais un excellent établissement dans Cherry Street. C'est une pension de famille dirigée par une amie, madame Hattie Tibbs. Deux repas par jour et une clientèle choisie pour un prix tout à fait abordable : quatre pence la nuit ou six pence avec le dîner.

Anna Rose songea à ses maigres économies.

— C'est que je n'ai pas beaucoup d'argent, monsieur. Il me faut du travail sans tarder.

— Mais bien entendu ! s'exclama-t-il avec un large sourire qui découvrit quelques chicots jaunis. Une belle jeune femme comme vous ne peut rester inactive bien longtemps au Nouveau Monde. Je parie que madame Tibbs trouvera à vous employer sur place.

Crowder Quigley se pencha vers Anna Rose avec sollicitude. Il s'était fait incendier à peine une heure plus tôt par sa patronne, Hattie Tibbs, qui lui reprochait d'avoir abusé de la bouteille la nuit précédente — et de l'une de ses filles ! Mais s'il lui amenait un pareil trésor, il rentrerait vite dans ses bonnes grâces. Quelle aubaine ! Comment ses concurrents avaient-ils pu laisser échapper une telle proie ? Peu importe, elle n'était pas perdue pour tout le monde...

Anna Rose hésita, réfléchissant à son offre sous le regard bienveillant de Quigley, qui avait déjà prévu de lui arracher son sac en cas de refus. Elle le suivrait alors jusque dans la gueule du loup pour retrouver son bien !

De son côté, Anna Rose ne pouvait croire à sa chance : alors qu'un instant plus tôt, elle se voyait seule et démunie, voilà qu'un ange gardien tombait du ciel pour lui proposer le gîte et le couvert contre un travail honnête ! Elle aurait vraiment été stupide de ne pas en profiter.

Elle lui sourit.

— Comment vous appelez-vous ?

— Crowder Quigley, répliqua le voyou en soulevant son chapeau comme un vrai gentleman. Mais mes amis m'appellent Quig. Et vous, madame ?

— Madame Anna Rose McShane.

Quigley fronça les sourcils.

— Où se trouve votre mari ?

— Il est décédé pendant la traversée, répondit-elle en baissant les yeux.

— Toutes mes condoléances, déclara Quigley en dissimulant son soulagement. Mais raison de plus pour accepter l'hospitalité de madame Tibbs. Elle a perdu trois maris, Dieu ait leur âme ! Personne ne vous comprendra mieux qu'elle...

— Sans doute, monsieur Quigley.

— Quig, rectifia-t-il en lui prenant son mince bagage.

Ils remontèrent Front Street avant de couper par West Street. Anna Rose ne cachait pas sa stupéfaction devant les immeubles d'au moins trois étages qui se dressaient les uns contre les autres. On n'aurait pas pu y loger le moindre jardinet ! L'Ecosse était bien loin, avec ses larges prairies et ses landes où les fermes voisines n'étaient pas à portée de voix ! Même les habitants d'Inverness avaient plus de place. Pour ajouter à la promiscuité générale, des porcs et des troupeaux de chèvres erraient librement dans les rues, répandant les ordures, perturbant une circulation déjà difficile, et occasionnellement pris en chasse par des chiens affamés dans un vacarme d'aboiements et de bêlements.

— Pourquoi ne sont-ils pas enfermés ? demanda Anna Rose en remarquant des bâtards qui encerclaient en grognant un porc occupé à fouiller un tas de légumes avariés.

— Mais parce qu'ils ramassent les ordures ! s'exclama Quigley, surpris. Comment ferions-nous, sinon ?

Anna Rose ne répondit pas par politesse, mais à première vue, ce cochon produisait plus de saleté qu'il n'en nettoyait.

— En revanche, il y a des prairies vers Broadway où certains font paître leurs vaches. Mais les porcs sont parfaitement inoffensifs si on ne les dérange pas.

Anna Rose peinait à suivre le pas de Quigley sous le chaud soleil de juin. Elle sentait des gouttes de sueur perler entre ses seins, ses jupons collaient à ses jambes humides et ses mules trop fines la protégeaient mal du sol grossièrement pavé.

Quelques centaines de mètres plus loin, Quigley la guida enfin dans Cherry Street. L'étroite ruelle était bordée de vieilles maisons de bois qui paraissaient prêtes à s'effondrer à la moindre brise. Les jalousies des fenêtres étaient tirées et la rue semblait étrangement calme. Anna Rose se détendit soudain : toute cette agitation, les immeubles oppressants au-dessus d'elle, les cris et même les cloches sonnant les heures à toute volée lui avaient donné une migraine intolérable.

Pourtant c'étaient la chaleur et les odeurs pestilentielles qui l'incommodaient le plus. Elle avait cru ne jamais rencontrer pire que l'infection qui régnait dans l'entrepont de l'*Olympia*. Mais New York baignait dans les relents de pourriture qui montaient des égouts à ciel ouvert et des tas d'ordures grouillant de vers et de mouches. Chaque respiration était plus étouffante que la précédente.

— Ah te voilà, mon salaud ! hurla soudain une mégère.

Anna Rose, alarmée, aperçut une femme postée au numéro treize de Cherry Street. La virago, aussi large que haute, agitait un balai d'un air menaçant dans la direction de Quigley. Elle avait le visage rougeaud, de petits yeux enfoncés et brillants, et des mèches grises s'échappaient de son bonnet à la blancheur douteuse.

— Tenez votre langue, commère ! Regardez plutôt qui je vous amène, déclara Quigley en présentant Anna Rose d'un geste royal.

Madame Tibbs laissa échapper une exclamation de ravissement.

— C'est une beauté, Quig ! Mes excuses les plus plates...

— Madame Hattie Tibbs, voici madame Anna Rose McShane, veuve de fraîche date et encore plus récemment débarquée sur notre beau continent !

La veuve Tibbs accourut vers Anna Rose et la serra fort dans ses bras.

— Pauvre enfant livrée à la cruauté du monde...

Mais ne vous faites pas de souci, ma petite. Hattie est là, maintenant.

Anna Rose se dégagea avec peine de l'étreinte suffocante de sa logeuse. Un accueil chaleureux est toujours appréciable, mais ces embrassades empestant le lard rance, les oignons et le gin ne lui inspiraient guère que du dégoût !

— Excusez-moi, madame, expliqua la jeune femme. J'ai besoin d'un travail et d'une chambre.

Hattie se recula sans lâcher sa proie.

— Mais bien sûr, ma jolie. Vous ne pouviez pas mieux tomber. Nous formerons une bonne équipe, toutes les deux. Au début, vous serez simplement nourrie et logée, mais dès que vous aurez appris le métier, vous porterez satin et dentelles !

Anna Rose lui adressa un sourire de gratitude. Quelle chance ! Madame Tibbs n'avait pas précisé de quelle profession il s'agissait, mais elle pourrait certainement l'apprendre. Quig avait raison : elle ne resterait pas inactive longtemps au Nouveau Monde.

Il s'écoula presque deux semaines avant qu'Anna Rose ne puisse écrire en Ecosse — et encore dut-elle déguiser la réalité : elle était peut-être naïve, mais ni aveugle ni stupide. Ces femmes fardées, élégamment vêtues, qui recevaient la nuit entière et dormaient le jour... Des rires et de la musique légère de minuit à l'aube... Des gémissements, des cris, des respirations rauques que les fines cloisons n'étouffaient pas... Vingt-quatre heures suffirent à Anna Rose pour comprendre que cette pension n'était pas si bourgeoise qu'elle l'avait cru. Pourtant son travail, quoique éprouvant, était honnête et elle resta.

Depuis son arrivée, madame Tibbs ne lui avait pas accordé une minute de répit : de l'aube à la nuit elle récurait les planchers, lavait et repassait le linge et courait effectuer d'interminables achats en ville. Quand tout était terminé, Anna Rose s'effondrait de fatigue sur le maigre matelas qu'on lui avait attribué dans un grenier avec deux autres filles. Ces compagnes d'infortune, Mavis et Lena, retenaient Anna Rose de partir : comment laisser ces deux innocentes entre les griffes de l'avide Hattie Tibbs ?

Anna Rose se familiarisait cependant avec la cité. Elle trouvait son chemin toute seule jusqu'à Fly Market, au pied de Maiden Lane, où madame Tibbs l'envoyait acheter du poisson chaque vendredi. Elle connaissait les commerçants de Broadway ou de Greenwich et marchandait les fruits et les légumes des fermiers de Brooklyn. C'était à la Frances Tavern que l'on se procurait le gin au meilleur prix, dans les murs mêmes où le général Washington avait remercié les soldats avec qui il avait remporté la guerre d'Indépendance.

Pour le vin, les pâtisseries et les chocolats dont Hattie Tibbs était encore plus friande que de gin, Anna Rose se rendait chez Delmonico à South William Street, le seul établissement raffiné de New York. Les deux frères, Giovanni et Pietro, émigrés de Suisse avec leur neveu Lorenzo, avaient commencé très modestement ; ils évoquaient souvent leur première boutique avec une planche posée sur deux tonneaux en guise de comptoir ! Puis, leurs affaires prospérant, ils s'étaient agrandis et possédaient maintenant un restaurant de six tables. Anna Rose, qui s'entendait très bien avec les deux frères, écoutait volontiers leurs récits et les retrouvait avec plaisir pour les commandes de sa logeuse.

Ce jour-là, madame Tibbs l'avait envoyée chez un papetier de Pearl Street et la jeune femme avait consacré ses dernières piécettes à l'achat d'encre, de papier et d'une plume. Assise sur son lit dans le petit grenier, Anna Rose réfléchissait à la lettre qu'elle voulait envoyer à ses parents. Il y avait tant à raconter ! Elle tâcha d'abord de les rassurer sur sa santé, puis annonça la mort de Rory et expliqua qu'elle avait refusé la proposition de Hugh Sinclair. Elle évoqua rapidement sa rencontre avec l'inquiétant monsieur Quigley, mais hésita ensuite longuement.

Madame Tibbs est une personne étonnante, généreuse à sa manière. Elle dirige une pension pour dames uniquement. Deux très jeunes filles de douze et treize ans, Mavis et Lena, m'aident au ménage et au repassage. Ce sont, paraît-il, les nièces de madame Tibbs.

New York est une ville stupéfiante : les rues grouillent de monde dans un vacarme permanent. Je me suis sentie écrasée au début mais maintenant j'ai l'impression d'y avoir toujours vécu. L'Amérique est décidément un beau pays.

Les rues ne sont pas pavées d'or, Père, mais

madame Tibbs a promis de m'apprendre un bon métier. J'espère que je vais gagner un salaire convenable car j'aurai bientôt besoin d'argent.

Anna Rose s'interrompit. Devait-elle confier ses soupçons à sa famille ? Elle était sans doute enceinte... Mavis et Lena l'avaient déjà deviné : son corps avait changé au fil des semaines ; sa taille était plus épaisse et ses seins gonflés... Terminerait-elle sur cette bonne surprise ? Non, ils ne feraient que s'inquiéter davantage. Elle acheva donc simplement sa lettre par quelques mots affectueux avant de la cacheter.

— Souffle la chandelle, Anna Rose, murmura Mavis d'une voix ensommeillée. Demain Madame a accordé une journée de congé aux filles pour que nous puissions rembourrer les matelas et crois-moi, ce n'est pas de tout repos. Pendant que ces dames iront se pavaner dans les boutiques, nous, nous trimerons comme des esclaves. Alors, laisse-nous dormir.

Anna Rose lui jeta un regard de curiosité. Si Lena et elle étaient vraiment parentes de Hattie Tibbs, pourquoi étaient-elles logées dans ce galetas poussiéreux et s'épuisaient-elles à la tâche ? Leur mauvaise mine et leurs traits tirés lui serraient le cœur. Dans leurs visages amaigris, des grands yeux perpétuellement inquiets semblaient en avoir trop vu pour leur âge.

— Qui es-tu, Mavis ? D'où viens-tu ?

La jeune fille se rassit sur son lit, au bord de la crise de nerfs.

— Es-tu folle ? Il est minuit passé ! Et occupe-toi de tes affaires ! J'ai horreur qu'on me pose des questions !

— Ne te mets pas en colère, Mavis. C'est juste que je m'inquiète pour vous. Vous me rappelez les deux sœurs que j'ai laissées à la maison.

— Nous leur ressemblons ? (Mavis parut touchée, quoique méfiante encore.) Elles te manquent ?

— C'est dur de quitter toute sa famille, acquiesça Anna Rose, et de se retrouver sans personne.

— Oui, c'est sûr, soupira Mavis, qui éclata soudain en sanglots.

Après avoir essuyé ses larmes, la gamine confia à Anna Rose l'histoire de sa vie : Lena et elle étaient toutes deux enfants de la rue. Elles ne se rappelaient ni leurs parents ni leur maison, ne gardant que le souvenir des bandes de chiens et de porcs à qui elles disputaient leur subsistance sur les tas d'ordures. Elles avaient mendié ou volé pour survivre jusqu'à ce que madame Tibbs les recueille en leur promettant de les loger et de les nourrir. Les deux pauvres filles ne se berçaient pas d'illusions : leur tour d'apprendre le métier viendrait vite. D'ailleurs, elles s'en réjouissaient plutôt :

— C'est toujours mieux que de récurer et d'astiquer toute la sainte journée, tu sais, déclara Mavis. Et nous n'aurons plus jamais faim.

— Tu ne penses pas ce que tu dis ! s'exclama Anna Rose, choquée.

— Mavis a bien raison, appuya soudain Lena, réveillée par leur conversation. Tu te vois à la rue quand ton bébé naîtra ? Si tu ne trouves pas de quoi te nourrir, tu n'auras pas de lait ! Tu échoueras dans la même situation que ma pauvre mère, j'imagine : soit tu abandonneras l'enfant en espérant qu'il survive, soit tu le laisseras sur le perron d'un riche en priant pour qu'il l'adopte, ou tu le regarderas mourir jour après jour. Belle perspective... Je n'en veux pas à ma mère de s'être débarrassée de moi. Un bébé, c'est une sacrée plaie quand on est pauvre.

Anna Rose en resta sans voix. Comment une mère pouvait-elle rejeter son enfant ou le confier à des étrangers ?

Elle s'était tant réjouie de porter l'enfant de Rory... Voilà que tout à coup elle tremblait : que deviendraient-ils s'ils devaient quitter Cherry Street avant la naissance ? Hattie Tibbs la laisserait-elle rester chez elle quand elle découvrirait la vérité ? Quel profit tirer d'une femme enceinte dans une maison close ?

Anna Rose moucha la chandelle et se coucha très préoccupée. Incapable de fermer l'œil de la nuit, elle remua de sombres pensées : que faire ? Prévenir madame Tibbs ? Qu'avait-elle à lui offrir, de toute manière ? La logeuse n'avait pas le cœur tendre, sans doute parce qu'on lui avait également mené la vie dure. Elle ne donnait rien qui puisse se vendre...

— C'est le laitier ! entendit soudain Anna Rose avant d'avoir pu trouver le sommeil.

— Ramoneur ! Ramoneur ! cria un autre.

— Achetez mon sable ! Le meilleur sable blanc de New York ! prétendait un troisième.

— Qui veut de la paille ? entendit-elle encore.

Elle alla secouer les deux filles sans tarder. Il fallait se mettre au travail : éventrer les matelas, brûler la paille usée, laver les toiles et les rembourrer à nouveau dans une chaleur d'étuve. Anna Rose n'avait pourtant qu'un souci : madame Tibbs la chasserait-elle quand elle saurait ? Mais au crépuscule, le dernier lit refait, elle n'avait toujours pas de réponse.

Anna Rose terminait son dîner avec Mavis et Lena quand la propriétaire fit brusquement irruption dans la cuisine.

— J'ai un mot à vous dire, Anna Rose. Venez dans mon boudoir immédiatement.

Saisie, Anna Rose se leva toute tremblante. Il n'y avait pas à discuter. Serait-elle jetée à la rue dès cette nuit ?

— Ne panique pas, dit Mavis en la voyant pâlir. Cela ne se devine guère, pour le moment.

Puis, devant le regard soudain interrogateur de la jeune femme, elle ajouta :

— Non, nous ne lui avons rien dit.

Anna Rose lui adressa un sourire de reconnaissance et lui toucha la main.

— Merci. Je savais que vous ne me trahiriez pas.

Elle alla vérifier son apparence au miroir accroché au mur, lissa ses cheveux et essuya une tache de graisse sur sa joue. Elle soupira en notant son visage plus rond, ses seins gonflés qui tiraient le corsage. Beau secret ! Il n'y avait qu'à la regarder pour tout comprendre... La logeuse était au courant, bien sûr.

Madame Tibbs accueillit Anna Rose avec un large sourire. Elle trônait dans son boudoir tendu de rouge et d'or, assise sur une causeuse de brocart. D'un geste royal qui fit tintinnabuler ses bracelets, elle indiqua une chaise recouverte de velours à la jeune femme.

— Eh bien, Anna Rose ? fit-elle en ramenant contre elle les plis de sa robe de satin rose bordée de dentelles et de rubans tressés d'or.

Anna Rose tressaillit, persuadée d'être découverte.

— Je vous en prie, madame, je ne sais quoi dire.
— Vous avez deviné de quoi il s'agit ? Vous n'êtes pas sotte ! Heureuse, alors ?
— Dans ma situation, qui ne le serait pas ? demanda Anna Rose, prise au dépourvu par la gentillesse de sa logeuse.

Madame Tibbs s'adoucit encore.

— J'espérais vous l'entendre dire, mais rien n'était moins sûr. Avec tout ce qui vous est arrivé, ce deuil, notamment... On ne sait jamais, jusqu'au dernier moment.

— Mais il reste encore quelques mois, aventura Anna Rose en pleine confusion.

Alors qu'elle croyait être mise à la porte sans cérémonie, elle ne rencontrait que chaleur et sollicitude !

— Des mois ? Allons, ma chère enfant, vous ne voulez pas récurer des planchers toute votre existence, j'imagine. Votre mari a dû vous apprendre le minimum. Vous débuterez ce soir. Une de mes filles est tombée malade et nous aurons sans doute beaucoup de monde puisque nous étions fermés hier.

— Pardon ? articula péniblement Anna Rose, stupéfaite.

— Voici votre robe. Allez vite vous changer et redescendez sans attendre. Les messieurs ne vont plus tarder.

En apercevant le satin rouge brodé de noir, Anna Rose comprit enfin.

— Mais... balbutia-t-elle, interdite.

— Vous n'avez pas le temps de discuter. Je vais envoyer Mavis vous aider.

Anna Rose grimpa l'escalier du grenier sans rien voir autour d'elle. *Que faire ?* La situation était encore pire qu'elle ne l'avait imaginé ! Il ne lui restait qu'à partir immédiatement. Mais sans un penny en poche...

— Ce sera très bien, la rassura Mavis en ajustant la robe décolletée. Tu verras. Les clients ne sont pas brutaux et ils savent se montrer généreux.

— Dommage que tu ne sois pas vierge, ajouta Lena avec un regard entendu. Cela paie mieux. On gagne assez en une nuit pour se retirer des affaires ! Madame Tibbs va nous arranger cela : elle attend un bon client.

Anna Rose faillit éclater en sanglots.

— Si c'était moi qui mettais la robe ? s'exclama Mavis. Je suis prête à te remplacer, tu sais.

Atterrée à l'idée que Mavis se sacrifierait pour elle, Anna Rose se résigna à son sort — avec une soudaine pensée pour Sinclair. Elle allait se vendre à un étranger pour une nuit alors qu'elle avait refusé — par orgueil ! — une honnête demande en mariage... Quelle idiote ! Comment avait-elle pu croire qu'elle se débrouillerait seule dans cette ville inconnue ?

Elle eut un sourire amer. Elle ne valait pas mieux que son père ou que Rory. Tous des rêveurs... Elle méritait bien son destin. En tout cas, elle ne voyait pas comment y échapper : il était trop tard pour retourner supplier Hugh Sinclair dans sa situation. Si elle devait le revoir, ce serait la tête haute et la bourse remplie d'un or honnête !

Mais pour le moment, il fallait trouver une solution à son problème le plus immédiat...

12

Hugh Sinclair présidait la table d'acajou où avaient pris place ses trois invités. Le capitaine avait échangé son ciré de marin contre l'élégante tenue d'un homme du monde : veste et pantalon vert bouteille, chemise à jabot et gilet brodé d'or. La salle à manger de sa vieille demeure hollandaise de Wall Street était brillamment éclairée par le lustre dont les cristaux réfléchissaient mille éclats de lumière sur la porcelaine française et la lourde argenterie allemande.

Les chandeliers enveloppaient d'une lueur plus douce la jeune femme qui se tenait à sa droite, accrochant des paillettes d'or à ses cheveux de lin. *Elle est ravissante*, songea Hugh, troublé malgré lui par le regard bleu-vert d'Angelina Townsend. Peu d'hommes y résistaient et Michael Flynn, l'homme d'affaires de Sinclair, ne semblait pas échapper à la règle. Hugh eut un sourire involontaire. Michael avait la réputation de fréquenter les demi-mondaines. Ses goûts se seraient-ils améliorés ?

— Oh, voyons, Hugh ! s'exclama soudain Angelina avec un rire perlé après une remarque de Flynn sur le compte du capitaine.

Elle posa spontanément la main sur sa manche en un geste de complicité. Comme brûlé à vif, Hugh retira vivement son bras. Que lui arrivait-il, ces jours-ci ?

Il connaissait Angelina depuis des années et jamais elle ne l'avait ébloui à ce point. Elle n'était qu'une enfant lorsqu'il avait traité ses premières affaires avec son père, un importateur de vins. Il l'avait vue grandir et mûrir au fil des années, l'avait parfois accompagnée au théâtre par pure courtoisie, sans que jamais leur amitié ne se teinte d'un sentiment plus profond. Et puis voilà que cette petite sœur, en quelque sorte, se métamorphosait en une jeune fille désirable dont la froide beauté trahissait un feu intérieur. Raffinée, cultivée, Angelina était de ces femmes que l'on courtise avec passion avant de prononcer des serments éternels. Oui, heureux celui qui épouserait Angelina Townsend !

Epouser ? Etait-il devenu fou ? Quelle fièvre maligne avait-il donc contractée sur l'*Olympia* ?

Hugh se concentra plutôt sur Phinias Townsend, le père de sa trop charmante voisine. Comme il lançait la conversation sur le prix des vins français, il surprit un regard venimeux de Flynn. *Il est jaloux, ma parole !* songea Hugh.

Mais Angelina eut tôt fait de ramener la discussion sur le prix des robes de Paris et de réduire à néant les résolutions de Hugh. Quelle hôtesse admirable elle ferait un jour... Sans avoir l'air d'y toucher, elle orientait sans difficulté les propos des invités, trop heureux d'être des jouets entre ses mains !

Hugh savait ce qui le torturait. Il avait besoin d'une épouse, d'une famille, d'un foyer bien à lui... Mais comment satisfaire ce désir maintenant que celle qu'il aimait avait disparu ? Anna Rose... Tout était de sa faute ! Elle avait forcé des barrières en lui avant de s'envoler sous ses propres yeux, le laissant seul avec ses frustrations.

Il avait écumé la ville sans succès pour la retrouver. Craignant le pire, il avait même exploré Cherry Street. Un instant, il avait espéré tenir une piste quand une mégère échevelée du nom de Hattie Tibbs lui avait indiqué un établissement du bout de la rue. Malheureusement, l'enquête avait tourné court. Hugh fut déçu, quoique à demi soulagé : il n'aurait guère aimé la dénicher dans une maison close.

Encore cette main sur sa manche.

— Hugh, racontez donc à Michael ce petit mariage campagnard auquel vous avez assisté en Ecosse. C'est très pittoresque.

Hugh frémit à ce souvenir, revoyant la jeune mariée si fragile, si belle... Lui qui aurait tout donné pour la prendre dans ses bras et la protéger toujours n'avait aucune envie de se prêter au persiflage mondain qui ne manquerait pas de suivre.

— Un mariage ? s'exclama précisément Michael Flynn avec une ironie prononcée. Mais quoi, Hugh ? Il me semblait que tu prenais tes jambes à ton cou à la première alerte, dans le temps. Tu vieillis, ma parole !

Hugh lui lança un regard d'avertissement. Michael Flynn était capable des sarcasmes les moins charitables, même en société, et le mariage constituait l'une de ses cibles favorites.

Michael était un fort beau garçon avec ses yeux et ses cheveux sombres. Mais comme Hugh le lui avait un jour reproché en riant, toute cette noirceur lui avait aussi gâté le cœur. Son ami manquait parfois de délicatesse, voire même de pratique sociale, et en avait offensé plus d'un.

Pourtant Hugh respectait son talent d'homme d'affaires et ils se connaissaient depuis vingt ans. Ils s'étaient rencontrés sur la *Lady Fortune*, pour leur première traversée à tous les deux. Mais sans Michael Flynn, il n'y aurait pas eu de retour pour Sinclair.

L'Irlandais avait déployé une puissance et une ingéniosité dont peu l'auraient cru capable. Le navire avait été pris dans une tornade mais juste avant qu'il ne sombre, Flynn avait pu mettre une barque à la mer et, ramant des heures sur une mer déchaînée, avait recueilli les survivants qui se débattaient dans les eaux infestées de requins. Hugh était lui-même à peine conscient quand il avait été sauvé, étourdi de douleur et paralysé par une jambe brisée net.

Mais leurs épreuves n'avaient fait que commencer. La frêle embarcation avait dérivé pendant dix jours sous un soleil de plomb. Sans nourriture ni eau, ni toit pour se protéger des rayons brûlants, ils avaient cru devenir fous.

Hugh ne gardait de cet épisode qu'un souvenir confus mais terrifiant. De sa fracture ouverte saillait l'os et la chair n'avait pas tardé à s'infecter. Pendant ses rares moments de conscience, des douleurs intolérables le torturaient et il grelottait de fièvre. Il se rappelait encore la faim qui le rongeait, la mer aveuglante et surtout la sensation d'être rôti tout vif. Pour le reste ne lui revenaient que des bribes incohérentes : Flynn glissant des morceaux de viande entre ses lèvres ou le forçant à boire alors qu'ils n'avaient pas de vivres, ou bien lui expliquant que les autres étaient morts et lui ordonnant de vivre.

Hugh lui avait obéi. Vingt ans plus tard, il ne lui restait qu'un léger boitement et des cauchemars qui venaient le hanter de temps à autre. Même si Michael Flynn était un étrange personnage, Hugh lui devait la vie et cette dette-là ne s'effacerait jamais.

— Eh bien, Hugh ? interrogea soudain son ami. Tu parais bien distrait, tout à coup. Mais nous attendons avec impatience le récit de ce petit mariage campagnard !

Hugh lui sourit.

— Je ne vous importunerai pas avec les détails. Ce n'était qu'une cérémonie très simple, entre la fille d'un fermier et l'un de mes matelots. Mais la mariée était ravissante, le jeune homme tout ému, et ils ont passé leur lune de miel sur l'*Olympia*.

— Tiens donc ! s'exclama Flynn avec un sourire narquois. Même la nuit de noces ?

— Nous avons une dame, ce soir, brisa Hugh sur un ton faussement badin.

— Et où se trouve l'heureux couple, maintenant ? demanda Angelina. Se sont-ils établis en Amérique ?

Hugh baissa les yeux.

— Malheureusement, non. Le marié est décédé durant la traversée et son épouse est seule à New York.

— Mon Dieu ! Quelle horreur ! N'a-t-elle aucune famille ici ?

— Non, répliqua Hugh avec quelque nervosité.

— Au fait, Hugh, reprit Flynn que la conversation n'intéressait plus guère, combien de temps restes-tu parmi nous, cette fois ?

— Je ne repars pas ! dit-il sur un ton plus enjoué, soulagé de changer de sujet.

— Vraiment ? s'exclama Angelina sans dissimuler sa joie.

— Cela m'étonnerait fort, Miss Townsend, railla Flynn. Hugh appartient à la mer. Je me demande même si ce n'est pas de l'eau salée qui coule dans ses veines ! Lui, ne plus naviguer ? Impossible !

— Ne l'écoutez pas, Angelina ! intervint Hugh. C'est très sérieux, cette fois. J'ai atteint l'âge où un homme désire se stabiliser et pourquoi pas...

— Non ! coupa Flynn dans un grand éclat de rire. Tu vas bientôt parler mariage et progéniture, ma parole...

— Il vaut peut-être la peine d'y réfléchir, mon cher...

— Et je ne m'en prive pas, confirma Flynn avec une œillade en direction d'Angelina. Mais toi, le grand loup de mer ? Tu serais bien malheureux si tu devais rester enchaîné au foyer.

— Je ne sais pas, Flynn... Que laisserais-je derrière moi si je mourais demain ? De quoi nourrir les vers et une stèle de granit. Un homme a besoin de fils et de filles pour le soutenir sur ses vieux jours. Cela étant, je ne sais pas encore dans quoi me reconvertir. (Hugh se pencha vers Angelina qui lui adressa un sourire radieux.) Peut-être votre père acceptera-t-il de me prendre comme associé ? Je connais les vins et il m'est arrivé de conduire des négociations commerciales.

— Papa, qu'en dis-tu ? demanda Angelina avec fougue.

— Bien sûr ! approuva Phinias Townsend, la

bouche pleine. Excellente idée ! déclara-t-il encore en hochant la tête avec conviction avant de se concentrer sur son assiette.

— Alors tout est réglé ! conclut Angelina.

— Pas tout à fait, précisa Hugh. Auparavant, je voudrais aller voir mes rizières de Géorgie. Je les ai laissées trop longtemps aux soins de mon chef contremaître. Même si un voisin me tient régulièrement au courant, je crois qu'il faut que j'aille me rendre compte sur place. Mais je n'oublierai pas l'offre de votre père.

Une ombre de déception voila un instant le regard d'Angelina. Elle aimait Hugh Sinclair depuis l'enfance, quand il était le fringant capitaine qui rapportait du vin et du tabac à son père et parlait de lointains pays : Madère, la Catalogne, Ténériffe, Malaga... Il n'oubliait jamais la petite orpheline qu'elle était et lui offrait un ruban d'Espagne, une poupée de porcelaine trouvée à Londres ou un collier de coquillages de Madagascar. Ce n'était là que pure gentillesse de sa part, sans doute, mais dans ses rêveries enfantines, elle s'était imaginé qu'il l'aimait et la comblait de cadeaux pour qu'elle l'épouse un jour...

Et puis la terrible lettre était arrivée.

Hugh annonçait à son père qu'il allait épouser une autre femme — dont elle s'était hâtée d'oublier le nom. Désespérée, Angelina avait perdu goût à la vie et s'enfermait de longues heures dans sa chambre pour écrire des poèmes sur son amour perdu. Elle ne mangeait plus, songeait au suicide ou au couvent.

Et puis un jour, elle apprit que le mariage avait été annulé, que la fiancée avait trahi Hugh. Curieusement, Angelina ne s'en réjouit pas ; au contraire, elle s'émut du chagrin que devait ressentir Hugh. Alors elle comprit qu'elle n'était plus une adolescente romantique ; elle avait mûri, elle était devenue femme, sa passion pour Hugh serait celle d'une vie entière.

Et voilà qu'enfin, Hugh décidait d'abandonner la mer et de se marier... Bien sûr, elle n'était qu'une « petite sœur » à ses yeux et la concurrence avec les autres femmes serait rude. Hugh était un si beau parti ! Riche, séduisant, rompu aux usages du monde... Mais elle serait là quand il aurait besoin d'elle. *Je saurai me faire aimer !* se promit-elle soudain.

— Il est temps de prendre congé, ma chère Angelina, suggéra son père, la tirant de sa rêverie.

— Mais il est encore tôt, protesta Hugh.

— Pas pour un marchand, surtout à mon âge ! insista Phinias. Mais venez dîner dimanche. Nous avons des projets à l'étude. D'ailleurs, Angelina m'a confié que la cuisinière prépare une marinade de gibier — un de vos plats favoris, je crois.

— J'en serai ravi, accepta Hugh en jetant un regard involontaire à la jeune fille.

Elle était décidément éblouissante, ce soir ! Radieuse, élégante, parfaitement femme... Où était la petite fille maigrichonne d'antan ? Hugh revoyait ses nattes et ses yeux trop grands pour son visage quand elle le regardait avec une adoration enfantine. Ce temps-là était bien révolu !

Hugh s'approcha d'elle et lui baisa la main à la mode française. Etait-ce l'usage à New York ? Hugh n'en était pas certain mais ne résista pas à la tentation. Inexplicablement, la légère rougeur de la jeune fille lui procura un immense plaisir.

Michael Flynn ne partit pas avec les autres, redoutant apparemment la solitude. Il paraissait encore plus agité que d'habitude et se versait cognac sur cognac en arpentant la bibliothèque où les deux hommes s'étaient retirés.

— Quel est le programme de ce soir, mon cher Sinclair ? demanda-t-il avec une bonne humeur forcée. Quelques parties de cartes à Frances Tavern, une promenade ? A moins que ta voisine ne t'ait fouetté le sang en présentant sa poitrine parfaite à ton seul regard... Quel décolleté ! persifla Flynn. Non, tu préfères sûrement finir la nuit en galante compagnie.

Hugh haussa les sourcils, étonné.

— Que t'arrive-t-il ? Tu me parais bien tendu...

Flynn but une gorgée de cognac.

— Non... fit-il sur un ton pensif. Mais à ta place, je me méfierais, tout de même. La chasse au célibataire est ouverte et Angelina Townsend fourbit ses armes.

Hugh secoua la tête en riant.

— Tu ne supportes plus le cognac, Michael ! Angelina est trop pure pour songer à de telles intrigues !

— Pure ? Mon pauvre ami ! Toutes les femmes naissent avec le don de piéger les hommes, voyons.

Et après vingt ans, si elles n'ont pas encore trouvé de mari, cet instinct devient une arme mortelle !

— Ou tu es ivre, ou tu es fou à lier ! Angelina et moi sommes bons amis depuis des années, rien de plus. Je suis comme un grand frère pour elle. De toute manière, elle n'a pas besoin de moi : aucun homme ne saurait lui résister.

— Je ne te le fais pas dire, mon cher... Et c'est toi qu'elle veut !

Hugh se laissa tomber sur une chaise avec un profond soupir.

— J'ai bien peur qu'elle ne soit cruellement déçue.

— Pas ce soir, en tout cas. Elle est repartie comblée ! Si tu déclares en société que tu veux t'installer, on te mettra la corde au cou avant la fin de l'année !

— A vrai dire, Michael, j'espère bien, avoua Hugh avec un soupir.

Anna Rose ! pensa-t-il. Où était-elle ? Comment allait-elle ? Hugh se passa nerveusement la main dans les cheveux. La jeune femme l'obsédait toujours. S'il la retrouvait, il l'épouserait à tout prix ! Il n'aurait pas dû évoquer son mariage... Des souvenirs troublants revenaient maintenant le hanter.

— Tu me caches quelque chose ! tonna Flynn en le foudroyant du regard.

— Ce n'est pas un secret, Flynn. J'ai simplement été trop occupé depuis mon retour pour une vraie conversation entre hommes.

Flynn tira un fauteuil et s'installa en face de

Hugh, prêt à savourer ses confidences, les yeux plissés d'excitation.

— Je suis tout ouïe, mon cher.

— Elle s'appelle Anna Rose McShane et j'ignore où elle se trouve en ce moment. Perdue dans New York, j'imagine... Mais je la retrouverai ! s'écria-t-il.

— Mais oui, répliqua Flynn sur un ton conciliant. D'ailleurs je t'aiderai, si tu veux. Je me renseignerai en ville auprès de mes informateurs. Mais continue donc.

Hugh ne se fit pas prier. Flynn était son ami et il avait besoin de s'épancher dans une oreille bienveillante, de faire le point sur les émotions contradictoires qui l'avaient tourmenté, de comprendre ce qu'il avait ressenti en soignant Anna Rose, en lavant son corps enfiévré...

— Et alors ? Avez-vous...

Hugh secoua la tête.

— Quoi ? s'exclama Flynn. Elle était à ta merci et tu n'en as pas profité ? Mais elle ne se serait sans doute rendu compte de rien ! Quelle sottise... C'est ton sens du chevaleresque, je suppose. Incompréhensible !

Hugh lui sourit sans rancune. Les deux hommes étaient aussi différents que possible sur le chapitre du beau sexe. Michael Flynn était un séducteur invétéré pour qui les femmes n'étaient que des utilités. Il déclarait volontiers qu'il ne se marierait jamais et Hugh n'avait aucune peine à le croire. Quand il apprit que Hugh avait encore les documents de gage en sa possession, il s'étrangla de stupeur.

— Quelle situation ! Tu l'aimes et elle t'appartient pour des années ? Mais elle ne pourrait rien te refuser ! Elle serait l'esclave de tes plaisirs... (Il leva les yeux au ciel, à bout de souffle.) C'est intolérable ! Il faut la retrouver immédiatement ! Ah, je n'en peux plus. Ton récit m'a mis dans tous mes états et je ne vois qu'un remède.

— Oui ? interrogea Hugh, soupçonneux.

— Je connais une maison de Cherry Street où on vend deux vierges. Une chacun, mon cher. Prends ta canne et ton chapeau, et allons-y.

Hugh ferma les yeux. C'est vrai, autrefois il n'aurait pas dit non. Les deux compagnons de bonne fortune étaient même très connus dans les quartiers chauds de New York et toujours fort bien accueillis. Mais maintenant, il n'était plus le même homme...

— Pas ce soir, Flynn, je ne suis pas d'humeur. Mais amuse-toi bien.

Après un instant d'hésitation, Flynn se contenta d'un gros clin d'œil égrillard et décampa.

Hugh monta se coucher sans attendre, éreinté. Quelle journée ! Il avait parcouru New York durant des heures, interrogeant des inconnus, vérifiant les hôtels, fouillant les moindres indices. Autant chercher une aiguille dans une botte de foin ! Il était rentré fourbu, énervé et tendu à la perspective d'un dîner qui était à mille lieues de ses préoccupations.

Seule la présence apaisante d'Angelina lui avait rendu un peu de calme et de sérénité. Mais maintenant il y voyait un nouveau sujet d'inquiétude. Si Flynn avait raison ? Si Angelina voulait réellement l'épouser ? Elle avait été très amoureuse de lui dans son adolescence ; Hugh en avait même été secrètement flatté. Mais tant d'années avaient passé ! Elle avait probablement tout oublié. Pourtant un doute subsistait... Hugh soupira. Il ne pourrait travailler chez son père et laisser Angelina se bercer de faux espoirs. C'est avec Anna Rose qu'il se marierait et personne d'autre.

Michael Flynn aimait vivre la nuit à New York. C'était le moment où la ville s'animait vraiment, où la pénombre masquait le vice et la laideur. Plus que tout, il en savourait les bruits et les odeurs : le tintement des verres que l'on choque dans les bars, le froissement des cartes que l'on bat, le cliquetis des pièces d'or jetées sur les tables de jeu, les soupirs et les gémissements des dames de Cherry Street...

Il n'avait pas perdu sa soirée ! Lui qui ne fréquentait les dîners que pour glaner les rumeurs, il avait été gâté. Ainsi Angelina Townsend avait jeté son dévolu sur Sinclair. Mauvaise nouvelle... Flynn avait consacré une année à lui faire une cour discrète et voilà que ses espoirs se réduisaient à néant. Non qu'il fût amoureux d'Angelina. Elle était d'une beauté irrésistible, certes, mais toutes les femmes de sa classe étaient de vrais glaçons au lit ! Flynn ne se laissait plus prendre à leurs formes désirables ni à leurs regards provocants. En revanche, Angelina était prodigieusement riche et offrirait à son mari une place enviable en société.

Du reste, Flynn traversait précisément une mauvaise passe : les investissements immobiliers de Brooklyn ne rapportaient pas ce qu'il avait espéré ; comptant sur ces profits, il avait emprunté pour spéculer sur l'acier, dont le marché s'effondrait soudain ! Ce chevalier d'industrie avait plus d'une corde à son arc, pourtant : il attendait un chargement d'esclaves de Cuba et faisait monter les prix du coton à Savannah en stockant une bonne partie de la production. Mais un peu d'argent frais aurait bien arrangé ses affaires et c'est là qu'Angelina entrait en jeu. Malheureusement, elle n'avait d'yeux que pour Sinclair...

Quel sot que celui-là ! Avait-il besoin de s'embarrasser d'une fermière quand la splendide Angelina lui offrait sa main... et les vins Townsend ? Sans compter qu'il pourrait ensuite fréquenter la jolie veuve — discrètement.

Il a des yeux et ne sait pas voir, conclut Flynn tristement. Mais le 13, Cherry Street n'était plus qu'à un pas. Son humeur s'améliora soudain. Cette vieille garce d'Hattie Tibbs exigerait sans doute un prix exorbitant pour la petite qu'elle gardait jalousement dans son grenier, mais peu importe. Il se devait bien cela. Quelle soirée en perspective !

Anna Rose se tenait dans ce même grenier, indécise. Elle venait de subir une algarade de madame Tibbs qui l'avait trouvée en chemise alors qu'elle pensait procéder à une dernière inspection. Quant à la précieuse robe rouge, elle gisait toute froissée dans un coin du galetas.

— Habillez-vous immédiatement ! avait hurlé la logeuse. J'ai déjà des messieurs qui attendent en bas ! Je reviens tout à l'heure et dans votre intérêt... tenez-vous prête.

Anna Rose s'examina encore une fois : le satin écarlate, le corsage pigeonnant qui gonflait ses seins, l'étoffe qui lui étranglait la taille... Elle aurait voulu mourir !

— Ne te fais pas tant de souci, intervint Mavis, compatissante. D'après les autres filles, les clients sont généralement assez doux, tu sais. Et ce sera terminé avant d'avoir eu le temps de dire ouf. Les messieurs ne passent pas la nuit ici, sauf s'ils paient un supplément.

Mais Anna Rose sentait monter une résolution en elle. Pas question de se laisser faire !

— Non ! Elle me jettera plutôt à la rue, je m'en moque ! s'exclama-t-elle d'une voix suraiguë. Vous non plus, vous ne devriez pas vous prêter à ces odieux marchés, c'est immoral.

Lena la regarda froidement.

— Facile à dire pour toi ! Tu peux toujours retourner dans ta famille, mais Mavis et moi, nous n'avons personne vers qui nous tourner, nulle part où aller ! Va donc tâter un peu de la pauvreté, tu m'en diras des nouvelles... Grelotter de froid, fouiller les ordures pour manger, tu verras ! Tu reviendras supplier madame Tibbs à genoux et plus tôt que tu ne le crois.

— Chut, Lena, fit Mavis. Anna Rose n'est pas comme nous. Elle est veuve et attend un enfant.

— Raison de plus, non ? Il va bien falloir le nourrir, ce gosse. Pour qui se prend-elle, avec ses grands airs ? Cherry Street n'est pas assez bien pour elle, sans doute !

Anna Rose soupira. Quelle amertume, quelle aigreur chez une enfant si jeune...

— Des grands airs ? Parce qu'elle ne veut pas se vendre ? Inclus-moi dans le même lot, alors ! s'exclama Mavis. Je suis restée parce que mon travail était honnête. Mais crois-moi, je m'envolerai avant que Hattie Tibbs ne me livre à un vieux bouc !

Lena se ratatina soudain, au bord des larmes :

— Tu me quitterais ? Tu me ferais une chose pareille ?

— Lena, tu sais comment finissent les prostituées, n'est-ce pas ? Réfléchis bien, alors. (Puis elle se tourna vers Anna Rose.) J'ai un plan : derrière la cheminée se trouve une petite pièce anciennement prévue pour cacher les occupants en cas d'attaque indienne. Suis-moi : tu vas t'y abriter. J'écorcherai Lena toute vive si elle en souffle mot à la veuve Tibbs, ajouta-t-elle en lançant un regard menaçant à sa comparse. Quand tout le monde sera couché, je t'aiderai à sortir discrètement et je partirai avec toi. Lena, c'est comme tu veux, tu peux nous suivre ou rester ici.

Sitôt dit, sitôt fait. Quelques minutes plus tard, Anna Rose, enfermée dans le réduit poussiéreux, entendait madame Tibbs arriver dans la pièce.

— Anna Rose, ton premier client est arrivé.

Un silence accueillit ses paroles.

— Où est-elle ? demanda-t-elle sur un ton irrité.

— Enfuie, madame, répliqua Mavis en baissant les yeux.

Madame Tibbs s'avança vers elle, l'agrippant aux épaules de ses mains griffues.

— Menteuse ! Menteuse ! Où est-elle ? Si tu ne me le dis pas, je...

Soudain, madame Tibbs la lâcha, un étrange sourire aux lèvres.

— Peu importe, murmura-t-elle sur un ton mielleux. Elle n'est pas partie très loin et je suis bien certaine qu'elle reviendra. En attendant, ma chère Mavis, il faut satisfaire le gentleman... Il veut une vierge à tout prix et il a même réglé d'avance. J'allais lui glisser Anna Rose et te garder pour plus tard. Mais puisqu'elle a disparu et que je t'ai sous la main...

Mavis pâlit et se mit à trembler. Même Lena s'apitoya soudain sur son sort.

— Prenez-moi à sa place, madame, implora Lena. Je n'attends qu'une occasion !

Madame Tibbs la repoussa sans ménagement.

— Personne ne voudra d'une crevette comme toi. Mais Mavis commence à avoir ce qu'il faut où il faut. Oh oui, ma fille, tu es mûre ! Allez, gronda-t-elle en lui prenant le bras, ton client attend.

— Non ! Je vous en supplie ! hurla Mavis, en larmes. Je ne peux pas !

Hattie Tibbs leva la main et lui administra une gifle vigoureuse.

— Tu te calmes, hein ? Et puis je te connais, ma petite. Tu n'es qu'une sournoise. Où l'as-tu cachée, dis-moi ? Ou alors, c'est toi qui l'as aidée à s'enfuir ! Tu paieras pour ça. Je te donne encore une chance de tout avouer. Sinon...

Mavis ne pipa mot.

— Très bien, rétorqua Hattie Tibbs. Comme on fait son lit, on se couche !

Alors qu'elle entraînait Mavis, la porte dissimulée dans la cheminée s'ouvrit en grinçant.

— Lâchez Mavis, intima Anna Rose. Je suis là.

13

Michael Flynn avait retrouvé tout son allant. Rien de tel qu'une bonne partie de plaisir ! Il n'avait pas lésiné, ce soir : il avait réservé le meilleur appartement et commandé du champagne pour mettre la petite à l'aise. Il attendait donc sa proie avec impatience, arpentant le tapis lie-de-vin sans même en remarquer l'usure.

Il s'assit finalement sur une causeuse et se servit un verre de champagne. *Pas trop mauvais...* songea-t-il en se laissant envahir par le bien-être. La fortune finirait par tourner à son avantage. Après tout, si Hugh Sinclair jurait ses grands dieux qu'il n'épouserait pas Angelina Townsend, il s'y tiendrait, voilà tout ! Flynn aurait le champ libre.

Quant à l'autre femme, il avait assez de relations pour retrouver sa piste. Ses activités de spéculateur et de joueur invétéré lui procuraient les contacts les plus éclectiques, du gouvernement jusqu'à Five Points ! Il suffirait d'y mettre le prix mais le jeu en valait la chandelle : quand Hugh aurait retrouvé son Anna Rose, Angelina serait bien forcée d'en épouser un autre, Flynn par exemple...

La porte s'ouvrit soudain :

— La voilà, monsieur ! lança Hattie Tibbs en poussant une ravissante personne dans la pièce.

Elle s'éclipsa en refermant solidement derrière elle. Michael Flynn resta muet un instant. La fille était jeune, mais pas autant qu'il s'y serait attendu. Les autres fois, on lui avait fourni des enfants de douze ans à peine formées alors que celle-ci était femme. Sa poitrine opulente soulevait le corsage bordé de dentelle noire, son corps ondulait sous la robe. Elle était pâle, de crainte ou de gêne, peut-être... et le fixait sans ciller de ses yeux gris-vert. Où diable la veuve Tibbs avait-elle déniché un tel trésor ?

— Bonsoir, dit-il pour briser le silence.

Elle ne parut pas l'entendre.

— Venez vous asseoir. Je vais vous servir un verre de vin, il n'est pas mauvais.

Elle secoua la tête et resta figée au même endroit.

Michael fronça les sourcils. *A ce prix-là, elle pourrait se montrer plus coopérative !* Tâchant de provoquer une réaction, il se leva et l'évalua du regard comme une pièce de bétail au marché. A sa grande satisfaction, elle rougit jusqu'au front. Tout de même ! Elle avait donc remarqué sa présence...

Anna Rose se tenait très droite, essayant de dissimuler sa terreur. Elle sentait les yeux de l'étranger sur elle et frissonna de répugnance. Comment faire ? Elle réfléchissait à toute vitesse. Soudain il effleura son épaule et elle sursauta, surprise par ce contact glacial.

— Vous êtes bien farouche, dit-il. Je ne vais pas vous faire de mal.

Elle voulut reculer mais il l'attira brutalement contre lui et murmura tout près :

— Mais il faudra être gentille...

Il l'embrassa brusquement sur la bouche. Pétrifiée d'horreur, Anna Rose resta pourtant impassible. Elle le foudroya du regard quand il la lâcha.

— Tu n'es pas très gracieuse, ma jolie.

— Faites-vous rembourser, alors ! lança-t-elle avec froideur.

Flynn rejeta la tête en arrière et partit d'un grand rire, soulagé qu'elle soit enfin sortie de sa réserve.

— Me faire rembourser par Hattie Tibbs ? Il faudrait lui passer sur le corps et j'ai beaucoup mieux à faire ici ! Non, ma chère, nous devrons nous contenter l'un de l'autre...

D'un geste lent, il fit glisser la mince épaulette de sa robe, dénudant la chair frémissante.

— Faisons plutôt connaissance, proposa Flynn, intrigué par l'extrême pudeur de la jeune fille qui s'était encore reculée. Je ne suis pas pressé ; nous avons toute la nuit. Venez vous asseoir sur la causeuse.

Anna Rose, à bout de forces, ne se fit pas prier. La situation paraissait sans issue...

— Voilà qui est mieux. Un peu de champagne, maintenant ?

Il lui souriait depuis le bord du lit avec bienveillance.

— Je m'appelle Michael Flynn. Et à qui ai-je l'honneur ?

Anna Rose restait muette, cherchant désespérément un plan.

— On vous a trompé, monsieur Flynn, déclara-t-elle brusquement. Je ne suis pas vierge !

— Non ? demanda-t-il avec lenteur, sans trahir la moindre surprise. Mais vous êtes délicieuse et un peu d'expérience ne gâte rien. Je vous remercie de votre franchise, cependant. Nous pourrons ainsi nous épargner quelques préliminaires...

— Mais... bredouilla Anna Rose, épouvantée, vous vouliez une vierge et il n'y en a pas ici.

Il lui fit un clin d'œil.

— Allons donc... Nous savons tous les deux à quoi nous en tenir, je crois. J'ai déjà vu les deux gamines qui logent au grenier. Mais maintenant que je vous ai, je vous garde. Il me semble que je ne perds pas au change !

Il la rejoignit soudain sur la causeuse et la prit dans ses bras. Anna Rose se débattit.

— De grâce ! s'écria-t-elle. Je suis ici par erreur !

— Vous aussi ? badina-t-il, se laissant repousser.

— Je croyais que madame Tibbs tenait une pension, pas un...

— Mais vous êtes restée. Et maintenant vous êtes avec moi. Si c'est involontaire, alors le destin fait bien les choses.

— Je devais partir dès que j'aurais économisé assez d'argent. Mais madame Tibbs m'a prise au piège en ne me prévenant qu'au dernier moment !

Il lui prit le menton et l'obligea à le regarder.

— Peu importe, il est trop tard. Détendez-vous, savourez l'instant qui passe. Dites-moi plutôt comment vous vous appelez.

Anna Rose baissa les yeux, dissimulant des larmes de défaite. Ne pourraient-ils donc pas s'expliquer, tout simplement ? Elle avala sa salive et tâcha de contrôler sa voix.

— Monsieur Flynn, je suis veuve de fraîche date et... je suis enceinte, balbutia-t-elle.

— Ma pauvre amie... conclut-il avec un regard concupiscent. Alors je serai très doux.

— Mais ce n'est pas possible, voyons ! Vous ne pourriez plus jamais vous regarder en face... Et moi, Anna Rose McShane, je serais souillée à jamais.

Il sursauta tout à coup.

— Quel nom avez-vous dit ? Anna Rose McShane ?

Elle hocha la tête.

— Bon Dieu, vous ne pouviez pas le dire plus tôt ? tonna-t-il en sautant sur ses pieds.

Anna Rose murmura une excuse mais Flynn ne l'écoutait plus et arpentait la pièce à grands pas, les yeux perdus dans le vide. Ainsi c'était elle que recherchait Sinclair... Il tenait sa chance ! Grâce à Anna Rose, il allait renflouer ses caisses ! Il ne serait pas question de rançon ou de chantage... Hugh était son ami, tout de même. En revanche, le capitaine serait sans doute ravi de financer les recherches de Flynn pour retrouver sa dulcinée. Puisqu'il l'avait déjà dénichée, les dédommagements seraient tout bénéfice ! Il cacherait Anna Rose jusqu'à ce qu'il ait soutiré suffisamment d'argent à son ami ; ensuite, il l'amènerait en grande pompe, consolidant ainsi leur amitié !

Mieux encore ! Flynn attendrait que les fiançailles entre Hugh et Angelina soient rendues publiques pour faire apparaître Anna Rose. Puis il s'offrirait à consoler la fiancée délaissée... Elle serait alors trop vulnérable pour se méfier et l'épouserait les yeux fermés !

Flynn lança un regard triomphant vers Anna Rose, qui attendait sagement sur la causeuse. Elle était vraiment trop belle. S'il n'avait pas joué son avenir, il se serait jeté sur elle, déchirant sa robe, forçant son corps épanoui... A ces pensées, son cœur battit plus vite. Mais non ! Il allait tout gâcher. Si Sinclair découvrait qu'il avait pris des libertés avec cette femme, il le tuerait.

— Ma chère Anna Rose, seriez-vous arrivée à New York sur l'*Olympia* ?

Elle écarquilla les yeux.

— Oui, mais comment...

— Hugh Sinclair est de mes amis. Il m'a parlé de vous.

Anna Rose croyait rêver. Sauvée ! Elle était sauvée ! Mais elle s'assombrit un instant. Hugh voudrait sans doute l'épouser. Ne quitterait-elle une prison que pour trouver d'autres chaînes ?

— Allez-vous me ramener chez lui ? demanda-t-elle en dissimulant ses hésitations.

— Cela dépend de vous. En tout cas, vous ne pouvez rester ici, observa Flynn avec un geste en direction du lit.

Anna Rose lui fit un demi-sourire. Ils étaient au moins d'accord sur un point.

— Vous ne me forcerez pas à le revoir ? précisa-t-elle avec méfiance.

— Non, Anna Rose, la rassura-t-il. Je ne lui en parlerai même pas, si vous préférez.

— Il en sera donc ainsi.

Elle n'était pas prête encore à le rencontrer. Rory occupait toujours ses pensées et elle ne se sentait pas assez forte pour engager une relation sérieuse avec un autre — même Hugh, même si elle songeait à lui sans cesse, même s'il l'avait assurée de tout son respect. Il y avait également le bébé. Hugh ne voudrait sans doute pas de cette charge supplémentaire.

Et les documents de gage ! Si elle se rendait à Hugh, elle perdrait définitivement le contrôle de son existence...

— Que proposez-vous, alors ? demanda-t-elle à Flynn.

— Je peux vous loger ailleurs et vous fournir le vivre et le couvert ainsi qu'au bébé.

— Et en échange ?

Pourquoi cet étranger prendrait-il soin d'elle ?

— Rien, Anna Rose, l'apaisa Flynn. Le capitaine Sinclair est un très vieil ami et s'il est en mon pouvoir de l'aider, je n'hésite pas. N'en feriez-vous pas autant ?

Anna Rose réfléchit quelques minutes. *Après tout, l'amitié est universelle, même à New York*, conclut-elle. Et puis Michael Flynn paraissait honnête. Rien à voir avec Crowder Quigley, par exemple. Il fréquentait, certes, Cherry Street mais elle était mal placée pour lui en faire le reproche !

Elle prit une profonde respiration. Le cauchemar était enfin terminé ! Elle courut vers Flynn et le serra contre elle :

— Merci. Vous êtes un homme généreux.

Il la tint un instant contre lui, savourant la chaleur de son corps de femme contre le sien.

— Allons, allons, Anna Rose. Ne pleurez pas. Je suis là, maintenant.

L'été s'étirait péniblement d'une torride journée à l'autre. Anna Rose, incommodée par sa grossesse, souffrait particulièrement de la chaleur d'étuve qui pesait sur la ville. Pourtant elle avait retrouvé tout son optimisme.

Michael Flynn avait loué une chambre dans une maison de William Street où Anna Rose s'était installée avec Mavis. Lena, qui craignait trop la misère, avait préféré rester chez madame Tibbs.

Les deux jeunes femmes occupaient une pièce minuscule dont l'exiguïté ne les gênait guère, trop heureuses d'avoir recouvré leur liberté. Flynn leur versait une petite pension qui ne suffisait pas à leurs dépenses et leur suggéra de chercher du travail. Mavis fut rapidement engagée comme cuisinière chez leur nouvelle logeuse, tandis qu'Anna Rose parcourait les rues et proposait aux passants de découper leur silhouette. Contrariées de dépendre de sa générosité, les deux jeunes femmes promirent à Flynn de le rembourser un jour. Après les protestations d'usage, il accepta sans difficulté, continuant pendant ce temps à empocher les larges honoraires que lui versait Sinclair.

Par une lourde journée de la fin août, Anna Rose proposa une promenade à Mavis.

— Quelle puanteur, aujourd'hui ! Allons à Battery Park, Mavis, veux-tu ?

— Excellente idée ! s'écria Mavis, peu désireuse de rester enfermée dans la mansarde brûlante.

Anna Rose paraissait nerveuse. La marche lui ferait le plus grand bien.

— Mais n'oublie pas ton chapeau. Tu attraperais une insolation, sinon.

Anna Rose avait bien l'intention de porter la large capeline de paille achetée la veille au marché. Mais le soleil était le cadet de ses soucis ! En vérité, elle avait autre chose en tête : elle comptait se rendre à Battery Park par Wall Street et y voir une certaine maison sans être reconnue.

Sinclair occupait une place grandissante dans

ses pensées. Elle n'avait pas oublié Rory, mais leur bref mariage s'effaçait peu à peu de sa mémoire. Combien de fois avaient-ils fait l'amour ? Deux soirées, ils n'avaient eu que deux soirées ensemble... Sans le bébé qu'elle portait, Anna Rose aurait cru avoir rêvé. Maintenant elle avait envie d'une présence masculine auprès d'elle — mais pas de n'importe quel homme.

Plusieurs fois lui était revenue cette phrase que Sinclair avait prononcée le jour de leur mariage : *J'attendrai.* Etait-elle prémonitoire ?

Anna Rose noua le ruban de son chapeau et descendit l'escalier, Mavis derrière elle. Madame Vannatta, la logeuse, revêche comme toujours, balayait les marches dont elle occupait toute la largeur. Elle leur fit un signe de tête.

— Avez-vous vu monsieur Flynn, dernièrement ? demanda-t-elle brusquement à Anna Rose.

Celle-ci fut prise au dépourvu. Michael Flynn venait quand la fantaisie lui en prenait. Ses visites n'étaient pas régulières, mais à y songer, la dernière remontait à plus d'une semaine.

— Mon Dieu, non, madame Vannatta. Je me demande ce qu'il est devenu.

— Moi aussi. Il n'a pas payé le loyer.

Sur ces mots, la logeuse reprit son travail. L'avertissement était clair. Il y avait trop de sans-abri à New York pour loger qui que ce soit gratuitement.

— Où a-t-il pu passer ? s'exclama Mavis quand elles furent dans la rue.

— Dieu seul le sait. En voyage pour affaires,

sans doute. (Anna Rose accéléra le pas pour se mettre hors de portée de madame Vannatta.) Te reste-t-il de l'argent, Mavis ?

— Sur mon salaire de misère ? Non. Pas depuis que cette grippe-sou nous a vendu des draps.

— Ce n'était pas raisonnable. Nous aurions pu dormir sur la toile à matelas encore un peu.

— Ce n'est pas sain pour le bébé.

Anna Rose fit un geste d'impuissance. Si les deux jeunes femmes devaient déménager à la cloche de bois, ce ne serait pas bon pour l'enfant non plus ! La vente des silhouettes était moins lucrative ces temps-ci : les passants n'avaient guère envie de se figer sous un soleil de plomb en attendant qu'elle eût terminé. Pourvu que Flynn réapparaisse très vite !

Mais Wall Street était en vue et Anna Rose ralentit le pas malgré elle.

— Que cherches-tu ? demanda Mavis, intriguée.

— Une maison, reconnut Anna Rose en scrutant la rue, aveuglée par la réverbération.

— Tu as le numéro ?

— Hélas ! non. C'est une vieille demeure de style hollandais.

Mavis se mit à rire. Toutes les habitations de cette partie de la ville étaient de vieilles demeures hollandaises ! Mais Anna Rose soupira, découragée.

— Comment faire ? murmura-t-elle. Là ! s'écria-t-elle. Regarde, Mavis !

Une voiture venait de s'arrêter devant l'une des

résidences et son occupant, un homme de haute taille élégamment vêtu, se penchait pour aider quelqu'un d'autre à descendre.

— Qui est-ce ?

— Hugh Sinclair ! s'exclama Anna Rose avec une note de fierté dans la voix.

Elle se sentait soudain très calme. Elle allait tout lui expliquer, pourquoi elle avait dû fuir l'*Olympia*, comment elle avait survécu et surtout, elle lui avouerait qu'elle n'avait pensé qu'à lui durant toutes ces semaines. Tous ses doutes s'évanouissaient. Il comprendrait. Rory ne s'était pas trompé en la confiant au capitaine : elle l'épouserait et son bébé grandirait dans la belle maison de Wall Street... Anna Rose ne songeait plus aux documents de gage. Son enfant aurait un père merveilleux et une mère aimante : rien d'autre ne comptait.

— Attends-moi, Mavis, balbutia Anna Rose, la voix tremblante d'excitation.

Mais à peine avait-elle fait trois pas que l'autre passager apparut, une ravissante jeune femme aux cheveux d'or et au teint de porcelaine. Celle-ci enveloppa Hugh d'un regard de pure adoration — que son cavalier lui rendit, au grand désarroi d'Anna Rose.

— Mon Dieu ! s'exclama-t-elle en se couvrant le visage.

Mais presque contre son gré, elle vit tout : le geste possessif avec lequel Hugh prit la jeune femme par la taille, son sourire de tendresse et le baiser furtif qu'il posa sur son front en lui murmurant quelque chose.

— Oh, Hugh ! s'exclama son amie avec un rire cristallin.

Anna Rose, comme paralysée, croyait revivre l'accident de Rory : encore une fois, le bonheur qu'elle avait cru à portée de main se brisait en éclats. Elle se détourna, muette de chagrin, soudain infiniment lasse.

— Dieu nous aide, Anna Rose ! s'écria Mavis en la voyant pâle et défaite. Tu ne te sens pas bien ?

— Mais si, je t'assure, déclara Anna Rose dans un sursaut d'énergie. J'ai seulement besoin d'un peu d'air frais. Allons nous asseoir dans une église.

Mavis la conduisit à Trinity Church, dont la pénombre fraîche s'égayait de quelques taches de couleur projetées par les rayons du soleil dans les vitraux. Anna Rose se laissa glisser sur un banc, incapable de prier, à peine consciente des mots de réconfort que lui prodiguait Mavis. Deux fois veuve, voilà ce qu'elle était. Elle aurait voulu pleurer et pleurer encore jusqu'à se noyer dans ses propres larmes. Mais même ce soulagement lui était interdit. Elle en mourrait de douleur...

La scène lui revenait inlassablement ; le baiser de Hugh sur le front de la jeune femme la hantait sans relâche. Nul besoin de s'informer auprès de Flynn. Anna Rose connaissait suffisamment le capitaine : il ne s'agissait pas d'une passade. Hugh Sinclair allait se marier !

— Anna Rose ? Anna Rose ! chuchota Mavis avec insistance. Le jour baisse. Il faut rentrer. Les rues sont dangereuses à la nuit.

Anna Rose se leva enfin, dans un état second. Elle devait déjà quitter Wall Street. Pour toujours.

14

Anna Rose vécut les semaines qui suivirent dans un état d'abattement profond. La scène de Wall Street lui laissait un pénible sentiment de vide — mais ne constituait pas son seul souci : Michael Flynn n'avait toujours pas réapparu et l'argent manquait cruellement. Madame Vannatta menaçait chaque jour de les expulser.

Malgré la chaleur humide de l'été indien et les malaises occasionnés par sa grossesse, Anna Rose passait de longues heures à William Street avec ses ciseaux et ses feuilles de carton noir. Malheureusement, les clients étaient peu nombreux : les uns avaient fui les miasmes de la ville pour se reposer à la campagne ; les autres, forcés de demeurer sur place faute de moyens, ne dépensaient leurs maigres revenus que pour leur subsistance.

Un soir, comme elle rentrait chez elle après l'une de ces harassantes journées, Anna Rose trouva une lettre posée contre sa porte. *Flynn!* pensa-t-elle immédiatement. *A moins que ce ne soit un avis d'expulsion...* Anna Rose examina l'enveloppe avec appréhension. Soudain une vague de nostalgie l'envahit et elle reconnut l'écriture tremblée de sa mère. Anna Rose avait confié sa missive à un marin qui faisait voile pour Inverness. Il lui avait promis de la remettre en main propre et de rapporter une réponse. Mais tant de mois avaient passé qu'elle avait presque perdu espoir.

Elle alla s'installer confortablement sur son lit et déchira l'enveloppe.

Ma très chère Anna Rose,

Quelle joie de recevoir de tes nouvelles ! Le jeune homme attend ce petit mot avant de repartir, aussi ne puis-je t'écrire trop longuement.

Nous étions pleins d'espoir quand nous t'avons dit adieu et voilà que Rory nous a quittés. Je ne sais comment t'exprimer ma tristesse. Ma pauvre enfant, que vas-tu devenir ?

Anna Rose, qui s'était posé la même question depuis des semaines, fondit en larmes, émue par l'inquiétude de sa mère.

Ton père est aussi bien que l'on peut l'espérer. Il ne marchera plus mais le moral est bon malgré ses forces déclinantes. Tu lui manques beaucoup et mon souhait le plus cher est qu'il vive pour nous voir tous réunis un jour.

Tes frères et sœurs se portent bien. Ils t'embrassent très fort. Chaque jour, ils parlent de venir te rejoindre en Amérique. Mais j'ai bien peur que leur rêve ne puisse se réaliser avant longtemps.

Ta sœur Iris est parmi nous jusqu'au retour de

son mari. Elle est enceinte; j'avais espéré que l'approche de la maternité adoucirait son tempérament mais hélas, elle reste égale à elle-même.

Iris a fait jurer à Stuart de quitter la mer après cette traversée et de l'emmener vivre en Amérique avec leur enfant. Peut-être la verras-tu très bientôt. Je serais heureuse de vous savoir toutes les deux. Sans doute t'écrira-t-elle pour te faire part de ses projets.

Je ne peux retarder le marin plus longtemps. Prends bien soin de toi et écris-nous si tu peux. Ta lettre nous a fait très plaisir.

Avec toute notre affection,
Margaret Macmillan.

Anna Rose lut et relut le message, soudain cruellement consciente de son isolement. Comme ils lui manquaient, tous! Elle revoyait les fraîches prairies, la brume argentée qui s'accrochait à la lande... Elle alla chercher la bible sur laquelle Rory et elle avaient prononcé leurs vœux de fidélité. Ses plus précieux trésors s'y trouvaient toujours: une mèche dorée des cheveux de Rory, une rose séchée qui avait fleuri près de leur chaumière et la bruyère que sa mère avait retirée de sa couronne nuptiale. Anna Rose fit glisser les silhouettes placées entre les pages: son père, sa mère, Iris, Cullen, Ewan, Laure et Fern. Les caressant d'un doigt tremblant, elle pensa à eux très fort.

Il y avait encore deux autres esquisses: le profil adolescent de Rory et un personnage buriné par les tempêtes: le capitaine Hugh Sinclair. Anna

Rose éclata en sanglots. Elle avait tout perdu : sa famille et les deux hommes qu'elle aimait !

Epuisée, elle se laissa aller à ses pleurs quelque temps avant de refermer la bible. A ce moment, Mavis fit son entrée, le visage grave.

— Nous n'en avons plus pour très longtemps, annonça-t-elle d'une voix lugubre.

Cette déclaration n'avait rien d'énigmatique pour Anna Rose.

— Madame Vannatta nous met à la porte.

— Nous avons deux jours pour payer le loyer. Sinon...

— ... nous serons jetées à la rue, termina Anna Rose.

— Non, c'est pire. Elle va appeler la police et nous tâterons de la prison pour dettes.

— Elle ne nous ferait pas une chose pareille ! s'exclama Anna Rose, au bord de la panique. Il faut retrouver Flynn sans tarder !

— Il n'y a qu'à se renseigner auprès de son ami de Wall Street, suggéra Mavis.

— Non, c'est hors de question, coupa Anna Rose sur un ton sans réplique.

Elle avait passé de longues heures à peser le pour et le contre. Il serait trop dégradant pour elle de se présenter à Hugh dans des circonstances pareilles, surtout s'il avait une autre femme dans sa vie. Quelle que soit la tentation, elle lutterait de toutes ses forces pour ne pas y céder.

— Eh bien ? interrogea Mavis, étonnée de ce long silence.

— Nous allons chercher Flynn, voilà tout. N'oublie pas qu'il a promis de nous aider.

Cependant, même Hugh Sinclair n'aurait pas su dire où se cachait Flynn. Seuls deux hommes possédaient la clé du mystère : le partenaire contre qui il avait triché au poker et le gardien de prison... Flynn n'était pas lui-même très sûr de son adresse : il était ivre lors de son arrestation et juste assez lucide pour préférer la cellule à la corde. Sans l'intervention musclée de quelques policiers appelés à la rescousse, son adversaire l'aurait envoyé de vie à trépas sans le moindre scrupule !

Presque un mois avait passé : le danger avait dû s'éloigner et Flynn bouillait d'impatience. Les rats lui tenaient sans doute une agréable compagnie mais il avait pris assez de repos. Il avait ses affaires à gérer : la veille même de l'incident dans le bar, Flynn avait averti Sinclair qu'il suivait une piste très sérieuse. Le capitaine, transporté de joie, lui avait offert une forte somme pour accélérer les recherches. Malheureusement, Hugh n'avait pas revu son ami — et maintenant Anna Rose s'était peut-être envolée.

— Plus que quelques jours, murmura Flynn en rongeant son frein. Pourvu que la tourterelle soit toujours au nid...

Anna Rose n'aurait pas demandé mieux. Mais, fidèle à sa parole, madame Vannatta appela la police dès le lendemain soir.

— Je l'ai entendue, Anna Rose ! Elle disait à l'officier de venir nous arrêter demain matin aux aurores...

Sa voix s'éteignit dans un gémissement craintif.

— Calme-toi, Mavis, lui intima Anna Rose en la secouant par l'épaule.

— De sang-froid, alors qu'elle sait que tu es enceinte ! La garce !

Trop découragée pour argumenter, Anna Rose s'assit sur son lit en frissonnant. Elle n'avait pas voulu regarder la situation en face, espérant jusqu'au dernier moment que Flynn réapparaîtrait avec une bourse bien remplie. La minuscule chambrette lui semblait tout à coup bien confortable, à l'heure où il fallait fuir ce nouveau foyer.

Anna Rose se leva en soupirant et commença à empaqueter quelques effets.

— Qu'allons-nous faire ? interrogea Mavis, très anxieuse.

— Nous n'avons pas le choix: nous glisser dehors quand tout le monde dormira... Et ensuite, il faudra se cacher car la police sera à notre recherche.

La nuit suivante fut un véritable cauchemar: elles se glissèrent comme prévu par la porte de derrière et disparurent dans les faubourgs. Errant d'un quartier à l'autre, elles se terraient dans les portes cochères ou derrière des tas d'ordures à la moindre alerte. L'aube les trouva à bout de nerfs.

— Nous ne pouvons continuer ainsi, murmura Anna Rose, épuisée. Tant pis pour mon orgueil...

Allons chez le capitaine : il nous donnera un toit et du travail.

Mavis écarquilla les yeux.

— Te voilà enfin décidée ! Il est vrai que s'il épouse la dame de l'autre jour, ils engageront certainement du personnel de maison.

Mais un regard d'Anna Rose la fit taire immédiatement et elle se mordit les lèvres...

Hugh Sinclair savourait un verre de cognac dans la tranquillité de sa bibliothèque. Il était un peu tôt dans la matinée — à peine dix heures — mais aujourd'hui il se mariait, et il avait besoin de réfléchir encore.

Angelina était parfaite, douce, aimante. Elle éclairerait son univers de célibataire, lui offrirait une autre vie. Cependant, la vitesse à laquelle tout s'était déroulé l'étonnait : à peine avait-il déclaré à Flynn qu'il n'épouserait jamais Angelina qu'il la demandait en mariage !

Les voies de l'amour sont parfois tortueuses. Anna Rose avait éveillé certains besoins en lui — mais elle avait disparu, peut-être pour toujours. Sinclair n'avait pas le temps d'attendre : il n'était plus si jeune. Il désirait des enfants, il fonderait sa propre famille.

Pourtant il songeait encore à Anna Rose. Elle l'avait visiblement fui, en refusant non seulement son offre mais également en se jouant de toutes les recherches. Comment avait-il pu la menacer avec ces documents de gage ? Il n'aurait jamais dû perdre son sang-froid.

Hugh soupira et se tourna vers la fenêtre. Flynn lui avait apporté une lueur d'espoir en lui annonçant qu'il avait retrouvé sa trace. Mais pourquoi aurait-elle changé d'avis ? L'amour ne se force pas... Raison de plus pour épouser Angelina : elle, au moins, était sincèrement éprise.

Il examina les documents de gage posés sur son bureau. Cette fois il avait d'autres projets en tête : rendre ces papiers à Anna Rose par l'intermédiaire de Flynn dès qu'il rencontrerait la jeune femme. Il ne laisserait pas cette épée de Damoclès l'inquiéter plus longtemps, ne serait-ce que pour qu'ils restent bons amis.

— Monsieur voudra-t-il m'excuser ? murmura soudain Chadwick, le vieux majordome de Hugh, dans l'embrasure de la porte qu'il venait d'entrebâiller silencieusement.

— Oui, Chadwick ? De quoi s'agit-il ?

— La police a refermé le périmètre de sécurité jusqu'à Trinity Church, monsieur, et il est presque onze heures. Ne voulez-vous pas vous habiller ?

Hugh se mit à rire.

— J'ai bien besoin d'une épouse, n'est-ce pas, Chadwick ? Ne serait-ce que pour me rappeler mes rendez-vous !

— En effet, monsieur, entre autres fonctions agréables...

Les deux hommes échangèrent un clin d'œil complice avant d'aller régler les derniers préparatifs.

Anna Rose et Mavis remontaient péniblement Wall Street, leur baluchon sur l'épaule, quand elles découvrirent que tout le quartier était interdit à la circulation.

— Qu'y a-t-il encore ? protesta Anna Rose.

— Un discours, ou un enterrement... ou une épidémie, suggéra Mavis.

— Hugh ! s'exclama Anna Rose, saisie d'un pressentiment.

Elle se rua en avant, tentant de passer sous la lourde chaîne tendue à travers le passage.

— Non, madame, s'interposa un ouvrier. Personne n'a le droit de passer. Il faudra regarder d'ici.

— Regarder quoi ? demanda Anna Rose, effarée.

— Vous n'êtes pas au courant ? C'est un mariage ! Le cortège nuptial va emprunter la rue jusqu'à l'église. En attendant, la rue est barrée au trafic.

— J'ai juste une petite course à faire là-bas. J'en ai pour une seconde.

Mais l'ouvrier secoua la tête en crachant un long jus de tabac.

— Impossible. La procession devrait débuter d'une minute à l'autre vu que la cérémonie est pour midi. Mais... (L'ouvrier jeta un regard sur le ventre arrondi d'Anna Rose.)... vous ne devriez pas rester comme ça en plein soleil. Ma femme attend son premier et la chaleur lui porte au cerveau. Sans parler de ses chevilles, qui enflent comme des saucisses.

Anna Rose recula précipitamment, peu soucieuse d'en entendre davantage, et alla rejoindre Mavis.

Les deux amies assistèrent à l'arrivée d'une élégante calèche jaune tirée par six chevaux blancs qui s'arrêta près de la maison de Hugh. Le cocher portait une livrée verte et ses épaulettes d'or étincelaient au soleil.

— Quelqu'un d'important, sûrement, murmura Mavis.

Mais Anna Rose n'écoutait pas, perdue dans ses souvenirs. Elle revoyait la petite carriole qui l'avait amenée à Inverness après la modeste cérémonie de campagne. Ses yeux se voilèrent. Que de temps avait passé !

Mavis lui donna un coup de coude :

— Anna Rose ! Regarde la mariée !

Une silhouette élancée drapée de dentelle aérienne descendait les marches de la demeure voisine de celle de Hugh, escortée vers la voiture par un homme trapu à la calvitie naissante.

— Jésus Marie... soupira Mavis. Qu'elle est belle ! Tu as vu son voile d'argent ? Si jamais je trouve le prince charmant, je veux une robe comme la sienne. Et ces pierres brillantes sur le diadème ! Ce sont des diamants, tu ne crois pas ? (Elle secoua la tête.) Ce n'est pas juste...

— Quoi donc ? demanda Anna Rose en jetant un regard distrait aux drapés d'une blancheur féerique.

— Certains naissent avec une cuiller d'argent dans la bouche et d'autres ont faim toute leur vie.

Anna Rose allait lui rappeler que l'envie est un péché capital quand la porte de la maison de Hugh s'ouvrit brusquement. Un domestique chenu se posta dans l'embrasure. Ainsi, Hugh était invité au mariage. En tant que voisin, cela n'avait rien que de très naturel, mais contrarait les plans d'Anna Rose. S'il se rendait à la messe puis à la réception, elle ne pourrait lui parler avant une heure tardive. Que faire ?

Mais Anna Rose se figea soudain, croyant que ses yeux lui jouaient un mauvais tour : Hugh sortait de chez lui en grande tenue et montait dans la calèche auprès de la jeune femme...

Les pensées les plus folles lui vinrent alors : Hugh escortait la fiancée jusqu'à l'église où les attendait déjà le marié. Ou alors Hugh était lui-même chargé d'unir les époux, en tant que capitaine. Ou peut-être même était-ce un mariage par procuration ? Mais ces chimères volèrent en éclats quand Mavis s'exclama avec simplicité :

— Je te l'avais bien dit : le capitaine n'a pas tardé à épouser cette jolie dame !

Comme la calèche étincelante descendait lentement la rue, Anna Rose prit le bras de sa compagne et se détourna.

— Mais je voulais regarder ! protesta Mavis en vain.

— Viens vite ! lui intima Anna Rose. Il y a un policier qui nous surveille. Ne te retourne pas, surtout.

Mavis ne résista pas à la tentation : on les observait effectivement avec attention. Madame Vannatta avait sans doute diffusé leur signalement et elles formaient une paire aisément repérable : une femme enceinte accompagnée d'une toute jeune fille maigre et rousse...

— Mavis, toi qui connais la ville, emmène-nous en sécurité. Il doit bien y avoir un endroit où nous cacher ?

— Oui, murmura Mavis. Tourne dans Broadway à droite et accélère le pas, pour l'amour du ciel ! Je crois qu'il nous suit.

Anna Rose obtempéra, jouant des coudes pour se faufiler dans la foule. Une seule priorité la guidait maintenant : échapper à la prison.

— Ralentis, Anna Rose, supplia Mavis, essoufflée. Je n'arrive plus à te suivre. Dans ta condition, tu ne devrais pas tant te hâter. D'ailleurs, le policier n'est plus là. Reposons-nous un instant.

Anna Rose s'arrêta, hébétée. Elle essuya la sueur qui perlait sur son front, soudain très lasse. Dire qu'elle avait rêvé d'émigrer en Amérique toute sa vie ! Cette terre poussiéreuse et jonchée d'ordures...

« La terre promise, le rêve américain, les rues pavées d'or... » Elle entendait encore les paroles d'espoir que lui prodiguait son père. Quelle cruelle farce !

Mais Anna Rose prit une profonde inspiration, les yeux encore piquants de larmes. Elle n'allait pas indéfiniment pleurer sur son sort ! L'avenir était à portée de main : il suffisait de le construire ! Foin des gémissements et des lamentations... L'heure d'agir était arrivée.

Anna Rose saisit sa jeune amie par le bras :

— Nous allons nous en sortir, Mavis. C'est sûr et certain. Il faut simplement y consacrer davantage d'énergie ! Et maintenant, dis-moi où tu nous emmènes.

Eberluée par cet accès d'optimisme, Mavis jeta un regard dubitatif vers Anna Rose.

— Les sans-abri vont à Five Points. Ce n'est pas luxueux, mais on peut y dormir. Et comme tout le monde y est recherché par la police, nous serons relativement en sécurité, conclut-elle sur un ton plus léger, gagnée malgré elle par l'élan d'Anna Rose.

— En route, alors !

L'enthousiasme d'Anna Rose se refroidit quand elles arrivèrent à destination. Autrefois, Five Points était un lieu de rendez-vous pour les immigrants sans fortune et les esclaves affranchis. En son centre se trouvait un étang : les femmes lavaient leur linge ; en hiver on y patinait volontiers. Mais rapidement la pièce d'eau était devenue insalubre ; les égouts de New York venaient s'y déverser et des cadavres d'animaux y flottaient.

L'étang fut donc asséché par respect de l'hygiène publique. Des boutiques et des auberges s'établirent alentour. Malheureusement, des infiltrations d'eau attaquèrent rapidement les bâtisses et le terrain, déclaré inconstructible, fut rendu aux sans-abri et aux marginaux de tout poil.

Five Points était ainsi devenu un repaire de brigands, un lieu de prostitution et de trafics louches. La population logeait dans de vieilles maisons délabrées et des immeubles désertés depuis longtemps par leurs premiers occupants. Quant à la police, elle n'y patrouillait que rarement et jamais la nuit.

— C'est là que madame Tibbs nous a trouvées, Lena et moi, expliqua Mavis.

Anna Rose hocha la tête en faisant la grimace. Mais sa détermination restait intacte : elle préférait vivre ici plutôt qu'aller s'humilier auprès de l'homme qu'elle aimait. Après tout, elle avait survécu à la mort de Rory ! Quelques épreuves supplémentaires ne lui faisaient pas peur. Ce n'était qu'une question de temps, du reste : les jeunes femmes attendraient de se faire oublier par la police et chercheraient ensuite du travail et un logement convenable. Pas question de donner le jour au bébé dans ce quartier sordide !

— Nous ne sommes plus très loin.

Mavis la guida le long d'une ruelle étroite et jonchée d'ordures où grouillaient des porcs, des rats et des marmots en haillons. Accroupis près de feux allumés à intervalles réguliers, des hommes sombres aux yeux avides les regardaient passer.

Anna Rose aperçut une femme vêtue d'une robe en lambeaux, échevelée et malpropre, qui se pelotonnait contre une porte cochère. Elle serrait un paquet de linge contre sa poitrine — un bébé, plutôt, comme le découvrit Anna Rose, horrifiée. L'enfant gémissait en prenant le sein tari de sa mère. Tous les deux étaient maigres à faire peur.

« Non ! songea-t-elle en touchant le devant de sa robe. Pas mon enfant... »

Si jamais elle était condamnée à la misère, son bébé, lui, ne connaîtrait pas le même sort ! Plutôt le confier à des étrangers !

Il avait l'air d'un clochard, avec ses beaux vêtements tachés et froissés. Sa propre mère ne l'aurait sans doute pas reconnu sous sa barbe noire, si la pauvre femme avait vécu ! Bref, son séjour en prison avait fait de Flynn un autre homme.

Dès que la clé de la liberté avait tourné dans la serrure, Flynn avait accouru chez madame Vannatta pour se trouver nez à nez avec un inconnu. En l'absence de la logeuse, du moins avait-il gagné d'économiser les loyers en retard.

Flynn avait alors filé chez Sinclair pour lui assurer que la piste d'Anna Rose était encore fraîche, afin de toucher le dédommagement promis un mois plus tôt. Malheureusement, Chadwick lui avait claqué la porte au nez.

— Allez demander la charité à la porte de service ! lui avait intimé le majordome. C'est un jour de fête aujourd'hui, car Monsieur se marie.

— Avec qui ? avait interrogé Flynn.

— Mademoiselle Townsend, avait répliqué le majordome interloqué avant de couper court.

Flynn avait descendu Wall Street d'un pas rageur, distribuant des coups de pied aux chiens galeux ou aux tas d'ordures qu'il trouvait sur son chemin. Quelle catastrophe... Angelina lui avait échappé pour de bon. Adieu statut social, richesse, puissance ! Mais il restait Anna Rose. Flynn aurait fichu son billet que Sinclair désirait encore la revoir. Il médita la situation en prenant le chemin d'un établissement de bains publics. Un plan germa dans son esprit tandis qu'il se récurait énergiquement. Il lui restait juste de quoi acheter un costume qui lui rendrait l'apparence de la prospérité. Puis dans un ou deux jours, il irait féliciter les heureux époux. Pas avant : il convenait de laisser à Hugh le temps de sceller définitivement l'alliance. Pendant sa visite, il verrait Hugh en privé... Ses affaires tourneraient peut-être mieux que prévu !

Vêtu comme un prince, cette fois, Michael Flynn n'eut pas de mal à se faire annoncer par Chadwick. La maison bruissait du murmure de nombreux amis venus honorer le premier « salon » tenu par les jeunes mariés. Le majordome le fit entrer et lui offrit un verre de champagne.

Flynn aperçut sans tarder l'heureux couple. Angelina, radieuse, se tenait aux côtés de son mari, offrant l'image d'un bonheur parfait. Flynn grimaça. Hugh avait dû l'initier à l'amour avec talent pour que la jeune femme ait ce regard comblé... Sacré gaillard...

— Flynn ! s'exclama Hugh par-dessus le brouhaha. Où étais-tu passé ? J'ai essayé de te joindre pendant des semaines pour t'inviter à notre mariage !

— Je suis navré de l'avoir manqué, répliqua l'intéressé avec un sourire de circonstance. J'ai été appelé dans le Sud pour affaires et je viens seulement de rentrer.

Il prit la douce main d'Angelina mais se pencha pour lui baiser la joue, soudain troublé par le parfum délicat de sa peau. Son regard s'attarda sur le profond décolleté de la robe. Dire que Hugh lui avait soufflé cette femme sous le nez !

— Madame Sinclair, continua Flynn en prenant une grande respiration, vous êtes plus ravissante que jamais. (Il s'inclina respectueusement devant elle.) Me pardonnerez-vous de vous enlever votre mari quelques minutes ? Je ne serai pas long, c'est promis.

— Je le suppose, monsieur Flynn, murmura Angelina en lançant un regard transi vers Hugh. Mais revenez-moi bien vite, Hugh chéri.

Michael accusa le coup. Ainsi, il était toujours « monsieur Flynn » quand Sinclair était devenu « Hugh chéri ». Il aurait dû laisser les requins à leur festin au lieu de lui sauver la vie jadis !

Les deux hommes allèrent s'enfermer dans la bibliothèque.

— Alors, mon vieux, attaqua Flynn sans préambule, que fais-tu d'Anna Rose ? Je croyais qu'elle était la femme de ta vie !

Le visage de Hugh se referma. Il avait chassé toute pensée d'elle depuis son mariage. Angelina était une épouse parfaite et ne méritait pas qu'il se laisse aller à de telles rêveries.

— Anna Rose vit sa vie et moi la mienne. Si jamais je la retrouve, j'espère qu'elle acceptera mon amitié et mon aide. Son mari était comme un fils.

Flynn eut un sourire goguenard :

— Et tu étais un père pour Anna Rose.

— Non, bien sûr, reconnut Hugh. Mais je suis marié avec Angelina, maintenant. Les circonstances sont différentes.

— Veux-tu toujours la revoir ?

— Oui ! s'exclama Hugh trop vivement. Je me fais beaucoup de souci pour elle, ajouta-t-il sur un ton plus calme. New York est une ville dangereuse. D'ailleurs, je t'avais promis des fonds...

Hugh alla à son bureau et lui rédigea un chèque.

— Si cela ne suffit pas, dis-le-moi. Il faut la localiser à tout prix. Mais il y a autre chose, reprit-il après un instant de réflexion. Voici ses documents de gage. Rends-les-lui. Explique-lui que je n'ai payé la traversée que pour assurer sa sécurité et qu'elle n'a rien à craindre de moi. Elle n'est pas liée par contrat : bien au contraire, elle est libre ! Quand elle verra les papiers, elle comprendra que je ne constitue plus une menace pour elle.

Flynn accepta les documents d'une main tremblante. Il ne pouvait croire à sa chance.

— Tu as ma parole, Hugh. Elle verra ces documents le moment venu.

Les deux amis rejoignirent les invités mais Flynn, bouillant d'excitation, prit rapidement congé. Avec cette bourse, il n'aurait aucun mal à repérer Anna Rose — et à l'épouser ! Rirait bien qui rirait le dernier...

15

Du jour au lendemain, l'été indien avait fui devant des frimas précoces mais Anna Rose était toujours à Five Points.

L'hiver de 1834 fut particulièrement rigoureux : un ciel de plomb et un froid de plus en plus vif accentué par des rafales de vent coupant. A Five Points, les pauvres n'avaient guère que de vieux journaux et leurs guenilles pour se protéger du blizzard. Ils en étaient réduits à dormir pelotonnés les uns contre les autres pour ne pas mourir de froid.

La Noël passa sans même un semblant de fête et le Nouvel An n'inspira aucun vœu de prospérité ou de bonne santé pour les mois à venir : les miséreux ne songeaient qu'à subsister d'un jour sur l'autre.

Anna Rose, dont le ventre paraissait d'autant plus tendu qu'elle s'était émaciée, pensait souvent à Hugh Sinclair. Quelle vie de luxe aurait-elle connue si elle était demeurée sa domestique ! Voilà où l'avait menée sa stupide fierté... Mais il n'était plus temps de se lamenter sur le passé : il fallait préparer la venue de l'enfant.

Chaque nuit, elle se promettait d'aller quérir du travail dès le lendemain. Mais le jour venu, elle se trouvait trop faible pour mettre ses projets à exécution : le froid et la faim étaient les plus forts.

C'est temporaire, se rassurait-elle. *Quand le printemps reviendra...*

Pour l'instant, l'hiver sévissait sans relâche et une seule obsession tenaillait Anna Rose : mangerait-elle à sa faim au prochain repas ? Finalement, elle comprit qu'il n'y aurait pas de printemps si elle ne réagissait pas. Peut-être même ne donnerait-elle jamais le jour à l'enfant de Rory... Son terme était proche : le mois de mars venait de débuter et le bébé naîtrait avant avril si Anna Rose survivait jusque-là.

— Je t'en prie, Anna Rose, bois ce bouillon, intervint soudain Mavis. Sinon pour toi, du moins pour l'enfant.

Mavis était sans doute allée mendier. Elle n'osait plus s'éloigner depuis quelque temps, de peur que les douleurs commencent quand son amie serait seule. Elle avait donc abandonné le petit travail qui leur avait permis de subsister auparavant. Ce jour-là, elle s'était procuré un peu de viande grasse et des haricots auprès d'une bonne, employée à Broadway. Mavis avait placé ces restes dans une marmite avec de la neige bien fraîche et avait fait cuire ce ragoût.

Anna Rose ne sentait plus guère la faim mais céda aux instances de son amie. Elle saisit le bol entre les mains et se réchauffa à son contact avant de boire quelques gorgées.

— Ne va pas trop vite, lui recommanda Mavis. D'ailleurs, il en reste.

Anna Rose lui jeta un regard attentif.

— En as-tu pris un peu ?

Mavis détourna le regard.

— Je me servirai quand tu auras terminé.

Mavis se privait toujours pour qu'Anna Rose mange davantage. Celle-ci l'observa avec un œil neuf : elle n'avait plus que la peau sur les os, ses cheveux roux avaient perdu tout éclat et des cernes mauves se creusaient sous ses yeux anxieux. Cette enfant allait mourir de faim et c'était de *sa* faute ! Elles ne pouvaient pas continuer ainsi.

— Ce n'est pas une vie, soupira Anna Rose. Nous n'avions pas le choix quand nous nous sommes cachées de la police, mais je crois que tout danger est écarté, maintenant. Nous devrions partir, trouver un travail décent...

— Mais nous sommes très bien installées, protesta Mavis, bien plus confortablement que d'autres ! Et nous avons même du sable propre sur le plancher.

Anna Rose regarda machinalement par terre. Effectivement, des mois auparavant, le marchand qui tirait une charrette de sable dans Five Points en avait donné quelques pelletées à Mavis, qu'il avait connue dans le passé. C'était un signe de luxe et un objet de fierté chez les pauvres. Les deux amies avaient passé de longues heures à y graver d'interminables figures pour se divertir. Mais maintenant le sable avait viré au gris et les dessins avaient disparu avec nombre de leurs rêves.

— C'est vrai, mais il faut manger et se chauffer. Et ici...

— Bon, admit Mavis. Que proposes-tu ?

— Eh bien, murmura Anna Rose, les yeux baissés, nous n'avons pas le choix. Nous retournerons à Wall Street dès que la tempête de neige sera calmée, et je pense que le capitaine Sinclair nous fournira du travail et un abri.

Anna Rose se tut, découragée. Retourner voir Hugh dans cet état... Quelle humiliation ! Il faudrait aussi accepter la pitié, peut-être le mépris de sa nouvelle épouse. Mavis, compréhensive, respecta son silence. Mais au fond d'elle-même, un nouvel espoir se faisait jour : le capitaine les sauverait !

Trois jours passèrent encore avant que le temps ne se lève. Le quatrième, emmitouflées dans toutes les guenilles qu'elles purent réunir, y compris leurs draps, les deux femmes quittèrent Five Points en pataugeant dans la neige fondue. Leur moral était au plus haut car leurs épreuves se terminaient enfin.

— Nous allons dormir dans une confortable petite mansarde, j'espère, bavardait Mavis avec animation.

— Oh non ! corrigea Anna Rose, qui avait du mal à suivre son amie mais partageait son optimisme. Je suis sûre que le capitaine a de vraies chambres de bonnes.

Les rues très animées retentissaient de rires et d'exclamations joyeuses ponctuées par les grelots des traîneaux. Les New-Yorkais étaient restés calfeutrés chez eux pendant le mauvais temps et savouraient leur liberté retrouvée. Des galopins commencèrent une bataille de boules de neige sur le trottoir et Mavis se mit à rire, retrouvant soudain les réactions de l'enfance.

Enfin elles arrivèrent dans Wall Street, les pieds engourdis par le froid et les doigts brûlants d'engelures. Anna Rose eut un instant de faiblesse en apercevant la maison, gagnée par l'émotion et physiquement très lasse.

— Nous y sommes, chuchota-t-elle à son enfant.

Mais elles ne trouvèrent rien qu'une maison vide et cadenassée.

Mavis et Anna Rose restèrent muettes un instant.

— Ils sont peut-être sortis faire une course, suggéra Mavis d'une pauvre petite voix.

— Cela m'étonnerait, la contredit Anna Rose qui scrutait l'intérieur par les fentes des persiennes. Les meubles sont recouverts de housses. Visiblement, ils ont pris leurs quartiers d'hiver sur la côte pour une lune de miel prolongée.

Anna Rose dissimulait mal sa déception. Outre le confort qu'elle avait espéré, elle s'était réjouie malgré elle de revoir Hugh. Une fois de plus, il lui échappait.

Elles reprirent leur route sans échanger un mot, glacées jusqu'aux os. L'amertume d'Anna Rose crût jusqu'au malaise. Jamais souffrance n'avait été aussi tangible. Soudain elle comprit : ces crispations subites étaient des contractions — le travail venait de commencer.

— Allonge-toi, conseilla Mavis dès qu'elles furent de retour dans leur pauvre logement. Je vais chercher la vieille madame Penny. Elle a promis de t'aider pour la naissance.

La voix de Mavis était calme mais son regard affolé n'était pas pour rassurer Anna Rose qui préféra fermer les yeux en s'étendant sur un vieux matelas. Elle flottait dans une semi-inconscience dont la douleur la tirait parfois cruellement. Elle apercevait des silhouettes rassemblées autour d'elle qui faisaient cercle en secouant la tête. Elle reconnut Rory et Hugh dans la foule. Puis il n'y eut plus que deux personnes : Mavis et une petite vieille toute rabougrie aux mains brutales.

— Pousse, Bon Dieu ! Pousse !

Anna Rose se tendit de toutes ses forces et banda ses muscles, hurlant sa torture. Elle se tordit, se mordant les lèvres, serrant les poings jusqu'à saigner des paumes, assourdie par les cris et les injures de la sage-femme. Enfin, dans une explosion finale, l'enfant naquit. Anna Rose ferma les yeux et s'abandonna à l'épuisement, seulement consciente des dernières remarques de madame Penny :

— Pas sûr qu'elle se réveille, ta copine. D'ailleurs, pourrait même pas nourrir la gosse vu qu'elle a pas d'lait.

— Mais que vais-je faire ? s'écria Mavis, au bord de la crise de nerfs.

— Dégotte une bouteille, un chiffon et un peu de lait. Faudra qu'elle tète comme ça. D'toute manière, elle passera pas la semaine. Une vraie crevette ! Rien qu'une fille, en plus...

Un faible vagissement fit réagir Anna Rose, qui voulut prendre le bébé contre elle. Mais elle ne put même pas ouvrir les yeux. Mavis jeta la sage-femme dehors et ses accents de colère suivirent

Anna Rose comme elle sombrait dans l'inconscience.

Hugh et Angelina n'étaient pas partis très loin. Le docteur leur avait déconseillé la fatigue d'un long voyage : Angelina avait besoin de repos, de calme et de soins constants après sa fausse couche. L'air pur ne pouvant lui nuire, ils avaient rejoint la résidence d'été des Townsend sur la côte du New Jersey.

La perte de l'enfant les avait cruellement atteints. Pire encore, le médecin leur avait annoncé qu'Angelina ne serait vraisemblablement plus mère — ou alors au péril de sa vie. Les deux époux faisaient peine à voir, soudain amputés de leur rêve le plus cher.

Mavis, elle, devenait folle d'inquiétude : elle soignait Anna Rose du mieux qu'elle pouvait, tout en surveillant la santé du bébé.

Le lendemain de la naissance, elle crut ses prières exaucées : une certaine Naomi se présenta spontanément et lui offrit d'allaiter l'enfant.

— C'est le moins que je puisse faire, observat-elle avec un mince sourire.

— Dieu vous bénisse ! s'écria Mavis en lui tendant la petite fille.

— Mais vous avez de quoi payer, je suppose... reprit Naomi.

Mavis sursauta. Oui, il lui restait bien quelques piécettes. Pourvu que cela suffise !

La jeune femme les accepta d'un visage sombre et mit l'enfant au sein. Mavis s'assit près d'Anna

Rose en poussant un soupir de soulagement, jetant un regard attendri vers son amie qui flottait entre la veille et l'inconscience.

Mais quelques heures plus tard, l'enfant grelottait de fièvre, hurlait à pleins poumons et vomissait tout le lait. Mavis, terrorisée, courut consulter madame Penny.

— Encore en vie ? s'étonna la vieille. Remarque, elle n'en a plus pour longtemps si elle a pris le lait de Naomi.

— Quoi ? s'étrangla Mavis.

— Son lait est mauvais : son propre bébé en est mort il y a une semaine. Fais ce que je te dis : prends une bouteille et un chiffon. Mais pourquoi tu t'obstines pour cette gosse, de toute manière ?

Refusant d'écouter, Mavis s'enfuit, pressée d'essayer le biberon improvisé. Elle trouva du lait qu'on lui laissa traire aux vaches de Broadway. Mais bientôt, avec la chaleur, les vaches mangèrent de l'ail sauvage qui parfuma désagréablement leur lait : l'enfant, d'abord gourmand, le rejeta bientôt et s'affaiblit de jour en jour.

Il n'y avait plus qu'une solution.

Mavis enveloppa l'enfant dans un vieux morceau de drap propre et quitta Five Points d'un pas rapide, avant que sa résolution ne faiblisse. Ce qu'elle allait faire n'avait rien d'exceptionnel. Des bébés étaient abandonnés quotidiennement sur le perron des riches. Mais il s'agissait du bébé d'Anna Rose...

Où aller ? Les nouveaux manoirs de Broadway ? Soudain elle eut une inspiration : un endroit parfait ! Là où elle comptait se rendre, on élèverait bien l'enfant jusqu'à ce qu'Anna Rose ait retrouvé ses forces. Elle se dirigea vers Wall Street, suppliant Dieu que les Sinclair aient regagné la ville.

Les fenêtres illuminées de la demeure la rassurèrent sans tarder. Elle se cacha dans l'ombre et observa la scène : on servait le dîner dans une pièce illuminée ; les arômes du baron d'agneau lui firent venir l'eau à la bouche, tiraillant son estomac de crampes douloureuses.

Que faire ? Expliquer la situation au capitaine Sinclair ? Sans doute les accueillerait-il sans protester. Mais elle écarta la tentation. Anna Rose ne supporterait pas qu'il lui fasse la charité — ni qu'il la voie dans son état.

L'enfant s'agita dans les bras de Mavis.

— Chut, ma puce, murmura Mavis. Je ne goûterai peut-être jamais à ces bons morceaux, mais toi au moins, tu deviendras une jolie petite fille bien potelée. Je parie que tu croiras même que tout le monde mange à sa faim, veinarde !

Mavis traversa la rue en courant, posa le nourrisson sur le perron, manœuvra le heurtoir de bronze de toutes ses forces et repartit se cacher, le cœur battant à se rompre.

Le majordome chenu ouvrit la porte et, apercevant l'enfant, appela quelqu'un. Un instant plus tard parurent les Sinclair.

— Un bébé ? s'écria Angelina. Mon Dieu ! Qui a pu abandonner ce petit trésor ?

— Vraisemblablement une mère démunie ou encore fille...

— Nous pouvons le garder, alors ? demanda

Angelina sur le ton surexcité d'une petite fille à qui l'on permet d'adopter un chaton perdu.

Hugh Sinclair sursauta.

— Angelina ! Vous rendez-vous compte de ce que vous dites ? Nous ne savons rien de ce bébé ! Il est peut-être gravement malade.

— Justement, mon chéri.

Elle se baissa et prit l'enfant d'Anna Rose dans ses bras, le berçant instinctivement.

Un long silence suivit. Même le nourrisson avait cessé ses pleurs. Finalement le capitaine secoua la tête avec un sourire indulgent.

— Je veux bien que nous le gardions pour le moment. Mais attention à ne pas vous y attacher ! La mère changera peut-être d'avis. En tout état de cause, il faudra publier un avis dans les journaux. Si personne ne réclame l'enfant d'ici un mois, nous serons en droit d'estimer qu'il a été légalement abandonné. Alors nous réfléchirons à son sort.

— Oh mais c'est tout réfléchi, mon chéri ! J'ai eu tant de mal à conserver la foi après les épreuves que nous venons de traverser... Et voilà que Dieu nous envoie un bébé ! (Elle découvrit l'enfant.) Une fille, Hugh, nous avons une fille ! Je voudrais lui donner le nom de ma mère. C'est ce que j'avais prévu pour notre première-née.

— Angelina, reprit son époux en fronçant le sourcil. Tu ne m'as pas écouté !

Angelina serra le bébé contre elle et sourit à Hugh.

— Mais si, mon chéri, mais cela ne compte pas... Tant pis pour ses parents. Tout s'arrange enfin : nous sommes ensemble et nous avons un enfant à nous !

Angelina se hissa sur la pointe des pieds et déposa un baiser tendre et plein d'espoir sur la joue de son époux. Sinclair se détendit, visiblement très tenté lui aussi. Puis il entoura les épaules de sa femme d'un geste protecteur et ils rentrèrent.

Mavis sut qu'elle pouvait partir le cœur tranquille.

Anna Rose ne savait pas depuis combien de temps elle flottait dans ces limbes incertaines. Mais quand elle ouvrit enfin les yeux, le soleil brillait et l'air était tiède.

— Mavis ?

Sa voix sonna comme un pénible croassement. Elle avait la gorge sèche et toussa faiblement.

— Dieu soit loué ! s'exclama Mavis en s'agenouillant près d'elle.

Elles s'étreignirent longuement.

— Je croyais que tu avais quitté ce monde pour de bon. Oh, Anna Rose ! J'ai eu si peur... je ne savais plus comment t'aider.

— Mon bébé ? Donne-le-moi, demanda Anna Rose.

Une lueur étrange traversa le regard de Mavis et les dernières paroles de la sage-femme revinrent soudain à la jeune mère. Anna Rose se leva, les larmes aux yeux.

— Où est-elle, Mavis ? Réponds-moi !

— Je t'en supplie, ne m'en veux pas. J'ai fait du mieux que je pouvais.

Anna Rose garda un instant le silence.

— Elle est... s'étrangla-t-elle.

— Mais non, pas du tout ! se hâta de préciser Mavis. Rallonge-toi, tu es trop faible, ajouta-t-elle. Le bébé va bien. C'est juste que...

— Mais quoi ? Qu'as-tu fait d'elle ?

Le menton tremblant et les joues baignées de larmes, Mavis avoua piteusement toute l'histoire, énumérant pêle-mêle les péripéties qui l'avaient obligée à prendre cette décision.

— Tu comprends, Anna Rose, je n'avais pas le choix ! Elle serait morte.

Anna Rose resta prostrée de longues minutes. *Son bébé... Le bébé de Rory !* Comment Mavis avait-elle pu endosser une telle responsabilité sans la consulter ?

— Non ! hurla-t-elle soudain.

— Anna Rose, je t'en prie, la supplia Mavis en la prenant par les épaules. Ecoute-moi : je ne l'ai pas confiée à des étrangers. Je l'ai portée chez le capitaine Sinclair et si tu avais vu le visage de son épouse quand elle l'a prise dans ses bras, tu serais complètement rassurée.

Anna Rose se figea, accusant ce dernier coup.

— Tu as donné mon bébé à la femme de Hugh ?

Mavis eut un mouvement de recul.

— Je... J'ai cru que c'était la meilleure solution, balbutia-t-elle. Tu sais chez qui elle est, ainsi. Peut-être te laisseront-ils la reprendre quand tu iras mieux.

Mavis continua ses explications mais Anna Rose, sous le choc, n'entendait plus rien.

— Le capitaine avait l'air très heureux, très fier, comme un vrai père devant son bébé...

Anna Rose leva les yeux, soudain plus calme. Les arguments de Mavis commençaient à porter. Après tout, elle avait trouvé le seul moyen de les sauver toutes les deux et le choix des Sinclair était pétri de bon sens. Elle soupira : penser qu'elle n'avait jamais vu son propre bébé, qu'elle ne connaissait pas son visage ni...

— Comment s'appelle-t-elle ? Quel nom lui as-tu donné ?

— Mais, bégaya Mavis, je... je n'ai pas osé...

Anna Rose ferma les yeux et réfléchit un instant.

— Heather, alors.

Mavis se contenta de hocher la tête. Inutile de lui faire remarquer que les Sinclair auraient vraisemblablement déjà baptisé l'enfant.

Dès qu'Anna Rose eut retrouvé ses forces, elle entreprit de chercher du travail. Un plan avait germé dans son esprit : quand elle aurait retrouvé un semblant de prospérité, elle irait se proposer comme nurse chez les Sinclair et leur avouerait la vérité au moment opportun.

Une fois de plus, grâce aux relations de Mavis dans Five Points, Anna Rose put se procurer une robe présentable et retourna dans les rues de New York proposer ses silhouettes. Semaine après semaine, inlassablement, elle se levait tôt pour travailler dur : un jour viendrait où elle pourrait se loger convenablement et reprendre sa fille. Il le fallait ! Mais la nourriture était chère et ses économies presque inexistantes.

— Ce n'est pas suffisant, soupira Anna Rose un soir, comme elle comptait ses gains avec Mavis.

Demain j'irai à Battery Park. Il y aura du monde avec ce beau temps.

— Et moi je ferai la plonge la nuit, ajouta Mavis. Je ne gagne pas grand-chose dans la journée. Ne t'inquiète pas, Anna Rose, nous l'aurons, notre petit nid pour Heather...

La journée était chaude et printanière, idéale pour les clients. Son panier à la main, Anna Rose longeait Broadway, fréquemment sollicitée par des promeneurs. Sa bourse s'alourdit rapidement. Le cœur proportionnellement plus léger, Anna Rose se trouva soudain à l'embranchement de Wall Street. Oserait-elle ? Une bouffée d'émotion la submergea soudain : peut-être aurait-elle l'occasion de voir sa fille... Tirant son large chapeau de paille sur ses yeux, elle emprunta le trottoir opposé, épiant la maison des Sinclair en passant, mais elle ne vit rien. Pourtant, quand elle revint sur ses pas, ses prières furent exaucées : la porte s'ouvrit. Hugh sortit le premier, suivi de madame Sinclair, radieuse dans une robe de soie pêche, ses longs cheveux de lin coiffés en un chignon aérien. Enfin une domestique les accompagna jusqu'à leur calèche, un paquet rose entre les bras.

— Heather, murmura Anna Rose avec un pincement au cœur comme elle voyait Angelina prendre l'enfant.

Hugh se pencha vers elle et posa un baiser sur son front. Anna Rose eut les larmes aux yeux. Comme elle aurait voulu la tenir ! La jeune mère referma ses bras vides contre elle et suivit instinctivement la voiture qui s'ébranlait.

Sans la promenade des Sinclair, le destin d'Anna Rose aurait sans doute pris une tout autre direction : comme la calèche enfilait William Street puis South William, Anna Rose aperçut soudain l'affiche.

Avant même d'atteindre le « Restaurant Français » des Delmonico, Anna Rose sut qu'elle s'en approchait grâce à de délicieux effluves. Elle sourit au souvenir de ses longues conversations joviales avec les deux frères et leur neveu. Tant de mois s'étaient écoulés qu'ils avaient dû tout oublier d'elle.

C'était l'heure du déjeuner. La rue s'emplit soudain et une file de clients alléchés par la promesse d'un bon repas chaud se forma presque instantanément devant le restaurant. Anna Rose se rapprocha pour regarder à l'intérieur. Les six tables de pin massif dont elle se rappelait avaient doublé de nombre. Elles étaient recouvertes de grandes nappes blanches. Au fond se trouvait le bar où l'on servait ceux qui n'avaient pu s'asseoir. Elle repéra Lorenzo qui allait d'une table à l'autre en notant les commandes. Puis elle remarqua autre chose : une petite affiche à la fenêtre. « Cherche caissier. S'adresser à l'intérieur. »

Jamais ils n'embaucheraient une femme. Il y aurait un beau scandale ! Anna Rose prit une grande inspiration. Eh bien, cela ne l'empêcherait pas de se porter candidate !

Plusieurs hommes la foudroyèrent du regard comme elle forçait le passage jusqu'à l'intérieur mais elle n'en avait cure. Une fois dans la grande salle, il lui fallut quelques minutes pour s'habituer à la pénombre. Quand ses yeux eurent accommodé, Pietro était à ses côtés.

— Anna Rose ! Comme je suis content de te revoir. Mais l'employée de madame Tibbs a déjà pris la commande.

— J'ai quitté madame Tibbs depuis longtemps, monsieur Delmonico. En fait, je suis venue pour la petite annonce. Je voudrais devenir votre caissière.

Pietro guida la jeune femme loin des regards curieux de sa clientèle masculine. Il la fit entrer dans la cuisine où les fumets de viande, l'odeur d'ail, de beurre et de pain chaud lui mirent l'eau à la bouche. Comme son estomac le lui rappela sévèrement, elle n'avait pas mangé depuis la veille au soir.

— Assieds-toi, assieds-toi, insista Pietro en remplissant une assiette. Mange d'abord et nous parlerons ensuite.

Anna Rose ne se fit pas prier et savoura son meilleur repas depuis qu'elle avait quitté Inverness. Rien d'étonnant à cela : les Delmonico faisaient venir leurs légumes de leur ferme du New Jersey et se procuraient poisson, viande et gibier chaque matin au marché de Fulton.

Elle vida une seconde assiette sous le regard souriant de Pietro et défendit sa cause avec ardeur. Quand elle reposa sa fourchette, elle avait obtenu le poste. Après tous ces mois d'infortune, elle avait peine à croire à sa chance.

Mais Pietro n'en avait pas terminé :

— Et cette jeune personne dont tu parles, a-t-elle un emploi en ce moment ou pourrait-elle t'accompagner ? Nous avons besoin d'une fille de cuisine.

Anna Rose lui fit un sourire radieux.

— Mavis sera très heureuse de travailler pour vous, monsieur.

— Bien ! Une dernière chose : comme nous sommes trois « monsieur Delmonico », ici, appelle-moi Pietro, d'accord ? Quand peux-tu commencer ?

— Demain ? suggéra-t-elle.

— Parfait. A demain matin, sept heures trente, alors. Lorenzo, cria-t-il dans le restaurant, enlève l'affiche ! Anna Rose vient travailler chez nous. Nous aurons la première caissière de New York !

16

Pour la première fois depuis la mort de Rory, l'existence d'Anna Rose semblait prendre un cours satisfaisant. Elle s'occupait utilement et recevait une rémunération à la hauteur de ses talents. Elle rencontrait des gens intéressants et surtout, elle avait pu déménager avec Mavis dans une petite chambre au-dessus du restaurant.

— Ce sera beaucoup plus pratique, avait démontré Giovanni.

En réalité il était horrifié à l'idée que deux femmes seules puissent résider à Five Points !

Anna Rose et Mavis s'étaient donc installées dans la petite pièce meublée de deux vrais lits, une commode, une coiffeuse, un rocking-chair, un bureau et une baignoire de cuivre réservée à leur usage personnel.

— Surtout, n'économisez pas l'eau, leur avait recommandé Pietro. Nous sommes livrés deux fois par jour pour une somme vraiment modique. Il serait ridicule de se priver.

Il n'avait pas ajouté que les deux femmes étaient sales à faire peur — mais n'en pensait pas moins. Quant à leurs robes... N'importe quel chiffonnier se serait fait un devoir de les brûler sur-le-champ !

Cependant, Mavis et Anna Rose démontrèrent rapidement qu'elles n'avaient aucun goût pour la crasse. Elles s'apprêtaient toujours avec le plus grand soin, resplendissantes dans les uniformes bleu marine et les tabliers amidonnés que leur avaient fournis leurs employeurs.

Les journées d'Anna Rose étaient longues : elle aidait Mavis à préparer les légumes et les viandes le matin, puis tenait la caisse avant de découper des silhouettes à la demande des clients. Elle participait également au nettoyage de la cuisine à la fin de la journée : récurer les marmites et les casseroles, lessiver les sols et les murs, laver et essuyer les couverts et la vaisselle !

Une autre révolution s'était produite dans la vie d'Anna Rose : Michael Flynn avait réapparu. Mais cette fois, elle ne dépendait plus de lui.

Elle ne travaillait chez Delmonico que depuis quelques jours lorsqu'il entra au restaurant par hasard au milieu d'un après-midi.

— Anna Rose ! Anna Rose McShane ! Est-ce bien vous ?

Elle faillit renverser la pile de serviettes qu'elle

allait disposer sur une table. *Quel toupet de se présenter maintenant !* Encore un peu et elle l'aurait giflé. Elle dut se retenir pour ne pas lui assener quelques remarques bien senties. Mais elle ne pouvait causer un esclandre devant les clients.

— Monsieur Flynn... répliqua Anna Rose sur un ton calme. Je vous croyais mort.

Il se mit à rire et essaya en vain de lui prendre la main.

— Effectivement j'ai cru mourir d'inquiétude, par votre faute. Où étiez-vous donc passée ? J'ai ratissé la ville sans aucun succès.

— A vrai dire, expliqua Anna Rose assez froidement, quand vous nous avez laissées choir, madame Vannatta nous a jetées dehors — ou plus exactement, nous avons fui à la cloche de bois pour éviter la prison pour dettes. Dans ces conditions, nous ne pouvions que nous cacher.

Il secoua la tête et détourna le regard.

— Je vous présente toutes mes excuses, Anna Rose. Vous avez dû connaître des moments terribles. Mais voyez-vous, un de mes vieux amis est soudainement tombé gravement malade et je me suis rendu à son chevet. Le pauvre homme — Dieu ait son âme — est décédé et il a fallu que je règle la succession. (Flynn lança un regard furtif vers Anna Rose pour vérifier l'effet de ses paroles, mais elle demeurait impassible.) Je suis arrivé trop tard chez madame Vannatta, ajouta-t-il en hâte, et j'ai cru devenir fou d'angoisse. Impossible de vous trouver. A croire que vous vous étiez volatilisée ! (Encore un long regard de circonstance.) Mais quand j'ai entendu dire que la caissière de

Delmonico s'appelait Anna Rose, j'ai décidé de tenter ma chance. Et vous voilà !

Anna Rose sourit sans grande chaleur. Une fois de plus, la leçon portait ses fruits : *Ne t'appuie jamais sur un homme ; ne compte que sur toi-même.*

— Eh bien, oui, me voilà.
— Où habitiez-vous tout ce temps ?
— A Five Points, répliqua-t-elle avec simplicité.
— Dieu du ciel ! Je n'aurais jamais songé à vous chercher là. Pourquoi être allées dans ce coupe-gorge ?
— Nous n'avions guère le choix, monsieur Flynn. La police était à nos trousses.

Il secoua la tête, doublement soulagé de l'avoir retrouvée saine et sauve.

— Je ne sais comment me faire pardonner, conclut-il finalement.
— J'ai survécu, de toute manière.
— Je savais que vous en seriez capable, Anna Rose. Regardez les épreuves que vous avez traversées depuis que je vous connais. Il y a une force en vous que je n'ai vue chez aucune autre femme.

Elle ne sut quoi répondre, finalement gagnée par le doute : il paraissait si sincère... Peut-être l'avait-elle jugé trop sévèrement. Soudain il l'examina de plus près, remarquant sa silhouette élancée.

— Le bébé est né !

Elle se figea, incapable d'aborder ce douloureux sujet. Elle hocha simplement la tête.

— Et où se trouve le petit garnement ? Avec Mavis ?

— Parti.

— Je suis navré, sincèrement, appuya-t-il en lui prenant la main.

— Excusez-moi, monsieur Flynn, dit-elle en se dégageant, soudain lasse, je dois retourner à mon travail.

Il se pencha plus près avec un sourire qui paraissait plein de promesses.

— Nous nous reverrons souvent. Je vais devenir un de vos meilleurs clients !

Puis il s'assit et passa sa commande, apparemment pour le seul plaisir de dévorer Anna Rose des yeux. Celle-ci se tenait dans la salle avec quelque nervosité, mais quelle aurait été son inquiétude si elle avait lu dans ses pensées !

Flynn possédait les documents de gage mais préférait les garder pour plus tard. *Voyons d'abord ce que la belle pense de moi...* songea-t-il. Il était toujours déterminé à se venger de Sinclair : quelle meilleure arme contre lui que la femme qu'il aimait ?

— Anna Rose Flynn, murmura-t-il entre ses dents avant de prendre congé. Voilà qui ne sonne pas mal...

Anna Rose, de son côté, n'était pas dupe : Flynn avait inventé l'histoire de son ami mourant. Quoi qu'il en soit, il semblait assagi, plus mûr, bref : plus sympathique.

Il lui faisait une cour assidue mais honnête. Pourtant elle ne l'encourageait pas, pensant avant tout à sa fille. Mais rien ne le dissuadait et il devint son chevalier servant une journée et un soir par semaine, l'emmenant pique-niquer et en promenade, l'invitant au théâtre ou au restaurant.

Une chaude soirée d'été où les deux amis se trouvaient encore sous le charme de *Roméo et Juliette*, Flynn décida de pousser son avantage le plus loin possible...

Comme ils traversaient Battery Park à pas lents et sans mot dire, le frou-frou de la robe d'Anna Rose brisant seul le silence, Michael resserra soudain son étreinte et proposa de s'asseoir. Anna Rose ne protesta pas, surprise par l'urgence de sa voix.

— Je voudrais vous parler, expliqua-t-il.

Pourtant il resta longtemps sans rien dire, se contentant de la caresser du regard. Finalement, elle ne put en supporter davantage.

— Qu'est-ce qui vous préoccupe, Michael ?

— Vous ! répliqua-t-il avec passion. Ne vous êtes-vous rendu compte de rien ? Je vous aime, Anna Rose ! Depuis ce premier instant, chez madame Tibbs. Mais bien sûr, il était trop tôt après la mort de votre époux. J'ai attendu, je vous ai laissé le temps. Puis vous avez disparu et j'ai cru devenir fou ! Je vous ai cherchée sans relâche, je n'en dormais plus... Mais maintenant que nous sommes ensemble, je vous dois la vérité : voulez-vous m'épouser, Anna Rose ?

Elle le regarda, interdite. Comment avait-elle pu s'aveugler à ce point ? Effectivement, en repensant aux attentions dont Flynn l'entourait depuis ces derniers mois, il était clair qu'il se conduisait comme un soupirant. N'avait-elle pas molli à son égard, du reste ? Et c'était bien naturel : il était si bon, si généreux. Mais alors, pourquoi son cœur ne battait-il pas plus vite ?

Il se pencha vers elle et posa amoureusement sa bouche sur la sienne tandis que ses mains s'égaraient sur les épaules nues. Anna Rose frémit. Quelque chose en elle s'éveillait après un long sommeil. Des souvenirs lui revenaient : les yeux bleus de Rory près de la rivière avant leur premier baiser, son visage pendant leur nuit de noces, son corps torturé lorsqu'il agonisait sur le pont. Puis une ombre vint brouiller ces images, des yeux noirs et une bouche impérieuse, troublante... Elle frissonna, envahie par l'émotion, le cœur battant, luttant contre le vertige qui la saisit quand elle sentit les mains de Flynn sur sa peau.

Elle se dégagea brusquement.

— Non ! Je vous en prie, s'écria-t-elle en se mordant les lèvres.

Flynn lui sourit avec complaisance, fier de l'effet qu'il produisait sur elle. Il lui prit tendrement la main :

— Pardonnez-moi, ma chérie. Je ne voulais pas vous bouleverser.

— Mais non, vous n'y êtes pour rien.

Flynn fronça les sourcils, dépité. Comment cela, pour rien ? Elle se tourna vers lui, les larmes aux yeux.

— Vous êtes un ami très cher, Michael, et je sais que vous me comprendrez : il me faut encore quelque temps. Votre offre est venue si vite...

— Votre époux est mort depuis plus d'un an, Anna Rose. Ce deuil a assez duré ! (Il s'interrompit, tâchant de se maîtriser. Il avait cru qu'elle accepterait d'emblée.) Mais naturellement, je peux attendre. Une seule chose, ma chérie : ne me faites pas languir trop longtemps...

Anna Rose ne se confia pas même à Mavis. Cependant son tracas n'échappa à personne : elle se trompait en rendant la monnaie, oubliait les noms des habitués, paraissait absente... Outre Flynn, elle devait maintenant prendre une décision concernant Heather — et Hugh hantait ses pensées.

Heather : ce nom lui venait spontanément, bien que Mavis lui eût rapporté que le bébé avait été baptisé Charity. Comment aurait-elle pu accepter ce prénom infamant ? Anna Rose ignorait qu'il avait été choisi avec amour et respect en souvenir de la mère d'Angelina. En tout cas, si Heather n'était qu'une « bonne œuvre » pour les Sinclair, la situation ne durerait pas. Dès qu'Anna Rose aurait économisé suffisamment d'argent, elle chercherait à se faire engager chez Hugh et, le moment venu, lui révélerait les origines de Heather. S'il fallait travailler sept ans pour lui et sept années encore à cause de la naissance de sa fille, eh bien, tant pis !

Anna Rose réfléchissait depuis des semaines à la lettre qu'elle enverrait à Hugh. Maintenant la formulation lui paraissait bonne et elle résolut de la rédiger dès son service terminé.

Cher capitaine Sinclair,
J'ai trouvé une bonne situation au restaurant Delmonico ; pourtant j'aimerais vous proposer mes services.

J'ai appris la bonne nouvelle : vous avez le bonheur d'être père. Je vous présente, ainsi qu'à votre femme, mes sincères félicitations.

Peut-être cherchez-vous justement une gouvernante pour votre fille... J'aurais souhaité obtenir ce poste. Comme vous le savez depuis notre rencontre en Ecosse, j'ai une grande expérience dans ce domaine, ayant aidé ma mère à élever mes cinq frères et sœurs. Je pense donc que je saurai m'occuper de votre enfant.

Je ne suis pas mécontente de mon travail au Delmonico où je crois donner satisfaction mais me languis d'un foyer et d'une famille, même si je n'y suis qu'une étrangère.

Je vous remercie de l'attention que vous porterez à ma demande et reste dans l'attente de votre réponse. On peut me joindre au restaurant à toute heure.

Votre humble servante,
Anna Rose Macmillan-McShane.

Anna Rose répétait sa lettre mentalement tout en râpant du parmesan sur des tagliatelles. Mavis la ramena soudain à la réalité :

— As-tu l'intention de cuire le fromage avec les pâtes ou de le laisser fondre dans ta main ?

Depuis combien de temps Anna Rose rêvait au-dessus de la casserole, elle l'ignorait. Mais le fromage était comme de la cire molle entre ses mains.

— J'ai pris une décision, Mavis, déclara-t-elle sans préambule. Il est temps que je rejoigne Heather. Je ne peux épouser Michael Flynn.

— Mon Dieu ! s'exclama Mavis, bouche bée. Epouser Flynn ? Quelle idée ! Il n'est pas de la race des maris, celui-là... D'ailleurs, continua-t-elle dans un murmure, je sais où il avait disparu quand nous étions chez madame Vannatta : en prison ! Pour avoir triché aux cartes ! Tricheur un jour, tricheur toujours...

Mais Anna Rose n'écoutait pas, absorbée par son plan.

Chaque chose en son temps, décida Anna Rose. Elle enverrait la lettre le soir même. Puis elle découragerait Flynn le plus doucement possible. Inutile de lui expliquer ses projets en détail. D'ailleurs, il ignorait tout de l'existence de sa fille et serait capable de lui mettre des bâtons dans les roues par simple jalousie. Flynn était tellement imprévisible...

De fait, quand elle lui expliqua qu'il serait l'homme de son choix si elle devait se remarier mais qu'elle comptait rester seule pour le moment, il ne voulut rien entendre :

— Je comprends, déclara-t-il. J'attendrai : nous avons tout le temps et je ne voulais pas vous bousculer. C'est simplement que je suis amoureux pour la première fois de ma vie !

— Mais Michael... voulut-elle objecter.

Il lui ferma la bouche d'un baiser passionné avant de quitter le restaurant.

Le messager qui avait reçu un généreux pourboire délivra sa missive le soir même et en main propre, refusant de la confier au majordome.

— Mes instructions sont de la remettre au capitaine Sinclair et à personne d'autre.

Chadwick protesta en vain et, intimant finalement au coursier d'attendre dans le couloir, alla chercher son maître.

— Je suis le capitaine Sinclair, annonça ce dernier d'une voix bourrue. Qui me dérange à cette heure ?

— Je ne sais pas, m'sieur, déclara le jeune homme sans perdre son aplomb. Regardez la signature !

Hugh retourna l'enveloppe et se figea soudain. Il renvoya le garçon puis alla s'enfermer dans son étude.

Anna Rose ! Flynn lui avait révélé qu'elle travaillait maintenant chez Delmonico. Alors pourquoi tremblait-il, tout à coup ? Il se laissa glisser dans un fauteuil, observant l'enveloppe encore une fois avant de l'ouvrir.

Quand Hugh avait appris où se trouvait Anna Rose, son premier mouvement avait été de courir chez elle pour la supplier de s'en remettre à lui. Mais qu'aurait pensé Angelina ? Bien entendu, elle aurait accueilli Anna Rose à bras ouverts s'il lui avait expliqué la détresse de la jeune femme. Depuis leur mariage, Hugh avait noté que son épouse était trop généreuse pour son propre bien : sa cuisine était toujours ouverte aux mendiants et autres traîne-savates qui n'avaient qu'à demander pour être servis. Sa sollicitude envers les domestiques était exagérée et les moins scrupuleux en profitaient volontiers... Si Anna Rose venait vivre chez eux, elle la traiterait comme sa propre sœur et cette situation fausse répugnait à Hugh. Serait-il capable de se maîtriser, dans ces conditions ? Angelina fermerait les yeux par pure bonté d'âme, il en était certain. Non ! La tentation serait trop grande : il ne fallait pas mettre le doigt dans l'engrenage ! Du reste, Anna Rose l'aurait peut-être éconduit...

Mais quand il lut sa lettre, son cœur battit plus vite. Anna Rose à Wall Street, avec Charity et auprès de *lui* ? Un élan de désir l'emporta soudain et il se leva brusquement, le corps en feu. Angelina cherchait justement une gouvernante...

Dans un accès rageur il froissa la lettre et jeta la boule par terre.

— Bon Dieu, Sinclair ! gronda-t-il. Où est ton honneur ?

Il se laissa retomber dans le fauteuil, brisé par cette épreuve.

— Chéri ? Tu viens te coucher ?

Hugh sursauta. Angelina se tenait dans l'embrasure de la porte. Ses yeux bleu-vert brillaient encore du désir qu'il avait éveillée en elle avant que le coursier ne les dérange. Malgré lui, Hugh caressa du regard le corps harmonieux que moulait un déshabillé de soie pêche. Son regard, son sourire, ses lèvres humides et entrouvertes, tout en elle l'invitait à l'amour. Il se leva, assailli de remords.

— Naturellement, mon amour. Je lisais seulement une lettre, expliqua-t-il en la prenant dans ses bras.

Ils échangèrent un baiser passionné. Angelina, se lovant contre sa poitrine, chatouilla son épaisse toison d'un baiser coquin.

— Rien d'important, j'espère.
— Rien ne peut compter à cet instant, ma chérie, la rassura Hugh en l'entraînant sur un sofa.

Il fit glisser l'étoffe moirée et reprit ses caresses jusqu'à ce que sa femme gémisse et se cambre de plaisir. Mais quand il la pénétra, il pensait à Anna Rose...

La réponse de Sinclair ne parvint pas à Anna Rose avant une longue semaine. Elle avait presque abandonné tout espoir quand une lettre arriva enfin.

Chère Madame,
Je ne suis pas certain que mon épouse désire prendre une gouvernante à son service. Cependant je tâcherai de me libérer demain matin pour vous recevoir.
Vous avez compris, j'espère, quelles inquiétudes votre fuite et votre disparition ont pu susciter. Pour une raison obscure, vous choisissez maintenant de donner signe de vie et supposez sans doute que j'en suis heureux. Sachez cependant que dans le cas où mon épouse et moi-même choisirions d'engager une gouvernante pour Charity, nous ne pourrions tolérer de telles inconséquences.
Je vous attendrai demain avant midi.
Je dois avouer malgré tout que je me réjouis de vous revoir, Anna Rose, après si longtemps...
Mes hommages,
                              Hugh Sinclair.

Anna Rose lut et relut la missive en tremblant. Il ne lui avait pas pardonné. Elle soupira. La fin de sa lettre était plus chaleureuse, cependant. Puis elle se secoua : elle ne cherchait pas à retrouver un amant — surtout marié. Elle avait eu le bonheur de connaître l'amour une fois déjà et se contenterait désormais du célibat.

Elle se leva et jeta un regard distrait sur sa garde-robe. Que porterait-elle pour cette première rencontre après tant de mois ? Heureusement, le lendemain était son jour de congé et elle avait décliné une invitation de Flynn.

Elle se laissa glisser sur son lit, soudain vidée de toute énergie. Elle allait enfin vivre avec sa fille, la regarder à loisir, la toucher, lui parler.

Et elle reverrait Hugh...

17

A neuf heures sonnantes aux cloches de Trinity Church, Anna Rose se tenait devant l'office de la vieille demeure hollandaise. Fallait-il se présenter à la grande porte ou à l'entrée de service ? Elle s'était longuement interrogée, décidant finalement qu'un peu d'humilité ne pourrait lui nuire, notamment auprès de madame Sinclair : jamais elle n'engagerait une domestique qui aurait le toupet de se faire annoncer comme une relation de la famille.

Et puis je viens pour Heather et rien d'autre ne compte !

Pourtant elle tremblait dans sa fine robe de laine grise. La brise de septembre était fraîche, certes, mais elle redoutait surtout l'entrevue avec Hugh. Depuis combien de temps attendait-elle ce moment ? Plusieurs semaines... Plusieurs mois, en fait. Pour être honnête, depuis qu'elle s'était enfuie de l'*Olympia* ! Saurait-elle se montrer assez forte ?

Elle se redressa et tapa à la porte. Un vieil homme aux cheveux blancs lui ouvrit presque immédiatement.

— Mademoiselle ?

— J'ai rendez-vous avec monsieur Sinclair. Je m'appelle Anna Rose McShane.

Il hocha imperceptiblement la tête et fit un pas en arrière, l'invitant à entrer. Elle s'avança sur la pointe des pieds dans la vaste cuisine où régnait un silence religieux. Puis Chadwick disparut en lui faisant signe d'attendre.

Anna Rose resta debout une éternité, examinant les poutres du plafond d'où pendaient des casseroles en cuivre et des guirlandes d'ail, d'oignons et de piments séchés. De grandes jarres d'herbes étaient disposées en haut d'un vaisselier et Anna Rose remarqua une marmite frémissante dans la cheminée, où mijotaient des légumes aux saveurs appétissantes.

Soudain une porte s'ouvrit à la volée et Anna Rose se tourna dans sa direction, croyant revoir le vieux domestique. Au lieu de quoi parut une femme trapue au visage rougeaud et aux cheveux gris coiffés d'un bonnet. Elle s'arrêta net.

— Que faites-vous dans ma cuisine, ma petite demoiselle ? lui demanda-t-elle sèchement.

— Je suis venue me présenter comme gouvernante pour mademoiselle Hea..., Charity je veux dire.

La cuisinière s'approcha, les deux mains posées sur ses hanches fort rebondies.

— Il n'y a pas de place de gouvernante ici ! Madame Sinclair reçoit toute l'aide qu'il lui faut avec moi, pour commencer, la nourrice et la bonne d'étage, qui emmène la petite en promenade le matin et le soir, déclara la cuisinière sans reprendre souffle, visiblement choquée à l'idée qu'on vienne la supplanter auprès de la petite fille. D'ailleurs, madame Sinclair n'a pas publié d'annonce, sinon je le saurais !

Anna Rose hésita un instant, impressionnée par cette virago. Ne valait-il pas mieux prendre congé avant d'être chassée ? Mais c'était Hugh qui lui avait fixé ce rendez-vous. Soudain elle entendit un cri d'enfant — son enfant !

— Eh bien, j'attendrai que le capitaine me le dise lui-même, si vous n'y voyez pas d'inconvénient.

La cuisinière se mit à grogner, si menaçante qu'Anna Rose crut qu'elle allait la jeter dehors. Heureusement Chadwick revint au même instant.

— Le capitaine Sinclair va vous recevoir dans la bibliothèque, madame McShane. Si vous voulez bien me suivre.

Anna Rose résista à l'envie de décocher un regard de triomphe à la cuisinière. La partie n'était pas gagnée, loin de là. Inutile de se faire une ennemie de la cuisinière, surtout si elle était engagée !

Anna Rose s'était préparée à la rencontre — mais elle avait sous-estimé ses émotions. Elle trouva Hugh au centre d'une vaste pièce lambrissée de chêne. Des étagères chargées de livres couraient le long des murs jusqu'au plafond, le long d'une galerie en mezzanine. Il avança vers elle en souriant et elle crut défaillir, glacée d'angoisse.

Impossible de maîtriser son tremblement... Son regard pénétrant, la tendresse de son visage buriné quand il baissa les yeux vers elle, l'attirance magnétique qui s'exerçait même s'ils se tenaient à distance... Hugh était toujours celui qui l'avait ensorcelée depuis leur première rencontre, qui avait à tout jamais enflammé ses sens par un baiser passionné.

— Anna Rose... Est-ce vraiment vous ? Après tout ce temps ?

Il ne lâchait pas sa main, achevant de la troubler complètement. Elle détourna la tête et son baiser ne rencontra que ses cheveux. Elle recula précipitamment.

— Oui, capitaine, répliqua-t-elle d'une voix apparemment sereine.

Il fronça le sourcil, contrarié par la politesse forcée de sa visiteuse.

— Allons, Anna Rose, ne soyez pas si distante. Je reconnais que ma propre lettre était assez froide mais vous m'aviez pris au dépourvu. Appelez-moi Hugh comme par le passé, voulez-vous ?

Elle baissa les yeux, incapable de soutenir son regard insistant.

— Les circonstances ont bien changé, capitaine. Aujourd'hui je viens solliciter une place de domestique dans votre maison.

Hugh Sinclair se maîtrisait à grand-peine. Il avait évité les abords de South William Street depuis qu'il savait qu'Anna Rose s'y trouvait, ne devinant que trop bien comment il réagirait à son apparition. Trop de démons le taquinaient, trop de rêves le hantaient pour qu'il ignore l'évidence.

Ces derniers mois de vie conjugale lui avaient appris une chose : il n'aimait pas Angelina comme un véritable époux et cela lui serait refusé tant qu'Anna Rose vivrait ! Ce mariage était une tragique erreur. Leurs proches continuaient à s'émerveiller sur leur couple et Hugh s'appliquait à son rôle sans faillir. Mais il vivait un enfer quotidien, torturé par le remords s'il négligeait Angelina, assailli de scrupules dans le cas contraire. Traître et coupable, il vivait dans le mensonge, qu'il s'agisse de sa femme légitime ou d'Anna Rose, son seul amour.

La nuit où il reçut son message, il se jura de l'oublier, s'interdit d'y répondre. Plusieurs jours passèrent, puis il n'y tint plus : feignant l'honorable inquiétude d'un père et d'un mari, il avait évoqué la proposition d'Anna Rose devant sa femme. La veuve d'un ancien ami... Quelle parfaite gouvernante pour leur petite fille ! Angelina avait approuvé son projet sans réserve et Hugh avait failli devenir dupe de ses propres prétextes.

Mais maintenant elle se tenait devant lui et le fixait de ses yeux verts et légèrement voilés, attendant sa réponse. Le soleil matinal accrochait des rayons dorés et des paillettes vives à l'onde de ses cheveux; ses lèvres humides se tendaient en une légère moue qu'il eût aimé effacer d'un baiser. Non. Ce n'était ni le père ni le mari qui la recevait...

— J'ai entendu dire que vous aviez un bébé, hasarda Anna Rose, décontenancée par le long silence de Hugh.

— Oui. En effet, reprit Hugh d'une voix normale. Un véritable miracle! Quelque malheureuse l'aura abandonné sur nos marches.

Il raconta toute l'histoire sans lui épargner le moindre détail, soulagé de se trouver en terrain plus sûr. Anna Rose se raidit, trop au fait des événements. Pourtant le pire ne lui fut pas épargné. Quand Hugh évoquait Charity, sa voix était empreinte d'un tel amour qu'elle ne put en écouter davantage, en proie à une jalousie irraisonnée. *Charity est ma fille!* aurait-elle voulu lui crier. Mais Hugh continuait, tout au récit attendri de sa nouvelle vie. Elle regarda dehors, suivant des yeux les arabesques des feuilles mordorées que l'automne détachait des arbres. Un jour, elle emmènerait sa fille en Ecosse danser aux cornemuses des hautes landes.

Seul le nom d'Angelina la tira de sa rêverie:

— Angelina aime cet enfant comme s'il était le sien. Voyez-vous, elle a récemment perdu un bébé et ne sera vraisemblablement jamais mère.

Anna Rose, à bout de nerfs, les larmes aux yeux,

voulut intervenir, mais Hugh poursuivit sans s'en apercevoir :

— Je dois avouer que je me suis attaché à Charity comme si elle était de mon propre sang. Je me suis d'abord opposé à son adoption, mais maintenant je ne saurais plus vivre sans elle.

Anna Rose se détourna un instant, la gorge nouée. Comment lui annoncer que Charity était sa fille ? Qu'elle voulait la reprendre ? Et de quel droit, à présent ? Elle devait la vie de sa fille à Hugh et Angelina Sinclair.

Hugh se força à rire.

— Vous devez penser que je radote, n'est-ce pas ? Un vieux loup de mer comme moi...

Anna Rose se laissa glisser dans un fauteuil, les yeux fixés sur son mouchoir bordé de dentelle.

— Les bébés produisent cet effet-là, en général. Il n'y a pas à se le reprocher.

— Oh mais non ! Je crierais volontiers sur les toits que j'aime ma fille plus qu'aucune autre femme au monde... sauf une, Anna Rose, acheva-t-il dans un murmure.

Elle ne vit pas le regard qui s'appesantissait sur elle mais se leva brusquement, soudain désireuse de clore leur entrevue.

— Capitaine Sinclair, je ne veux pas vous importuner trop longtemps... (Elle respira profondément, prête à se battre pour obtenir le poste à tout prix puisqu'elle ne pouvait plus lui avouer la vérité.) Ainsi que je vous l'ai écrit, je cherche un emploi plus calme que celui que j'occupe actuellement chez Delmonico. Je connais bien les enfants. Comme vous le savez, j'ai eu cinq frères et sœurs.

Hugh se mit à rire, revoyant la joyeuse bande de garnements.

— Fine équipe ! Ils doivent vous manquer.

— En effet, répliqua-t-elle doucement sans rencontrer son regard. C'est peut-être la raison pour laquelle je cherche une famille. J'aimerais devenir la gouvernante de votre fille. Puisque je vous dois sept années de service, de toute manière...

Hugh se dressa.

— Vous ne me devez rien du tout ! Oubliez ces fichus documents de gage !

La porte s'ouvrit soudain et Angelina parut, un bébé dans les bras.

— Mon chéri, commença-t-elle. Oh, excusez-moi. Je suppose que voici la personne dont m'a parlé la cuisinière, fit-elle en apercevant Anna Rose.

Angelina lui sourit, ravissante dans la robe de soie qu'elle avait choisie de la même nuance que ses yeux saphir.

— Bonjour, je suis madame Sinclair, reprit Angelina.

Mais Anna Rose restait muette, ne voyant que l'enfant — Heather !

— Ma chère, je vous présente Anna Rose McShane, intervint Hugh pour combler le silence.

— McShane ? s'exclama Angelina avec un sourire radieux. L'épouse du jeune Rory ? Je me souviens, maintenant. Vous nous aviez même raconté le mariage. Il faut me pardonner, Anna Rose, je n'avais pas fait le rapprochement, dit-elle en se tournant vers la visiteuse. Quelle chance ! J'aurais le sentiment de confier Charity à un membre de la famille si vous restiez chez nous.

— N'allons pas trop vite, conseilla Hugh. Nous devrions peut-être réfléchir encore.

Anna Rose baissa les yeux, humiliée de voir ses mérites discutés devant elle.

— Je ne pense pas, déclara Angelina. Je suis certaine que vous vous entendez bien avec les enfants, poursuivit-elle en s'adressant à Anna Rose. Il suffit de vous voir : vous avez le visage souriant, le regard franc, ouvert, généreux... C'est le destin qui vous envoie ici ! Tous les domestiques adorent Charity, mais il est temps qu'elle ait sa propre gouvernante. J'espère que mon époux va vous engager sans attendre. Pour ce qui me concerne, l'affaire est réglée.

Anna Rose ne sut quoi dire, partagée entre l'embarras où la plongeait ce discours élogieux et le désir de prendre sa fille dans ses bras. Levant les yeux vers Angelina, elle se surprit à la trouver profondément sympathique. *Elle ne ferait pas de mal à une mouche*, songea-t-elle, *elle est sincère et généreuse*.

— Nous étions seulement en pourparlers, précisa Anna Rose.

— Alors c'est arrangé, vous êtes prise ! conclut Angelina avec un regard si tendre pour son mari qu'Anna Rose se sentit importune. N'est-ce pas, chéri ?

Hugh se rembrunit. Visiblement il ne partageait pas l'avis de son épouse. Il paraissait pourtant si favorable à cette idée à peine quelques minutes auparavant !

— Je sens que nous allons devenir amies, poursuivait Angelina pour achever de convaincre son époux. Il y a tant de douceur en elle... Elle sera parfaite pour s'occuper de Charity.

Hugh poussa un soupir de contrariété, évoquant malgré lui les douceurs d'un tout autre ordre qu'il avait pu goûter chez Anna Rose. Comment pourraient-ils vivre ensemble sous le même toit ? Mais levant les yeux, il rencontra le regard insistant, quasiment impérieux, de sa femme. Cette pénible scène avait assez duré.

— Comme vous voudrez, Angelina, céda-t-il en haussant les épaules. *Et Dieu nous vienne en aide*... conclut-il en son for intérieur.

Angelina lui dédia un sourire rayonnant avant de tendre l'enfant à sa nouvelle gouvernante.

— Charity, je te présente Anna Rose.

Au comble de l'émotion, Anna Rose se pencha vers le visage le plus ravissant au monde, détaillant ses yeux bleus, effleurant le petit nez retroussé et caressant les joues douces comme des pétales de rose. Cette fois, elle ne put retenir ses larmes et berça doucement Charity en chantonnant une comptine. Le reste du monde avait disparu.

— Eh bien, je vois que vous aimez déjà ma fille, intervint Angelina.

Anna Rose la regarda à travers ses larmes.

— Merci, madame Sinclair. Merci pour tout.

Anna Rose quitta Charity à grand-peine pour retourner chez Delmonico : il fallait prévenir ses employeurs, préparer ses bagages et surtout prendre congé de Mavis, sa fidèle compagne d'infortune.

Mavis l'embrassa, les larmes aux yeux.

— Je suis tellement soulagée, Anna Rose ! J'ai eu tant de remords d'avoir abandonné ton bébé...

— Il ne faut pas, Mavis, la gronda doucement Anna Rose. Tu lui as sauvé la vie, n'oublie pas, et la mienne également. Je t'en garderai une reconnaissance éternelle.

— Et comment sont les Sinclair ? interrogea Mavis tandis qu'Anna Rose empaquetait ses effets.

— Le capitaine a son franc-parler et il est assez brusque. Mais la petite Charity le mène par le bout du nez...

— Et madame Sinclair ? aventura Mavis.

— C'est difficile à dire, répliqua Anna Rose en cherchant ses mots. Elle m'a traitée comme une brebis égarée, un membre de la famille enfin retrouvé. Au début, elle m'a paru très frivole mais c'est elle qui dirige la maisonnée, apparemment. Hugh voulait réfléchir à ma candidature, en discuter, me faire attendre. Je ne crois pas qu'il souhaite ma présence chez lui.

— Et pourquoi cela ? Il a toujours les documents de gage, je suppose.

— C'est la deuxième énigme, répliqua Anna Rose en s'immobilisant. Il m'a dit qu'il ne fallait plus y penser. Du reste il paraissait d'abord heureux de me revoir. Il s'est même excusé d'avoir écrit une lettre aussi froide. C'est seulement quand sa femme est arrivée qu'il... Mais oui, s'écria Anna Rose, son attitude a changé du tout au tout à partir de ce moment-là !

— Oh la la... gémit Mavis. Cela s'annonce mal.
— Pardon ?
— Tu aimais le capitaine, si je ne m'abuse...
— Pas du tout ! Je n'ai jamais rien dit de pareil ! protesta Anna Rose.
— Il n'y avait qu'à te regarder la première fois que nous sommes allées à Wall Street ! Et lui, t'aimait-il ?
— Tu me poses de ces questions ! s'indigna Anna Rose empourprée de gêne.
— Alors ?
— Il ne s'est jamais déclaré, en tout cas, murmura Anna Rose en se concentrant sur le dernier jupon qu'elle pliait dans son sac. Il m'a proposé le mariage, mais seulement par sens du devoir.
— Et quand tu as refusé, il en a épousé une autre par dépit. C'est classique.
— Je te trouve bien jeune pour tenir de tels propos, réagit Anna Rose.
— Tu aurais dû en voir certains, chez la veuve Tibbs, qui venaient d'éprouver une déception amoureuse. Ils se seraient mariés avec des filles de chez nous si leur entourage les avait laissés faire. Une fois qu'un homme est mûr, rien ne l'arrête.

Anna Rose se força à rire.

— Je ne crois pas que Hugh m'ait jamais aimée, de toute manière.
— En es-tu bien certaine ?

Anna Rose resta silencieuse, méditant les dernières paroles de son amie. L'amour était chose complexe : elle n'avait compris que trop tard son amour pour Hugh et lui-même était un homme taciturne qui ne livrait ses propres sentiments qu'avec difficulté.

— Peut-être m'aimait-il, murmura finalement Anna Rose.

— Et peut-être t'aime-t-il encore, conclut son amie.

Anna Rose reprit la route de Wall Street en proie à des émotions contradictoires. Si Mavis disait vrai, elle devrait se tenir sur ses gardes en permanence : son objectif était de retrouver sa fille, pas de semer la discorde dans le couple d'Angelina Sinclair. Ses sentiments passés pour Hugh ne devaient en aucun cas interférer.

Anna Rose gravit les marches de la vieille demeure et tendit la main vers la porte, qui s'ouvrit toute seule de l'intérieur. Hugh se tenait devant elle, le visage sévère. Mais son regard s'adoucit en se posant sur elle, la faisant frémir de tout son être.

— Vous avez été bien longue, Anna Rose. J'ai eu peur que vous changiez d'avis et ne reveniez pas.

— Je ne me suis absentée qu'une heure.

Elle voulut passer mais il bloquait son chemin.

— Je vous en prie. Je voudrais monter à ma chambre.

— Naturellement.

Il plongea son regard dans le sien et ajouta d'une voix rauque :

— Je suis heureux de vous avoir parmi nous, Anna Rose.

Elle gravit les escaliers en hâte, le cœur battant la chamade. Tout ce que Mavis lui avait prédit lui revint soudain. Mon Dieu ! Comment allait-elle aborder cette situation ? Elle ne pouvait s'autoriser à ressentir quoi que ce soit pour lui !

Mais comment s'empêcher de l'aimer ?

18

Assise au soleil dans le jardin, Anna Rose hésitait entre sa fierté maternelle et la honte de sa propre lâcheté en regardant sa fille dormir dans le landau. Elle travaillait chez les Sinclair depuis trois mois et n'avait toujours pas trouvé le courage d'avouer la vérité à Hugh. Quant à évoquer le sujet devant Angelina, c'était hors de question. Madame Sinclair avait adopté Anna Rose au même titre que Charity et sa générosité ne connaissait pas de bornes.

Anna Rose soupira. Elle avait envisagé de s'enfuir en pleine nuit avec le bébé. C'était la simplicité même, à deux détails près : elle ne pouvait récompenser tant de bonté par un acte aussi vil ; d'autre part... elle ne pourrait plus vivre loin de Hugh. Même s'il paraissait heureux avec une femme qu'Anna Rose aimait et respectait, la jeune femme ne voulait pas le quitter.

Rien ne s'était passé entre Hugh et elle depuis le baiser qu'elle avait refusé dans la bibliothèque, le premier jour. Mais Anna Rose sentait monter une tension entre eux. Simple désir physique ou lien émotionnel intense, elle n'aurait su le dire. Pourtant, elle avait l'intuition que Hugh livrait une bataille intérieure et qu'il perdait sans cesse du terrain. Cette impression la rendait plus vigilante et elle le surprenait fréquemment à la considérer du regard insistant, presque interrogateur, qu'elle connaissait si bien. Il la faisait trembler — de peur ou d'excitation ? — tout comme la première fois, à l'auberge.

Il y avait pire : à sa grande honte, Anna Rose attendait elle-même avec ferveur qu'il se produise quelque chose ! Elle savait quel était son devoir. Mais le moment venu, aurait-elle la volonté de s'y tenir ?

Elle s'adossa contre le tronc d'arbre qui se dressait derrière le banc, ramenant contre elle les plis de la mante de cachemire bleu ciel que les Sinclair lui avaient offerte. Elle ferma les yeux.

— Que dois-je faire ? soupira-t-elle. Mon Dieu...

Hugh Sinclair s'était enfermé dans sa bibliothèque pour ruminer de sombres pensées. Heureusement, personne encore n'avait deviné les raisons de son trouble. Angelina attribuait ses longs silences à des préoccupations d'ordre professionnel. Ce faux-semblant lui permettait également de fuir son lit sans explication supplémentaire. Les domestiques l'évitaient, craignant sans doute une explosion de colère. Seule Anna Rose paraissait ne rien remarquer.

Elle se consacrait exclusivement à Charity et

oubliait le reste du monde. Même Angelina était frappée par son dévouement.

— C'est la Providence qui nous l'a envoyée ! s'exclamait-elle souvent. Anna Rose est une seconde mère pour notre fille...

— La Providence... La main du Diable, oui ! s'exclama Hugh en arpentant nerveusement la bibliothèque, incapable de remettre de l'ordre dans ses pensées. Il balaya son bureau d'un geste furieux et s'effondra dans un fauteuil, abattu. Il n'était plus maître des sentiments qui l'assaillaient depuis des semaines.

L'irruption de Flynn dans leur univers n'avait rien arrangé. Hugh avait d'abord favorisé les sorties en ville de son vieil ami avec la nouvelle gouvernante, espérant ainsi se détacher plus facilement d'Anna Rose. Mais en réalité, il était devenu fou de jalousie ! La première soirée, il avait fébrilement attendu leur retour comme un père acariâtre, incapable de simple politesse envers Flynn quand il avait enfin ramené Anna Rose. Celle-ci n'en avait rien laissé paraître, mais elle devait être furieuse — à juste titre ! Pourtant Hugh était incapable de se contrôler.

Les rideaux rouge sombre étaient fermés, alourdissant encore la lugubre atmosphère de la pièce. Le soleil était au zénith et l'air vif et piquant annonçait l'hiver mais Hugh évoluait dans une nuit épaisse. La veille au soir, il était monté devant la porte d'Anna Rose, prêt à tout lui avouer ; il avait levé la main pour frapper... Une demi-heure s'était écoulée avant qu'il ne redescende dans sa chambre, brisé par cette épreuve.

Il se renversa contre son dossier et ferma les yeux. Immédiatement l'image d'Anna Rose vint l'obséder.

— Bon Dieu ! s'exclama-t-il en se redressant. (Il enfouit sa tête entre ses mains, tâchant d'effacer sa vision.) Quel misérable je fais... Je suis passé à côté de la catastrophe, hier soir !

Il tira brusquement les rideaux, espérant inonder la pièce d'un flot de lumière pure, mais étouffa aussitôt un juron.

Elle était là, adossée à un arbre et savourant la caresse du soleil sur sa peau, souriant de plaisir. Fasciné par ce spectacle, il se résigna soudain. Comment lutter contre le destin ? Il n'était qu'un pauvre mortel...

Quelques soirs plus tard, Hugh rentra chez lui fourbu après une longue journée de labeur à la compagnie Townsend. Ses responsabilités au sein de la firme s'étaient récemment accrues depuis que le père d'Angelina avait souhaité se retirer et confier les affaires à son gendre. Hugh avait saisi l'occasion avec reconnaissance, y voyant le moyen d'échapper à sa torture quotidienne : il ne passait plus ainsi que très peu de temps sous le même toit que les deux femmes et occupait son esprit ailleurs.

Pourtant, s'il avait espéré trouver un peu de sérénité chez lui, ses espoirs furent rapidement déçus : la maisonnée était dans un état de surexcitation inhabituelle.

— Chéri ! l'accueillit Angelina avec un rapide baiser, les yeux étincelants, nous avons une surprise pour vous !

Il jeta un regard las sur la nouvelle robe de son épouse, un satin bronze très seyant.

— Ravissant, ma chère, approuva-t-il. Mais dois-je admirer toutes vos emplettes à l'instant ?

Hugh savait que la *North Star* venait d'accoster à New York en provenance de Paris avec un précieux chargement : les derniers modèles de la haute couture française ! Angelina l'avait annoncé la veille avec une joie enfantine et visiblement, elle était ravie de ses achats.

— Mais non, chéri, je ne vous imposerai pas de défilé ce soir. Il s'agit d'autre chose. Michael emmène Anna Rose à l'Opéra.

— Fantastique ! grommela Hugh entre ses dents.

Mais Angelina poursuivit sans attendre.

— Anna Rose avait besoin d'une robe à la hauteur des circonstances. Donc...

Déjà, il n'entendait plus rien : Anna Rose venait de paraître, sculpturale dans une robe décolletée de soie crème. Il retint sa respiration, saisi par tant de beauté. Mais devinant que son épouse lui jetait un regard étonné, il se reprit. Angelina avait dû sentir qu'il s'éloignait d'elle, tant sur le plan sentimental que physique, et tôt ou tard, elle comprendrait tout.

— Bonsoir, murmura Anna Rose avec timidité.

Il frémit à la caresse de sa voix, parcouru d'une vague de désir, et capta le regard vert, sous son impérieuse emprise.

Anna Rose rougit. Pourquoi la contemplait-il ainsi devant sa femme ? Il ajoutait à sa gêne de porter cette robe du soir, achetée aux frais des

Sinclair ! Elle n'en voulait pas, du reste, mais Angelina n'avait pas démordu de son caprice.

— Eh bien, répondez-lui, mon ami, intervint cette dernière. Anna Rose vous a souhaité le bonsoir.

Hugh fit un signe de tête, peinant à retrouver sa voix. Mais Angelina avait repris ses interminables bavardages et son époux resta muet, détaillant Anna Rose, les courbes de son corps esquissées par la soie, sa gorge rosie par l'émotion, la peau laiteuse de ses seins gonflés par le corset.

Il ne s'était permis aucune liberté avec elle lorsqu'il l'avait soignée sur l'*Olympia*, se bornant à apaiser d'eau fraîche ses membres baignés de sueur. Cependant, il l'avait vue, il avait respiré son parfum, senti son cœur palpiter et ces souvenirs suffisaient à l'enfiévrer. Ce soir, elle paraissait dans une robe raffinée, les cheveux bouclés, poudrée, maquillée. Mais il n'avait qu'à fermer les yeux pour l'imaginer nue. Un désir fou enflamma ses sens.

Anna Rose sentit son trouble et frissonna à son tour. Comment osait-il la fixer ainsi devant Angelina ? Il la déshabillait du regard avec lenteur, parfaitement indifférent à la situation. Et Anna Rose savourait cette caresse, offerte à ces baisers immatériels, bientôt gagnée par le même élan.

On frappa bruyamment à la porte et Anna Rose sursauta.

— C'est sans doute Michael ! J'ai hâte de voir sa réaction, s'écria Angelina. Il va être ravi. Vous ferez le plus beau couple de la soirée, c'est sûr !

Flynn ne dissimula pas son admiration et se

hâta d'enlever Anna Rose à ses hôtes comme s'il ne pouvait contenir son impatience. Hugh, tenaillé par la jalousie, se montra odieux avec lui et lui recommanda sévèrement de ramener son invitée avant minuit.

— Mon cher, aventura Angelina quand le couple fut parti, vous avez été bien impoli avec Michael, me semble-t-il. Il n'a plus l'âge de recevoir de tels conseils et Anna Rose peut disposer de ses soirées de congé à sa guise !

Hugh étouffa sa réponse, grognant intérieurement. Mais comme sa femme prétextait la fatigue des courses pour se coucher tôt après le dîner, il s'enferma dans la bibliothèque en écoutant les minutes s'égrener sur la pendulette de la cheminée.

Ce soir-là, Michael Flynn manifesta les attentions les plus tendres envers Anna Rose. Il se montrait toujours courtois et spirituel mais redoubla encore de galanterie, comme pour l'étourdir.

Après le spectacle, il l'emmena boire du champagne dans un café très couru où ils purent s'isoler de la foule dans un salon particulier. Comme ils savouraient le vin, Flynn posa sa main sur la sienne. Surprise, elle leva les yeux vers lui, rencontrant un regard brûlant de désir.

— Ma chérie, susurra-t-il, je ne peux plus attendre. Vous êtes si belle, ce soir ! Je n'y tiens plus. (Il baisa le bout de ses doigts avec passion.) Je vous aime tant !

Anna Rose se sentit rougir. Elle n'avait pas oublié sa demande en mariage mais avait reculé le moment de prendre une décision. La situation actuelle lui convenait très bien. Mais bien sûr, pour Michael Flynn, c'était injuste. Elle ne voulait pas le bercer de fausses espérances.

— Anna Rose, n'avez-vous rien à me dire ? la supplia-t-il.

— Pardon. Je réfléchissais.

— Vous ne savez quoi me répondre, gémit-il. Mais pourquoi ?

Anna Rose eut soudain envie de pleurer : il fallait lui faire comprendre qu'elle ne l'épouserait jamais — mais ses larmes étaient pour Hugh et leur amour impossible.

— Si, Michael, je sais. C'est ce qui rend ma situation intolérable. Si seulement je pouvais me confier à quelqu'un !

Il se rapprocha d'elle et glissa un bras protecteur sur ses épaules nues.

— Eh bien, parlez-moi. Vous ne trouverez pas d'oreille plus complaisante. Je suis sûr que je peux tout comprendre. Au moins, j'essaierai.

Ce cher vieil ami ! songea Anna Rose avec une bouffée de tendresse. Et sans réfléchir, elle commença son récit, remontant à son mariage avec Rory et à l'étrange effet que lui avait produit Hugh dès leur première rencontre.

— Hugh est un grand séducteur, ma chère. Rien d'étonnant à ce qu'il vous ait troublée le jour même de votre mariage. Mais quel goujat de se permettre de telles libertés alors que vous étiez si vulnérable, si désespérée, le soir de votre nuit de noces !

Anna Rose défendit Hugh avec ardeur. Comme Flynn paraissait soudain moins bienveillant, elle se hâta de poursuivre, évoquant la mort de son époux, sa longue maladie et les soins du capitaine. Elle conclut sur la naissance de sa fille, se lamentant sur la tragédie de son abandon chez les Sinclair.

— C'est sa place, non ? commenta Flynn d'un air entendu.

Elle ne sut quoi répondre, déconcertée. Enfin elle en arriva à l'offre de Flynn.

— Voyez-vous, Michael, ma décision est prise, malheureusement. Je vous aime beaucoup : vous vous êtes montré si bon avec moi ces mois derniers. Je voudrais pouvoir répondre à votre amour. (Elle évita son regard, craignant d'y lire trop de chagrin.) Mais il ne serait pas honnête de vous épouser. Votre vie serait un enfer.

Flynn embrassa son épaule nue.

— Comment pouvez-vous dire une chose pareille ? Je vous aime assez pour deux. Et une fois que nous serons mariés, vous oublierez Sinclair.

Profitant de leur intimité, Flynn lui prit la bouche en un baiser passionné et glissa une main contre sa poitrine palpitante. Elle voulut reculer mais se laissa prendre au plaisir de ces caresses viriles. Pourtant son trouble s'évanouit très vite, laissant place à un cruel sentiment de manque. Elle ne pensait qu'à Hugh.

— Je vous en prie, Michael, il est tard. Rentrons.

— Très bien, dit-il, soudain solennel. Mais écoutez-moi, mon amour : je ne peux considérer ce que vous venez de me dire comme un refus définitif. Ne gâchez pas votre vie pour un homme marié et comblé ! Vous allez dépérir à attendre l'impossible... Laissez-moi vous rendre heureuse. Je vous offre tout l'amour du monde...

Anna Rose était visiblement émue, comme prévu, nota Flynn avec satisfaction dans la voiture qui les ramenait. Elle n'était pas facile à influencer mais il avait trouvé la faille : elle était restée sans homme trop longtemps... Il suffisait maintenant de garder le même rôle et elle lui tomberait dans les bras tôt ou tard.

D'autre part, Flynn était certain que Hugh lui avait menti : le capitaine avait abusé d'Anna Rose ! Qui espérait-elle duper en prétendant que Rory était le père de sa fille ? Il avait failli éclater de rire. Mais Sinclair le soupçonnait-il seulement ?

Anna Rose quitta Michael dans un pénible état de confusion. Etait-ce le champagne ou son compagnon ? Il l'avait étourdie de baisers, lui agaçant les sens et la laissant insatisfaite. Il avait effleuré ses seins en ouvrant la portière, jetant en elle un profond trouble que la jeune femme ne parvenait pas à dissiper. Elle souhaita soudain trouver un apaisement dans le sommeil, dormir et tout oublier.

Elle se glissa discrètement à l'intérieur, à cause de l'heure tardive. Le vestibule était plongé dans la pénombre. Seule la flamme d'une lampe frissonnait sur l'escalier, sans doute posée là par une main prévoyante. Elle se dirigea vers les marches.

Soudain une silhouette se dressa devant elle et elle étouffa un cri de frayeur.

— Il est tard, observa Hugh d'une voix rauque.

S'accoutumant à l'obscurité, Anna Rose remarqua qu'il tenait un verre de cognac à la main. Il portait la robe de chambre de velours gris que son épouse lui avait offerte le mois précédent pour son anniversaire. Anna Rose en avait elle-même brodé le monogramme d'or. Maintenant les initiales luisaient faiblement, lui rappelant la douceur de l'étoffe contre sa peau. Le regard d'Anna Rose se perdit dans l'échancrure du peignoir largement entrouvert, y découvrant une toison brune et bouclée. Mi-choquée, mi-déconcertée, elle détourna les yeux.

— Pardonnez-moi, je vous ai réveillé, murmura-t-elle d'une voix hésitante.

— Non, je vous attendais, corrigea-t-il en s'approchant d'elle.

— Eh bien, me voici saine et sauve. Vous pouvez aller rejoindre votre épouse, maintenant.

Il la dominait de toute sa taille. Un sourire cruel se forma lentement sur ses lèvres.

— Je ne crois pas que mon épouse aimerait que je l'importune à cette heure-ci. Du reste, nous avons quelques affaires en suspens à discuter, madame McShane.

Il n'était pas ivre mais elle eut soudain peur de lui et battit en retraite, reculant involontairement dans le petit salon.

— Hugh, je vous en prie...

— Vous me priez de quoi ? gronda-t-il en la suivant pas à pas. De vous laisser en paix ? De ne plus penser à vous ? De ne plus vous aimer ? Mais c'est impossible...

Anna Rose frémit. Ainsi le moment attendu et redouté était arrivé. Brusquement Hugh se retourna et verrouilla la serrure.

— Hugh ! s'écria-t-elle, alarmée. Laissez la porte ouverte !

Mais il se contenta de sourire et fut près d'elle en trois enjambées. Il étreignit ses épaules nues avec passion.

— Vous me faites mal ! suffoqua-t-elle sous la brûlure.

Il la lâcha si brutalement qu'elle chancela, prisonnière de son regard noir de fureur.

— Pourquoi êtes-vous revenue, Anna Rose ? demanda-t-il d'une voix égale qui l'effraya plus qu'un éclat de colère.

— Il le fallait. C'est tout. Il le fallait, Hugh.

— Votre retour m'a bouleversé, Anna Rose ! Angelina et moi avions trouvé une forme d'équilibre et vous venez tout gâcher !

Elle rougit, un instant terriblement honteuse. Puis son propre ressentiment l'emporta. Il n'avait pas le droit !

— Il suffit, Hugh ! Je ne me suis pas interposée entre vous deux. Je n'ai rien fait pour vous provoquer et si cela peut vous tranquilliser, je me marierai moi-même bientôt.

Hugh accusa le coup.

— Non ! balbutia-t-il douloureusement.

— Et pourquoi pas ? Michael Flynn m'a demandée en mariage il y a quelque temps et ce soir, il a voulu connaître ma réponse.

— Mais vous ne l'avez pas donnée, demanda Hugh plus doucement, n'est-ce pas ?

— En effet, concéda-t-elle en baissant les yeux, sa colère soudain évanouie. Je ne lui ai rien dit.

— Dieu merci !

Il s'avança lentement vers elle et la prit tendrement dans ses bras, la berçant contre sa poitrine et murmurant son nom en une litanie sans fin. Anna Rose se lova près de lui, vaincue.

— Ma chérie, ne me faites plus jamais une telle peur, chuchota-t-il contre sa tempe. Oubliez Flynn. Il ne se mariera pas. Je ne sais à quel jeu il se complaît mais croyez-moi, il ne vous épousera jamais. Vous ne l'aimez pas, d'ailleurs.

Anna Rose se serra encore davantage contre Hugh, oubliant jusqu'à ses remords, gagnée par la fièvre. Il l'étreignit plus fort et se pencha vers elle, brisant ses dernières résistances. Elle s'offrit à ses lèvres, tour à tour douces et exigeantes, perdant la notion du temps.

Mais quand ils se séparèrent, la réalité lui revint dans toute sa dureté. Ce qu'ils faisaient n'était pas bien. Des larmes de honte brûlèrent ses joues. Que deviendraient-ils ? Ils n'avaient aucun avenir devant eux et ne connaîtraient jamais le bonheur. Mais comment revenir en arrière maintenant ?

Hugh lut dans ses pensées et murmura contre ses paupières humides :

— Anna Rose, dites-moi, à cet instant, que vous ne voulez pas de moi et je jure que je ne vous toucherai plus jamais.

Elle leva les yeux vers lui, suppliante. Il lui offrait une dernière chance de sauver son honneur. Mais, la gorge nouée, elle resta muette, le fixant avec passion.

Hugh la souleva doucement et la porta jusqu'au sofa où elle reposa contre les coussins moirés. Il effleura sa bouche avant de descendre le long de sa gorge, passant la langue sur sa veine palpitante. Une main s'approcha de son corsage et s'agaça sur ses crochets. Mais bientôt, les seins délivrés se tendirent vers ses paumes avides et il se recula, la regardant nue.

— Mon amour, gémit-il, je rêve de cet instant depuis si longtemps...

Elle suffoqua lorsque sa bouche se referma sur un sein, se cambrant contre lui, habitée d'un feu liquide.

— Mon chéri ! s'écria-t-elle, folle de désir.

Hugh l'aima avec lenteur, caressant son corps du regard, de sa bouche, de ses mains expertes et quand elle s'offrit à lui, il joua encore avec son plaisir, l'étourdissant de mots d'amour et de baisers hardis. Enfin il l'exhorta d'une voix plus rauque et la pénétra brusquement, la possédant d'un élan irrésistible. Anna Rose l'étreignit de toutes ses forces, à l'unisson de son cœur, de son corps, ne formant plus qu'un avec lui. Ils gémirent d'extase, ensemble, étouffant leurs cris d'un baiser passionné.

Quand Anna Rose regagna sa chambre à l'aube, la réalité l'avait dégrisée. Elle aimait Hugh et il lui avait prouvé combien il le lui rendait. Ils avaient passé une nuit merveilleuse — trop merveilleuse ! Comment pourraient-ils désormais partager le même toit, se voir chaque jour sans trahir leurs liens ? C'était impossible. Elle devait partir.

Elle se jeta sur son lit, secouée de sanglots. Sans Hugh, rien n'avait plus d'importance. Soudain un petit cri venu de la pièce d'à côté la tira de son désespoir : il y avait quelqu'un d'autre pourtant ! Anna Rose entra dans la chambre de Charity et la prit dans ses bras. Le bébé s'accrocha à son cou comme si elle comprenait leur secret.

— Chut mon ange, ce n'était qu'un mauvais rêve.

Elle s'assit et câlina l'enfant aux accents de sa berceuse préférée. Dodelinant de la tête, Charity glissa bientôt dans le sommeil. Mais Anna Rose ne la recoucha pas, effleurant de ses lèvres les fragiles paupières mauves, admirant l'arc délicat de sa bouche et son petit nez retroussé.

Comment pourrait-elle quitter sa propre fille alors qu'elle venait à peine de la retrouver ? Il faudrait l'emmener. Anna Rose revit les mois qui venaient de passer, la vie qu'elle allait abandonner pour toujours. Sans Hugh, elle aurait connu un bonheur parfait avec sa fille. Charity s'éveillait davantage à la vie chaque jour, émerveillant tout le monde avec ses boucles blondes et ses prunelles bleues pétillant d'intelligence.

Angelina était devenue une amie très chère dont la foncière générosité et le rayonnement intérieur forçaient l'admiration. Comme elle lui manquerait ! Finies, les promenades dans le parc, les emplettes aux grands magasins, les longues conversations attendries au sujet de Charity... Elles étaient presque sœurs mais Anna Rose avait tout gâché ! Elle n'était plus digne de l'amitié d'Angelina Sinclair. Pourquoi fallait-il qu'elle lui ait volé l'amour de son mari ? Pourquoi était-elle liée à Hugh par cette passion fatale ? Aurait-elle jamais assez de larmes pour pleurer les occasions perdues ? Si seulement elle n'avait pas fui l'*Olympia*...

Anna Rose se leva et recoucha sa fille. Sa décision était prise. S'asseyant à son bureau, elle écrivit :

Chers capitaine et Madame Sinclair,
Quand vous lirez cette lettre, Charity et moi serons déjà loin. Je suis sa mère naturelle mais, me trouvant gravement malade après sa venue au monde, j'appris trop tard qu'elle avait été abandonnée sur vos marches.
J'avais espéré tout vous expliquer de vive voix mais pour des raisons que je préfère taire, je ne peux rester parmi vous plus longtemps. Vous aimez cet enfant autant que moi : de grâce, pour son bonheur et le mien, laissez-nous aller en paix.
Recevez l'expression de toute ma reconnaissance pour vos bienfaits. Sans vous, ma fille ne serait plus en vie aujourd'hui.
Respectueusement,
Anna Rose McShane.

Elle relut le message attentivement avant de le ranger en lieu sûr. Dès le lendemain, elle irait retirer ses économies à la banque et acheter un billet de train. Puis elle emmènerait Charity en promenade et ne reviendrait pas...

19

Le lendemain matin, Anna Rose alla consulter Mavis chez Delmonico.

— Comme tu es élégante ! s'exclama la jeune fille en l'embrassant affectueusement.

Elle retourna éplucher ses légumes dans l'évier en lui faisant signe de s'asseoir. Anna Rose venait fréquemment lui dire bonjour mais ce matin-là, elle paraissait particulièrement nerveuse.

— Sers-toi un peu de thé et dis-moi ce qui t'amène par une matinée aussi glaciale.

Anna Rose se réchauffa un instant les mains à la tasse brûlante.

— Mavis, dit-elle d'une voix faussement calme, c'est arrivé. Exactement comme tu l'avais prévu !

Perplexe, sa jeune amie s'essuya les mains et vint près d'elle.

— Mais de quoi parles-tu ?

— Hugh et moi... expliqua Anna Rose en baissant les yeux. Il m'a déclaré son amour la nuit dernière.

— Grand Dieu ! s'exclama Mavis. Que vas-tu faire ?

— Partir, naturellement. Sinon, je détruirais tout...

Anna Rose s'interrompit, au bord des larmes.

— Allons, commença Mavis en lui prenant la main, tu noircis certainement la situation. Et Heather ? Comment peux-tu l'abandonner ? Tu ne supporterais pas la séparation !

Anna Rose releva la tête, luttant contre l'émotion.

— Je la prendrai avec moi.
— Mais qu'en disent les Sinclair ?
— Ils ne savent rien. J'ai tout organisé mais j'ai besoin de ton aide. Je t'en prie, Mavis, viens avec nous. Nous attirerons les soupçons si nous voyageons seules. J'ai besoin de toi !

Mavis se massa les tempes.

— Mais où, quand, comment ? s'écria-t-elle avec nervosité.

Anna Rose avait prévu de s'enfuir en Géorgie, la terre promise où son père voulait les emmener vivre. Vibrante d'espoir, elle expliqua tous les détails à Mavis qui finit par se laisser convaincre.

Anna Rose courut ensuite à la gare acheter les billets pour le Sud. Leur train partait trois jours plus tard, ce qui lui laissait le temps de s'organiser au mieux. Il fallait seulement espérer que Hugh saurait garder ses distances. *Comment ne rien laisser paraître ?* s'interrogeait Anna Rose avec angoisse. Ces trois jours seraient les plus longs de son existence.

Elle rentra par l'office inondé de soleil. Le parquet reflétait les flammes chaleureuses de la cheminée où mijotait un potage aux pois. Anna Rose se figea un instant, interdite. Ce monde n'était plus le sien...

Elle enlevait sa mante en soupirant quand elle entendit Chadwick pousser un cri d'alarme :

— Capitaine Sinclair ! Venez vite !

Hugh et Anna Rose débouchèrent dans le hall au même instant, pétrifiés par le spectacle qui les attendait.

— Angelina ! murmura Hugh d'une voix étranglée.

Son épouse gisait évanouie par terre, les yeux clos, livide. Hugh la souleva doucement.

— Que s'est-il passé, Chadwick ? demanda Anna Rose en suivant Hugh à l'étage.

— Je ne sais pas, répliqua le majordome bouleversé. Elle était dans le corridor et voulait me montrer une tache sur le sofa du salon quand tout à coup elle s'est effondrée.

— Montez-nous des sels, voulez-vous ? ordonna Anna Rose à une bonne accourue. Chadwick, prévenez le docteur, s'il vous plaît.

Angelina reprit connaissance quelques minutes plus tard, trouvant deux visages anxieux penchés sur elle.

— Allons, dit-elle d'une voix faible, il n'y a rien à craindre. Les dames ont parfois des vapeurs, c'est connu ! Aidez-moi à me lever.

Hugh prit la main tendue mais ne voulut rien entendre :

— Attendons l'avis du docteur, ma chère.

Anna Rose jeta un regard furtif vers Hugh. Il était visiblement inquiet. Les événements semblaient prendre mauvaise tournure. Pouvait-elle maintenir ses projets dans ces conditions ?

Le docteur Whitehead arriva sans tarder et rappela Hugh à la fin de son examen.

— Eh bien, madame Sinclair, conclut le praticien en souriant, il y a eu plus de peur que de mal.

— De quoi souffre-t-elle, docteur ? interrogea Hugh, encore tremblant.

Le vieux médecin échangea un sourire complice avec sa patiente.

— Elle sera guérie dans six mois, le taquina Whitehead. Toutes mes félicitations, capitaine Sinclair, vous serez bientôt père. Je ne peux m'en réjouir, étant donné la santé fragile de votre femme, mais l'intéressée se déclare ravie.

Hugh s'effondra dans un fauteuil. Angelina lui caressa les cheveux avec tendresse, sous le regard mi-envieux, mi-coupable d'Anna Rose. Hugh baisa la paume de sa femme.

— Nous étions prévenus, pourtant, observa-t-il. Comment avons-nous pu commettre une pareille imprudence ?

— Peu importe, chéri ! N'êtes-vous pas aussi heureux que moi ? Je me porte à merveille. Après tout, les évanouissements sont chose courante dans ma situation.

Anna Rose fronça le sourcil, dubitative. Cela ne lui était jamais arrivé.

— Qu'en dites-vous, docteur ? insista Hugh.

— Elle n'est pas en danger pour le moment. Mais après cette fausse couche, il est sans doute plus prudent qu'elle reste allongée. Il ne s'agit que d'une précaution, naturellement.

— Très bien, répliqua Hugh. Nous l'entourerons de notre mieux.

— Mademoiselle, s'adressa alors le médecin à Anna Rose, madame Sinclair m'a vanté votre dévouement pour la petite Charity et elle aimerait que vous veilliez sur elle jusqu'à son terme. Elle pense que vous accepterez cette charge supplémentaire. Pourtant je tiens à vous prévenir que votre responsabilité sera grande et les soins délicats.

— Je vous en prie, Anna Rose, intervint Angelina sans lui laisser le temps de répondre, vous avez toute ma confiance. Je n'aimerais pas être veillée par une étrangère. Tout ira très bien, croyez-moi.

Anna Rose, déchirée, hocha la tête sans regarder Hugh. Que pouvait-elle faire ? Lui annoncer tout à trac que c'était impossible parce qu'elle s'enfuyait à la fin de la semaine ?

— Parfait ! s'exclama Angelina, rayonnante. Nous allons passer un hiver délicieux à attendre le bébé tous ensemble !

Cette pénible épreuve apporta au moins une compensation à Anna Rose : Hugh ne quittant plus le chevet de sa femme, la scène du salon n'eut pas l'occasion de se répéter.

Deux jours plus tard, la veille du départ d'Anna Rose, une bise se leva dans la ville, ébranlant les vitres et sifflant dans les cheminées. Le froid s'était installé et ne s'apaiserait sans doute pas avant le printemps. Charity souffrait d'une laryngite bénigne et Angelina, tout d'abord sereine, paraissait agitée. Dans ces circonstances, la nervosité d'Anna Rose montait également.

Pour ne rien arranger, Hugh était d'humeur massacrante. Il était à peine poli avec le médecin, maltraitait les domestiques et finit par convoquer Anna Rose dans son étude. Elle s'y rendit en tremblant. Hugh ne pensait tout de même pas profiter de l'état de son épouse pour rejouer la scène de l'autre nuit ! Ce bonheur-là ne pouvait leur appartenir... Mais que pouvait-il souhaiter d'autre ?

— Oui, de quoi s'agit-il ? gronda-t-il sans lever le nez de son bureau, comme elle frappait et entrait.

— Je n'en ai pas la moindre idée, rétorqua-t-elle. C'est vous qui m'avez appelée.

— Ah c'est vous, Anna Rose, reprit-il d'une voix moins acerbe. Je croyais que c'était un autre domestique.

Anna Rose accusa le coup, blessée.

— C'est au sujet de ce soir, continua-t-il, imperturbable. Je vous demande d'annuler vos projets.

Anna Rose le toisa, stupéfaite. Elle aurait volontiers supprimé cette sortie avec Michael Flynn si elle avait osé. Mais ce refus tardif aurait surpris et elle ne devait rien changer à sa routine sous peine d'éveiller des soupçons le lendemain. Or, il convenait de retarder au maximum le moment où les Sinclair déclencheraient les recherches.

— Il n'en est pas question.

— Angelina a besoin de vous, décréta Hugh en évitant son regard.

Il ne lui disait pas la vérité...

— Votre épouse se passera très bien de moi. Elle aura dîné quand Michael se présentera et dormira à poings fermés. Si elle s'éveillait avant mon retour, Katy s'occuperait d'elle. Du reste, Angelina ne veut pas que je change mes plans pour elle. Cela l'inquiéterait donc inutilement.

Hugh s'assombrit encore.

— Ne m'avez-vous donc pas écouté, l'autre nuit ? Il ne vous épousera jamais !

Anna Rose dissimula un sourire. *Nous y voilà*...

— Si cela peut vous tranquilliser, sachez que je n'y songe même plus. Mais je ne partage pas votre point de vue. Je le crois sincère. Simplement, je ne pourrais plus me marier après... l'autre nuit, acheva Anna Rose en rougissant

— Vous avez des remords, n'est-ce pas ? demanda Hugh avec une soudaine tendresse.

Elle hocha la tête, la gorge nouée. Il poussa un long soupir.

— Je comprends, Anna Rose. C'est encore pire pour moi. Voyez-vous, je suis sans doute responsable de son évanouissement. Quand je l'ai rejointe après vous avoir quittée, je me suis montré plutôt brutal.

Anna Rose leva brusquement la tête :

— Vous voulez dire que... Vous avez partagé... Juste après ! Oh, Hugh... balbutia-t-elle, profondément atteinte.

Elle savait bien que Hugh était un époux attentif. Quelle meilleure preuve que l'état actuel d'Angelina ? Mais s'entendre dire qu'il avait aimé sa femme une heure à peine après s'être consumé de passion pour elle ! C'en était trop. Anna Rose se détourna, au bord de la nausée.

Hugh se leva.

— Anna Rose, pour l'amour de Dieu ! Je ne suis pas un monstre... protesta-t-il sans comprendre la véritable raison de son émotion. Je n'aurais pas dû vous en parler mais je me sens si responsable... Et si coupable envers vous, également !

Elle voulut s'écarter mais Hugh fut plus rapide. Il la prit par les épaules et l'attira contre lui, enfouissant son visage dans ses cheveux.

— Pourquoi la vie est-elle si compliquée ? Pourquoi l'amour blesse-t-il si durement ?

Elle se dégagea au prix d'un grand effort et répliqua froidement :

— De plus grands hommes que vous se sont déjà posé les mêmes questions, Hugh, sans y apporter de réponse.

Il se raidit et soupira.

— Exact... Vous êtes très nerveuse, Anna Rose, depuis quelques jours. Je crois en deviner la cause.

Elle retint sa respiration. Avait-il découvert la lettre dans sa cachette ?

— Votre position n'est pas très confortable dans cette maison. Vous devez vous demander à tout instant si je vais profiter de la situation. Vous avez ma parole que je ne vous importunerai plus.

Le soulagement la rendit muette. Elle ne recula même pas quand il l'enlaça encore.

— Je tiendrai ma promesse, chérie. Mais accordez-moi encore un instant. Notre nuit m'a donné une raison de vivre. Je veux que vous compreniez que je vous aimerai toujours, même si nous ne pouvons nous marier.

Il lui offrit un baiser passionné auquel Anna Rose s'abandonna, les larmes aux yeux, vibrante de désir pour lui. Pourtant ce serait leur dernière étreinte. Hugh ne vivrait plus que dans sa mémoire dès le lendemain. Peut-être trouverait-elle un jour la force de l'oublier tout à fait...

— Partez vite, murmura Hugh, et faites comme bon vous semble avec Flynn. Vous avez votre vie, après tout, et je n'ai aucun droit sur elle. Mais souvenez-vous que je vous aime, Anna Rose. Que je vous aimerai toujours...

Elle lui lança un long regard éloquent, empli de ferveur douloureuse, et s'enfuit après cet adieu.

Anna Rose se réjouit d'échapper à l'atmosphère oppressante qui pesait sur la maisonnée quand Flynn l'emmena enfin après quelques échanges aigres-doux avec Hugh. Elle espérait que le théâtre la divertirait de ses sombres pensées.

Elle aurait pourtant pu supposer que Flynn choisirait cette soirée entre toutes pour exiger une réponse. Comme elle aurait souhaité s'épargner cette dernière épreuve ! Quand ils furent installés dans la voiture, Flynn se tourna vers elle et l'enveloppa d'un regard approbateur. Il n'était visiblement pas indifférent à sa robe rouge sombre au corsage moulant et audacieusement décolleté.

— Vous devenez plus belle chaque jour, Anna Rose...

Flynn s'était déplacé dans le Sud pour spéculer sur le coton et ne revoyait la jeune femme que pour la seconde fois depuis son retour. Il n'avait pas abandonné son projet de mariage, malgré quelques aventures pendant son absence. Une jolie brune avait même promis de l'attendre. Mais on n'épousait pas ces femmes-là. D'ailleurs Flynn ne pensait qu'à Anna Rose.

Il prit sa main et la porta à ses lèvres en lui souriant.

— Allez-vous me faire languir plus longtemps ? Ne voyez-vous pas dans quel état vous me plongez ? ajouta-t-il en lui mordillant les doigts.

— Vous voulez une réponse définitive, je crois, répliqua-t-elle avec fermeté en retirant sa main.

Il se redressa.

— Est-ce toujours Sinclair qui vous préoccupe ? Ne soyez pas sotte, Anna Rose. Il est marié ! Ne vous obstinez pas... La vie ne réserve pas que des satisfactions. Il faut la prendre telle qu'elle vient et la façonner à son goût.

— Je ne vous suis pas, répondit Anna Rose, intriguée.

— Regardez-vous. Pour le moment, votre vie est complètement désorganisée : vous avez quitté votre famille, perdu votre époux, et le seul homme à qui vous appartenez, paraît-il, est marié à une autre. Il faut réagir !

— Je ne vois pas comment, répliqua Anna Rose tristement.

— C'est pourtant simple ! Je suis là, Michael Flynn, pour vous servir... Beau, intelligent, affectueux, compréhensif, et amoureux ! Epousez-moi et laissez-moi vous rendre heureuse comme vous le méritez.

D'un élan irrésistible, il la prit dans ses bras et lui appliqua un baiser hardi tout en glissant la main dans son corsage. Anna Rose voulut se dégager mais Michael était le plus fort. Il ne la lâcha que devant le théâtre. Si elle avait eu quelque doute, cette scène aurait suffi à la fixer : quand

Hugh l'embrassait ainsi, l'univers tout entier basculait. Michael, pour sa part, n'éveillait qu'une vague sensation d'inconfort.

— Réfléchissez, chérie, souffla-t-il à son oreille. Nous formerions un merveilleux couple. Vous me donnerez votre réponse à la fin de la soirée.

Durant toute la représentation, une farce burlesque qu'Anna Rose ne suivit que de loin, Michael se comporta comme un adolescent, lui tenant la main, lui baisant les doigts en chuchotant des déclarations passionnées jusqu'à ce que leurs voisins exaspérés le fassent taire.

Par un curieux caprice du destin, Flynn voulait justement l'emmener en Géorgie, à Savannah, où il allait devenir propriétaire. Il lui décrivit les chênes moussus et les azalées en fleur.

— Vous aimerez cet endroit, observa-t-il rêveusement.

— Je vous en prie, Michael ! intima-t-elle nerveusement. Laissez-moi regarder la pièce. Nous parlerons ensuite.

Allait-elle céder à la tentation qui s'insinuait imperceptiblement dans son cœur ?

Soudain, en plein milieu de la représentation, des cloches se mirent à sonner, provoquant un mouvement de panique parmi les spectateurs : un incendie venait de se déclarer en ville ! Plusieurs personnes sortirent sans attendre, inquiètes ou curieuses.

— Mauvaise nuit pour un feu, commenta Michael.

— Pourquoi ?

— L'eau va geler dans les tuyaux et la bise attisera les flammes.

Les cloches sonnaient de plus belle et Anna Rose se tourna à nouveau vers Flynn.

— Michael, entendez-vous de quel côté vient l'alerte ?

Il pencha la tête et écouta attentivement. Anna Rose n'arrivait plus à distinguer grand-chose dans le vacarme.

— Le quartier des affaires, vraisemblablement. Wall Street ou William Street, j'imagine.

— Partons! s'écria-t-elle. Je vous en prie... J'ai un horrible pressentiment.

Anna Rose ne put maîtriser une note d'hystérie dans sa voix et Flynn se laissa convaincre en maugréant.

Le parvis du théâtre était la scène d'une véritable émeute. Les chariots des pompiers tentaient de se frayer un chemin dans la foule tandis que les chevaux hennissaient nerveusement et se cabraient. On courait de toutes parts dans l'affolement, les cris et les pleurs. Une pluie de cendres incandescentes tourbillonnait au-dessus des têtes et des nuages de fumée étouffaient l'atmosphère.

Anna Rose mit son mouchoir contre sa bouche et, se raidissant contre le vent, partit en courant vers Wall Street. Elle remarqua le cœur serré que le ciel semblait y rougeoyer des flammes de l'enfer. Soudain Flynn la rattrapa par le bras.

— Etes-vous folle ? Vous mourrez de froid avant d'arriver à destination !

— Mais votre voiture ne passera jamais ces barrages. La circulation est bloquée !

Flynn refusa d'en entendre davantage et la fit monter de force. Le voyage parut durer des heures. Enfin ils parvinrent à Wall Street dans une chaleur de fournaise. Etait-ce la fin du monde ? s'interrogeait Anna Rose. La fin du sien, très certainement. Hugh et Heather étaient dans la maison, prisonniers des flammes !

— Laissez-moi sortir, Michael ! Je dois les aider. Angelina et ma fille sont souffrantes et alitées...

— Anna Rose ! Non !

Son cri se perdit dans le vacarme quand Anna Rose ouvrit la portière à la volée et se jeta dehors. Pataugeant dans la neige, piétinant des tuyaux inutilisables, elle arriva à l'intersection de Broad Street et Wall Street. Soudain un pompier s'interposa :

— Vous ne pouvez aller plus loin, madame.

— Mon bébé ! s'écria-t-elle en tâchant de forcer le passage.

Il secoua la tête.

— Impossible ! C'est trop dangereux.

La maison de Hugh se consumait sous ses yeux. Les murs tenaient encore mais le toit flambait comme une torchère au-dessus des fenêtres rougeoyantes. Des cris et des appels déchiraient la nuit et Anna Rose chancela, comme aspirée vers la mort par l'agonie des siens.

— Heather ! hurla-t-elle avant de s'affaisser.

Un bras solide la retint.

— Je vous en prie, monsieur, demanda le pompier à Flynn. Emmenez-la avant qu'elle ne soit blessée. Elle dit que son bébé est là-bas mais il n'y a plus rien à faire pour tous ces pauvres gens. Ils ont été surpris dans leur sommeil...

— Bon Dieu ! s'exclama Flynn, le visage cramoisi par les flammes.

— Il n'y a pas de temps à perdre ! insista le pompier. Le capitaine Mix est parti chercher des explosifs pour détruire le quartier afin de ralentir l'incendie. Sinon...

Mais la fournaise embrasait encore New York le lendemain et le jour suivant. Le vent attisait les flammes et de nouveaux foyers se déclaraient sans cesse, touchant la ville en son cœur. Environ un millier d'immeubles furent détruits avant que la dynamite ne mette fin au sinistre.

Anna Rose n'en sut rien. Elle resta inconsciente pendant des heures, plongée dans un oubli parcouru de cauchemars. Quand elle reprit connaissance, elle était déjà loin sur la route du Sud.

— La situation était désespérée, se justifia Flynn. Nous aurions risqué la mort en restant davantage.

Elle sanglotait contre sa poitrine dans la diligence qui les emportait vers Philadelphie et le Sud profond. Flynn la prit un instant en pitié. Mais il lui avait sauvé la vie et qui appelait-elle dans son délire ? Sinclair ! Elle aurait refusé son offre de mariage, il n'y avait plus aucun doute.

Parfait ! Il ne lui donnerait pas une autre chance de le bafouer. Il n'avait pas de temps à perdre avec une femme qui pleurait un mort. Il la garderait quelque temps près de lui, mais sans l'épouser.

Maintenant que Sinclair était mort, cela ne présentait plus le moindre intérêt.

Il palpa sa poche de poitrine et sourit. Les documents de gage... Dès qu'il se serait rassasié d'elle, il saurait en faire bon usage.

Pour la première fois de sa vie, Anna Rose était vaincue par le destin. Elle se sentait couler, aspirée par le tourbillon noir de son chagrin, luttant sans espoir contre le naufrage de sa vie. Ainsi Dieu la punissait pour ses péchés ! Elle avait commis l'adultère... Hugh avait payé de sa vie et quand son propre tour viendrait, son sort serait pire encore. Elle avait perdu tous les siens et le vide menaçait de l'engouffrer à jamais. Le frottement des roues scandait inlassablement « tous morts, tous morts »... Hugh, Heather, Angelina, le bébé à naître... Tous morts.

Anna Rose se mordit les lèvres jusqu'au sang, préférant la douleur physique à la torture morale.

Tous morts ! Elle verrait ces flammes danser le restant de sa vie. Comme elle aurait voulu périr avec eux...

Un sanglot lui échappa et ses épaules tremblèrent. Soudain une main rugueuse toucha la sienne. Ouvrant les yeux, elle aperçut en face d'elle un homme aux cheveux gris et aux traits burinés qui la regardait avec compassion. Qui était-il ? Il avait dû monter alors qu'elle dormait.

— Puis-je vous être d'une aide quelconque, madame ? demanda-t-il doucement.

Elle secoua la tête, étrangement apaisée par le

léger accent écossais qui colorait sa voix. Le passager ressemblait à son père.

— J'ai bien peur que non, répliqua-t-elle. Merci de le proposer, monsieur.

— Si jamais vous changez d'avis, demandez Angus Campbell. Je serai au rendez-vous.

Anna Rose lui adressa un pâle sourire, réconfortée par ce geste inattendu.

20

En ce sinistre jour de Noël, une silhouette solitaire contemplait les ruines de la maison de Wall Street, tâchant d'évaluer les pertes. Mais après l'incendie, la demeure avait été réduite en cendres.

Morts, tous morts ! songea l'homme en secouant silencieusement la tête.

Quatre jours après le feu, Hugh était revenu sur les lieux du drame, les mains couvertes de bandages et une vilaine entaille au front. Il restait muet devant les décombres : quelques dizaines d'heures auparavant, c'était son foyer qui se dressait là !

L'explosion d'une conduite de gaz dans Hanover Street... Mais pourquoi fallait-il que l'eau gelât dans les tuyaux ? Pourquoi le vent s'était-il ainsi déchaîné, semant la mort sur son passage ? Et pourquoi était-il sorti à ce moment précis, laissant Angelina affaiblie et incapable de sauver sa vie ?

Il revécut la scène, se revoyant gravir l'escalier

quatre à quatre pour répondre aux appels angoissés de sa femme.

— Hugh ! Hugh ! De grâce...

Hugh avait encore hâté le pas, certain que son mauvais pressentiment de la matinée allait prendre corps. Il y avait un drame dans l'air — c'était même pourquoi il avait souhaité qu'Anna Rose reste avec eux.

Mais quand il avait pénétré dans sa chambre, son épouse était assise sur son lit, apparemment saine et sauve. Elle avait même excellente mine.

— Oh, mon chéri, je m'inquiète tant... s'était-elle écriée d'une voix tremblante. C'est Charity. Je l'entends tousser depuis la nursery. Son état s'est aggravé, Hugh, j'en suis certaine. Que je déplore l'absence d'Anna Rose !

— Katy est avec le bébé, avait-il répliqué d'une voix apaisante. Je suis certain qu'elle fera le nécessaire.

— Hugh, je serais tellement rassurée si le docteur Whitehead pouvait l'examiner.

Hugh avait soupiré, se rappelant les terreurs irraisonnées de sa femme lors de sa première grossesse.

— Allons, Angelina. Vous ne devriez pas vous mettre dans un état pareil. Il est très tard et il gèle à pierre fendre ! Le docteur ne se déplacera pas.

Angelina avait éclaté en sanglots et s'était accrochée à lui comme à une bouée de sauvetage.

— Hugh, je vous en prie ! De grâce ! Je mourrais s'il arrivait quoi que ce soit à cet enfant...

Hugh lui avait donné un baiser sur le front. Il irait chez Whitehead, ne serait-ce que pour tranquilliser son épouse. Soudain Katy avait paru à la porte, décomposée.

— Faites excuse, capitaine, mais c'est la petite. Elle brûle de fièvre et j'ai peur qu'elle suffoque avec cette toux. J'ai épuisé toutes mes ressources. Il faudra appeler un docteur — ou un prêtre — avant la fin de la nuit.

Hugh avait sursauté, soudain saisi de la même angoisse qu'Angelina.

— Je reviens au plus vite, avait-il crié en prenant son manteau.

Heureusement, le docteur Whitehead n'habitait pas loin. Hugh avait remonté son col contre ses oreilles déjà douloureuses sous la morsure du froid et s'était préparé à affronter les rafales.

La maison était tous feux éteints. Hugh avait tambouriné à la porte sans succès avant d'entendre un bruit de pas étouffé :

— J'arrive, j'arrive! Inutile de défoncer la porte...

Hugh, qui battait la semelle, avait resserré son manteau contre lui. *Le froid est aussi pénétrant que dans l'Atlantique Nord*, avait-il observé intérieurement. *Par un temps pareil, les voiles se déchirent d'elles-mêmes*. Enfin la porte s'était entrouverte :

— Qu'est-ce que c'est ? avait grondé le vieillard.

— Hugh Sinclair, docteur. Ma fille est très malade.

— Gardez-la au chaud et donnez-lui une cuillerée de sirop, avait-il conseillé sans douceur. Je passerai demain matin. Bonne nuit.

Mais Hugh avait bloqué le battant de la porte.

— Mais non, docteur. Elle souffre ! Elle a besoin de vous dès maintenant.

Le vieux docteur avait protesté vigoureusement :

— Avez-vous vu l'heure, jeune homme ? Il est minuit passé ! Et il ne fait pas un temps à mettre un chat dehors. Allons, je viendrai demain.

Oubliant toute courtoisie, Hugh avait saisi le vieil homme par le col de sa robe de chambre et l'avait secoué sans ménagement.

— Ma fille est en train de mourir ! Vous la verrez tout de suite. Allez enfiler votre pantalon si vous ne voulez pas que je vous traîne chez moi en pyjama !

Quelques minutes plus tard, les deux hommes remontaient Wall Street. Ils n'étaient qu'à une centaine de mètres de chez Sinclair lorsque la première alarme avait retenti. Laissant le docteur derrière lui, Hugh s'était mis à courir. Mais il était arrivé trop tard. De longues flammes léchaient déjà le toit, jetant des lueurs sanglantes dans la nuit noire.

Il s'était rué vers sa porte, gravissant les marches, forçant le passage à travers le mur de fumée. Il devait sauver les siens ! Sans se soucier des flammes, il s'était précipité dans la nursery et avait enveloppé le bébé dans une couverture pour le protéger. Puis, avisant Katy, il lui avait confié l'enfant en lui ordonnant de sortir immédiatement malgré la confusion qui régnait déjà. Les domestiques couraient dans toutes les directions, tâchant de sauver ce qu'ils pouvaient.

— Et madame Angelina ? s'était écriée Katy, éplorée.

— Je m'en occupe !

Hugh avait assuré la sécurité de la bonne jusqu'en bas puis il était remonté en courant. Le premier étage n'était plus qu'une fournaise mais Hugh était prêt à tout pour sauver son épouse. Aveuglé par les flammes, il s'était dirigé à tâtons, hurlant son nom pour couvrir le fracas des poutres qui tremblaient à se rompre. Il y était presque, il allait la prendre dans ses bras et la sauver d'une mort certaine.

— Angelina ! Tiens bon, j'arrive !

Puis il y avait eu un grand trou noir. Au réveil il ne se souvenait que d'une explosion, des poutres qui avaient cédé, du rugissement de la toiture.

Plus tard, quand il reprit connaissance chez le docteur Whitehead, il apprit qu'un pompier avait risqué sa vie pour le tirer hors de sa maison en feu. Quant à Angelina, la fumée l'avait sans doute déjà asphyxiée avant qu'il tente de la sauver...

Maintenant Hugh revivait la scène comme un cauchemar, oppressé par un double deuil : le décès d'Angelina et la disparition d'Anna Rose, dont il restait sans nouvelles. L'incertitude le rendait fou.

Il gravit lentement les marches familières du perron. Combien de fois avait-il accompli ce geste ? Devant lui s'étendaient des gravats, le squelette grimaçant de son foyer, la tombe de son épouse et de leur enfant à naître... Courbant la tête, il déposa religieusement une branche de houx et des roses sur les marches. Les accents joyeux de chants de Noël qui lui parvenaient depuis une rue voisine paraissaient incongrus dans une telle désolation.

Incapable de s'arracher à la contemplation morbide de son foyer détruit, Hugh fit encore quelques pas, reconnaissant de la vaisselle, le reste de son bureau, retrouvant le dessin des pièces. Rien n'avait subsisté. Les épaules affaissées, il se décida enfin à partir quand un objet attira son regard : un livre qui, par miracle, avait échappé à l'holocauste. La couverture s'ouvrit : « Cette bible appartient à Anna Rose Macmillan McShane. Elle lui fut offerte le jour de son mariage par sa mère, Margaret Grant Macmillan. »

Ces deux phrases se détachaient avec insistance, comme pour délivrer un message. Anna Rose aurait-elle survécu à l'horreur de cette nuit de feu ?

Où pouvait-elle être ? Il l'avait cherchée sans relâche et s'était même rendu chez Flynn, ne trouvant qu'un appartement vide. Mais la cité était encore plongée dans le chaos et bien des familles étaient sans nouvelles d'êtres chers. Les seuls bâtiments du quartier qui avaient résisté étaient devenus des points de recensement où les rescapés venaient s'inscrire. Hugh en avait fait le tour sans y lire le nom d'Anna Rose.

Pourtant il n'avait pas perdu espoir. Le théâtre de John Street avait échappé au sinistre et Flynn avait peut-être arraché Anna Rose à la ville en feu. Sans doute avaient-ils traversé la rivière ou fui au nord. Il fallait attendre et prier.

Hugh jeta un regard sur la rue dévastée. La destruction du quartier des finances avait entraîné la chute des plus grandes fortunes de New York, y compris la sienne. Les compagnies d'assurances étaient en banqueroute, ne pouvant faire face au désastre, et aucune indemnité ne serait versée...

Hugh Sinclair n'était plus qu'un naufragé à la dérive, son navire coulé par le fond, perdu corps et biens.

Que lui restait-il réellement ? Les vêtements qu'il portait, une orpheline, un domaine abandonné en Géorgie, ses documents de capitainerie... Mais également la volonté de reconstruire sa vie à tout prix !

Il reprendrait la mer, soignerait ses blessures au vent du large et se retirerait sur sa plantation de Géorgie avec sa solde. Il tournerait la page et recommencerait sa vie avec Charity.

Hugh adressa un adieu silencieux à Angelina. Puis il se détourna, solennel. Il fallait penser à l'avenir.

Anna Rose, quant à elle, poursuivait son périple en diligence, traversant nombre de ponts branlants et suivant des pistes cahoteuses. Enfin ils s'arrêtèrent pour la nuit devant une auberge située à la sortie de Baltimore.

— Ouf ! soupira Angus Campbell. Ma vieille carcasse n'en aurait pas supporté davantage ! Prenez mon bras, madame McShane, je vais vous aider à descendre.

Anna Rose, épuisée par le voyage et le chagrin, le remercia d'un sourire.

— Merci, monsieur Campbell. On dirait que mon compagnon de voyage m'a oubliée.

— Il ne faut pas lui en vouloir, ma petite dame ! Il est sûrement parti se désaltérer un peu. Je le comprends, votre monsieur Flynn.

— Ce n'est pas *mon* monsieur Flynn ! rectifia Anna Rose instinctivement.

— Toutes mes excuses, madame, répliqua Angus Campbell en rougissant. Je ne voulais pas vous offenser.

— Je vous en prie ; ce n'est rien, reprit Anna Rose, confuse.

Ce monsieur Campbell s'était montré si amical avec elle... Michael Flynn, en revanche, restait emmuré dans un silence glacial dont il ne se départait que pour laisser éclater sa mauvaise humeur. Une nuit sans Flynn serait la bienvenue.

— Dînerez-vous avec nous, madame McShane ?

Elle n'avait rien avalé depuis la veille mais la simple idée de manger lui donnait la nausée. Elle secoua la tête.

— Non, monsieur Campbell. Je suis trop lasse. Je vais me retirer dans ma chambre tout de suite.

Il la conduisit à l'hôtesse qui leur jeta un coup d'œil inquisiteur.

— Votre fille ou votre épouse, monsieur ?

Angus toisa l'impudente.

— Ni l'une ni l'autre. Madame voyage avec...

— Je voyage seule, coupa Anna Rose. Je suis madame McShane.

— Remarquez que c'est du pareil au même pour moi, trancha l'aubergiste. On ne folâtre pas sous mon toit ! Elle dormira avec les autres femmes. Ici, c'est la règle. Et notez bien que le bar est interdit aux dames, aussi, au cas où vous auriez la fantaisie de descendre.

La tenancière fit signe à Anna Rose de la suivre avant de gravir les marches de l'escalier en se dandinant lourdement. Elle ouvrit une porte et examina un dortoir glacial et bondé où criaient des enfants fatigués.

— Plus de place, grommela-t-elle. Va falloir que je vous donne une chambre particulière.

Le soulagement d'Anna Rose fut de courte durée quand elle découvrit le cagibi qu'on lui destinait. Il contenait cependant un lit et Anna Rose s'endormit aussitôt.

Michael Flynn s'était également privé de dîner mais ses projets étaient bien différents. Rivé au bar, il vidait méthodiquement une bouteille de rhum, verre après verre, en songeant à Anna Rose. Elle serait à lui le soir même !

D'ailleurs, ils n'avaient plus beaucoup de temps à passer ensemble. Flynn n'avait plus un sou vaillant, ayant perdu ses derniers dollars au jeu et il savait qu'il lui faudrait se séparer d'Anna Rose dès Charleston. Du reste il ne supportait plus le silence funèbre de sa compagne. Elle irait porter son deuil ailleurs ! Mais pas avant qu'il soit arrivé à ses fins...

Il surveilla la tenancière de près et à la première occasion, se faufila discrètement dans l'escalier. Comme dans la plupart des hôtels de passage, les femmes et les hommes mangeaient et dormaient séparément. Si on le surprenait à rôder, on l'enverrait dormir dans la diligence !

Mais Michael Flynn avait d'autres talents que ceux d'un financier et il parvint sans encombre devant la porte d'Anna Rose. Un peu de doigté et de patience... Quelques minutes plus tard, il se tenait devant son lit. La jeune femme portait toujours sa robe de soirée, maintenant fripée et tachée. Mais elle n'en était que plus désirable. Il n'attendrait pas un instant de plus !

Anna Rose était plongée dans un sommeil agité, revivant la mort de Rory, la naissance de Heather et les flammes dansantes dévorant la nuit. Quand elle sentit l'odeur d'une chandelle, elle ouvrit les yeux, prête à hurler. Mais Flynn plaqua fermement sa main contre sa bouche.

— Tout va bien, Anna Rose. Ce n'était qu'un cauchemar.

Elle se rallongea, encore sous le choc.

— Oh, Michael, merci de m'avoir éveillée ! (Soudain elle se rassit et lui lança un regard méfiant.) Mais il n'est pas l'heure de repartir, je suppose. J'ai l'impression que je viens à peine de me coucher.

Flynn se pencha vers elle avec un sourire charmeur et lissa du doigt ses traits tirés.

— Non, ma chérie. Nous avons toute la nuit.

Il l'embrassa alors tendrement. Rapidement ses lèvres se firent plus exigeantes et Anna Rose suffoqua en se débattant. Mais Flynn la maintenait de tout son poids et quand il la lâcha enfin, il souriait d'aise.

— Petite allumeuse, va ! Tu excites les hommes avant de t'éclipser, hein ? Mais avec moi, ça ne marche pas. D'ailleurs j'aime que les filles résistent... Je pense à nous depuis longtemps et je ne suis pas dupe, ma petite : il te faut un homme !

Elle se dégagea et se pelotonna dans un coin, encore plus terrifiée que par ses cauchemars. La pièce était si étroite qu'elle ne pouvait se dérober à lui.

— Vous êtes complètement fou, Flynn !
— Ah vraiment ? Fou, mais pas bête ! Pourquoi t'ai-je emmenée jusqu'ici, d'après toi ?

Anna Rose resta muette. Elle n'y avait pas vraiment réfléchi, obsédée par la mort des deux êtres qu'elle aimait le plus au monde.

— Pour me sauver la vie... pour m'épouser ?

Il éclata de rire.

— Ah les femmes... Non, ma belle, tu as manqué ta chance de devenir madame Flynn. J'ai d'autres projets pour toi !

— Lesquels ? aventura-t-elle.

Quand il s'approcha d'elle à nouveau, elle comprit sans peine.

— Non ! Laissez-moi ! hurla-t-elle.

Il la bâillonna d'une main en essayant de dégrafer son corsage de l'autre. Mais elle se débattait furieusement et il la lâcha soudain.

— Chut ! intima-t-il d'une voix menaçante. J'ai de quoi te rendre un peu plus docile, ma tourterelle. Regarde-moi ces beaux papiers ! fit-il en agitant les documents de gage sous son nez. Tu vois, tu n'as plus aucun droit. Tu m'appartiens, tu n'es plus qu'une vulgaire esclave pour les sept années à venir ! Si tu es gentille ce soir, je saurai être reconnaissant. Sinon, je te vends sur-le-champ au plus offrant !

Ricanant de sa frayeur, Flynn lui porta un dernier coup.

— Eh oui, avant de mourir dans ce brasier, Sinclair t'avait vendue à moi !
— Menteur ! s'étrangla-t-elle.
— Regarde toi-même !

Là où Hugh Sinclair n'avait jamais pris la peine d'inscrire son nom, s'étalait grassement celui de Michael Flynn.

Anna Rose fixa la signature sans rien dire, parcourue par mille idées folles. Elle se rappela l'histoire d'un homme qui traversait la vie avec un nuage noir au-dessus de la tête, ne rencontrant que le malheur. On racontait qu'il avait été maudit au berceau. Peut-être était-elle dans le même cas ? Le destin en déciderait, mais s'abandonner à cet escroc qui lui avait menti sur ses sentiments ? Jamais ! Et ce misérable attendait sa réponse en riant...

Flynn caressait distraitement son corsage, perdu dans une rêverie satisfaite. Prenant son élan, Anna Rose lui arracha soudain les documents des mains et se rua dans le couloir. Accroché à ses talons, Flynn hurlait son nom et la couvrait d'invectives, mais Anna Rose avait un plan. Quitte à être vendue, elle choisirait son maître !

Angus Campbell savourait une chope de bière en se réchauffant au feu de la cheminée. Dans le bar, les conversations allaient bon train. Soudain toutes les têtes se tournèrent quand Anna Rose y fit irruption malgré les glapissements de la tenancière.

— C'est interdit ! Je vous ai déjà dit...

Mais Anna Rose repoussa la mégère avec l'énergie du désespoir et se jeta aux pieds d'Angus Campbell, médusé.

— Je vous en supplie, monsieur, achetez-moi à Michael Flynn. Il m'a trompée ! Je croyais qu'il voulait m'épouser et il menace de me vendre au plus offrant si je ne me donne pas à lui cette nuit ! Je vous en prie...

Campbell sauta sur ses pieds.

— Qu'est-il arrivé, madame McShane ? Je comprends mal...

— Peu importe ! coupa Flynn d'une voix tonitruante depuis la porte. Elle est folle, elle divague. C'est de l'hystérie ! Je ne l'ai jamais demandée en mariage : elle est gagée. Elle m'appartient corps et âme !

— Celui qui possède l'âme d'autrui n'est pas encore né, gronda Campbell, le regard orageux. Quant au reste... Montrez-moi ces documents, voulez-vous ?

Anna Rose les lui tendit en restant à distance respectueuse de Flynn.

— Que ferait-il de toi, Anna Rose ? demanda ce dernier. Cet homme possède des esclaves. Il n'a nul besoin d'une domestique !

— Il est vrai que j'emploie trois cents serviteurs à ma plantation de Rosedhu, répliqua Angus. Cela étant, je peux encore employer une femme prête à fournir une honnête journée de travail.

— Ou une honnête nuit ! insinua Flynn.

L'Ecossais partit d'un grand éclat de rire.

— A mon âge ? Qui voudrait de moi ? C'est bien

tentant, monsieur Flynn, mais contrairement à vous, je n'ai jamais eu besoin de forcer mes conquêtes !

Flynn pâlit de rage, piqué au vif par les rires de l'auditoire. Mais il retrouva bien vite un sourire machiavélique.

— Bon ! Je vous permets de faire une offre, Campbell.

— Marché conclu ! Je vous dois cinquante dollars, d'après ce document. Le prix me paraît honnête.

Campbell sortit sa bourse et entreprit de compter les billets.

— Halte-là ! reprit Flynn. Cinquante dollars plus les frais ! Ce qui nous amène à cinq cents dollars...

Campbell était d'un naturel pacifique mais la mauvaise foi de Flynn lui fit monter la moutarde au nez. Marchander une fille de son pays ? Il ferait beau voir ça !

— Je te donnerai cinquante dollars, pas un *cent* de plus, déclara-t-il en saisissant Flynn par le col de sa veste. Et ensuite, je ne veux plus te voir. Vendre une femme qui avait placé toute sa confiance en toi ? Misérable ! Tiens, ramasse et disparais ! ajouta Campbell en jetant les billets par terre.

Flynn lui lança un regard incertain, évaluant la situation. Les autres clients ne prendraient pas parti pour lui. Vaincu, il hocha la tête et s'agenouilla pour empocher l'argent. Puis il sortit sans demander son reste au milieu des rires et des quolibets.

Campbell salua à la cantonade avant de se pencher vers Anna Rose. Elle lui rendit un sourire si reconnaissant, si chaleureux qu'Angus sentit ses cinquante-neuf ans s'envoler. Depuis combien de temps son vieux cœur n'avait-il pas battu ainsi ? Quinze ans, quand sa femme Clara était décédée...

Une fois le calme revenu au bar, Angus Campbell leva les documents de gage bien haut et les déchira au vu et au su de tous avant de les jeter au feu.

— Monsieur Campbell ! s'écria Anna Rose.
— Vous êtes libre, ma chère !
— Merci, balbutia Anna Rose, interdite et soudain désemparée.

Où irait-elle ? Comment vivrait-elle ?

— Acceptez-vous de me suivre sur ma plantation de Rosedhu, Anna Rose ? proposa soudain Angus en lui prenant la main. Il ne s'agit pas de charité : vous seriez la gouvernante des lieux. La vie est belle dans les rizières. Je suis certain que vous aimerez Darien.

— Darien ? répéta Anna Rose. Possédez-vous des rizières à Darien ?

— Absolument, ma jeune dame ! Quelle est votre réponse ?

Anna Rose ne se tenait plus de joie. Angus Campbell était un homme généreux avec qui elle était certaine de bien s'entendre. L'emploi offert lui plaisait. Et enfin... enfin elle atteindrait la destination mythique que son père lui avait assignée ! Grâce à Angus Campbell, elle retrouvait espoir dans l'avenir. Elle reconstruirait sa vie en Géorgie, travaillerait dur, économiserait et ensuite ferait venir sa famille auprès d'elle !

Elle leva les yeux vers lui et le regarda sans ciller.

— Marché conclu, monsieur Campbell. Je vous accompagnerai à Rosedhu, La Rose Noire.

Il lui baisa la main :

— Vous ne le regretterez jamais, madame McShane.

21

Anna Rose et Angus Campbell arrivèrent à Darien un soir alors que le crépuscule d'hiver teintait de pourpre et de violet les chênes, les pins et les cyprès. L'herbe des marais se balançait au vent, chuchotant près de la rivière aux mystérieux clapotis. Une longue journée sur le vapeur les avait amenés de Savannah mais Anna Rose ne sentait plus la fatigue, apaisée par la ville assoupie sous les ombrages. Le nom de « Darien » avait une consonance magique pour la jeune femme.

— Mon père rêvait d'émigrer ici mais il ne se rappelait jamais le nom de la ville. Il l'appelait New Inverness.

Anna Rose avait souvent pensé à sa famille durant le voyage. Avant son départ de Baltimore, elle avait envoyé une lettre à sa mère, décrivant l'incendie de New York et sa descente vers le Sud. Elle avait laissé entendre qu'elle trouverait peut-être le moyen de les accueillir en Amérique. En effet, Angus Campbell avait offert son aide dès qu'elle lui eut raconté les déboires de son père.

Anna Rose lui avait également confié le détail de ses pérégrinations sans insister sur ses relations avec Hugh Sinclair. Elle se sentait encore trop vulnérable à ce sujet. Angus lui répondait en évoquant Rosedhu. Anna Rose découvrit en lui un véritable homme d'affaires sans aucun point commun avec Flynn !

Durant leur périple, Angus avait exposé ses méthodes de culture à Anna Rose. La rivière qui baignait Rosedhu lui amenait de riches alluvions et refluait avec les marées de l'océan tout proche, drainant et irriguant les terres en même temps. Les huit cents hectares de plantation étaient entretenus par plusieurs centaines d'esclaves qui avaient également édifié des barrages sur le modèle des polders hollandais.

— La saison du riz dure du printemps à l'automne. Je choisis la période où l'on plante les pousses en fonction de la lune et des grandes marées de printemps.

— J'ai hâte de voir la première récolte ! s'écria Anna Rose qui avait suivi toutes ces explications avec grand intérêt.

Elle se rappelait l'excitation qui régnait à la ferme paternelle lors des fêtes de la moisson.

— Elle a lieu fin août ou début septembre, répliqua Angus. Mais vous ne la verrez pas, je le crains.

— Pourquoi ? s'écria-t-elle, déçue.

— Nous serons à Ridge, ma résidence d'été, à ce moment-là. En effet, les plantations ne sont pas saines durant les mois chauds. Les planteurs les quittent au début du printemps et reviennent à la première gelée noire. (Devant la mine perplexe d'Anna Rose, Angus se hâta d'ajouter :) Trois gelées blanches amènent une gelée noire : les plants de pommes de terre se flétrissent et leurs feuilles noircissent. Les miasmes des marais sont alors inoffensifs. Vous aimerez Ridge, j'en suis certain. La maison n'est pas aussi grande que Rosedhu mais très confortable et la vie y est plus tranquille.

— Et les esclaves ?

— Ils sont immunisés contre les fièvres des marais, à cause des pigments de leur peau noire, peut-être. Ils peuvent donc effectuer les récoltes sans danger.

Anna Rose hocha la tête. Ces explications lui donnaient le sentiment de ne pas arriver tout à fait en terrain inconnu. Mais la plantation lui réservait quelques surprises...

Angus avait prévenu de son retour la nuit précédente et un bateau les attendait à Darien. Sitôt eurent-ils débarqué qu'une ovation les accueillit.

— Voici Pride et son équipage, annonça Angus.

Anna Rose scruta l'obscurité montante. Une pirogue décorée de couleurs vives longeait la rive, commandée par une haute et fière silhouette. Pride était un descendant des valeureux guerriers Ashantis. Il dépassait Angus d'une tête et Anna Rose eut un mouvement de recul, intimidée par son maintien orgueilleux et sa puissante stature.

Noir comme la nuit, il incarna un instant tous les mystères du Sud.

Pride s'inclina devant son maître.

— Bienvenue Major Campbell, dit-il dans un anglais parfait, à la grande surprise d'Anna Rose. J'espère que votre voyage s'est révélé fructueux.

— Pas exactement, Pride. Je suis heureux de rentrer. Je te présente madame McShane, notre nouvelle gouvernante... avec Dalila, naturellement.

Anna Rose se trouva un instant désemparée, ne connaissant pas les usages. Elle hocha finalement la tête en disant :

— Je suis contente de faire votre connaissance, Pride.

L'esclave s'inclina sans sourire, très raide.

— Où en sont nos affaires depuis mon départ, Pride ? Comment s'est comporté le nouveau contremaître ? Mais nous en parlerons à la maison, reprit Angus après un rapide regard vers les esclaves penchés sur leurs rames.

Anna Rose, intriguée par cet échange, se trouva trop lasse pour questionner Angus. Elle préféra se laisser bercer par le léger balancement de l'embarcation, envoûtée par les litanies que les esclaves entonnèrent au rythme de leurs pagaies. Des chants d'oiseaux nocturnes montaient depuis les denses forêts qui bordaient la rivière, ajoutant une note étrange à la scène. Le fond de l'air était un peu piquant mais sans la morsure hivernale qu'Anna Rose avait connue à New York.

Après environ un quart d'heure, les bois s'effacèrent et la lune se leva sur une vaste étendue d'eau.

— Nous sommes sur ma propriété, très exactement sur le grand canal qui traverse les rizières, expliqua Angus. Si vous regardez droit devant, vous apercevrez Rosedhu derrière les arbres.

Quels arbres ? s'interrogea Anna Rose, perplexe. Puis ils longèrent un coude du chenal et les grandes sentinelles apparurent : deux magnolias géants aux branches épanouies et aux larges feuilles plates argentées par la lune. Comme promis, les fenêtres illuminées de la demeure apparurent un peu plus loin. Anna Rose retint son souffle, impressionnée par les dimensions de la maison.

— Tout cela vous appartient ? murmura-t-elle.

Angus répliqua d'un signe de tête, flatté par sa réaction.

Pride souffla dans une large conque pour annoncer leur arrivée ; au débarcadère, la domesticité au grand complet se pressait pour accueillir le maître. Anna Rose eut un mouvement de recul devant tous ces visages noirs penchés vers elle quand elle apparut en pleine lumière.

— Tout va bien, Anna Rose, la rassura Angus en lui prenant le bras. Ils ne vous feront pas de mal. Certains d'entre eux n'ont jamais vu de femme blanche. Comme je vous l'ai dit, mon épouse est décédée depuis de nombreuses années et je reçois très peu. Ils ne cherchent qu'à vous présenter leurs hommages. Souriez-leur et dites bonjour : ils seront satisfaits.

Elle suivit ses conseils et, à son grand soulagement, vit les visages curieux se détendre.

— Ecoutez-moi bien ! tonna la voix de Campbell. Cette dame s'appelle madame McShane. Elle va vivre à Rosedhu à partir de maintenant et vous lui obéirez en tout point comme à moi. Si elle est contente de vous, je le serai aussi.

Puis Angus guida Anna Rose vers la majestueuse demeure, empruntant une allée bordée de coquillages nacrés. Les esclaves se dispersèrent et seul Pride les escorta jusqu'aux marches.

— Monte avec nous, ordonna Angus brièvement, alors que Pride allait utiliser l'entrée de service. Nous devons parler affaires et il est déjà tard.

Pride regarda autour de lui comme pour vérifier que personne n'assistait à son manège puis les suivit rapidement.

Anna Rose observa la scène avec curiosité. Le maître de Rosedhu semblait entretenir une relation toute particulière avec cet esclave. D'ailleurs, alors qu'elle peinait à comprendre le charabia des autres domestiques, Pride possédait un anglais impeccable.

Soudain une femme à l'allure imposante apparut dans le hall d'entrée. Son expression énigmatique ne trahissait pas son âge et seuls quelques cheveux gris indiquaient qu'elle n'était plus très jeune.

— Bienvenue, Major, dit-elle doucement.
— Dalila, je te présente madame McShane, ma nouvelle gouvernante. Tu l'assisteras dans l'exercice de ses fonctions.
— Oui, maître. Nous sommes heureux de vous compter parmi nous, ajouta Dalila à l'adresse

d'Anna Rose, sans sourire mais sans hostilité marquée.

— Monsieur La Farge est-il dans les environs ?
— Il est à l'office, maître, répliqua Dalila avec une lueur imperceptible dans le regard.
— Fais-le venir à mon étude immédiatement.
— Certainement, maître, acquiesça Dalila d'une voix calme.

Pourtant Anna Rose aurait juré lire un mélange de haine et de crainte dans le regard de l'esclave.

— Madame McShane, reprit Angus, je suppose que vous êtes lasse. Je peux faire monter vos bagages dans votre chambre ainsi que votre dîner. Mais cette entrevue ne devrait pas durer très longtemps et j'aimerais souper en votre compagnie.
— Dois-je assister à la conversation, Angus ?

Le planteur hésita un instant.

— Elle sera sans doute déplaisante. Je crois que je vais renvoyer ce contremaître. Cela étant, la scène sera instructive. Il faut vous familiariser aussi avec les aspects les moins flatteurs de Rosedhu.

Anna Rose le suivit en silence jusqu'à la porte de son étude, où Pride s'était posté. Ils entrèrent tous les trois.

— Avant qu'il arrive, donne-moi ton rapport, Pride, ordonna Campbell.
— Tout s'est passé comme nous l'avions craint, Major. Dès que vous avez eu le dos tourné, il a repris le fouet. Trois de nos meilleurs hommes se sont enfuis : Plato, Floyd et Big Jim.
— Et ensuite ? demanda Campbell, assombri.
— Floyd a été retrouvé mort dans les marais,

victime d'un crotale. Plato a été pisté par les chiens. La Farge l'a fouetté jusqu'à l'inconscience et emprisonné dans une case.

— Vivra-t-il ?

— Je doute qu'il en ait envie, répliqua Pride en haussant les épaules. Une fois que La Farge a décidé d'avoir votre peau, ce n'est plus qu'une question de temps...

— Et Big Jim ?

— Nous sommes sans nouvelles. Il a volé une barque. Peut-être a-t-il réussi mais vraisemblablement il est mort. La Farge a fait publier des annonces à Darien, Savannah et Saint Simon. S'il est aux environs, on le retrouvera.

— Big Jim était notre meilleur homme ! s'exclama Campbell avec dépit. Et il n'avait jamais posé de problème. Que s'est-il passé ?

— Pourquoi ne me le demandez-vous pas, Major, plutôt que d'interroger ce sale nègre ?

Anna Rose sursauta. La Farge s'encadrait dans la porte, aussi répugnant que son accent vulgaire l'avait laissé entendre. Il était grand, trapu, et de longs cheveux raides tombaient contre son col à la blancheur douteuse. Ses petits yeux décolorés clignaient entre des paupières bouffies par l'alcool et il empestait si fort le whisky qu'Anna Rose se détourna. La Farge s'attarda un instant sur la jeune femme avant de fixer Campbell sans ciller.

— Il paraît qu'il y a eu des troubles pendant mon voyage.

— Pas plus que d'habitude, rectifia La Farge en revenant sur Anna Rose. Et je m'en suis occupé.

Quant à Big Jim, je l'aurai mort ou vif, vous avez ma parole !

— Et à quoi me servira un homme mort sur la plantation ? rugit Angus. Que s'est-il passé ?

— Ces trois bons à rien ont refusé de travailler dès que vous êtes parti. Trois jours d'affilée, ils sont rentrés dans leur case sans avoir achevé leur travail. Ils voulaient me tester, voilà ce qu'ils avaient derrière la tête ! Eh bien, ils ont trouvé à qui parler ! Yancy La Farge n'a pas peur d'un nègre !

Anna Rose connaissait l'organisation du travail à Rosedhu. Chaque esclave se voyait assigner une tâche à accomplir entre le lever et le coucher du soleil. Une fois qu'il en avait terminé, il pouvait disposer des heures restant à sa guise. Les plus industrieux en profitaient pour entretenir de petits jardins ou sculpter des tables, des seaux et des pirogues qu'ils vendaient ensuite à Darien. Ceux qui n'avaient pas fini à temps étaient dénoncés au contremaître par leur chef d'équipe, un esclave lui aussi. Le planteur en était finalement informé et choisissait lui-même la punition à infliger aux paresseux. Angus avait expliqué que seul le maître pouvait faire appliquer le fouet et qu'il n'y avait personnellement jamais recours. D'où le conflit qui l'opposait à La Farge.

— Bon Dieu ! s'exclama Campbell, cramoisi de rage. J'ai laissé des ordres stricts et vous connaissiez ma règle avant d'être embauché ! Vous avez dépassé les bornes ! Combien de coups de fouet ont-ils reçus pour s'évader ?

— Je ne sais pas ce que votre nègre à la langue

fourchue vous a raconté, commença La Farge en jetant un regard venimeux à Pride, une veine battant sur sa tempe. Driver en a administré trente à Floyd et à Plato. Ils s'en sont bien tirés, les gaillards. Et je n'ai pas levé le petit doigt sur Big Jim.

Pride se racla la gorge furieusement.

— Pourquoi s'est-il enfui, alors ?

— Je n'ai rien fait moi-même rétorqua La Farge. Ce voyou a la peau dure : au lieu de le fouetter, je lui ai fait appliquer les lanières sur le dos de sa femme, qui avait mérité un bon châtiment.

Angus se dressa tout droit, une lueur meurtrière dans le regard :

— Vous avez fait battre Fancy ? Alors qu'elle est enceinte ?

Anna Rose frémit d'horreur. Dire qu'elle avait pris Rosedhu pour un paradis ! Elle voulut sortir mais à l'idée de croiser ce répugnant personnage, elle préféra se dominer et tâcher de se calmer.

— Elle n'était plus grosse, rectifia La Farge. Elle avait eu le marmot trois jours après votre départ mais elle traînait toujours à l'infirmerie sous prétexte qu'elle était trop faible pour travailler. Je voulais juste la stimuler un peu, c'est tout.

— Big Jim n'aurait jamais touché à sa femme, énonça Angus d'une voix glaciale qu'Anna Rose ne lui connaissait pas. Comment êtes-vous arrivé à vos fins ?

Yancy La Farge, qui était toujours nonchalamment adossé à l'encadrement de la porte, ne répliqua rien. Mais un lent sourire cruel étira ses lèvres.

— Il a pris le bébé, intervint Pride, le premier

fils de Big Jim, et a menacé le père de lui éclater la tête contre un mur s'il ne fouettait pas Fancy. Finalement c'est elle qui a supplié Big Jim d'obéir pour sauver leur fils.

Un silence de mort tomba soudain dans l'étude. Pétrifiée d'horreur, Anna Rose se força à respirer, au bord de la nausée. Elle songea soudain à Heather et faillit s'évanouir, ne retrouvant son sang-froid qu'au prix d'un gros effort.

— Foutez-moi le camp, ordonna Campbell d'une voix coupante.

— Oh mais non, Major, le contredit La Farge en ricanant. Nous avons un contrat, si je ne m'abuse.

— Ah oui, j'oubliais, reprit Angus.

Il ouvrit un tiroir de son bureau et sortit un pistolet et une feuille de papier. Puis, ajustant La Farge à la tempe, il lui jeta le document :

— Voyez ce qui vous reste à faire.

La Farge suffoqua de rage, stupéfait. Puis, transpirant soudain à grosses gouttes, il se baissa pour ramasser le contrat.

— Déchirez-le vous-même.

La Farge obtempéra en lui lançant un mauvais regard.

— Parfait ! conclut Campbell quand il eut terminé. Maintenant, déguerpissez avant le lever du soleil. Si je vous revois chez moi, je risque de vous abattre comme un chien !

La Farge soutint un instant son regard puis tourna les talons et détala en claquant la porte.

Anna Rose s'effondra dans un fauteuil, épuisée.

— Je suis navré, Anna Rose, s'excusa Campbell.

Je ne pensais pas en arriver là. Vous sentez-vous mal ?

Anna Rose respira profondément. Effectivement, l'affrontement avait été pénible — comme tant d'autres choses dans sa vie ! Mais toute rose a ses épines...

— Tout va bien, Angus, répliqua-t-elle en se forçant à sourire. Je crois que vous avez eu raison de vous débarrasser de cet odieux personnage.

— Ne vous inquiétez pas. Il est parti pour de bon, assura Angus en la guidant au salon.

Pride resta dans l'étude, l'air soucieux.

Le souper fut assez tendu. Anna Rose avait perdu son appétit et ne parvenait pas à chasser la scène de son esprit.

Finalement Dalila apporta le café.

— Je ne peux que vous répéter mes excuses, Anna Rose. Je n'imaginais pas trouver une situation aussi grave.

— Est-ce la routine ?

— Non, heureusement, répliqua-t-il. Mais l'esclavage est un fléau dont beaucoup cherchent à tirer parti et Yancy La Farge est du lot.

— Vous devrez recruter un autre homme, à présent ?

— Sans doute, mais cela va prendre du temps et je ne suis pas certain de tomber mieux. La plupart des contremaîtres sont des marginaux. (Angus secoua la tête, incrédule.) Je croyais pourtant que La Farge ferait l'affaire. C'est mon fils, Weyman, qui me l'avait recommandé. Ils s'étaient rencontrés en Louisiane. La Farge est issu d'une bonne famille de La Nouvelle-Orléans et il a fait des études. Mais c'est un fou.

Au risque de paraître impertinente, Anna Rose posa la question qui lui tenait à cœur :

— Pourquoi possédez-vous des esclaves, Angus, si vous réprouvez ce système et ses inconvénients ?

Campbell garda le silence quelque temps.

— Je n'ai pas eu le choix. Je suis né ici et j'ai été élevé dans ce mode de vie. Mon arrière-grand-père était parmi les rebelles écossais qui ont dû abandonner leurs propriétés et se cacher dans les montagnes après la révolte jacobite de 1715. Vingt ans plus tard, il quitta l'Ecosse pour le Nouveau Monde avec la promesse de recevoir sa liberté et une terre de deux cent cinquante hectares. Le domaine fut agrandi pour faits de guerre : mon grand-père avait aidé le général Oglethorpe à chasser les Espagnols lors de la bataille de Bloody Marsh en 1742. J'en ai hérité à la mort de mon père et mon seul espoir est que mon fils se montre à la hauteur de sa tâche le moment venu.

Anna Rose hocha la tête. John Macmillan avait également repris la ferme familiale. Mais on y embauchait le personnel : on n'achetait pas la main-d'œuvre comme du bétail !

— Quant à l'esclavage, poursuivit Angus, les Ecossais s'y opposèrent aussi longtemps que possible. Il était même interdit dans l'Etat de Géorgie. Mais les citoyens de Savannah finirent par avoir gain de cause et les planteurs reçurent l'autorisation d'acheter du « bois d'ébène » à partir de 1749. Les Ecossais durent s'aligner sur la majorité, sous peine de faire faillite. De grosses fortunes furent donc investies dans l'achat d'esclaves, les plantations s'élargirent et si nous devions revenir en arrière, ce serait la banqueroute. De toute manière, nous sommes prisonniers d'un cercle vicieux. Si je vendais mes esclaves, les familles seraient séparées, ce à quoi je ne me suis jamais résolu. Si je les affranchissais, je me ruinerais. En outre, cette terre n'est bonne qu'à la culture du riz et je vis déjà à crédit toute l'année : à la moindre tornade, je dois m'endetter. Notre économie est aussi fragile que les rizières, acheva Angus avec un geste résigné.

Anna Rose hocha la tête.

— Vous ne me haïssez pas trop, j'espère ? demanda Angus avec un brin d'inquiétude.

— Mais pas du tout ! s'écria-t-elle. Vous défendez visiblement vos gens du mieux que vous pouvez. Moi-même, je ferai le maximum — à partir de demain ! Pour le moment...

— Bien sûr, acquiesça Angus. Il est très tard. Il faut aller dormir. Dalila va vous montrer votre chambre.

Rosedhu s'ordonnait autour de vastes couloirs parquetés de pin blond. Des tapisseries pastel éclairaient les pièces et au dernier étage se trouvaient de larges baies vitrées que l'on ouvrait par grosse chaleur pour aérer la maison. Pour le moment, elles étaient soigneusement closes et des feux brûlaient dans les cheminées.

Les appartements du maître s'ouvraient sur la façade. Dalila mena Anna Rose vers une chambre plus petite, à l'arrière de la maison. Anna

Rose aperçut une échelle qui montait au grenier.

— Laisse-t-on l'accès permanent au grenier ? demanda Anna Rose pour rompre le silence.

— Il le faut bien, expliqua Dalila. Les familles de planteurs déménagent souvent ; ainsi nous ne perdons pas de temps.

— Accompagnez-vous le Major à Ridge ?

— Bien sûr, madame. Tous les domestiques y vont.

— Même Pride ? insista Anna Rose pour mieux le situer.

— Le Major Campbell ne se sépare jamais de mon fils, déclara Dalila en souriant pour la première fois. Il dit que mon fils est son bras droit.

— Pride est votre enfant ! J'aurais dû m'en douter ; vous vous ressemblez beaucoup.

— Pride est à moi et c'est aussi le seul nègre instruit de la plantation.

— Comment cela ?

— Il sait lire, écrire et compter, expliqua Dalila en baissant la voix. C'est le Major qui lui a appris, même si c'est illégal. Mais le Major, il a dit comme ça : « Ce garçon est intelligent et c'est un péché de laisser un esprit en friche. » Le seul problème maintenant, c'est que Pride doit se méfier de certains Blancs, comme La Farge, parce qu'ils n'aiment pas les nègres qui en savent trop long.

Voilà pourquoi Angus semblait si proche de Pride. La Farge connaissait vraisemblablement leur secret... *Pourvu qu'il n'aille pas dénoncer Angus à Savannah !* songea Anna Rose, prenant déjà fait et cause pour Rosedhu.

— Voici la chambre que le Major a choisie pour vous, madame, dit Dalila. C'était celle de son fils avant qu'il ne quitte le domaine, il y a quelques années. Ils ne s'entendaient pas très bien.

— Où habite-t-il, maintenant ? Vient-il parfois en visite ?

— Il fait son apparition de temps à autre, quand il a besoin d'argent, en général. Comment un homme aussi généreux que le Major a pu engendrer un pareil bon à rien, ça me dépasse ! Excusez-moi, ajouta soudain Dalila avec nervosité, je ne devrais pas parler ainsi. Je suis trop bavarde. Mais j'ai allaité ce garçon et si j'avais été sa mère, je lui aurais administré une bonne correction de temps en temps pour lui remettre les idées en place ! Sa maman, Dieu ait son âme, était très indulgente. Madame Clara était bonne et douce et je l'aimais comme ma propre mère. Dire que son fils a abusé d'elle à ce point... Heureusement, c'est fini, maintenant.

Dalila tisonna le feu et ouvrit le lit. On avait monté la malle d'Anna Rose et le trousseau qu'Angus Campbell lui avait choisi à Savannah était déjà rangé dans les placards.

— Il y a de l'eau chaude dans la baignoire. Aurez-vous besoin d'autre chose, madame ?

— Non, merci, Dalila. Dites-moi : à quelle heure le Major prend-il son petit déjeuner ?

— Il se lève avant le soleil, madame. La conque sonne vers quatre heures mais il est déjà debout.

— Dans ce cas appelez-moi quand il le faudra. Le Major ne prendra plus ses repas seul, désormais.

Dalila hocha la tête, perplexe. Les dames ne se levaient pas si tôt, ordinairement. Puis son visage s'éclaira d'un sourire :

— C'est très bien, madame. Le Major avait besoin de quelqu'un comme vous, ici. Il est tellement isolé. Peut-être que sa chance a tourné. Comptez sur moi pour vous réveiller, madame.

Anna Rose se laissa glisser dans un sommeil léger, hanté de visages et de voix. Rory, La Farge, Hugh, Heather... tous se mêlaient en une sarabande étrange, sans pourtant ébranler une conviction profonde : Anna Rose était arrivée au bout de son voyage. Elle était enfin chez elle.

22

Une semaine après l'inondation des champs de riz pour la récolte, Pride revint de Darien avec une lettre pour Anna Rose, signée... Iris Macmillan Kilgore.

Plus d'une année s'était écoulée depuis la dernière lettre de sa mère. Les mains tremblantes, Anna Rose rompit le sceau de cire.

Inverness, Ecosse

17 mai 1836

Ma chère sœur,
Tu t'étonnes sans doute de lire une lettre de moi après la dispute qui nous a divisées. Mais je veux que tu saches que je ne te garde pas rancune du tort

que tu m'as infligé en épousant Rory McShane. Je dois pourtant reconnaître que je t'en ai voulu, d'autant que tu t'es montrée irresponsable et égoïste en me laissant la charge de la famille. Jamais je n'aurais négligé les nôtres de cette manière.

Peinant à en croire ses yeux, Anna Rose relut le début de la lettre. Etrange message de réconciliation ! Iris cherchait visiblement à la culpabiliser... Du reste, Iris avait elle-même le projet d'émigrer en Amérique ! Qu'est-ce qui avait pu la retenir ? Certainement pas la sollicitude envers ses parents !

Comme tu le sais sans doute, je me suis mariée et j'ai un enfant — malingre et insupportable depuis sa naissance. Il ne verra jamais son père puisque ce dernier est mort avant que j'aie pu moi-même vraiment le connaître. Mais de grâce, ni fleurs ni couronnes ! Cette affaire était une erreur depuis le commencement. Stuart était assez gentil mais la prochaine fois, je choisirai un autre genre de mari. J'imaginerais volontiers un homme plus âgé et plus installé dans la vie, comme ton monsieur Campbell, par exemple, dont tu nous dis tant de bien. Je suppose que tu vas bientôt te remarier !

Anna Rose interrompit sa lecture, complètement effarée. L'idée d'épouser Angus ne lui avait jamais traversé l'esprit et elle n'avait évidemment rien laissé entendre de tel dans sa lettre ! Quant à la mort de Stuart, le plus choquant était certainement la froideur avec laquelle Iris en expédiait le récit. Elle ne précisait même pas les circonstances de la tragédie ! La naissance de l'enfant constituait malgré tout une note plus souriante. Anna Rose aurait pourtant aimé apprendre son nom.

J'envisage moi-même de me remarier. Mon soupirant n'est plus très jeune mais il est riche. J'accepterai à la condition qu'il m'emmène en Amérique et m'installe sur une belle plantation comme toi.

Quant aux autres membres de la famille, ils n'ont guère changé. Papa décline toujours et maman grisonne avant l'âge. Elle avait tant besoin de ton aide, Anna Rose. Comment as-tu pu la quitter ?

Je te tiendrai au courant de mes projets. Pendant que tu profites bien du luxe de Rosedhu et que tu joues à la maîtresse de maison, pense de temps en temps à tes pauvres parents — ton père malade, ta vieille mère et tes frères et sœurs qui ne mangent pas toujours à leur faim.

J'espère seulement que tu tiendras un jour tes promesses...

Angus trouva Anna Rose complètement effondrée.

— Mon Dieu, que se passe-t-il ? De mauvaises nouvelles de votre famille ?

— Non, non, sanglota Anna Rose. Mais je n'aurais jamais dû les laisser ! Lisez plutôt, dit-elle en lui tendant la lettre.

Angus parcourut le message en silence.

— Eh bien ! s'exclama-t-il finalement. Comment ose-t-elle vous accuser ainsi ? Quelle cruauté !

— Mais elle a raison, Angus ! s'écria Anna Rose en essuyant ses larmes. J'ai eu tort de partir ! Bien sûr, elle essaie de me faire souffrir mais au fond, elle n'écrit rien de faux !

Angus, ému qu'Anna Rose ait chanté ses louanges dans de précédentes lettres, s'assit à son tour, le cœur battant. Le moment était venu !

— Anna Rose, séchez vos larmes !

Elle leva les yeux vers lui, surprise de sa voix enjouée et presque choquée par son large sourire.

— Nous allons les faire venir — tous, même cette langue de vipère ! Je leur envoie un mandat par le prochain bateau et ils seront là avant d'avoir le temps de dire ouf ! Maintenant je veux un sourire !

— Oh, Angus ! s'exclama Anna Rose en se jetant à son cou. Comment puis-je vous remercier ?

Angus attendait cet instant depuis des mois. Il avait rêvé de sentir ce corps féminin contre sa dure poitrine. Il ferma les yeux en souriant de bonheur :

— Anna Rose, votre joie est toute ma récompense !

Une année entière s'écoula pourtant. Anna Rose apprenait chaque jour à mieux remplir son rôle de gouvernante et s'initiait à un mode de vie radicalement différent de ce qu'elle avait connu. Quel monde étrange ! Chaque heure dévoilait un mystère nouveau — parfois merveilleux, tels les couchers de soleil sur le fleuve Altamaha qui semblait alors charrier du bronze incandescent, parfois terrifiant, comme les serpents venimeux des marais. Et sans cesse pesait la menace d'une révolte d'esclaves, même si Angus en démentait la rumeur.

En même temps, Anna Rose avait le sentiment d'appartenir à ce pays unique. Petit à petit, elle apprenait à vivre au rythme de la plantation et les chagrins anciens s'effaçaient. Bien sûr, elle restait choquée par l'esclavage mais sous l'influence d'Angus, elle avait fini par le juger comme un mal nécessaire. Malgré ce fléau, elle aimait le Sud, son peuple, la terre... la maison elle-même, qu'elle finissait par considérer comme son propre foyer.

A Rosedhu, la demeure du maître avait été érigée au sommet d'une haute colline et dominait les rizières. Sur des kilomètres s'étendaient les terres herbeuses bientôt gagnées par les marais ou de vastes champs de riz. L'eau rencontrait l'horizon à l'infini et dans cet univers sans limites, Anna Rose se sentait libre et unie à la nature.

Autour de la maison s'élevaient les quartiers des esclaves, que l'on appelait simplement les « villages ». Ils étaient regroupés en quatre hameaux traversés par une large rue bordée de cases en vis-à-vis. Anna Rose y consacra de longues heures dès son arrivée, expliquant certaines règles d'hygiène et de médecine aux femmes. Cette tâche était habituellement réservée à l'épouse du planteur mais depuis le décès de Clara, cet enseignement avait été malheureusement négligé, sinon même oublié.

Une fois familiarisée avec la vie de la plantation,

Anna Rose organisa rapidement son temps. Elle prenait chaque matin son petit déjeuner avec Angus. Tout en partageant le café brûlant, les œufs et le bacon frits, les galettes de maïs et les brioches fourrées de confiture d'oranges amères, ils échangeaient leurs projets pour la journée avec le naturel de deux époux. Quand Angus partait effectuer ses tournées, Anna Rose vaquait à ses propres occupations.

Elle se rendait d'abord à la cuisine, installée dans une dépendance à l'arrière de la maison, pour donner le menu à la cuisinière. Puis elle lui fournissait les denrées nécessaires, entreposées dans les garde-manger dont elle avait la clé. Ensuite elle assignait leur tâche aux domestiques de la maison, relayée par Dalila qui en supervisait la bonne exécution.

Les premiers temps, Anna Rose s'était sentie débordée par l'ampleur du travail. La domesticité comptait une bonne quinzaine d'esclaves et elle avait du mal à se rappeler les noms et les devoirs de chacun. Heureusement, en vivant chez les Sinclair, elle avait appris le mode de vie et les exigences des grands bourgeois, ainsi que la gestion du personnel de maison.

Angus l'aidait également. Il s'efforçait de faciliter son travail en éclaircissant les énigmes et corrigeant ses erreurs sans jamais perdre patience même si parfois elle se décourageait. Il lui confia un registre pour qu'elle y inscrive l'organisation des tâches ménagères et lui donna une petite bonne, Bitsy, chargée de porter les clés des nombreuses pièces.

Elle consacrait généralement le reste de la matinée à ses visites aux malades alités à l'infirmerie et aux enfants trop jeunes pour travailler. Ils étaient rassemblés dans une grande case pendant que les mères étaient aux champs. Les surveillantes emmenaient les nourrissons aux rizières à l'heure des tétées. Anna Rose s'indigna de voir les nouvelles accouchées renvoyées aux marais après deux petites semaines de repos et ne se laissa guère persuader par les arguments d'Angus.

Vers trois heures, Angus la rejoignait pour leur repas de la mi-journée, généralement composé de porc, de mouton, de gibier ou d'un canard rôti à la broche. On leur servait du riz à chaque repas et Hannah, la cuisinière, n'était pas peu fière de ses recettes.

— Cette purée grisâtre qu'on sert chez certains n'a rien à voir avec le vrai riz, lui expliqua-t-elle un jour avec dédain.

Pendant qu'elle parlait, elle s'appliquait avec une aide à séparer les grains de leur enveloppe à grands coups de pilon dans un mortier creusé dans un tronc d'arbre.

— Ditto! s'écria-t-elle, va chercher ton frère!

Les deux galopins arrivèrent en courant et repartirent avec deux paniers à fond plat remplis du mélange. Puis ils s'installèrent dans un courant d'air. Levant bien haut les récipients, ils les laissaient retomber d'un coup: le vent soufflait les enveloppes, laissant les grains tout propres.

— A Charleston, reprit Hannah, il paraît qu'ils font bouillir leur riz une heure! Ce ne sont pas des façons, madame McShane! Drôles de gens... Il faut laisser le riz gonfler dans une grande marmite d'eau au feu. Ensuite on le cuit une heure à la vapeur.

Anna Rose s'inclinait bien volontiers devant son savoir-faire, admirant dans son assiette les perles blanches et rebondies qui s'égrenaient sous sa fourchette.

Entre la fin de l'après-midi et la soirée, Anna Rose disposait de quelques heures de loisir. Si Angus était libre, il l'emmenait se promener à cheval et lui enseignait l'art de monter en amazone. Ses fins chevaux racés n'avaient guère de points communs avec les gros poneys qu'Anna Rose enfourchait en Ecosse. Mais elle n'avait pas peur et apprenait vite.

Si Angus ne pouvait se libérer de ses obligations, Bitsy et son frère aîné Tom-Tom accompagnaient Anna Rose dans ses flâneries. Ils lui montraient comment attraper les brèmes et les perches du fleuve, lui déclinaient les noms des plantes, lui indiquaient les meilleurs points de vue sur la mer.

Les deux enfants étaient intelligents et attentifs. Quand Anna Rose résolut de leur apprendre à lire, ils se montrèrent enthousiastes et surent vite reproduire à la perfection les lettres qu'elle traçait avec un bâton dans le sable. Mais elle leur fit jurer le secret, se rappelant l'interdiction qui pesait dans les Etats esclavagistes.

Quel choc le soir où Angus la rattrapa dans l'escalier et lui ordonna sèchement de le suivre dans la bibliothèque !

Elle lui emboîta le pas en silence, tremblante.

— Il y a un voleur parmi nous, annonça Angus sans préambule, une fois la porte refermée.

Anna Rose le dévisagea, stupéfaite. Etait-ce une accusation ?

— Un petit, je précise, ajouta-t-il avec une lueur amusée dans le regard.

— Je ne vous suis pas, balbutia-t-elle enfin.

Le vol était un crime sévèrement puni sur la plantation.

— Qu'est-ce qui a été dérobé ?

Il se dirigea vers un coin de la pièce et s'accroupit devant une étagère, lui montrant un espace vide.

— Il y avait quatre volumes, ici. Des manuels de lecture élémentaires. Cela vous dit-il quelque chose ?

— Mais non, murmura Anna Rose, déconcertée.

— Je pensais que c'était peut-être... commença Angus avec un large sourire, un de vos petits élèves ?

— Vous êtes au courant...

— Pas grand-chose ne m'échappe, ici. Tom-Tom serait mort plutôt que de vous dénoncer. Mais Bitsy est si fière de ses connaissances toutes neuves que l'autre jour, comme je lisais le journal, elle n'a pas pu s'empêcher de déchiffrer quelques mots à haute voix. Quand je lui ai demandé des explications, elle m'a tout raconté.

— Excusez-moi, Angus. Je sais que c'est interdit.

— Eh oui, soupira-t-il, aussi injuste que cela paraisse. Si nous étions pris à ce jeu, nous le paierions cher. Cela étant, Anna Rose, vous savez que je vous approuve. Mais pour l'amour de Dieu, soyez discrète et limitez-vous à Bitsy et Tom-Tom. Et puis, fit-il avec un sourire taquin, dites à Bitsy que vous lui prêterez les livres qu'elle voudra. La grammaire grecque qu'elle a subtilisée ne devrait pas lui être très utile pour l'instant !

Le maître de Rosedhu se félicita du soulagement d'Anna Rose. Il n'aurait pas dû lui causer une frayeur pareille ! Elle comptait chaque jour davantage pour lui... Sa beauté l'émouvait et les éclairs de tristesse qui traversaient parfois son regard vert ne la rendaient que plus fascinante. Elle était bonne et généreuse et son enthousiasme juvénile rendait à Angus l'élan de sa jeunesse. Par ailleurs les épreuves lui avaient apporté une maturité et des facultés de compréhension inhabituelles pour son âge.

A peine une année auparavant, c'était une jeune femme brisée qu'il avait amenée à Rosedhu, au point qu'il s'était interrogé sur le bien-fondé de son acte : n'allait-il pas achever de la bouleverser en la plongeant dans cet univers ? Il avait même envisagé de payer son billet pour l'Ecosse afin que ses blessures se cicatrisent mieux. Mais il avait rapidement repoussé cette possibilité — sans doute par pur égoïsme — et maintenant s'en réjouissait. Rosedhu l'avait apaisée. Elle s'était reprise et appartenait à la plantation tout autant que lui, désormais. Une seule barrière les séparait encore.

— Anna Rose ? l'interrogea-t-il sur un ton hésitant, sans la quitter des yeux.

— Oui ?

— Je dois m'absenter quelques jours. Un propriétaire voisin, qui ne résidait pas sur place, a l'intention de venir habiter sur sa plantation. Il voudrait que je vérifie l'état de sa maison parce qu'il amène sa fille. Il y a bien une femme cherokee qui garde les lieux et un contremaître mais je lui ai promis de jeter un coup d'œil avant son arrivée. (Il lui lança un regard étrange et secoua la tête.) Cela ne me rajeunit pas, du reste.

— Le voyage sera-t-il si difficile ?

— Non, ses terres bordent les miennes. Simplement, la dernière fois que je l'ai vu, il était encore imberbe ! Son père était le maître des Highlands. Curieusement, il vient prendre possession de son héritage après tant d'années...

— Combien de temps serez-vous absent ? insista Anna Rose, devinant qu'Angus, plus préoccupé qu'à l'ordinaire, avait autre chose en tête.

— Avant de m'en aller, j'ai quelque chose à vous demander, Anna Rose. J'espère que mon voyage vous donnera le temps d'y réfléchir, justement.

Anna Rose se rapprocha de lui instinctivement, comme pour mieux l'écouter.

— Ma chère, fit-il en lui prenant la main, peut-être allez-vous vous étonner, mais durant cette année que nous avons partagée à Rosedhu, je suis tombé amoureux... Vous éclairez chacune de mes journées, j'ai retrouvé goût à la vie. Vous m'êtes devenue précieuse, Anna Rose. (Il s'interrompit et respira profondément.) Voulez-vous être ma femme ?

Elle le dévisagea, prise au dépourvu. Jamais elle

n'avait pensé se remarier. Elle avait connu l'amour de deux hommes et se considérait comme une femme comblée, préférant refouler toute autre tentation de peur de souffrir encore davantage.

Elle voulut d'abord le décourager gentiment. Mais comme elle cherchait ses mots, elle se sentit soudain moins sûre de sa décision. Cette proposition n'était pas le coup de tête d'un jeune homme impétueux. L'amour qui se déclarait là était celui d'un homme honnête et réfléchi qui avait consacré sa vie au travail et lui offrait maintenant de partager ses richesses, de devenir son égale.

— Ne répondez pas tout de suite. Vous avez besoin de vous habituer d'abord à l'idée. (Il se détourna, contemplant un instant le soleil déclinant sur le fleuve.) Bel après-midi... Que diriez-vous d'une promenade à cheval ?

Anna Rose hocha la tête, muette d'émotion.

Ils chevauchèrent côte à côte le long d'une chaussée étroite à la lueur faiblissante du crépuscule. Les premières étoiles s'allumaient dans le ciel d'hiver mais l'air était déjà doux et parfumé pour un mois de février.

Angus leva la tête et huma le vent salé.

— Il va bientôt falloir planter. Que les saisons et les années passent vite !

— En effet, répliqua Anna Rose. J'avais espéré que ma famille serait parmi nous avant le printemps mais chaque jour semble m'éloigner davantage de mon passé.

Elle songea qu'une nouvelle saison du cœur commencerait pour elle aussi... En effet, la décision s'était insinuée en elle : elle épouserait Angus. Il était bon et généreux — même avec les esclaves les plus rudes. Sans doute ne connaîtrait-elle pas avec lui l'élan romantique qui l'avait emportée avec Rory, ni la passion dévorante avec laquelle elle s'était donnée à Hugh, mais elle ne serait plus jamais seule. Leur vie serait riche d'amour et de tendresse.

Angus, émerveillé, contemplait le coucher du soleil. Elle allait lui confier ses pensées quand il lui dit :

— Vous songez souvent à votre famille, en ce moment, n'est-ce pas ?

— Sans cesse, avoua-t-elle.

— Vous devriez bientôt recevoir de leurs nouvelles. Des navires accostent chaque jour à Darien. J'avais pensé que vous pourriez écrire à votre mère ce soir encore pour l'inviter à partir au plus vite.

Plongé dans la pénombre, le visage d'Angus était indéchiffrable.

— Vous êtes certain de souhaiter leur présence ici ?

— Je ne veux que ce qui vous rendra heureuse, Anna Rose. Il y a toute la place nécessaire à Rosedhu et ce serait un plaisir d'entendre un peu de vie dans la maison.

Anna Rose hésita. Peut-être n'y voyait-il qu'un moyen de la pousser à devenir sa femme...

— Ne préférez-vous pas attendre de connaître ma décision ?

— Certainement pas ! Si vous refusez de m'épouser, vous aurez davantage besoin de votre famille. Vous avez été seule trop longtemps.

Anna Rose en eut les larmes aux yeux. Cet homme-là ne prononçait pas des promesses en l'air ! Il songeait sincèrement à son bonheur.

Ils rentrèrent sans parler et dînèrent rapidement. Angus raccompagna Anna Rose à sa chambre et se tint un instant devant elle. Ils se regardèrent comme s'ils en prenaient le temps pour la première fois. Anna Rose rougit un peu, s'efforçant en vain de rassembler son courage pour lui confier sa réponse. Il était sans doute trop tôt.

— Je partirai dès l'aube, expliqua-t-il en écartant une mèche rebelle sur le front d'Anna Rose. J'aimerais vous embrasser une fois avant de partir.

Anna Rose, intimidée, leva la tête vers lui et ferma les yeux, ne pouvant se défendre d'une certaine curiosité. Angus la prit dans ses bras, la serrant très fort contre son corps musclé, et unit leurs lèvres en un baiser tendre mais exigeant. Anna Rose sentit son cœur battre plus vite, en proie à un sentiment de désir qu'elle avait presque oublié.

— Je vous aime, dit-il en tremblant un peu, les yeux embués par l'émotion. Allons, conclut-il avant qu'elle ne puisse ajouter une parole, rentrez écrire à votre mère. Je serai de retour dans deux ou trois jours. D'ici là, j'espère que vous serez prête à me communiquer votre réponse.

Rosedhu, le 10 février 1837

Chers Papa et Maman,

J'ai de grandes nouvelles à vous apprendre. Je travaille toujours à Rosedhu chez Angus Campbell. Nous nous entendons très bien comme vous l'avez certainement deviné d'après mes lettres. Ce soir encore, il m'a recommandé de vous écrire afin que vous veniez nous rejoindre au plus vite. Angus est le meilleur des hommes : après m'avoir recueillie sans un sou, il veut encore ajouter à mon bonheur en nous réunissant.

J'ai une autre raison de me réjouir aujourd'hui : Angus m'a demandée en mariage. J'ai bien réfléchi et j'ai accepté. C'est un homme exceptionnel. J'ai cru à la fin du monde quand Rory est décédé et je pensais ne jamais me remettre de la mort de ma fille. Mais la vie est plus forte que tout ! Rory et Heather me manqueront toujours mais je ne serai plus seule : je partagerai mes joies et mes peines avec Angus. Vous l'aimerez autant que moi, j'en suis certaine !

Anna Rose se figea, stupéfaite de lire ce qu'elle n'avait encore oser s'avouer à elle-même : elle *aimait* Angus ! Jetant sa plume, elle s'enveloppa d'un peignoir et courut retrouver celui à qui elle voulait confier son destin.

— Qui est-ce ? demanda une voix étouffée quand elle frappa à sa porte.

— Anna Rose, répliqua-t-elle, la voix tremblante d'excitation. Puis-je vous entretenir un instant ?

Angus apparut au bout de quelques minutes,

passablement ébouriffé, vêtu à la hâte d'une robe de chambre qu'il achevait de nouer.

— Qu'y a-t-il ? demanda-t-il d'une voix alarmée.

— Tout va bien, Angus, répondit-elle en riant. C'est justement pour cela que je viens vous voir. Oui ! annonça-t-elle avec un sourire rayonnant.

— Oui ? répéta Angus, déconcerté.

— Oui, j'accepte de devenir votre épouse !

Angus resta d'abord sans voix, comme s'il n'était pas sûr d'avoir bien entendu, puis il partit soudain d'un éclat de rire de joie pure. Il la souleva de terre et l'entraîna dans un mouvement de valse avant de glisser sur le tapis et de s'effondrer avec elle sur le grand lit d'acajou. Alors il lui donna un baiser brûlant de passion.

— J'ai connu beaucoup de bonheurs dans ma vie, énonça-t-il avec solennité, autant que de revers, mais jamais je ne me suis senti comblé comme aujourd'hui ! J'étais un homme fini avant de vous rencontrer, Anna Rose, et c'est en chassant cet escroc de Flynn qu'une étincelle de renouveau a jailli en moi. Depuis, ce grain de soleil est devenu flamme et auprès de vous, je rayonne enfin.

— Angus, murmura-t-elle, très cher Angus.

— Croyez-vous que vous pourrez m'aimer un jour ? reprit-il.

— Je vous aime déjà, mon chéri, répliqua-t-elle en s'appuyant contre lui.

Ils s'étreignirent avec émotion.

— Avez-vous écrit votre lettre, mon amour ? demanda-t-il en lui caressant les cheveux.

— Oui, et je leur ai annoncé notre mariage.

Il la baisa tendrement au front.

— Dans ce cas, nous pouvons attendre leur présence pour la cérémonie.

— Pas nécessairement, le contredit-elle doucement en levant les yeux vers lui. Pourquoi retarder notre union ? A leur arrivée, je voudrais porter notre premier enfant.

Il la fixa un instant, médusé. Il n'avait pas envisagé de redevenir père. Quelle idée merveilleuse !

— Comme vous voudrez, mon amour ! conclut-il en riant de bonheur. Fixons les noces à la veille des semailles de printemps.

Après un dernier long baiser, Anna Rose regagna sa chambre et termina sa lettre, contemplant un long moment le ciel étoilé. Une nouvelle vie commençait.

23

L'immense joie que connut Margaret Macmillan en lisant la lettre de sa fille fut hélas de courte durée : John Macmillan s'éteignit quelques jours plus tard.

Amaigrie par ces années passées à soigner son mari invalide et à diriger seule la ferme, affaiblie par le chagrin et la fatigue, Margaret se tenait toute de noir vêtue dans le cimetière d'Inverness, entourée de ses enfants. Le vent glacial fouettait la lande et gelait ses larmes comme elle regardait le cercueil emporter à jamais la dépouille mortelle de John.

Presque trois ans s'étaient écoulés depuis l'accident de son époux. Mais le printemps avait paru si doux alors, si riche de promesses. Que le monde était devenu cruel !

Le silence n'était rompu que par la voix aiguë du pasteur, le crissement des cordes sur le bois et les pleurs du fils d'Iris. Pauvre petit Shane ! Né prématurément, c'était un enfant nerveux et agité. Peut-être avait-il hérité du tempérament insatisfait de sa mère...

Margaret lui jeta un coup d'œil. La vie d'Iris était un beau gâchis ! Naturellement, elle n'avait pas eu de chance en se trouvant enceinte et veuve à seize ans. L'infortuné Stuart était mort d'une fièvre contractée en mer et n'avait jamais vu son fils. Pourtant, bien des femmes auraient enduré cette épreuve avec patience et n'en seraient devenues que plus fortes. Mais pas Iris, perpétuellement révoltée contre les lois du monde !

Elle avait connu une grossesse difficile et un accouchement épouvantable. D'après le médecin, ni le fils ni la mère n'auraient dû survivre... Margaret soupira. Ce miracle n'avait pas développé l'instinct maternel chez Iris, en tout cas. Elle était de ces femmes qui ne savent pas être mères. Margaret avait fini par s'occuper elle-même du petit Shane, ce qui convenait très bien à Iris.

Shane poussa un cri aigu comme sa mère le pinçait pour faire cesser ses gémissements. Margaret, oubliant un instant l'oraison funèbre, se hâta de lui retirer l'enfant. Son regard désapprobateur ne rencontra que mépris souverain.

Shane se lova dans les bras de sa grand-mère et

ses sanglots s'apaisèrent bientôt. Margaret le berça avec amour, grimaçant devant l'ecchymose qu'avait laissée Iris sur le petit bras malingre. Iris et sa mère partageaient au moins un espoir commun : qu'elle n'ait plus jamais d'enfants !

Margaret regarda ses propres petits. Comme ils avaient grandi ! Shane était le seul bébé, maintenant. Les autres partiraient vite explorer le monde... Elle leur annoncerait la nouvelle après l'enterrement : ils émigraient en Amérique !

Margaret se réchauffait au feu de tourbe qui flambait dans la chaumière, goûtant son réconfort après la cérémonie funèbre. Les derniers voisins étaient venus présenter leurs condoléances et la maison paraîtrait bientôt terriblement vide sans John. John, qui n'était plus dans leur chambre, John qui les avait quittés à tout jamais. Maintenant, il fallait reprendre le flambeau et guider la famille du mieux possible.

— Dieu merci, tous ces importuns ont enfin déguerpi ! soupira Iris. Il faut qu'ils viennent fourrer leur nez partout, décidément. Je vais me coucher. Shane m'a épuisée, ce soir.

Meg jeta un coup d'œil à l'enfant endormi dans son couffin. Pendant qu'elle l'avait nourri et changé, Iris avait flirté avec les jeunes gens venus lui rendre hommage, sans afficher le moindre scrupule après la rupture de ses fiançailles. Sans doute quitterait-elle sa chambre quand la maison serait endormie afin de rejoindre un soupirant ! Elle s'imaginait que sa mère n'avait pas remarqué son petit manège...

— Non, reste encore, Iris, j'ai quelque chose à vous dire.

— Cela attendra bien demain matin, répliqua Iris en étouffant un bâillement feint.

— Asseyez-vous tous autour de moi, demanda Margaret en ignorant sa fille, qui se mit à bouder.

Margaret observa un instant le cercle de ses enfants. Ils paraissaient épuisés par les épreuves qu'ils venaient de traverser — tout comme elle. Mais elle ne voulait pas se laisser aller : il fallait au contraire leur rendre le goût de l'espoir.

— J'ai reçu une lettre d'Anna Rose. Avec tous ces événements je n'ai pas encore pu vous la lire. (Elle se força à sourire.) Elle annonce de bonnes, d'excellentes nouvelles : votre sœur va se remarier.

Un chœur d'exclamations accueillit ses paroles.

— Comme vous le savez, son futur époux, le Major Campbell, a envoyé le prix de notre traversée pour l'Amérique. Bientôt nous serons en route pour ses rizières de Darien. C'était ce dont rêvait votre pauvre père...

Les plus jeunes dansaient de joie et l'accablaient de questions. Seule Iris restait silencieuse et figée, ruminant visiblement quelque chose.

— Allons, les enfants, écoutez-moi ! reprit Margaret. Il faut me donner le temps d'organiser le départ. Qui sait quand j'aurai trouvé acheteur ! Et puis nous ferons nos adieux, nous achèterons des provisions pour la traversée... Les préparatifs seront longs.

Iris se dressa, le visage pincé.

— Pourquoi m'avoir demandé de rester, mère ? Je suis certaine qu'Anna Rose ne m'a pas invitée.

— Mais bien sûr que si ! s'exclama Margaret, choquée. Pourquoi penses-tu le contraire ?

— Anna Rose ne m'a jamais aimée. Et maintenant qu'elle a perdu son enfant alors que j'ai Shane...

Margaret lui lança un regard d'avertissement, devinant ce qui allait suivre. Pas question d'en parler devant les enfants. D'ailleurs, quand Iris lui avait confié le « secret » de la naissance de Shane, elle avait eu du mal à y croire. Rory, le vrai père ? Impossible. Mais pourquoi Iris inventerait-elle un pareil mensonge ?

— Anna Rose adore les enfants, Iris, tu le sais bien. Je ne crois pas non plus qu'elle te garde rancune du passé. Tu fais partie de la famille au même titre que nous tous.

Iris haussa les épaules, masquant sa joie derrière la mauvaise humeur. Enfin elle aurait sa revanche ! Heureusement que le vieux Sloane avait annulé leurs fiançailles. Elle était libre d'épouser le riche planteur de son choix, maintenant ! Pourquoi pas Angus Campbell ? Voilà qui serait amusant...

— Je vais me coucher s'il n'y a rien d'autre, déclara-t-elle d'un ton suffisant.

Margaret se garda bien de la retenir, peu soucieuse de la voir gâcher ce moment de fête.

— Bonne nuit. Je m'occuperai de Shane s'il a besoin de quelque chose.

Iris ne se levait jamais la nuit si son fils appelait, trop heureuse de laisser sa mère veiller sur lui.

Plus tard, longtemps après le coucher de ses enfants, Margaret resta devant le feu, racontant silencieusement la journée à John. Qu'il allait être dur de quitter le foyer où elle avait connu tant d'années de bonheur et de laisser John reposer seul en cette terre glaciale ! Mais quand l'aube teinta les vitres de rose, Margaret avait séché ses larmes. Le moment venu, elle serait prête à partir.

Le cœur léger, Anna Rose regarda par la fenêtre de sa chambre : la caresse du printemps embaumait la terre et la journée de son mariage promettait d'être merveilleuse.

— Je n'aurais pu souhaiter mieux, murmura Anna Rose, enthousiaste.

— C'est bon signe, acquiesça Dalila en l'aidant à enfiler sa robe. Vous serez heureuse avec le Major. Et d'ici un an, cette vieille chambre redeviendra une nursery.

Anna Rose rougit et baissa les yeux, nerveuse à la perspective de sa nuit de noces. Elle avait si peu d'expérience... Comment saurait-elle ce qu'Angus attendait d'elle ?

— Ne vous inquiétez pas pour ce soir, reprit Dalila en lisant dans ses pensées. Le Major vous aime trop pour vous brusquer ! Vous n'aurez qu'à être douce et aimante comme d'habitude et tout se passera très bien.

Anna Rose lui sourit.

— Je voudrais tant le rendre heureux...

— Vous réussirez — c'est déjà fait. Et rien ne le rendra plus fier que d'avoir un bébé dans la maison ! Ce jeune monsieur Weyman n'a jamais été le fils qu'il lui fallait. Une source permanente de tracas, et rien d'autre.

Anna Rose soupira, contrariée. Angus lui avait demandé la permission d'inviter son fils au mariage et naturellement, elle avait accepté. Le faire-part était resté sans réponse, mais d'après les bruits qui couraient sur le compte du garçon, Anna Rose s'attendait à le voir surgir à tout moment.

Angus n'évoquait pas volontiers son fils mais Dalila avait confié tous les détails à Anna Rose.

Clara Campbell, apprenant à la naissance de Weyman qu'elle n'aurait pas d'autre enfant, avait reporté sur son fils tout son amour et ses espoirs de mère, le gâtant par excès d'indulgence. Il avait dormi dans la chambre de ses parents jusqu'à l'âge de dix ans !

Surprotégé, trop entouré, le garçon avait mal tourné : il était devenu arrogant, autoritaire et réfractaire à toute discipline. Les jeunes esclaves avaient appris à le craindre avant même ses seize ans et la précocité du jeune homme expliquait le nombre de métis sur la plantation.

Le moment venu, Weyman partit à l'université. Son séjour à Franklin College n'excéda pas quelques semaines et il fut renvoyé pour mauvaise conduite — avant de connaître le même sort dans les autres institutions où ses parents l'inscrivirent. En désespoir de cause, Angus baissa les bras. Clara était décédée et plus rien ne nécessitait le retour du fils prodige à Rosedhu. Angus se résigna donc à lui allouer un pécule et à lui souhaiter bonne chance. Depuis lors, Weyman avait traîné de ville en ville et de mauvais coups en affaires louches, revenant seulement pour réclamer de l'argent. Angus avait fini par couper les ponts. Mais il avait été visiblement blessé que son fils ne réponde pas à l'invitation.

Anna Rose soupira, redoutant que Weyman ne fasse irruption au milieu de la cérémonie et ne gâche la journée. Pour le moment elle se sentait trop nerveuse pour lui faire face. Plus tard, quand elle serait mariée et plus sûre d'elle, la situation serait différente.

Restée seule devant son miroir, Anna Rose admira la robe qu'Angus avait choisie pour la cérémonie. Il avait commandé à la meilleure couturière de Savannah ce costume traditionnel de lin safrané autrefois réservé aux nobles des nations gaéliques. Le corsage décolleté se rétrécissait à la taille avant de s'évaser en une jupe drapée. Suivant la coutume, les manches, longues et amples, étaient brodées d'or et d'argent. Enfin, Anna Rose portait une écharpe aux couleurs du tartan Macmillan, retenue sur son sein par une broche d'argent sertie de quartz que lui avait offerte Angus. Ce merveilleux travail de joaillerie reproduisait la rose, emblème de la Géorgie, et le chardon d'Ecosse.

En d'autres temps, ce bijou aurait appartenu à un fier guerrier des Highlands qui l'aurait arboré dans la bataille. En cas de blessure mortelle, le prix de la broche lui aurait assuré un enterrement digne de sa qualité. Pour Anna Rose, elle revêtait une valeur beaucoup plus sentimentale: bien qu'elle fût loin de sa terre natale, l'Ecosse vivrait en elle tant qu'elle serait l'épouse d'Angus Campbell.

— Tom-Tom est revenu avec ce que je lui avais demandé, annonça triomphalement Dalila, interrompant les rêveries d'Anna Rose. Regardez.

Dalila lui montrait une couronne de fleurs d'oranger encore humides de rosée.

— Ce sont les premières de l'année. J'avais peur qu'elles n'éclosent pas à temps. Décidément, tout sera parfait pour ce mariage !

Dalila posa délicatement la tresse parfumée sur le chignon d'Anna Rose qui hocha la tête, conquise.

— Mademoiselle Anna Rose ! Mademoiselle Anna Rose !

Bitsy, sur son trente et un, arriva en courant.

— Il faut vous dépêcher, dit-elle, essoufflée. Tout le monde est là, même le pasteur. Monsieur Angus, il a mis sa belle jupe et il commence à s'agiter ! acheva-t-elle en gloussant.

— Et le fils de Monsieur ?

— Nous sommes toujours sans nouvelles.

Angus avait également invité le maître des Highlands, espérant qu'il emménagerait à temps pour assister aux noces mais, dans l'excitation des préparatifs, il n'avait pas donné plus de détails à Anna Rose. Elle ne le rencontra d'ailleurs pas avant la cérémonie.

Les vœux furent échangés dans le grand salon, devant la cheminée chargée de fleurs. Anna Rose n'avait d'yeux que pour Angus. Il portait effectivement le kilt du clan Campbell, noir et vert foncé, et son bonheur le faisait paraître vingt ans plus jeune. Une fois que le pasteur les eut unis, Angus offrit à Anna Rose son premier baiser d'époux puis dégrafa avec émotion la broche d'argent. Il ôta le tartan Macmillan et glissa à son épaule l'écharpe des Campbell.

— Vous êtes une vraie Campbell, maintenant, déclara-t-il avec fierté.

Les invités commencèrent alors à leur présenter les traditionnels vœux de bonheur en un long défilé. Ils étaient venus de Darien et de Midway ou des îles proches pour accueillir la nouvelle épouse en leur sein. Leur voisin le plus immédiat fut parmi les derniers — et heureusement.

— Ah, capitaine Sinclair ! s'exclama Angus avec chaleur. Vous êtes arrivé à temps, tant mieux. Mais je vous reconnais à peine, après toutes ces années...

Anna Rose, qui échangeait quelques mots avec une invitée, s'interrompit au milieu d'une phrase et pâlit brusquement, ne pouvant en croire ses yeux.

— Je te présente Hugh Sinclair, le nouveau maître des Highlands, reprit Angus sans remarquer son trouble.

Paralysée par l'émotion, Anna Rose resta figée, incapable même de rendre son sourire au nouveau venu. Hugh était en vie ! Des regrets mêlés de remords se disputèrent soudain son cœur. Pourquoi sa vue éveillait-elle un tel tumulte, alors qu'elle se tenait au bras de son nouvel époux ?

Mais elle se reprit par un effort de volonté.

Aujourd'hui était le jour de ses noces avec Angus Campbell et le mariage serait consommé quelques heures plus tard. Hugh Sinclair ne faisait plus partie de sa vie.

Celui-ci se dirigea vers elle, le regard indéchiffrable. Les épreuves du destin avaient laissé leurs traces et il paraissait plus las qu'autrefois. Il s'inclina devant elle et lui baisa la main.

— Madame Campbell, la salua-t-il d'une voix enrouée par l'émotion. Je ne manque aucun de vos mariages, apparemment.

— Hugh...

Mais il y avait trop à raconter...

— Vous vous connaissez ? interrogea Angus en les regardant tour à tour, notant soudain la pâleur d'Anna Rose.

— En effet, confirma Hugh. Nous nous sommes rencontrés en Ecosse. Je commandais même le navire qui l'a amenée en Amérique. Par la suite, elle s'est occupée quelques semaines de ma fille.

Quelle aisance! admira Anna Rose, toujours muette. Elle aurait été incapable d'un tel à-propos.

— En voilà une bonne surprise ! s'exclama Angus. Pour une coïncidence... Nous serons donc ravis tous les deux de votre retour ! Où se trouve votre fille ?

Heather! En vie... Cette fois-ci, Anna Rose ne put retenir ses larmes. Elle aurait voulu se jeter dans les bras de Hugh pour lui exprimer tout son bonheur.

— Charity va bien, déclara Hugh en regardant Anna Rose. Vive et éveillée comme toujours. Elle ne s'est pourtant pas tout à fait remise d'avoir perdu sa maman et sa nurse la même nuit...

— Je suis navrée, Hugh, murmura Anna Rose. Pauvre Angelina... L'incendie ?

Il hocha silencieusement la tête.

Pride interrompit ce pénible échange en annonçant que le déjeuner était servi. Chacun gagna sa place et la conversation fut suspendue, Hugh étant assis à l'autre bout de la longue table.

Anna Rose, qui avait en partie retrouvé contenance, avala la bisque de crabe, le riz aux crevettes, l'oie farcie et les glaces sans même savoir ce qu'elle mangeait. Elle était souriante et affable, trouvait un mot pour chacun... Cette hôtesse parfaite, cette radieuse jeune mariée donna le change à tous — sauf un. Même son mari ne soupçonna rien de son trouble.

Hugh Sinclair, lui, connaissait bien la teinte orageuse du regard qu'il croisa plusieurs fois pendant le repas. Il avait déjà vu cet éclair sombre quand Rory était mort, le jour où Anna Rose s'était enfuie à New York ou lorsqu'elle avait déclaré qu'elle épouserait peut-être Michael Flynn. Et cette lueur aiguillonnait encore sa propre peine.

Pourquoi était-il venu aux Highlands ? Il aurait mieux fait de rester en mer ! Mais que serait devenue Charity ? Elle avait séjourné un an chez la tante d'Angelina mais son père se languissait d'elle. A la plantation, elle deviendrait une belle jeune fille sous la protection de Willow-in-the-Wind, sa gouvernante cherokee. Angelina aurait approuvé cet arrangement — elle se serait même réjouie de la présence d'Anna Rose. Après tout, les deux jeunes femmes avaient été bonnes amies.

Hugh leva les yeux et rencontra le regard d'Anna Rose posé sur lui. Il lui sourit mais elle détourna les yeux, les traits crispés. Il était fautif, lui aussi. S'il était arrivé à temps, il aurait pu arrêter la cérémonie. Mais en aurait-il eu le courage ? Qu'aurait pensé Anna Rose ?

Mécontent de lui, il écrasait distraitement un grain de riz du bout de sa fourchette. Comment pouvait-il se laisser aller à de telles idées ? Angus Campbell était un homme généreux et Anna Rose n'aurait pu mieux choisir. Surtout après Rory ou Flynn !

Hugh soupira. Anna Rose l'avait-elle jamais aimé ? Après tout, il avait toujours pris l'initiative... Maintenant elle était hors de sa portée et tant mieux, peut-être. Il la connaissait assez pour savoir qu'elle ne trahirait pas Angus.

— Champagne, monsieur ? proposa un serviteur.

C'était le moment des toasts et Hugh ferma les yeux un instant, formant un vœu solennel : il demeurerait le loyal et fidèle ami d'Anna Rose et Angus Campbell et s'interdirait tout autre rêve. Il leva alors sa coupe en direction de la jeune mariée avant de boire. Anna Rose, surprenant son geste, rougit soudain, se rappelant une autre bouteille de champagne, lors d'une certaine nuit de noces.

La journée s'étira jusqu'au souper suivant un rituel un peu austère. Ni cornemuses ni quadrilles n'égayèrent la compagnie et Anna Rose se prit à regretter l'insouciance et la folle excitation de son premier mariage.

Les invités prirent congé après un dîner collet monté, non sans avoir convié les jeunes mariés à de prochaines réceptions. Le crépuscule tombait déjà et de lourds nuages roulaient dans le lointain. Angus et Anna Rose regardèrent les riches bateaux décorés s'éloigner sur le fleuve, côte à côte sur le débarcadère pour un dernier adieu.

— Quelle journée ! s'exclama Angus en attirant Anna Rose par l'épaule.

— Certainement, acquiesça Anna Rose.

Il ne croyait pas si bien dire.

— Vous devez être lasse. Montez vous reposer dans votre chambre. Dalila va vous préparer un bain, suggéra Angus en remontant doucement l'allée.

— Mais vous, Angus ?

— Je vous rejoindrai un peu plus tard. Il faut d'abord que je règle quelques affaires.

— Des affaires ? s'exclama Anna Rose en s'écartant, le soir de nos noces ?

Puis elle rougit, prenant soudain conscience du trouble qu'elle trahissait ainsi.

— Ma chérie... reprit Angus en la serrant contre lui, très flatté de sa réaction. Je ne serai pas long. Mais je dois régler cela avant toute chose. Il ne serait guère convenable de renvoyer le capitaine Sinclair chez lui sans répondre aux questions qu'il m'a posées sur les Highlands. Il a trop de travail pour revenir à cette seule fin. Comprenez-vous ?

Ainsi Hugh était toujours là. Elle ne l'avait pas

vu partir mais avait cru qu'il s'était éclipsé discrètement. Elle se retourna et l'aperçut soudain, debout dans l'embrasure de la porte.

— Naturellement, Angus, acquiesça Anna Rose, mais alors permettez-moi de me joindre à vous. Il s'est produit tant d'événements depuis la nuit de l'incendie... J'aimerais avoir des nouvelles.

— Bien volontiers. Je voulais simplement vous épargner le détail du bilan financier. Dites-moi, Sinclair, vous ne voyez pas d'inconvénient à ce que mon épouse assiste à notre conversation, j'imagine ?

— Bien au contraire, répliqua Hugh avec un sourire entendu qui fit trembler Anna Rose.

— Rentrons, Angus. Le vent se lève et la température fraîchit.

Les trois amis s'installèrent dans la bibliothèque et Anna Rose savoura une tasse de thé en silence tandis que les deux hommes parlaient chiffres. Angus avait préparé un dossier très complet, comprenant une description minutieuse des champs, des bois et des dépendances.

— Je ne sais comment vous remercier, Angus. Vous avez pensé à tout. Il m'aurait fallu des mois pour rassembler toutes ces informations et commencer à travailler efficacement.

— Je vous en prie, Hugh, répliqua Angus en rayonnant de satisfaction. Vous en feriez autant pour moi à ma place.

— C'est vrai, confirma Hugh. Si jamais vous avez besoin de moi pour vous remplacer dans n'importe quel domaine, je m'en acquitterai bien volontiers.

Cette phrase parfaitement innocente prit un tout autre sens pour Anna Rose qui croisa le regard de Hugh à cet instant précis. Une étincelle de désir y brillait malgré lui et elle se mordit les lèvres. Ainsi Hugh partageait les mêmes sentiments, les mêmes regrets qu'elle... Elle se resservit un peu de thé pour dissimuler les larmes qui l'aveuglaient soudain.

Tout à coup, Angus referma le registre d'un claquement sec, la faisant sursauter.

— Eh bien, nous en avons terminé. Et si nous échangions quelques nouvelles, maintenant ?

Les deux hommes rejoignirent Anna Rose auprès du feu. Le tableau était si parfait — et si absurde à la fois — qu'Anna Rose hésitait entre le rire et les pleurs.

— Les journaux ont parlé de l'incendie, reprit finalement Angus pour rompre le silence contraint. Quelle horreur ! Vous avez tout perdu, je crois ?

Hugh coula un regard furtif vers Anna Rose.

— Pas autant que je l'avais craint.

— La maison ? murmura Anna Rose.

Hugh hocha la tête, assombri.

— Ainsi que mon épouse, qui portait un enfant.

Anna Rose se tut. Jamais elle n'aurait dû sortir ce soir-là.

— Personne n'aurait pu sauver Angelina, poursuivit Hugh en devinant ses pensées. Les pompiers m'ont assuré qu'elle était partie pendant son sommeil, asphyxiée par la fumée, sans se rendre compte de quoi que ce soit. J'ai failli perdre la vie en essayant de la sauver. J'ai au moins pu sortir Charity du brasier.

— Elle se porte bien, disiez-vous ? aventura Anna Rose d'une voix tremblante, sachant qu'elle ne le croirait que lorsqu'elle reverrait enfin sa fille.

— Comme un charme !

Autrefois elle avait envisagé de lui révéler le secret de sa naissance, mais à quoi bon désormais ? Si, dans le passé, elle avait rêvé d'élever Heather avec Hugh, la situation avait bien évolué...

— Delmonico a brûlé, je suppose.

— Réduit en cendres ! Mais vous connaissez les frères Delmonico aussi bien que moi : ils ont déjà ouvert un nouveau restaurant dans William Street !

— Et Mavis ?

— Elle y travaille toujours. Je crois qu'elle est fiancée au pompier qui lui a sauvé la vie.

— Très bien... ponctua Anna Rose en essuyant une larme. Je suis si heureuse pour elle. C'est une bonne fille.

Ils bavardèrent longtemps, Hugh répondant de bonne grâce aux questions que lui adressait Anna Rose. Pendant ce temps, Angus écoutait sans rien dire. Les deux jeunes gens étaient bien plus proches qu'ils ne l'avaient prétendu... Pourtant il n'était pas jaloux : ils avaient visiblement enterré le passé et choisi de reconstruire leur vie chacun de son côté.

Un éclair déchira soudain le ciel nocturne, projetant des ombres fantastiques sur les fenêtres. Les vitres résonnèrent sous un brutal coup de tonnerre.

— Il est temps que je vous quitte, déclara Hugh en se levant.

— Pas dans cette tempête, protesta Angus. Je tiens toujours prête une chambre d'ami. Restez donc ici.

— Non, non, vraiment, déclina Hugh. Ma fille dort dans une maison inconnue. Avec cet orage, elle sera inquiète. Je dois absolument rentrer.

En réalité, la raison profonde était moins avouable. Pour s'être déjà trouvé trop près d'Anna Rose lors de sa première nuit de noces, il savait qu'il n'endurerait pas cette épreuve une seconde fois.

Il promit de leur amener Charity et les invita un prochain week-end aux Highlands. Puis il disparut sous un déluge de pluie.

Le lit à baldaquin d'Angus paraissait encore plus grand maintenant qu'Anna Rose y était allongée. Le confortable matelas de mousse sèche épousait les lignes de son corps et les draps fins embaumaient les épices du Sud.

Elle n'avait jamais aimé un homme dans un vrai lit, se dit-elle soudain, sauf peut-être Rory quand Sinclair leur avait prêté sa cabine. Epouvantée, elle chassa cette pensée. Ce n'était pas le moment d'évoquer de pareils souvenirs !

Anna Rose ferma les yeux. Angus était son époux et bientôt ils uniraient leurs corps. C'était un homme généreux qui l'aimait sincèrement. Plutôt mourir que de le trahir !

— Anna Rose ?

Angus la contemplait avec émotion. Il posa une

main fraîche sur la joue d'Anna Rose, qui en attira la paume à ses lèvres, savourant le goût salé de sa peau. Son cœur battit plus vite quand il s'allongea près d'elle, lui communiquant sa chaleur et sa force.

— Je vous aime, Angus, déclara-t-elle avec fermeté. Je vous aime !

Il la prit contre lui sans un mot, la baisant au front, sur les paupières et sur les joues, réveillant son corps après un long sommeil. De ses mains puissantes, il étreignit ses reins, écartant ses jambes de ses cuisses exigeantes. Découvrant petit à petit l'intimité la plus secrète de sa femme, il la couvrit de caresses expertes et de baisers hardis, fier de la voir se cambrer contre lui, offerte.

— J'avais rêvé ce moment, mais je n'y avais jamais réellement cru, mon amour.

— Angus ! s'écria-t-elle, palpitante, en s'accrochant à lui. Maintenant !

Alors il la pénétra d'un puissant élan et ils s'unirent dans la même flamme, suivant le rythme lancinant de leur jouissance jusqu'à l'extase. Répétant son nom en une litanie murmurée, Anna Rose ferma les yeux avant de s'alanguir.

— Dormez bien, ma belle épousée, chuchota Angus. Je veux seulement te contempler encore un peu.

Anna Rose glissa dans le sommeil, comblée.
Comblée, comblée...

24

Le message disait simplement : « Dans ma hâte, je ne vous ai rien apporté pour votre mariage. J'espère que cet objet vous fera plaisir, même s'il vous appartient déjà. »

La note n'était pas signée mais Anna Rose n'eut pas de mal à en deviner l'auteur dès qu'elle vit son présent. Incrédule, elle le fixa quelques instants avant de le serrer contre elle en rendant grâces à Dieu.

— De quoi s'agit-il, chérie ?

Angus, concentré sur les premiers chiffres des récoltes, n'avait prêté aucune attention au paquet. Les cadeaux affluaient depuis la cérémonie et l'excitation des premiers jours était retombée. Pourtant sa curiosité fut piquée devant la stupéfaction de sa femme.

— C'est ma bible ! s'exclama-t-elle. Je croyais qu'elle avait brûlé dans l'incendie et Hugh me la renvoie ! Regardez, elle n'a même pas roussi.

Elle la présenta à son époux qui, la feuilletant machinalement, fit tomber quelques silhouettes.

— Qu'est-ce que c'est ?

— Ma famille ! s'écria Anna Rose, au comble de la joie. J'avais découpé leurs profils avant de quitter l'Ecosse.

Elle les étala devant lui, omettant ceux de Rory et de Hugh.

— Je suis très content pour vous, commenta

Angus. Nous pourrions les encadrer et les disposer à côté des portraits des Campbell. Qu'en dites-vous ?

Anna Rose songea aux peintures qui décoraient la montée d'escalier. John et Margaret Macmillan n'avaient pas leur place parmi ces seigneurs.

— Je préfère les garder dans ma bible... murmura-t-elle. Je les avais exécutées pour moi et ce n'est qu'un travail d'enfant.

— Une petite fille très douée ! la complimenta Angus.

Mon Anna Rose adorée, pensa-t-il, *comment t'annoncer la terrible nouvelle ?*

Margaret Macmillan avait eu la sagesse d'écrire à Angus plutôt qu'à sa fille, espérant qu'il saurait la préparer à la tragédie. Anna Rose avait toujours été si proche de son père...

— Angus, je vais marcher un peu pendant que vous terminez ces dossiers.

Elle avait repris sa bible. Sans doute désirait-elle retrouver de chers souvenirs dans la quiétude du parc.

— Excellente idée, ma chérie. Je vous aurais volontiers accompagnée mais... acheva-t-il d'un large geste, montrant les registres qui s'étalaient devant lui.

— Ne travaillez pas trop, lui conseilla tendrement Anna Rose avec un baiser.

Le sourire d'Angus s'effaça dès qu'elle fut partie et il relut la lettre de Margaret, arrivée la veille au soir par le vapeur.

Inverness, le 20 avril 1837

Cher Major Campbell,

Je ne puis vous exprimer ma joie à l'annonce de votre futur mariage avec ma fille et j'espère que ce message vous trouvera comblés de bonheur. Je crois que ma fille saura éclairer votre vie, Major, pourvu que vous l'aimiez comme elle le mérite.

Merci encore de nous avoir invités à vous rejoindre et de financer la traversée. Anna Rose a dû vous expliquer que toute notre famille rêve d'émigrer en Amérique. C'était là le vœu le plus cher de mon pauvre mari.

Hélas! j'ai également de tristes nouvelles à vous apprendre. Dieu a rappelé mon époux à Lui. Il est mort en paix, durant son sommeil, enfin délivré de ses souffrances.

Pourriez-vous l'annoncer tout doucement à Anna Rose? J'ai peur que son chagrin ne soit immense. Elle était la préférée de son père, pour qui elle n'est jamais vraiment partie. Elle a vécu beaucoup d'épreuves depuis qu'elle nous a quittés et je regrette de troubler sa félicité... Peut-être saurez-vous lui faire accepter la décision de Dieu.

Nos projets de départ sont malheureusement suspendus pour l'instant car Shane, mon petit-fils, est gravement malade. Le voyage pourrait lui être fatal. Mais notre décision est prise et nous arriverons tôt ou tard.

Embrassez bien Anna Rose pour nous et recevez l'expression de toute mon affection,

Margaret Macmillan.

Angus se renversa dans son fauteuil en soupirant. Il ne fallait pas reculer — mais ce ne serait pas facile...

L'île n'était jamais aussi belle qu'à la fin du mois de mai quand le riz pointait sur l'eau pour former un tapis de verdure. Les marais retrouvaient vie après l'hiver, se dépouillant de leur brun terne pour resplendir de couleurs vives. Les abeilles bourdonnaient en butinant le chèvrefeuille sauvage dont les corolles jaunes et blanches égayaient les haies. Les taches roses des azalées éclaboussaient les bois et les chênes enlacés de lierre s'étoilaient de pétales rouges et blancs.

Quel dommage de quitter Rosedhu à l'apogée de sa beauté ! songeait Anna Rose. Comment Angus pouvait-il s'y résoudre chaque année ? Il est vrai que la maison de Ridge était charmante, et le serait davantage cette année puisqu'elle en était la maîtresse. A Rosedhu, les brumes matinales porteraient bientôt des miasmes mortels qui s'insinueraient sur les terres, sur l'eau, au fond des marais, menaçant les Blancs qui s'y exposeraient. Et maintenant plus que jamais, elle devait surveiller sa santé.

Elle n'avait pour l'instant rien confié à Angus, attendant d'être tout à fait sûre, mais elle était sans doute enceinte. Chaque jour semblait le confirmer davantage. Un être s'éveillait en elle, lui inspirant une joie de vivre toute neuve. Quel miracle ! Et bientôt, sa famille serait là pour partager son émerveillement.

Anna Rose suivait l'étroit sentier qui bordait la digue, souriant à son secret. Le fleuve était tranquille, comme pour refléter sa sérénité, et les orangers la caressaient de leur ombre. Ils dégageaient encore l'entêtant parfum qui, dans son souvenir, restait attaché à son mariage, mais les fleurs étaient tombées, laissant la place à de petits fruits verts qui s'arrondiraient bientôt au soleil.

— Anna Rose ! entendit-elle soudain depuis le fleuve.

Elle scruta l'eau en se protégeant les yeux de la réverbération, mais ne parvint à distinguer qu'un canoë peint de couleurs vives qui dérivait doucement vers l'embarcadère. Sans doute un visiteur venu d'une plantation en amont. Elle agita la main en signe de bienvenue : l'hospitalité était de règle à Rosedhu.

Comme la pirogue s'approchait, elle vit qu'elle ne comptait que deux passagers et que l'homme qui l'avait hélée ramait lui-même. La personne qui l'accompagnait disparaissait sous une large capeline. Peut-être son épouse, supposa Anna Rose avant de se hâter vers le quai. Mais non : ces boucles blondes étaient trop enfantines et l'homme n'était autre que Hugh Sinclair. « *Heather !* » murmura-t-elle.

Hugh accosta puis, prenant la petite fille dans ses bras, sauta souplement sur le quai. Heather sourit en direction d'Anna Rose, agitant une petite main potelée avec enthousiasme, comme si elle reconnaissait son ancienne nourrice — Hugh avait dû lui faire la leçon.

Anna Rose courut l'embrasser et sa fille lui

sauta au cou comme si elles ne s'étaient jamais quittées, s'exprimant avec véhémence dans son langage d'enfant. Anna Rose la couvrit de baisers, émue aux larmes, sous le regard attendri de Hugh.

— Vous auriez dû l'amener lors de votre dernière visite, Hugh ! s'exclama Anna Rose.

— A un mariage ? Ce ne sont pas les usages. Et puis j'ignorais que vous étiez la mariée. Je ne venais que pour remercier Angus. Du reste, ajouta Hugh, assombri, je ne sais pas si j'aurais eu le courage de venir en connaissance de cause.

Anna Rose se détourna sans répondre, choquée par cette remarque, et remonta l'allée en portant Heather. Il n'y avait plus rien entre eux ! C'était impossible. Il devait s'y résoudre — et elle aussi...

— Venez ! l'appela-t-elle par-dessus son épaule. Angus sera heureux de vous voir et de faire la connaissance de Hea... Charity.

Il faudrait reprendre l'habitude de ce prénom.

La petite fille ressemblait de plus en plus à Rory, avec ses yeux bleu gentiane et son frais visage innocent. Elle avait les joues rondes et fraîches et une mèche blonde se rebellait contre le ruban rose noué sur son front. Anna Rose posa un baiser sur son nez que la petite fille lui rendit en riant.

— Eh bien, eh bien ! Que nous arrive-t-il ? questionna Angus depuis le porche, le visage illuminé d'un sourire de bienvenue.

— Je te présente Charity, la fille de Hugh. Elle est ravissante, n'est-ce pas ? Et aussi vive que jolie !

— Bonjour Angus, fit Hugh quelques instants

plus tard. Je vois que vous avez déjà fait connaissance avec Charity !

— Ce sera un beau brin de fille et je m'y connais ! commenta Angus en plaisantant. Venez donc vous rafraîchir au salon.

Hugh expliqua devant un grand verre de citronnade qu'il emmenait Charity à Darien, où il vérifierait les horaires des vapeurs pour Savannah.

— Avec la saison des fièvres, je ne veux pas que Charity reste aux Highlands. Elle a été souvent malade l'hiver dernier et sa santé demeure fragile. J'avais pensé louer une petite maison pour elle à Savannah, où elle passerait l'été avec Willow.

— Willow ? demanda Anna Rose.

— Ma gouvernante cherokee.

— Comment ? Vous n'envisagez tout de même pas de rester à la plantation toute la saison ?

— Je n'ai pas le choix, expliqua Hugh, il y a tellement à faire. Quoi qu'il en soit, j'ai trop bourlingué pour ne pas être immunisé contre toutes les fièvres !

Anna Rose jeta un regard furtif vers son époux. Oserait-elle proposer ce qu'elle avait en tête ?

— Mais Savannah est bien loin, protesta Angus. Pauvre petite ! Sans sa mère, et maintenant privée de son père... Surtout après cette année de séparation ! Trouvez donc plutôt une maison à Ridge, où vous lui rendriez visite quand vous auriez le temps.

— Charity pourrait séjourner chez nous, aventura Anna Rose en retenant sa respiration.

Angus hocha la tête en souriant.

— Mais oui ! C'est la solution rêvée. Je serais ravi d'entendre un enfant dans la maison.

Mais Hugh s'assombrit.

— Non, ce n'est pas possible, déclara-t-il en fronçant les sourcils. Je vous dois déjà tant ! Ce serait une charge trop lourde.

— Une charge ? reprit Angus en riant. Anna Rose, qu'en pensez-vous ?

— Une joie, bien plutôt, murmura Anna Rose. Je la considère comme ma propre fille...

Hugh se tourna vers Charity, qui contemplait avec convoitise une assiette remplie de gâteaux.

— Dis-moi, ma chérie, lui dit-il en la prenant sur ses genoux, veux-tu qu'Anna Rose s'occupe de toi comme autrefois ?

La petite fille poussa un cri de joie et agita vigoureusement ses boucles blondes :

— Oh oui !

Hugh retrouva le sourire, conquis.

— Eh bien, c'est arrangé, alors... Je vous avoue que vous m'ôtez un grand poids.

Anna Rose se leva pour dissimuler son émotion. Sa fille passerait tout l'été avec elle ! C'était trop de bonheur pour une seule personne... Quelle journée inoubliable !

Angus attendit de se trouver seul avec son épouse pour lui parler. La nuit était tombée et elle l'avait rejoint dans leur chambre. Angus hésita. Valait-il mieux d'abord l'aimer, lui prodiguer toute sa tendresse, lui donner du plaisir ? Mais elle se le reprocherait ensuite. Il ne fallait pas attendre davantage. Ils quitteraient Rosedhu dans quelques jours et les heures à venir seraient emplies du tumulte du déménagement et des préparatifs. Peut-être laisserait-elle son chagrin derrière elle en partant pour Ridge. La petite Charity l'aiderait à oublier.

Il se tenait à la fenêtre, regardant sans la voir la pelouse qui s'étendait jusqu'au canal gardé par les deux magnolias géants. Ils éclairaient la nuit de leurs énormes bouquets blancs, rivalisant avec le globe lunaire suspendu très bas sur le fleuve.

— Anna Rose, dormez-vous ? murmura-t-il.

— Comment le pourrais-je, avec cette nouvelle ? Penser que nous aurons Charity tout l'été ! Quelle fête...

— C'est vrai, ma chérie, répliqua Angus sombrement.

Anna Rose s'assit sur son lit, soudain alarmée par ce ton lugubre.

— Angus ? Avez-vous changé d'avis au sujet de Charity ?

— Bien sûr que non, la rassura-t-il en allant s'asseoir près d'elle.

Il l'embrassa tendrement et lissa ses boucles d'un air pensif.

— Anna Rose, vous me comblez de bonheur et jamais je ne pourrai vous rendre un tel bienfait. Quand nous nous sommes rencontrés, j'étais un vieillard sans avenir. Vous m'avez rendu à la vie et il n'y a rien que je ne ferais pour vous. Mais hélas ! certaines choses m'échappent... Il est des chagrins que je ne puis vous épargner.

— Mon Dieu ! s'exclama Anna Rose. Vous m'effrayez ! Qu'y a-t-il ?

— Il y a une saison pour tout, poursuivit-il. Pour la vie et pour la mort.

— Angus ! s'écria-t-elle en s'accrochant à lui. Vous n'êtes pas malade ?

— Non. Ces tristes nouvelles concernent votre père. Il est décédé il y a quelques semaines...

— Papa ? appela Anna Rose d'une voix de petite fille, avant d'éclater en sanglots.

Angus la berça contre lui un moment.

— Il n'a pas souffert. Il est parti pendant son sommeil.

Anna Rose hocha la tête, incapable de parler, les joues baignées de larmes, avant de se blottir à nouveau contre son épaule. *Jamais je n'aurais dû partir !* songeait-elle, hantée par la culpabilité. Elle aurait rendu ses derniers jours plus doux, peut-être. Elle se serait trouvée auprès de sa mère...

Mais elle se redressa. Cette issue que tous redoutaient était inévitable et les souffrances de son père avaient enfin cessé. Comme le disait Angus, il y a une saison pour chaque chose et le cycle de la vie ne s'interrompt jamais. L'un meurt et l'autre naît.

— Angus ?

— Oui, ma chérie, murmura-t-il, soulagé de la voir dominer son chagrin.

— Quand notre fils sera né, je voudrais l'appeler John. Cela me ferait tant plaisir, et à ma mère aussi.

Angus la dévisagea, croyant lire un sourire à travers ses larmes.

— Etes-vous en train de me dire que...

— Oui, mon amour, oui ! Je porte notre enfant !

Angus la reprit dans ses bras, trop ému pour parler.

La nuit passa avant qu'ils ne trouvent le sommeil mais quand l'aube perla de gris le ciel nocturne, ils rêvaient de bonheurs à venir et non de deuils passés.

25

Les langues allaient bon train à Ridge. Anna Rose Campbell allait avoir un enfant, voyez-vous cela ! Qui l'aurait cru de ce gaillard d'Angus, à son âge...

Angus et Anna Rose n'en avaient eux-mêmes soufflé mot à personne mais les bavardages des esclaves n'avaient pas été longs à se propager jusqu'à Charleston ! Dalila l'avait chuchoté à Hannah, qui l'avait répété à une bonne, qui l'avait confié à une cousine travaillant sur une plantation voisine et de fil en aiguille, tout le Sud l'avait appris. On en faisait même des gorges chaudes dans une maison close de Charleston quand un client se leva soudain, l'air menaçant.

— Vous avez bien dit un vieillard de soixante ans qui possède la plantation de Rosedhu ?

— Pour ça, oui ! confirma la prostituée. Pas de doute, ce sont les fièvres des rizières qui leur portent au...

Mais Weyman Campbell était déjà sorti en claquant la porte. Moins d'une journée plus tard, le temps de régler ses affaires en ville, il était à bord d'un vapeur à destination de Darien, via Savannah.

Ainsi son père avait mis sa menace à exécution ! Il avait autrefois averti Weyman qu'il devait s'assagir sous peine de perdre son héritage. Ce vieux barbon aurait voulu qu'il apprenne à gérer la plantation auprès de lui ! Weyman lui avait ri au nez : Angus avait dépassé l'âge de se marier depuis longtemps ! Du moins l'avait-il supposé à l'époque... Mais il ne se laisserait pas faire !

Il avait bien reçu le faire-part quelques mois plus tôt mais n'en avait pas fait grand cas. Une Ecossaise, d'après son nom. Sans doute une riche veuve qui doublerait la fortune de son père... Weyman avait dignement fêté l'événement avec une fille et du champagne, souhaitant une vie courte mais belle à son père !

En revanche, si la rumeur disait vrai, ses perspectives d'avenir changeaient du tout au tout... Accoudé au bastingage, Weyman regardait dériver au loin les îles dorées par le soleil. Ce paysage familier n'éveillait que nausée en lui : il haïssait les plantations, l'odeur humide des terres, l'isolement, les moustiques, la monotonie... Et surtout il détestait son père ! Comment avait-il osé le piéger ainsi ?

Ridge était un charmant hameau éloigné d'une dizaine de kilomètres de Darien. Installées sur des hauteurs dominant les marais salants, les résidences s'élevaient à l'ombre de gros chênes moussus, de chaque côté d'une large avenue pavée de coquillages. Elles se rafraîchissaient aux brises marines grâce à l'ingénieuse architecture des terrasses et des plafonds surélevés.

Rosebud, la maison d'Angus, comptait parmi les plus spacieuses avec ses quatre chambres et son salon au premier étage, et le bureau d'Angus au rez-de-chaussée. Ses murs d'un bon demi-mètre d'épaisseur isolaient les pièces des rayons du soleil. De longs couloirs couraient à chaque étage où s'engouffraient des courants d'air qui dissipaient la chaleur. Enfin le toit en tuiles de cèdre permettait une aération constante.

Le mobilier de Rosebud était plus léger que celui de Rosedhu, tout de bois et de chintz coloré, avec des rideaux de dentelle qui jouaient dans la brise, les fenêtres ouvertes. Anna Rose aimait tout particulièrement la véranda qui donnait sur le jardin. Des glycines s'y enroulaient, alourdies de capiteuses corolles pourpres où bourdonnaient des abeilles. On pouvait y danser ou dîner de brochettes et de grillades mais la plupart du temps, c'est là qu'elle recevait pour le thé ou divertissait Charity de mille contes et de jeux.

Anna Rose somnolait dans un rocking-chair par l'un de ces paresseux après-midi. Dalila était montée coucher Charity quelques minutes plus tôt et il faisait trop chaud pour des visites. Anna Rose savourait donc quelques instants de solitude.

— Vous devriez monter vous reposer dans votre chambre, ma'ame, avait insisté Dalila. Vous serez la cible idéale des moustiques, ici !

Anna Rose avait acquiescé mais à se balancer doucement au murmure des abeilles, elle s'était presque assoupie. Seul un crissement sur le gravier attira son attention.

— Angus ? s'écria-t-elle, pensant qu'il revenait plus tôt que prévu de Rosedhu.

Ce n'était pas Angus. Un étranger s'avançait vers elle, mince et élancé dans le costume de lin blanc que le vent plaquait contre son corps. Elle distinguait mal ses traits à cause d'un chapeau à large bord qui plongeait son visage dans l'ombre. Elle apercevait seulement ses cheveux fauves, longs et raides, qui tombaient sur son col. Comme il arrivait à sa hauteur, elle vit qu'il était rasé de près et d'une beauté presque féminine. Seuls ses yeux bleus glacés en ôtaient toute douceur.

— Bonjour, madame, fit-il du ton traînant qu'affectaient les planteurs du Sud.

Anna Rose se redressa tout à fait, aveuglée par la blancheur de l'étoffe en plein soleil.

— Bonjour, répliqua-t-elle, déconcertée.

Les messieurs ne se présentaient pas sans s'annoncer, habituellement. Fallait-il l'inviter à se rafraîchir à l'intérieur ? A ce moment précis, la porte s'ouvrit et Dalila vint se placer silencieusement derrière sa maîtresse, vigilante comme toujours.

— Voulez-vous un verre de citronnade ? invita Anna Rose, enhardie par la protection de Dalila.

— Très volontiers, madame. La chaleur est écrasante depuis les quais.

— Vous êtes venu à pied depuis Darien ?

Dalila s'était figée, visiblement réprobatrice.

— Eh bien, Dalila, apportez quelques boissons.

— Madame Anna Rose, je ne crois pas que...

— Mais enfin ! se rebella Anna Rose, stupéfaite. Ne voyez-vous pas que ce jeune homme meurt de soif ? Que dirait le Major s'il le voyait attendre ?

Dalila se détourna en grommelant. Anna Rose la suivit des yeux, intriguée. Il faudrait éclaircir cette énigme...

— Prenez place, suggéra-t-elle au visiteur. Mon époux sera de retour d'un instant à l'autre.

Il se rapprocha mais resta debout à la contempler, une lueur amusée dans le regard. Anna Rose lui plaisait visiblement. *Quel manque de manières !* songea-t-elle. On ne détaillait pas une femme ainsi, surtout si elle était enceinte...

— Angus Campbell est votre époux, madame ?

— Mais oui. Je pensais que vous le saviez, répliqua Anna Rose, déconcertée par son petit rire.

Qu'est-ce qui l'amusait tant ?

— Peut-être devrais-je vous appeler « maman », alors... conclut-il d'un air moqueur.

Anna Rose étouffa un cri de stupeur. Depuis des mois, elle avait prévu les moindres détails de leur rencontre : il écrirait pour annoncer sa venue ; elle organiserait un grand dîner de réjouissances avec tous leurs amis et se conduirait en maîtresse de maison accomplie. Weyman serait alors bien forcé de s'incliner devant son autorité et son assurance.

Mais il avait tout gâché ! Et quel spectacle lui offrait-elle ? Celui d'une jeune femme écrasée de chaleur, pieds nus dans un rocking-chair et simplement vêtue d'une légère robe de coton ! Ses cheveux tombaient librement sur ses épaules et des boucles humides frisaient autour de son visage. Ni coiffée, ni habillée... Quelle catastrophe !

— Vous êtes Weyman ? demanda-t-elle machinalement en se redressant, tâchant de reprendre contenance.

Il s'inclina pour toute réponse.

— Le retour du fils prodigue, en quelque sorte, ironisa-t-il.

— Asseyez-vous, je vous en prie, insista Anna Rose. Votre père sera si surpris et si heureux !

— Surpris ? reprit-il en ricanant, certainement. Mais heureux, cela m'étonnerait, petite maman.

Anna Rose rougit. Allait-il vraiment l'appeler « maman » ? Ou bien faisait-il allusion à son état ? Mais aucun gentleman ne se le serait permis. Il y avait une telle différence d'âge entre eux ! Il devait approcher des trente ans alors qu'elle en avait dix-neuf... Weyman, qui avait finalement pris place de l'autre côté de la table, l'observait sans mot dire, ses longues jambes nonchalamment croisées. Il semblait prendre un malin plaisir à la torturer ainsi.

— J'ai reçu le faire-part.

— Nous avions espéré que vous viendriez, précisa Anna Rose en évitant son regard.

— J'en doute fort !

— Mais vous avez tort ! protesta Anna Rose. Votre père souhaitait sincèrement votre présence. Vous auriez dû venir, ne serait-ce que pour lui !

— Mille pardons, mère chérie, s'excusa-t-il avec une feinte humilité.

— Et arrêtez de me donner ce nom ridicule.

Vous êtes plus âgé que moi ! Je m'appelle Anna Rose.

— C'est surtout ce mariage qui est ridicule, ne croyez-vous pas ? lui lança-t-il. Pourquoi diable l'avez-vous épousé ? Pour son argent ? L'Amérique ne manque pas d'héritiers plus jeunes !

Anna Rose prit une profonde inspiration. Quel odieux personnage ! Prétentieux, sûr de lui, perfide... Et grossier !

— Par amour, figurez-vous, bien que cela ne vous regarde pas.

— Une jolie poupée comme vous ? articula-t-il avant d'éclater de rire. Allons donc... Tomber dans les bras d'un homme qui ne se déplace jamais sans son cercueil !

— Quelle horreur ! s'exclama Anna Rose. Comment osez-vous parler ainsi de votre père ? Vous mentez !

— Pas du tout ! Dalila, dis-lui !

Anna Rose était si contrariée qu'elle n'avait pas entendu Dalila revenir dans la véranda. Mais quand elle l'interrogea du regard, l'esclave hocha silencieusement la tête.

— Vous voyez ! s'exclama Weyman triomphant. Il l'a commandé à ses mesures peu après la mort de ma mère et ce vieux grippe-sou a choisi lui-même le bois le moins cher de peur que les croque-morts ne poussent à la dépense. Depuis il le promène de Rosedhu à Rosebud suivant les saisons...

— Voici votre citronnade, monsieur ! rugit Dalila en choquant le verre si fort sur la table que le contenu en éclaboussa le costume de Weyman.

— Espèce de souillon ! glapit-il en la foudroyant du regard. Tu mérites le fouet !

— Il suffit ! s'écria Anna Rose. Je ne tolérerai pas que l'on menace mes domestiques.

Weyman lui adressa un sourire insolent.

— Toutes mes excuses, madame, j'avais oublié la coupable indulgence de mon père pour ses nègres — surtout les femmes. Vous êtes sans doute au courant, pour Dalila et lui ?

Anna Rose garda le silence, peu soucieuse d'encourager une confidence supplémentaire.

— Eh bien, après ma naissance, voyez-vous, poursuivit Weyman, imperturbable, le docteur conseilla à mon père de ne plus importuner ma mère de ses assiduités. Quel choc pour ce vieux bouc ! Apparemment, vous connaissez sa nature, ajouta-t-il en jetant un regard appuyé sur le ventre arrondi d'Anna Rose, et encore, vous ne l'avez pas vu quand il était jeune ! Mais il y avait Dalila... Une sacrée belle garce qui ne demandait que ça ! Il ne lui a pas résisté.

Il s'interrompit, le verre à la main, souriant comme s'il revoyait la scène. Soudain il se tourna vers Dalila avec un ricanement lubrique.

— Et comment va Pride, mon demi-frère ? Toujours le favori de mon père ?

Anna Rose poussa une exclamation, entendant à peine les protestations étranglées de Dalila. Mais à cet instant précis, elle aperçut Angus qui remontait l'allée à cheval, escorté de Pride. Elle se leva brusquement pour courir à sa rencontre.

— Bonjour ! s'écria-t-il, visiblement d'excellente humeur. Nous avons de la visite, on dirait !

Il valait mieux le prévenir...

— Vous ne devriez pas rester au soleil, ma chérie, lui conseilla-t-il tendrement.

Cependant elle s'accrochait à son bras, tâchant de ralentir ses pas.

— Vous m'avez manqué ! s'écria-t-elle sur un ton désespéré.

— Mais je suis parti seulement ce matin ! répliqua-t-il avec un rire affectueux. Qui est là ?

Weyman était dissimulé par les colonnes de la véranda.

— Angus, écoutez-moi !

Sa véhémence eut finalement gain de cause et Angus s'immobilisa.

— C'est Weyman ! Et il n'est pas venu en ami...

Angus parut surpris puis se détendit.

— Eh bien ! Si je m'attendais... En tout cas, j'en suis ravi... Donnons-lui sa chance, ma chérie, n'est-ce pas ?

Il n'y avait rien à ajouter. Anna Rose le suivit, tête basse, s'attendant au pire. Mais ce qui arriva la prit totalement au dépourvu : Angus fut accueilli par un fils repentant et bouleversé !

— Cher père... balbutia Weyman après une étreinte émue, pourras-tu jamais me pardonner ? Je ne savais plus comment revenir après t'avoir causé tant de chagrin...

La satisfaction d'Angus faisait peine à voir. Il attendait cette réconciliation depuis si longtemps qu'il ne demandait qu'à croire son fils. Anna Rose assista à leur entretien, fulminant en silence. Weyman avait étudié son rôle à la perfection ! Mais il n'aurait pas dû se trahir devant elle. Une fois qu'elle serait seule avec Angus, elle lui raconterait ce qui avait précédé...

Pourtant, quand ils se retrouvèrent avant le dîner pour se changer, Angus ne voulut rien comprendre :

— Il ne voulait pas vous offenser, ma chérie. Il est très direct, voilà tout ! Il m'a même félicité de notre mariage. Il m'a raconté qu'il voulait vous appeler mère et que vous l'aviez tancé vertement !

« *Tancé vertement* », songea Anna Rose. *Quel culot !*

— Il y a un simple malentendu entre vous. Weyman a beaucoup changé ! Il a mûri, c'est un homme équilibré, maintenant. Prenez le temps de mieux le connaître avant de le juger. C'est tout ce que je vous demande.

— Mais il a dit des choses épouvantables sur votre compte ! Que vous ne vous déplacez jamais sans votre cercueil, par exemple.

— Ah oui, confirma Angus avec bonne humeur. Je suis passé par une période très noire après la mort de Clara. Je ne voulais plus vivre... Vous comprenez, n'est-ce pas ?

Anna Rose hocha la tête en soupirant. Les choses paraissaient si naturelles, tout à coup. Mais le récit de ses relations avec Dalila ? Non ! Elle ne pouvait pas. Après tout, le passé était le passé.

— Toutefois, je n'aime pas la manière dont il me regarde.

Angus la prit tendrement dans ses bras.

— Je suis moi-même très contrarié par l'admiration des hommes qui vous entourent. Mais je ne peux pas tous les provoquer en duel ! Vous êtes si belle... Je ne peux reprocher à mon fils de s'en apercevoir. Si vous étiez libre, il vous courtiserait sans doute...

Anna Rose souffrit en silence durant les semaines qui suivirent. Weyman ne révélait jamais sa noirceur que devant elle, se transformant en un fils idéal dès que son père paraissait. Angus n'en pouvait plus de joie : tenter de le détromper était peine perdue.

A la mi-septembre, Weyman annonça que ses affaires le rappelaient à Charleston et Anna Rose respira enfin. Weyman devait accompagner son père jusqu'à Darien très tôt ce matin-là. Lorsque Anna Rose s'éveilla dans sa chambre baignée de soleil, elle se sentit brusquement délivrée.

— Il est parti ! soupira-t-elle.

Il n'avait pas été très clair sur les affaires qui l'occupaient à Charleston — des spéculations immobilières, apparemment, puisqu'il prétendait posséder plusieurs maisons — mais elle n'en avait cure. Il avait quitté Rosebud !

On frappa à la porte. C'était sans doute Dalila avec le plateau du petit déjeuner. Décidément la journée s'annonçait parfaite !

— Entrez !

— Ah ! petite maman, comme vous êtes fraîche et tentante au saut du lit !

Anna Rose poussa un cri et remonta les draps sur elle.

— Que faites-vous ici ? Je vous croyais déjà parti. Sortez immédiatement !

Mais Weyman se rapprocha, la dévorant du

regard. Il s'assit près d'elle et lui caressa la joue. Anna Rose recula.

— Je vais hurler !

— Oh non ! Vous n'en ferez rien. Sinon, je ferai fouetter quiconque osera vous venir en aide et ensuite je m'arrêterai à Rosedhu expliquer à mon cher petit papa comment vous m'avez fait appeler dans votre chambre et que...

— Vous n'oseriez pas !

— Et qui de nous deux croirait-il ? Je suis son fils, après tout, et il sait combien je vous respecte tandis que votre jalousie à mon égard n'est un mystère pour personne ! Vous êtes persuadée que je suis venu réclamer ma part d'héritage et troubler votre félicité, tout le monde le sait.

— Ce n'est pas vrai, peut-être ?

— Vous et moi savons à quoi nous en tenir, mais Père est innocent comme l'agneau qui vient de naître. Il ne supporterait pas que vous m'accusiez.

Anna Rose se sentit pâlir. Bien sûr, son propre enfant ne compterait jamais autant pour Angus que son premier fils. Ce vaurien avait regagné l'affection de son père. Elle était à sa merci.

Elle se raidit contre la main qui la prit aux cheveux et la força à offrir son visage.

— Non, je vous en prie, murmura-t-elle, révulsée.

Il posa ses lèvres contre sa gorge et, mordillant sa chair, glissa jusqu'aux seins à peine voilés. Quand elle abattit ses poings sur lui, il noua ses poignets d'une main et la repoussa contre l'oreiller.

Enfin il s'en alla pour de bon, laissant Anna Rose dans un état d'abattement proche du désespoir. Salie, humiliée, brutalisée... Elle frissonnait encore de sa dernière promesse :

— Je regrette de vous laisser sans vous combler tout à fait, mais je dois vous avouer que les femmes enceintes me répugnent singulièrement. Votre heure viendra : soyez patiente ! Rendez-vous au printemps, voulez-vous ? Vous serez redevenue vous-même et croyez-moi, votre prochain enfant sera le mien !

Elle resta alitée jusqu'au soir, épuisée par cette scène. Dalila resta à son chevet, rafraîchissant son visage enfiévré et lui apportant du thé glacé. Elle voulait même appeler le docteur mais Anna Rose s'y opposa fermement, plaidant la fatigue.

Angus s'inquiéta à son retour, craignant que le bébé n'arrive trop tôt. Puis il s'exclama :

— Ah, mais j'y suis ! C'est à cause de Weyman, n'est-ce pas ?

Anna Rose le fixait, effarée.

— C'est la tristesse de la séparation, je sais bien. Moi non plus, je n'étais pas dans mon assiette aujourd'hui. Mais ne vous chagrinez pas : il sera bientôt de retour.

Anna Rose ferma les yeux et se rallongea dans le lit. Oui, il serait bientôt de retour...

26

Hugh contemplait l'orage qui balayait le fleuve et noyait la terre. Depuis la fenêtre de sa chambre, il apercevait à la lueur des éclairs les chênes noueux, les cèdres tordus et les marais noirs prêts à engloutir le ciel. Puis cette scène de cauchemar retournait à l'obscurité et il ne voyait plus que de grosses gouttes s'écraser contre la vitre et le reflet de son propre désespoir.

— Maudit soit ce pays ! s'exclama-t-il en reposant violemment son verre de whisky sur la table.

Il se jeta sur son lit mais depuis des heures, l'insomnie y était sa seule compagne. Il avait pourtant besoin de repos ! Du lever au coucher du soleil, il avait inspecté les digues et les barrières, choisi le bois destiné à la coupe pour les scieries de Darien, vérifié les réparations qu'il avait ordonnées dans les cases... Chaque journée était plus remplie que la précédente et si aucune urgence ne le réclamait, il en inventait plutôt que de rester inactif.

Mais les nuits étaient terribles car alors il devenait la proie de ses démons. Hugh ferma les yeux et laissa dériver ses pensées.

— Anna Rose... murmura-t-il.

Il n'était pas retourné voir les Campbell depuis qu'il leur avait confié Charity, prétextant trop de travail. Sa fille lui avait terriblement manqué, mais Anna Rose encore bien davantage... Il avait tant peiné à accepter sa mort et voilà qu'il la retrouvait vivante — mais mariée. Quel supplice ! Il avait passé les derniers mois cloîtré comme un moine aux Highlands en espérant l'oublier — en vain. Et maintenant, il devait retourner à Rosebud pour reprendre sa fille. Cette perspective le faisait trembler de crainte ou... de désir.

Il soupira en se retournant dans ses draps froissés. Même l'alcool ne lui était d'aucune utilité.

La première gelée blanche frappa dès octobre mais fut suivie d'une brutale vague de chaleur. Les planteurs, inquiets, scrutaient le ciel : le dernier cyclone remontait à douze ans mais ses ravages et ses victimes avaient laissé un souvenir tenace. Les rizières avaient été inondées d'eau salée et l'économie de la région complètement ruinée. Les jours s'étiraient dans l'angoisse. Enfin une seconde gelée blanche arriva avec le mois de novembre, annonçant la fin des fièvres et des tempêtes.

Quand Hugh Sinclair revint pour ramener Charity chez lui, il trouva Rosebud en pleine effervescence. La maisonnée préparait son retour à Rosedhu. Il avait prévenu de son arrivée au cas où Anna Rose souhaiterait l'éviter mais l'avait ensuite amèrement regretté. Il avait besoin de la voir ! Cette séparation le rendait fou...

La première personne qui courut à sa rencontre fut sa fille Charity, petit papillon d'or et de rose aux boucles dansantes. Il la prit dans ses bras et la fit tournoyer.

— Comme tu as grandi, mon bébé !

— Pas bébé, rectifia Charity en faisant la moue. Je suis une grande fille !

Puis elle échappa à l'étreinte de son père et courut vers la maison, lui faisant signe de la suivre. C'est alors que Hugh aperçut Anna Rose à son insu. Elle avait un air désemparé, presque triste — ou avait-il rêvé ? Un instant plus tard elle le vit à son tour et l'impression s'effaça : elle était redevenue une hôtesse irréprochable.

Elle l'invita à entrer en souriant et il fit quelques pas vers elle, admirant malgré lui son rayonnement.

— Vous semblez en excellente santé, observa-t-il.

Anna Rose se détourna pour reprendre contenance. Pourquoi ses regards la troublaient-ils toujours autant ?

— Je parais surtout immense, cher ami, corrigea-t-elle avec un rire un peu forcé.

— Serait-il indiscret de vous demander pour quand est prévu l'heureux événement ?

C'était inconvenant, en effet, mais la curiosité d'un « cher ami » est toujours légitime...

— Dans environ trois mois, murmura Anna Rose avant de prendre Charity dans ses bras. Tu vas aller te changer pour le voyage, mon ange, veux-tu ?

— Non ! Pas partir ! maugréa Charity dans son langage d'enfant.

— Mais je m'en vais aussi, tu sais. Et quand nous serons à la maison, nous nous verrons souvent : ton papa t'amènera chez nous ou bien nous viendrons aux Highlands.

Charity se laissa entraîner par Dalila, hésitant entre le rire et les larmes. Hugh la suivit un instant des yeux, ému par son chagrin.

— Où se trouve Angus ? interrogea-t-il finalement pour rompre le lourd silence qui s'était abattu.

— Il est parti à Rosedhu en éclaireur afin de s'assurer que tout est en ordre avant mon arrivée.

— C'est très avisé de sa part. Il ne faut pas vous fatiguer dans votre condition.

— Je ne suis pas en porcelaine ! protesta Anna Rose. Je vais très bien et toutes ces précautions sont bien inutiles. Regardez les esclaves ! Elles accouchent même aux champs, parfois, et retournent à leur tâche en quinze jours !

— Vous n'êtes pas comme elles, Anna Rose. Vous devez faire attention, la gronda Hugh. Souvenez-vous d'Angelina qui devait garder le lit.

Anna Rose posa sa main contre la sienne sans réfléchir :

— Je vous en prie, Hugh. Ces souvenirs sont trop douloureux.

— Ce serait encore pire si je devais vous perdre aussi ! Je ne permettrai pas qu'il vous arrive quoi que ce soit ! déclara-t-il soudain.

Anna Rose baissa les yeux. Le souci de Hugh n'était pas celui d'un ami de la famille. Il l'aimait, c'était aussi simple que cela. Mais elle devait l'ignorer, rester sourde à ses propres battements de cœur.

— Excusez-moi, murmura-t-il. Ce n'est pas ce que je voulais dire... Oh, et puis si ! se reprit-il avec irritation. C'est exactement ce que je pense, mais je ne voulais pas vous offenser !

Elle resta muette, incapable de le regarder ou de faire un geste. Comment pouvait-elle aimer son époux et Hugh en même temps ? Etait-elle un monstre ?

— Je vais attendre Charity dans la véranda, déclara finalement Hugh.

Anna Rose s'effondra sur une chaise dès qu'il fut parti, écrasant nerveusement ses larmes. Personne ne devait savoir !

Malgré tout, elle ne pouvait maîtriser une émotion trop longtemps contenue.

Il avait suffi de revoir Hugh, de l'écouter quelques minutes et son univers était complètement bouleversé... Les derniers mois avaient pourtant été si faciles ! Elle s'était occupée de sa fille, elle avait rêvé au bébé... Et si parfois la pensée de Hugh lui avait traversé l'esprit, elle ne s'y était guère arrêtée. Angus, ce cher Angus, était une présence solide et rassurante auprès d'elle.

Mais ce n'était qu'une illusion. Charity allait partir. Quant à Angus, qui rayonnait d'amour et de fierté pour elle, il ne possédait pas son cœur. Quelle épouse faisait-elle donc pour lui ? Anna Rose se leva brusquement, agitée par cette tempête intérieure. Comment ne pas se réjouir que Hugh l'aime encore ?

Elle sortit le rejoindre sous la véranda d'un pas déterminé :

— Hugh, je voudrais vous remercier de m'avoir

laissé Charity tout l'été. Elle est comme ma fille, vous le savez.

Hugh ne disait rien, attendant ce qui suivrait.

— Angus l'aime beaucoup également, poursuivit-elle en lui lançant un regard appuyé. Et je ne voudrais pas le faire souffrir. Jamais, Hugh. Me comprenez-vous ?

— Naturellement, acquiesça Hugh à voix basse. Moi non plus.

— Je suis heureuse de l'entendre. Ainsi nous pourrons demeurer de bons amis.

Hugh resta silencieux, le regard lourd. Il hocha la tête.

Soudain Charity arriva en courant et se jeta dans les bras d'Anna Rose. Le moment des adieux était arrivé. Le cœur serré, Anna Rose prit une dernière fois sa fille contre elle avant la longue séparation qui les attendait. Quand retrouveraient-elles une proximité semblable ?

Quitter Hugh n'était pas facile non plus. Après leur conversation, Anna Rose avait l'impression de le renvoyer. Mais il en avait trop dit : ses déclarations résonneraient toujours à son oreille, érigeant une barrière invisible entre eux.

Anna Rose regarda longuement le père et la fille s'éloigner à cheval. Quand elle se détourna enfin, un grand vide s'était creusé dans son cœur.

Anna Rose était d'humeur plus sereine quand elle regagna Rosedhu. Bercée par le chant des rameurs, elle se laissait glisser sur l'onde calme. Des mouettes planaient au-dessus d'eux avant de fondre sur leur proie. Un vol de pélicans bruns fendit soudain le ciel en une formation parfaite.

— Vous avez de la chance, madame ! commenta Pride en observant le phénomène. C'est un signe de santé et de prospérité.

Anna Rose se radossa en souriant. Rosedhu paraîtrait sans doute bien morne après ces incessantes visites chez leurs voisins, les dîners et les soirées qui avaient ponctué chaque jour de l'été. Mais elle ne songeait pas à s'en plaindre, au contraire : elle retrouverait avec plaisir la vie paisible de la plantation et tricoterait la layette de son bébé en toute quiétude.

Soudain la conque retentit et Anna Rose aperçut la demeure illuminée au-delà des grands magnolias. Angus l'attendait en souriant et elle se détendit tout à fait. Chez elle... Elle était rentrée chez elle...

La maison paraissait parfaitement en ordre et n'avait pas souffert de son absence. Elle serait heureuse d'y donner naissance à leur enfant. Angus était lui-même d'excellente humeur et très impatient de lire les premiers bilans de la vente de son riz. En effet, la récolte de septembre avait été bonne.

— Monte la première, veux-tu ? suggéra-t-il. Je te rejoins très vite ; j'en ai pour une minute.

Dalila avait déjà préparé un bain et Anna Rose s'y délassa longuement. Quand elle se glissa entre ses draps frais, elle s'aperçut qu'elle était beaucoup plus fatiguée qu'elle ne l'avait cru et s'endormit instantanément.

C'est le vent qui la réveilla. La chambre était

plongée dans l'obscurité car le feu s'était consumé et seules quelques braises rougeoyaient encore. Elle tendit la main vers Angus mais ne rencontra que le vide. Il devait être minuit passé, au moins. Ce diable d'homme oubliait l'heure quand il s'absorbait dans son travail !

Anna Rose se leva et enfila une épaisse robe de chambre. Le vestibule éclairé de flambeaux était calme. A la pendule massive qui cliquetait en haut des escaliers, il était presque deux heures ! Anna Rose poursuivit ses investigations en frissonnant. Tous les esclaves étaient couchés à cette heure et un silence lugubre pesait sur la maison.

La porte du bureau était fermée et Anna Rose frappa doucement puis appela. Pas de réponse. Elle poussa alors le battant. L'étude était illuminée et Angus se tenait à sa table, lui tournant le dos, absorbé dans le spectacle de la tempête.

— Pardon de vous importuner, mais il est tard, chéri...

Angus ne bougeait pas. Sans doute était-il perdu dans ses pensées, ou s'était-il assoupi.

— Angus ?

Anna Rose se pencha vers lui et lui toucha l'épaule. Il s'effondra soudain, les yeux clos, le teint livide.

— Mon Dieu ! hurla-t-elle d'une voix suraiguë. Il est mort ! Au secours !

Elle n'entendit pas qu'on s'affairait autour d'elle, ne sentit pas qu'on la transportait. Elle reprit conscience dans son lit et but machinalement un calmant sans croire les paroles de réconfort qu'on lui prodiguait.

Angus Campbell était très malade, décréta le docteur, mais il avait beaucoup de chance. Cette attaque cardiaque n'avait rien d'étonnant pour un homme si actif ! Angus garderait donc le lit jusqu'à nouvel ordre, sans tabac, ni alcool. Tout effort lui était interdit ainsi que toute émotion. Moyennant quoi il s'en sortirait sans doute. Mais s'il ne suivait pas ses instructions, le docteur déclinait toute responsabilité.

Anna Rose devait elle-même s'épargner après le terrible choc qu'elle avait subi. Elle avait songé à prévenir Weyman mais n'avait pu s'y résoudre. Le médecin lui recommandait le calme, après tout ! D'ailleurs, l'état d'Angus s'améliorait sensiblement.

Une semaine avant Noël, il convoqua Dalila et Pride :

— Pas question de supprimer les fêtes cette année ! déclara-t-il sur un ton sans réplique.

Les préparatifs commençaient dès l'été avec la récolte de melons que l'on réservait spécialement pour Noël en les protégeant dans des balles de coton. Les esclaves obtenaient deux jours de repos et plusieurs têtes de bétail étaient rôties à la broche au son des violons et des chants.

— Ne vous faites pas de souci, répliqua Dalila. Pride part chasser les cochons sauvages dès demain. Les cakes marinent dans le bourbon depuis plusieurs semaines et les petits ont ramassé les noix de pécan en septembre. Nous avons tout ce qu'il faut pour un Noël parfaitement réussi !

La plantation bruissait de vie dans l'excitation des derniers jours. Bientôt, de délicieux effluves montèrent jusqu'à la chambre où se reposaient les deux convalescents. Levant les yeux de son livre, Anna Rose surprit un sourire de bonheur enfantin sur le visage de son époux. Rencontrant son regard, il lui prit tendrement la main.

— Je me sens bien mieux. Je verrai Noël et notre enfant ! Je n'en aurais pas mis ma main au feu il y a encore quelques jours...

— Oh, Angus ! soupira Anna Rose. (Elle enfouit sa tête contre son épaule, se laissant aller à des larmes de bonheur.) Vous m'avez fait si peur...

Il posa un tendre baiser sur ses cheveux.

— Je ne le ferai plus, c'est promis. Il nous reste des années de bonheur à vivre ensemble...

Anna Rose se lova contre lui, bercée par le battement régulier de son cœur — la musique la plus harmonieuse au monde. Aussi ne put-elle surprendre la tristesse fugitive qui assombrit soudain Angus. Elle ne savait rien non plus de la visite de son médecin, le matin même...

27

La bise froissait les aiguilles de pin, les feuilles mortes crispées par le gel nocturne craquaient sous les pas et le soleil éclaboussait le fleuve d'or pâle. Les réserves d'eau de pluie avaient gelé et les feux qui réchauffaient les cases striaient le ciel clair de leur fumée.

Anna Rose, confortablement allongée dans son lit, savourait un thé brûlant en lisant une lettre venue d'Ecosse.

2 novembre 1837

Chers vous deux,
Quelle bonne nouvelle ! J'ai pleuré d'émotion en apprenant que votre premier fils serait baptisé John... Je serai peut-être grand-mère à notre arrivée !

J'aimerais beaucoup être là avant la naissance mais les préparatifs sont hélas très longs. Je n'ai pas encore de preneur pour la ferme et la santé de Shane demeure fragile. Quant à Iris, qui se prétend très impatiente de partir, elle ne fait que mettre des bâtons dans les roues.

Le mois dernier, par exemple, elle est partie vendre les œufs et le beurre au marché comme d'habitude — mais n'est revenue que deux jours plus tard ! Tu imagines mon inquiétude et ma contrariété. Puis elle a réapparu dans une robe de satin écarlate achetée avec l'argent de nos produits... Elle compte la porter lors de la première soirée que tu donneras en son honneur ! Je n'ose pas imaginer la scène.

Mais trêve de lamentations ! Je dois rencontrer un acheteur potentiel et j'espère qu'il fera l'affaire. Tout ira vite dès que la vente sera conclue.

Je vous embrasse très affectueusement tous les

deux — ou tous les trois si John arrive avant nous. Dieu vous bénisse.

Margaret Macmillan.

Anna Rose replia la lettre en souriant. Sa mère serait peut-être à Rosedhu avant John. Le médecin était resté très évasif et lui avait recommandé beaucoup de patience. Mais soudain elle sentit son ventre se durcir dans un élancement douloureux.

— Non, maman ne viendra pas à temps... murmura-t-elle.

— C'est une belle journée pour une naissance, n'est-ce pas ? fit observer Anna Rose entre deux contractions.

— Restez allongée, madame, et reposez-vous. Le docteur va arriver d'un instant à l'autre, répliqua Dalila, trop préoccupée pour échanger des banalités.

Dalila avait aidé bien des bébés à venir au monde parmi les siens, mais cette fois-ci, il s'agissait du fils du maître. Et l'enfant arrivait trop tôt, elle en était certaine.

Elle courut à la véranda pour scruter le fleuve. Pas de médecin en vue. En revanche, le spectacle qui l'attendait la mit en fureur : tous les esclaves de la plantation s'étaient rassemblés en une masse bavarde et turbulente, y compris la vieille jeteuse de charmes, Zimba. Accroupie dans la poussière, elle jetait des os de poulet en scandant les paroles rituelles pour prédire le sexe de l'enfant et son destin.

— Retournez à vos tâches, tous autant que vous

êtes ! s'écria-t-elle. Ce n'est pas une fête, c'est un accouchement !

La foule se dispersa en maugréant sous le regard menaçant de la gouvernante. Elle rentra finalement dans la maison pour trouver Angus sur son chemin.

— Comment va-t-elle, Dalila ?

Angus pouvait se lever depuis deux semaines mais se fatiguait encore très vite. Dalila lui trouva les traits tirés. C'était un vieillard, tout à coup.

— Calmez-vous, Major, ordonna Dalila sans ménagement. Quand le docteur arrivera, il aura assez à faire sans soigner une deuxième crise cardiaque !

— Mais oui, mais oui, répliqua Angus avec bonhomie. Je vais bien. Parlez-moi plutôt d'Anna Rose.

— Elle est vigoureuse, le rassura Dalila avec un bon sourire. Ne vous faites pas de souci. Mais je dois remonter la veiller. Allez-vous rester tout seul ? Ce n'est pas très prudent.

— Non. J'ai envoyé un mot à Hugh Sinclair. Il devrait me tenir compagnie.

— C'est sans doute plus sage, confirma Dalila avant de retourner aider Anna Rose.

Rosedhu et les Highlands n'étaient séparés que par un large bras d'eau. Au fil des mois, Angus et Hugh avaient construit des abris sur la grève pour entreposer des barques et loger des chevaux. Aussi n'avait-il fallu qu'une grande heure au message d'Angus pour arriver à Hugh. Dans sa précipitation, le futur père ne s'était pas embarrassé de détails, requérant simplement la présence de son ami pour une question de grande urgence. Aussi Hugh faillit-il exténuer son cheval sous lui et se briser le cou plusieurs fois dans sa hâte. Que s'était-il passé ? Angus souffrait-il d'une nouvelle attaque ? Anna Rose était-elle malade ? L'incertitude le rendait fou.

Il tira si brutalement sur les rênes devant le porche que le cheval cabré faillit le désarçonner et il sauta à terre, ne prenant que le temps de confier sa monture à Tom-Tom. L'animal avait bien mérité son repos !

Hugh gravit les escaliers du perron quatre à quatre et se rua dans la maison sans frapper.

— Angus ! Angus ! Qu'y a-t-il ?
— Calmez-vous, mon ami, tout va bien ! le rassura Angus avec une claque amicale sur l'épaule.
— Mais où était l'urgence ? interrogea Hugh un instant plus tard, soulagé de voir son voisin sain et sauf.
— Je ne voulais pas vous inquiéter à ce point, Sinclair, s'excusa Angus en le faisant passer dans son bureau. Mais ce n'est pas tous les jours que je deviens père !

Hugh se figea. Ainsi le moment tant redouté était arrivé.

— Comment va Anna Rose ?
— Dalila ne veut pas de moi, répliqua Angus en haussant les épaules. Elle m'a renvoyé dès le commencement du travail.
— Comment ça, Dalila ? Où est le docteur ?
— Aucune idée. J'ai envoyé Pride il y a plusieurs heures mais depuis je reste sans nouvelles.

Hugh arpentait l'étude en secouant la tête.

— Je vais en ville et je le ramène !

— Non, non, protesta Angus en avançant un fauteuil près du feu. J'ai toute confiance en Pride. Tenez-moi plutôt compagnie. Vous me changerez les idées.

Hugh alla se servir un cognac et rejoignit Angus près de la cheminée. Un cri étouffé interrompait parfois leur conversation et de longs silences tombaient alors. Angus n'arborait plus son sourire de fierté et paraissait très las.

— Je n'aurais pas dû vous imposer cette attente, Sinclair.

— Allons donc ! Je suis heureux d'être ici. Il ne faut pas rester seul dans de telles circonstances.

— Ne mentez pas, voulez-vous ? Si vous vous réjouissez d'être ici, ce n'est pas pour moi. Vous avez besoin d'être près d'Anna Rose tout autant que moi.

— Pardon ? articula Hugh avec difficulté, soudain en sueur.

— Ne faites pas l'innocent, mon jeune ami. J'ai la clairvoyance des vieillards et d'ailleurs, vos sentiments pour ma femme se lisent à livre ouvert sur votre visage.

— Ecoutez, Campbell, réagit Hugh, si vous supposez qu'Anna Rose et moi, nous...

— Pas du tout ! coupa Angus. Je pense que vous avez été irréprochables depuis notre mariage. Et je ne peux que subodorer la nature de vos relations auparavant car Anna Rose ne m'en a jamais parlé et je ne me suis pas senti le droit de la questionner.

Cela dit, je sais reconnaître un homme amoureux quand j'en vois un, c'est tout.

Hugh resta silencieux. Que répondre ? Il paraissait inutile de nier.

— Je devrais même vous remercier, reprit Angus. Quel honneur pour un homme de mon âge de voir sa femme adorée par un admirateur plus jeune et plus beau !

Hugh se leva brusquement, très mal à l'aise.

— Surtout si elle me reste fidèle...

— Je vous l'assure ! répliqua Hugh avec véhémence. Jamais nous ne vous trahirions. Le passé nous a infligé quelques bonnes leçons et je...

— Vous l'aimez trop pour cela, sans doute.

— Dois-je protester de mon indifférence ?

— Cela me ferait plaisir — jusqu'à votre prochaine rencontre.

— Alors je dois partir ? N'est-ce pas ?

Angus se leva à son tour en soupirant.

— Non, pas du tout. Vous savez bien que je tiens trop à notre amitié.

— Mais alors ? Nous ne pouvons continuer ainsi, maintenant !

Angus invita Hugh à se rasseoir avec un sourire attristé.

— Allons, il faut que je vous explique pourquoi je vous ai fait venir, Sinclair. La vraie raison, cette fois.

Angus se perdit dans la contemplation des flammes, incapable de regarder son interlocuteur — et rival.

— J'ai vu le médecin juste avant Noël et il m'a tenu des propos assez décourageants... Comment vous expliquer ? Tant qu'Anna Rose attendait le bébé, il était normal qu'elle dorme seule. Mais si je continue à négliger le devoir conjugal, elle va se demander pourquoi... Je l'aime trop, Sinclair, pour la condamner à la chasteté. J'ai besoin de votre aide.

Soudain une bonne fit irruption sans frapper, les yeux écarquillés de joie :

— C'est un garçon, Major, un superbe petit gars avec tous ses doigts de pieds ! Et Madame va très bien...

« Très bien » était peu dire. Si la naissance de Charity avait conduit Anna Rose à ses dernières limites, John lui apportait au contraire un bonheur parfait. Tenant le bébé contre son sein, elle rendit grâces à Dieu. Jamais, jamais elle ne serait forcée d'abandonner cet enfant-là...

— Nous avons un fils, déclara-t-elle fièrement à son époux quand il entra. Et il aura les poumons capables de souffler dans nos cornemuses d'Ecosse !

Angus s'assit près d'elle, fasciné par le petit bout d'homme qui tétait avidement, agitant ses petits poings serrés.

— Il est superbe, murmura-t-il, les larmes aux yeux. Merci, ma chérie.

Elle ferma les yeux, comblée. Maintenant, elle comprenait pourquoi sa mère avait porté tant d'enfants. Le bonheur d'un pareil instant était insurpassable.

Angus se tut, laissant sa femme se reposer un peu. Ses pensées se dirigèrent vers Hugh. Il n'avait pas eu le temps d'achever ses explications mais son ami était déjà reparti, comme s'il avait parfaitement compris ce qu'Angus attendait de lui...

28

A tout autre moment de sa vie, Anna Rose aurait déploré le mauvais temps qui gâcha le mois de février. Les arbres fouettés par des bises glaciales perdaient leurs branches, la mousse arrachée des troncs jonchait la pelouse et le fleuve couvert d'écume se cabrait sous les rafales.

Mais la jeune mère coulait des jours heureux auprès de son bébé, entourée des attentions d'Angus. Quand elle reçut l'autorisation de quitter le lit, John était assez grand pour ses premières sorties et l'air s'adoucissait déjà de saveurs printanières. Les geais, les bouvreuils et les moqueurs célébraient la fin de l'hiver dans un concert de gazouillis et de sifflements. Le soleil réchauffait la terre et de tendres pousses vertes jaillissaient sur les arbustes.

Ce fut par un matin clair que les Campbell partirent aux Highlands rendre son invitation à Hugh. Des nuages cotonneux traînaient paresseusement dans le ciel et les marais avaient quitté leur manteau brun pour se couvrir de verdure.

— Faites bien attention, recommanda Angus à son épouse en l'aidant à embarquer.

— Je vais très bien, maintenant ! répliqua Anna

Rose. Ne me traitez plus comme une convalescente. Je suis restée emprisonnée au lit assez longtemps pour retrouver toutes mes forces.

— Je ne pensais pas que ce repos forcé vous était si pénible. Je vous aurais laissée vaquer dans la maison si vous me l'aviez demandé.

— Mais j'ai insisté ! C'est Dalila qui ne voulait rien entendre... Peu importe : à présent que je suis une femme libre, je compte savourer chaque instant de cette visite.

Angus lui sourit, ébloui par son rayonnement et son élégance : elle portait une robe de cachemire vert forêt qui mettait en valeur la souplesse retrouvée de sa taille de jeune fille. Il resserra un plaid autour des épaules d'Anna Rose. L'eau était fraîche et l'air encore vif sur le fleuve. Puis il prit le bébé des bras de Dalila et le confia à sa mère.

— Je suis sûr que notre séjour aux Highlands sera très agréable. J'ai hâte de revoir la plantation. C'était un endroit très gai, autrefois, avant les événements... Ensuite les Sinclair l'ont désertée.

Anna Rose l'écoutait avec attention. Elle s'était souvent interrogée sur la famille de Hugh, qui n'était guère bavard à ce sujet.

— Que savez-vous des Sinclair, Angus ?

— Eh bien... C'est une longue histoire. Lachlan, le grand-père de Hugh, est venu s'installer le premier. C'était un géant et je n'oublierai jamais sa crinière blanche dans le vent quand il jouait de la cornemuse... Quatre femmes et onze enfants ! Hélas ! tous sauf un moururent avant lui. Les fièvres des marais en ont emporté six... Un autre s'est noyé et le dernier a été dévoré par un alligator. Ses deux filles sont mortes en couches avec leurs bébés. Le seul survivant, Trad, avait un caractère épouvantable et finit par se brouiller définitivement avec son père. Il rentra en Ecosse, jurant de ne plus jamais revenir aux Highlands de son vivant. Il a tenu parole et le vieux Lachlan s'est éteint dans la solitude...

Angus s'interrompit un instant, remué par ce souvenir.

— On raconte que Trad parcourut le monde plusieurs années, jusqu'à ce qu'il tombe amoureux d'une dame de l'aristocratie anglaise. Seulement elle était mariée... Nul ne sut comment il la convainquit mais un beau jour, on le vit emménager aux Highlands avec Lady Diana Malborough... C'était une femme superbe. Et quel tempérament ! Elle montait à cheval comme personne. Bonne épouse également, si l'on peut dire... ajouta Angus en riant.

— Mais alors...

— Hugh est illégitime, effectivement. Cependant, ce fut un véritable enfant de l'amour. Trad n'était plus le même homme depuis qu'il vivait avec Lady Diana : responsable, attentif à ses devoirs de père, et follement amoureux ! Hélas, ensuite...

— Ensuite ? répéta Anna Rose, suspendue à ses lèvres.

— Hugh devait avoir cinq ou six ans quand sa mère est morte de la fièvre jaune. Elle était allée chez sa couturière à Savannah, où venait de sévir une terrible épidémie. Il n'y avait en principe plus de risques mais la mort rôdait encore... Elle ramena une malle de robes superbes — et n'en a jamais porté une seule !

— Quelle horreur !

— Trad est devenu fou. Il s'est enfermé avec le corps et n'a laissé personne les approcher. Pour abréger, ajouta Angus précipitamment, voyant Anna Rose pâlir, un ami de Trad, capitaine au long cours, réussit à lui faire entendre raison et après l'enterrement de Lady Diana, emmena le père et le fils sur son navire à destination de Liverpool. Depuis on ne revit jamais Trad.

— Et Hugh ?

— Je suppose qu'il se souvenait de moi parce que je m'étais un peu occupé de lui à Rosedhu. Nous prîmes l'habitude de nous écrire et c'est ainsi que nous devînmes amis.

Anna Rose hocha la tête, laissant son regard errer sur les longues herbes qui ondulaient au bord de l'eau. La proue de la pirogue fendait l'onde sans bruit, propageant des vaguelettes régulières. Bercée par le chant des rameurs qui vantaient leur « nouveau maître et sa mère au teint de lis », Anna Rose se serait endormie si Angus ne s'était soudain exclamé :

— Droit devant !

Ils venaient de dépasser un coude du canal ; au-delà des marais, environ un kilomètre plus loin, s'élevait une bâtisse monumentale toute de pierre grise.

— Ce sont les Highlands. Evidemment, cela tient davantage d'un château que d'une maison de planteur ! Mais Lachlan voulait recréer en Amérique un peu de son Ecosse natale et il avait fait venir le granit de sa région.

Un esclave souffla dans la conque pour annoncer leur arrivée et quand le bateau fut en vue de l'embarcadère, Anna Rose distingua deux silhouettes : Hugh et une grande jeune femme vêtue de daim. Elle rentra dans la maison avant qu'ils n'accostent.

— Ohé du bateau ! s'écria Hugh. Vous avez fait vite.

— Avec ce temps splendide, c'est bien naturel, expliqua Angus.

Anna Rose restait silencieuse. Soudain Hugh se tourna vers elle avec un sourire chaleureux, presque trop charmeur. Elle songea brusquement à leur première rencontre à la taverne d'Inverness. Intimidée, elle baissa les yeux.

L'allée qui menait à la demeure était bordée de grands chênes moussus. Plongé dans une ombre perpétuelle, le passage était lugubre. Anna Rose serra son fils plus fort contre elle comme pour le protéger des fantômes anciens.

— Il faut excuser Charity, reprit Hugh. Elle sera très déçue d'avoir manqué votre arrivée ! Mais elle était debout à l'aube pour guetter la conque et votre pirogue. Elle a dû parcourir cette allée une bonne quinzaine de fois pour me dire que vous ne veniez pas... Elle s'est épuisée, à force !

— On me néglige ! se plaignit Angus d'une voix faussement offensée. Après tous ces voyages à Darien pour lui rapporter du sucre d'orge, elle m'a déjà oublié !

Ils entrèrent dans l'imposante demeure en

riant. Pourtant, après quelques pas, la décoration des lieux fit taire Anna Rose. Après l'austérité de la façade empierrée, les salons étaient parfaitement sinistres : les fenêtres aveuglées de lourds doubles rideaux de velours sombre mangés par les mites ne laissaient filtrer qu'une lueur hésitante sur les meubles d'acajou massif et les tapisseries grisâtres. Au mur, les ancêtres des Sinclair foudroyaient les intrus du regard comme s'ils profanaient leur mausolée.

— Nous sommes en pleine réfection, se justifia Hugh. Autant vivre dans une crypte que dans ces salles lugubres ! Certaines pièces sont déjà terminées et j'espère que vous vous y plairez. J'ai fermé l'aile du manoir qui est en travaux en ce moment. Ce sont les anciens appartements de mes parents.

Anna Rose se détendit, obsédée malgré elle par le cadavre de Lady Diana que voulait garder Trad.

— Mais peut-être voulez-vous vous rafraîchir avant le déjeuner ? Je vais vous montrer vos chambres.

Anna Rose le suivit bien volontiers, pressée de donner le sein à John. En effet, elle avait insisté pour le nourrir elle-même malgré les objections de Dalila, et l'heure de la tétée était proche. Ils gravirent un large escalier de chêne et Anna Rose découvrit un charmant boudoir illuminé de soleil. Hugh avait fait préparer une chambre spacieuse, une salle de bains, ce petit salon et une ravissante petite nursery où les attendaient un berceau et un rocking-chair. Emue par ces attentions, Anna Rose lui adressa un sourire de reconnaissance avant de rester seule avec son bébé.

Elle s'installa dans le fauteuil, savourant la chaleur du soleil, bercée par la respiration régulière du nourrisson — trop oublieuse du reste du monde, sans doute, car elle sursauta soudain au contact d'une petite main potelée sur son épaule.

— Je ne t'avais pas entendue, ma chérie! s'exclama-t-elle.

Charity fit la moue. Cela faisait pourtant une éternité qu'elle était là, à la fois fascinée et révoltée par ce spectacle: Anna Rose entièrement absorbée par ce bébé! Elle n'avait même pas remarqué que Charity avait mis sa plus jolie robe en son honneur...

— Voici John, reprit Anna Rose sans se formaliser de sa mauvaise humeur.

— Drôlement petit... commenta l'enfant.

— Il n'a que quelques semaines, expliqua Anna Rose. Toi aussi, à son âge... Mais peu importe, tu es une grande fille, désormais, et John sera comme ton petit frère. Tu m'aideras à m'occuper de lui?

Cependant Charity ne souriait toujours pas et ses yeux bleus s'emplirent de larmes.

— Eh bien? interrogea Anna Rose, sincèrement déconfite. N'es-tu pas contente que nous ayons un bébé?

— Tu ne m'aimes plus, maintenant. Tu es sa vraie maman!

Anna Rose attira sa fille contre elle pour un long baiser plein de tendresse et la prit sur son genou libre.

— Ce n'est pas vrai, Charity. Tu sais bien que je t'aime! On peut s'attacher à plusieurs personnes à la fois, tu sais.

— Comme toi avec oncle Angus et Papa ?

Anna Rose resta muette une seconde. « La vérité sort de la bouche des enfants », dit le proverbe...

— Par exemple, acquiesça Anna Rose. Mais tu dois savoir que je t'aime et que je t'aimerai toujours, Heather.

— Heather ?

— Si j'avais eu une fille, je l'aurais appelée Heather, expliqua Anna Rose pour rattraper son lapsus.

— Pour toi, je serai Heather. En secret. Dis, tu veux bien ?

Emue aux larmes, Anna Rose serra sa fille contre elle.

— Oui, ma chérie, je te le promets.

Angus, Anna Rose et John coulaient des jours heureux aux Highlands. Hugh était un hôte accompli et veillait à satisfaire leurs moindres désirs. Parfois Anna Rose trouvait son regard posé sur elle et elle préférait fuir, effrayée par le désir qu'il trahissait. Ces échanges muets faisaient battre son cœur trop vite — mais elle devait se surveiller ! Si même Charity avait senti son amour pour Hugh...

Elle avait lutté contre la tentation de parcourir les domaines de Hugh en sa compagnie, malgré l'insistance d'Angus. Ce dernier, bien qu'en meilleure santé avec l'arrivée des beaux jours, s'abstenait encore de monter à cheval. Mais Anna Rose trouvait toujours un prétexte pour refuser la promenade, trop peu sûre d'elle pour rester seule avec Hugh.

Anna Rose avait pourtant un sujet de contrariété : Willow, la gouvernante de Hugh, lui tenait visiblement rancune de sa présence. La jeune Indienne à la taille souple et élancée dans sa robe de daim jetait souvent des regards à la dérobée dans la direction de Hugh. Quel était le genre exact de leurs relations ? Après tout, Hugh avait la nature exigeante d'un homme viril et Willow était fort jolie — et disponible. Les grands yeux noirs et la longue natte brillante de la jeune fille ne pouvaient le laisser indifférent.

Anna Rose dut s'avouer que sa curiosité se teintait de jalousie lorsque Hugh aborda le sujet lui-même au souper.

— Angus, ai-je songé à vous remercier de m'avoir envoyé Willow ? C'est une petite merveille. Comment avez-vous mis la main sur elle — si j'ose dire ?

Anna Rose se tourna vers son époux, éberluée. Ainsi, c'était lui qui les avait réunis ! Angus se mit à rire en lançant un regard complice à son ami.

— Elle appartient à une tribu Creek qui a été décimée par la rougeole. J'étais en relation avec ces Indiens parce qu'ils s'étaient installés le long de la côte. Il n'y avait pas moins de quarante villages autrefois. Ensuite ils ont été délogés mais certaines familles sont restées. Quand je les ai connus, ils se couvraient le corps de graisse d'ours pour se protéger du soleil et des piqûres de moustiques. Ils laissaient pousser leurs ongles pour le combat et ne s'habillaient que de simples pagnes. Ah non, j'oubliais ! Les femmes portaient également des bracelets de coquillages aux chevilles et aux poignets.

Anna Rose baissa les yeux. Willow n'était guère plus vêtue dans ces robes de peau qui laissaient deviner toutes les courbes de son corps !

— Je faisais un peu de troc avec eux. Mon grain contre du poisson séché. Et puis un jour, j'ai trouvé leur camp dans un état de désolation indescriptible ! Ils tombaient tous comme des mouches... Faute d'autres richesses, le chef m'a supplié d'accepter sa fille en échange de mon riz. J'ai cédé dans l'espoir de la sauver de l'épidémie. Effectivement elle a survécu. Je lui ai appris notre langue et à se vêtir plus décemment !

— Pas beaucoup plus, corrigea Hugh en riant. Mais c'était très généreux à vous de me l'envoyer !

— Au départ, expliqua Angus, je voulais lui épargner les assiduités de mon fils. Il s'était entiché d'elle alors qu'elle n'était encore qu'une enfant. Par la suite, il m'a semblé que vous préféreriez une employée à une esclave. Vous autres nordistes...

— Surtout si jolie ! confirma Hugh. Je dois dire que votre fils a bon goût.

Mais Anna Rose n'eut pas le temps de se remettre de ce coup.

— Au fait, reprit Angus, Weyman m'annonce sa venue pour très bientôt. Il veut rencontrer son petit frère ! J'ai reçu sa lettre ce matin, Anna Rose.

Elle hocha la tête, anéantie.

— Nous devrons donc abréger notre visite chez vous, j'en ai peur.

— Pas du tout ! protesta Hugh, prenant la réaction d'Anna Rose pour de la déception. Weyman n'a qu'à nous rejoindre ici !

— Eh bien... hésita Angus en consultant Anna Rose du regard.

Un bras mince et hâlé se glissait justement entre Hugh et son invitée pour débarrasser les assiettes. Relevant la tête, Anna Rose rencontra les yeux sombres et hostiles de Willow.

— J'accepte très volontiers, conclut joyeusement Angus devant l'apparente indifférence de sa femme. Quelle joie ! Toute la famille réunie chez notre meilleur ami ! Que pourrait-on rêver de mieux ? N'est-ce pas, Anna Rose ?

29

L'hospitalité du Sud était légendaire et les invités séjournaient souvent plusieurs semaines chez leurs amis. Pourtant, Anna Rose se languissait de Rosedhu, même si Hugh était un hôte délicieux. Avril succéda à mars, les semailles approchaient et Weyman ne donnait toujours pas signe de vie.

— Je crois que nous nous sommes incrustés assez longtemps, chéri, conclut-elle en se brossant les cheveux.

Les Campbell s'étaient retirés pour la nuit et Anna Rose était allée donner un dernier baiser à leur fils endormi. Assise à sa coiffeuse en chemise de nuit, elle démêlait sa longue chevelure auburn.

Angus la regardait depuis un fauteuil, admiratif. Comme il la désirait ce soir ! Il aurait tout donné pour l'aimer... Il soupira.

— Puis-je vous aider ?

Anna Rose lui répondit d'un sourire.

— Bien volontiers. Je n'y arriverai pas seule et il est trop tard pour appeler la bonne.

— Laissez-moi ce privilège, mon amour. J'aime tant me trouver près de vous au crépuscule de ma vie...

— Angus ! Ne dites pas des choses pareilles !

— Excusez-moi, Anna Rose, mais il faut regarder la réalité en face. Vous vivrez de longues années après moi ! Vous ne voulez pas en entendre parler, je le sais, mais ce soir je veux que vous écoutiez ce que j'ai à vous dire. Promettez-moi de vous remarier dès que possible après...

— Angus, je vous en prie !

Il tenait ces sombres discours de plus en plus fréquemment, à la consternation d'Anna Rose. Le médecin lui avait pourtant assuré qu'après une période de faiblesse, son époux pourrait à nouveau mener une existence presque normale ! A condition de rester raisonnable, naturellement.

— Promettez-le-moi, Anna Rose ! reprit-il, intraitable.

Anna Rose se massa un instant les tempes en fermant les yeux.

— Très bien, Angus, vous avez ma parole. Maintenant répondez à ma question : quand rentrerons-nous ?

— Dans quelques jours. Je veux donner à Weyman le temps d'arriver puisqu'il doit nous rejoindre ici. Je sais qu'il appréciera les Highlands.

En réalité, Angus se moquait de la maison où son fils les retrouverait. Il avait un autre objectif en tête...

Deux nuits auparavant, Angus avait décidé d'ignorer les ordres du médecin. Il se sentait en excellente condition physique ! Peut-être le diagnostic était-il erroné ? Il avait rejoint Anna Rose entre ses draps blancs d'une humeur conquérante.

Anna Rose avait accueilli ses baisers et ses caresses avec joie. La naissance était si éloignée qu'il ne craignait pas de la blesser et elle semblait plus que consentante. Mais au moment de satisfaire son épouse, il s'en était montré incapable. Ecrasé par la honte, il avait dû se rendre à l'évidence : le docteur avait dit vrai...

Anna Rose s'était montrée parfaite. Déguisant sa déception, elle l'avait consolé et assuré de tout son amour. Mais maintenant qu'il avait vérifié les prédictions du médecin, il n'avait plus le droit de reculer.

Il savait bien pourquoi Anna Rose évitait Hugh. Il aurait fallu être aveugle pour ne pas voir les liens qui les unissaient... Toutefois, leur amour devait se consolider. Angus ne mourrait tranquille que s'il était certain qu'Anna Rose épouserait Hugh. Les deux plantations n'en formeraient plus qu'une et son vieux rêve se réaliserait. Dans l'intervalle, Anna Rose connaîtrait le bonheur qu'Angus ne pouvait lui donner lui-même...

Angus avait également songé à John : Weyman ne reviendrait jamais à la terre, mais John serait un grand planteur ! La vieille Zimba l'avait annoncé. Non qu'Angus fût superstitieux, mais pour avoir souvent vu la sorcière à l'œuvre, il croyait en son pouvoir. Hugh saurait éduquer son fils dans cette voie.

Angus ferma les yeux, soudain très las. Et puis, à quoi bon se cacher la vérité ? Tous ces calculs n'étaient bons qu'à atténuer son chagrin : imaginer Anna Rose dans les bras d'un autre...

— Chéri ? Venez vous coucher...

Comme il aurait voulu l'aimer encore une fois — une dernière ! Mais il l'embrassa simplement sur le front et se tourna de l'autre côté, feignant le sommeil. Cette situation devait être bien pénible pour elle aussi...

Anna Rose resta figée, ne sachant comment contenir sa déception. Angus la négligeait depuis plusieurs mois. D'abord son malaise cardiaque et ensuite la naissance de John les avaient séparés. Mais elle n'avait plus aucune raison de rester chaste, à présent. Deux nuits auparavant, elle avait cru retrouver leur intimité quand Angus avait entamé les tendres préliminaires qu'elle connaissait si bien. Et puis leur rapprochement avait tourné court. Devant l'embarras de son mari, elle avait préféré dissimuler sa frustration mais elle craignait maintenant qu'il ne veuille même plus prendre le risque d'un nouvel échec. Que faire ? Elle avait tant besoin qu'il la prenne dans ses bras et l'aime avec sa passion d'antan !

En outre, cet isolement ravivait en elle de vieux démons. Des songes du passé revenaient la hanter dans son sommeil. Combien de fois s'était-elle éveillée en sueur, rêvant à l'extase d'une nuit avec Hugh ? Prisonnière de ces désirs trop profonds, elle se tournait vers Angus comme son sauveur mais il lui murmurait invariablement : « Rendormez-vous, ma chérie », ou bien « vous allez déranger le bébé ». A croire qu'il la poussait volontairement dans les bras de Hugh !

Le lendemain matin, Angus proposa une grande visite de la plantation à Hugh et Anna Rose :

— Je me sens en excellente forme et en mesure de monter à cheval ! déclara-t-il. Le bon air vous ferait le plus grand bien, ma chérie, et le spectacle de la faune et de la flore en pleine éclosion devrait vous enchanter.

Anna Rose acquiesça avec joie. Un peu d'exercice lui ferait oublier la déception de la nuit dernière. Et si Angus les accompagnait, elle était en sécurité.

— Merveilleuse idée ! approuva Hugh. Willow nous préparera un pique-nique et nous déjeunerons au pavillon de la rivière. C'est un endroit superbe à la floraison.

Les trois amis expédièrent leur petit déjeuner, pressés de partir. Mais une surprise attendait Anna Rose dans sa chambre : un nouvel ensemble d'équitation, choisi par Angus du même vert brumeux que les yeux de son épouse. La veste ajustée mettait sa taille fine en valeur et la jupe s'évasait gracieusement à chaque pas. Anna Rose virevolta devant son miroir, conquise. Angus fixa sur ses cheveux un petit chapeau impertinent et ils se mirent à rire, soudain plus amoureux que jamais.

Si la gaieté d'Angus était un peu forcée, Anna Rose, toute à sa joie, ne le vit pas.

La journée s'annonçait belle, printanière et fraîche. Aucune giboulée ne menaçait et la brise saline murmurait doucement dans les feuillages.

— Vous ne pouviez mieux choisir le moment ! s'exclama Anna Rose, émerveillée.

— J'espérais vous faire plaisir, ma chérie...

Hugh les regardait marcher vers l'écurie, le cœur battant. Anna Rose n'avait jamais été aussi belle. *Pas même la nuit où il lui avait enlevé sa robe de satin et...* Mais il écarta ces souvenirs en grommelant un juron.

Angus, en revanche, avait pris dix ans en quelques semaines et paraissait plus las chaque jour. Il avait confié à Hugh que son état de santé s'aggravait irrémédiablement et que le médecin était très pessimiste. Anna Rose ignorait tout de la situation. *A tort ou à raison ?* s'interrogeait Hugh. *Peut-être vaudrait-il mieux la préparer...* Cela étant, Angus n'oubliait pas sa jeune épouse puisqu'il lui cherchait un amant ! Hugh soupira, mécontent de lui. Réussirait-il enfin à oublier cette offre ? Il secoua la tête comme pour chasser ces idées.

— Vous voilà ! Prêts pour un galop ?

Ils remontèrent la digue. La plantation se préparait aux semailles : le sol avait été retourné, les barrages réparés et les champs doucement irrigués depuis une vingtaine de jours. On n'attendait plus que la pleine lune pour planter les graines dans les tranchées fraîchement creusées.

— La récolte sera bonne, prédit Angus. Je le sens déjà.

— Puissiez-vous dire vrai ! soupira Hugh. Je suis sur la corde raide et j'ai cruellement besoin d'une bonne saison. Après l'incendie de New York, j'ai tout perdu.

Inquiète, Anna Rose consulta son époux du regard.

— Vous n'êtes pas le seul, mon cher ! répliqua Angus. Nous sommes tous endettés au maximum. Je me demande même comment nous avons survécu aux spéculations de l'an dernier.

— Vraiment ? questionna Anna Rose, sérieusement alarmée.

— Mais c'est la routine ! reprit Angus sur un ton enjoué. Rien d'inquiétant au fond. Allons, dit-il en éperonnant sa monture, cherchons plutôt la gordonia perdue de ce pauvre Bartram.

— Pardon ? le rappela Anna Rose déroutée.

Hugh arriva à sa hauteur :

— Il s'agit de fougères arborescentes splendides, dont l'espèce a été découverte en 1765 par un certain John Bartram aux environs de Darien. Mais quelques années plus tard, les spécimens disparurent mystérieusement. Je vous en montrerai des reproductions à la maison. Mais qu'avez-vous, Anna Rose ? Vous vous sentez mal ?

Elle avait d'abord écouté ses explications avec intérêt mais quand elle avait croisé son regard, la botanique avait paru bien lointaine. Singulièrement sensible aux accents rauques de Hugh, elle avait cru entendre un message réservé à elle seule, une musique intime qui la touchait au plus profond. Perdant contenance, elle rougit violemment.

— Mais non... balbutia-t-elle, presque tremblante.

Elle chercha son époux des yeux mais il avait disparu en avant. Hugh posa sa main sur la sienne pour la rassurer mais elle sursauta de plus belle.

— N'ayez pas peur, Anna Rose, murmura Hugh. Je ne profiterai pas de la situation. Seulement, je ne peux mentir : vous savez que je vous aime encore, que je vous désire à la folie...

— Hugh, je vous en prie ! Assez ! Je ne veux plus rien entendre...

Mais c'était elle qui mentait et elle n'était pas dupe. Elle avait attendu cet instant avec ferveur après des mois de dessèchement, de tourmente intérieure. Elle avait aimé trois hommes mais ce qu'elle ressentait pour Hugh dépassait tout. Jamais elle ne s'était crue passionnée et pourtant...

— Ne dites rien, Anna Rose, c'est inutile. Je le lis sur votre visage.

Il se pencha vers elle comme pour l'embrasser mais d'un coup de cravache, elle fit bondir son cheval et arriva très vite dans une clairière, décomposée mais fière de ne pas avoir cédé. Angus se tenait là, solide, loyal. Il les attendait près du pavillon de la rivière, à l'ombre des feuilles dentelées et des corolles violettes d'un boqueteau tout proche.

— Vous en avez mis un temps ! s'exclama Angus avec bonne humeur. J'ai failli commencer sans vous.

Il indiqua d'un geste le pique-nique préparé sur l'herbe sans paraître désirer de véritable explication. Anna Rose respira plus librement.

Sans doute se serait-elle détendue moins facilement si elle avait su que Weyman Campbell les observait à distance, dissimulé par les branchages. Arrivé le matin même et trouvant la maison vide, il était parti sur leurs traces. Mais au dernier moment, flairant quelque chose d'inhabituel, il ne s'était pas montré.

Anna Rose dodelinait de la tête. L'après-midi était chaud et le soleil dardait entre les feuilles des arbres. En dépit de leurs promesses, les hommes avaient repris leur sujet favori — les récoltes, le marché du grain et les affaires — et ses yeux se fermaient malgré elle.

— Pourquoi ne pas vous étendre un peu, ma chère ? proposa Angus. Vous n'avez pas pris tant d'exercice depuis des éternités.

— C'est une bonne idée, dit-elle, étouffant un bâillement.

— Je vais vous montrer, offrit Hugh.

Il la conduisit au pavillon, un ancien rendez-vous de chasse, avec ses meubles de cyprès, sa vaste cheminée et ses murs de pierre. Hugh lui indiqua une méridienne adossée à un mur. Anna Rose jeta un dernier regard vers Angus qui contemplait sereinement le fleuve.

— Merci, Hugh, dit-elle en s'allongeant.

Elle s'étira, oubliant presque sa présence, puis lui sourit.

— Ne recommencez jamais cela ! l'avertit Hugh. Et ne jouez pas l'innocente, reprit-il devant son expression de surprise. Je vous désire trop pour que vous me provoquiez encore !

Leurs yeux se croisèrent sans ciller.

— Partez, dit-elle doucement, c'est mieux ainsi.

Anna Rose s'endormit comme les deux hommes se préparaient à une partie de pêche. Angus attrapa la première carpe.

— Temps idéal, on dirait que ça mord ! conclut-il avant de se lever.

Hugh lui jeta un regard interrogateur.

— Je crois que je vais rentrer, déclara Angus. Le docteur m'a conseillé de m'épargner.

— Il faut réveiller Anna Rose, dans ce cas.

— Non, non ! Restez ici tous les deux. L'après-midi commence à peine.

— Mais, Angus...

La fatigue du vieil homme n'avait rien de surprenant ; pourtant, sa mise en scène était moins banale. Les laisser tous les deux dans le pavillon qui avait abrité les amours de tous les Sinclair !

— Je ne veux rien savoir. Anna Rose a besoin de se divertir un peu. Vous devriez vous détendre tous les deux, d'ailleurs, ajouta Angus, apparemment indifférent à l'ambiguïté de son conseil. Amusez-vous bien et ne rentrez pas trop vite !

Angus remonta à cheval, sourd aux protestations de Hugh, puis il s'éloigna rapidement, les larmes aux yeux.

Hugh resta une longue heure solitaire sur son banc, luttant contre ses démons, doutant encore. Angus avait-il vraiment ce projet en tête ? Ou feignait-il la complaisance ? S'il l'avait menacé, Hugh n'aurait pas résisté au défi. Mais maintenant, il était assailli de scrupules. Etait-ce là le but recherché ? Les séparer par la honte de trahir un homme si bon ?

Eh bien, la tentation était trop forte ! Hugh avait attendu longtemps, rêvé souvent de ce moment. Il avait nourri son désir de son isolement et maintenant il était trop tard pour reculer.

Anna Rose se laissait emporter par un rêve délicieux — quoiqu'un peu choquant : allongée nue dans le trèfle, elle savourait sans la moindre gêne le plaisir de l'instant. Tout paraissait normal. Un homme au visage flou tressait des fleurs sauvages dans ses boucles ; les oiseaux sifflaient et les abeilles butinaient le pollen des corolles offertes. De temps à autre, son amant égrenait quelques pétales sur ses seins palpitants comme autant de baisers parfumés.

Elle voulait enlacer l'homme mais il lui échappait toujours. Pourtant elle savait qu'il viendrait bientôt et s'abandonnait à la sensualité de ses caresses.

— Anna Rose... murmura-t-on près d'elle.

Elle ouvrit les yeux : l'amant de son rêve était là, elle voyait enfin son visage. Il ne souriait pas et l'enveloppait d'un regard intense, comme s'il connaissait ses désirs et venait les exaucer.

— Hugh ? Mais que faites-vous là ? réagit-elle brusquement.

— Vous le savez bien, mon amour...

— Mais... Où est Angus ?

Hugh ne répliqua rien, ne sachant quelle explication donner, espérant qu'elle céderait à la magie du moment. Elle le regarda longuement sans l'interroger davantage. Angus avait tout prémédité, c'était clair... Il lui offrait entre les bras d'un autre ce qu'il ne pouvait lui donner lui-même. Hugh se pencha vers elle, effleurant sa joue d'un baiser, attendant un signe. Quand elle lui ouvrit ses lèvres, il s'abandonna à sa passion, s'emparant avidement de sa bouche. A l'unisson de sa fièvre, Anna Rose l'attira contre elle, impatiente, offerte. Elle se trouva bientôt nue comme dans son rêve, frissonnant sous les caresses hardies de son amant. Là où les pétales avaient baisé sa chair, butinait maintenant la bouche de Hugh. Elle se donna à lui librement, sans honte ni regret. Leur amour était total, leur abandon complet. Le monde n'existait plus. L'univers se réduisait à l'espace de leurs corps enlacés.

Ils restèrent longtemps silencieux, goûtant la perfection de leur union, avant de revenir sur terre. Il y avait tant de secrets à lever...

— Il ne vous a pas avoué la gravité de son état, observa Hugh. Angus est très malade.

— La nuit dernière, il m'a forcée à promettre de me remarier. J'aurais dû me douter qu'il y avait anguille sous roche...

Ils se turent quelque temps.

— Hugh, reprit Anna Rose d'une voix hésitante, j'ai quelque chose à vous dire. (Elle s'interrompit, soudain sérieuse.) J'ai attendu très longtemps...

— Quoi donc, mon amour ?

— Charity est ma fille.

Hugh se renversa sur le dos, soudain frappé par l'évidence. Tout s'éclairait dans cette nouvelle perspective. Il la serra dans ses bras, ému au-delà de toute expression :

— C'est merveilleux, Anna Rose...

Rassurée, heureuse enfin, elle put lui narrer les épisodes de Five Points — sans se douter qu'un tiers n'en perdait pas une parole.

Quand les amants quittèrent le pavillon pour rentrer, Weyman Campbell était aux anges... Ainsi cette petite péronnelle avait voulu jouer les prix de vertu ? C'était trop drôle. En tout cas, elle était complètement à sa merci, désormais.

Weyman attendit quelques nuits pour mettre ses projets à exécution. Il avait été accueilli le mieux du monde par son père et aussi poliment que possible par Anna Rose. Après son arrivée, elle avait pris soin de l'éviter au maximum, s'absorbant dans de multiples tâches.

Cette nuit de pleine lune, les hommes étaient partis chasser le raton laveur et Anna Rose dormait paisiblement, ravie de savoir Weyman au loin. Mais quand elle s'éveilla, peu après minuit, une ombre se dressait devant elle.

— Sortez immédiatement ! cria-t-elle, devinant son identité.

— Allons donc, ricana Weyman en s'asseyant sur le bord du lit sans façon. Ecoutez donc plutôt ce que j'ai à vous dire...

— Je ne veux rien entendre ! fit-elle d'une voix étranglée comme il se penchait vers elle.

Il se borna à effleurer son bras nu avec un mauvais sourire.

— Comment vous présenter les choses ? Disons d'abord que mon père est mourant; ce n'est un secret pour personne. Bientôt nous serons trois à hériter : moi, vous et votre rejeton. Mais n'oubliez jamais que je suis le premier-né, Anna Rose ! Dès demain, vous persuaderez mon père de déchirer son testament tout neuf !

Elle étouffa un cri d'indignation.

— Vous ne volerez pas mon fils !

— Ah non ? reprit-il d'une voix traînante en se penchant sur elle, tirant méthodiquement le drap.

Puis il agrippa la dentelle de son col et la déchira d'un coup sec.

— Qui est le maître, Anna Rose ?

Il encercla son cou palpitant d'une main de fer et l'attira contre lui, mordillant un sein dénudé, excité par la lutte de la jeune femme.

— Débats-toi tant que tu veux, ma colombe ! Mais dis-moi : tu ne vas pas me refuser ce que tu as donné si volontiers à Sinclair, petite catin !

Et avec un rugissement, il l'étreignit sauvagement, étouffant ses cris d'une main, dégageant l'étoffe de l'autre, écartant ses cuisses...

Soudain la foudre sembla tomber sur la maison. La porte de la chambre s'ouvrit à la volée et Angus parut, cramoisi de fureur. Ses forces décuplées, il jeta son fils à bas du lit et faillit l'assommer, hors de lui. Weyman ne dut son salut qu'à une fuite précipitée.

Anna Rose, en sanglots, se leva enfin pour soutenir son époux qui se dressait, hagard, fixant la porte béante.

— Je suis désolée, balbutia-t-elle.

— Je n'ai plus qu'un fils, Anna Rose, je n'ai plus qu'un fils, scanda-t-il en s'effondrant sur le lit. Anna Rose !

Elle se coucha près de lui, le réconfortant de toute sa chaleur, ne sachant comment l'apaiser. Lorsque, enfin plus calme, il l'attira contre son cœur, elle entendit les battements irréguliers du sang dans sa poitrine et ferma les yeux, priant Dieu.

30

Après cette nuit-là, Angus ne fut plus le même homme. Les efforts d'Anna Rose pour lui rendre goût à la vie étaient vains : quelque chose s'était éteint avec le départ de son premier fils et il s'abandonnait sans lutter à la marche inéluctable de la mort.

Le monde lui-même changeait autour d'eux. La récession économique de 1837 les atteignit à leur tour. Le marché du riz s'était réduit et les prix tombaient au plus bas. L'arrêt des activités portuaires donna un coup fatal à Darien où les magasins durent parfois fermer, faute de marchandises. La morosité gagna Ridge où, cet été-là, les luxueuses réceptions firent place à des dîners ou des pique-niques plus raisonnables. L'ambiance n'y était pas — l'argent non plus.

Anna Rose trouvait son bonheur auprès de ses enfants et de Hugh Sinclair. Malgré leurs occupations et la distance qui rendait les rencontres rares et difficiles, ils connaissaient une intimité nouvelle. Les mois d'été furent pourtant pénibles. Même si Angus s'éclipsait à chaque visite de Hugh, Anna Rose ne pouvait se résoudre à en profiter. Pas sous le toit conjugal !

Aussi Anna Rose fut-elle soulagée de rentrer à Rosedhu pour l'automne. Le message tant attendu arriva quelques jours après son retour, lui fixant un rendez-vous au pavillon de la rivière. Comment contenir son impatience ? Elle dormit à peine, comptant les heures. Le matin du jour dit, elle s'absorba dans ses tâches quotidiennes pour oublier son attente. Ce fut au déjeuner que sa nervosité monta soudain.

Quand Angus la rejoignit à table vers trois heures, Anna Rose se trouva incapable d'avaler quoi que ce soit. Au dessert, elle n'avait toujours pas rassemblé son courage pour lui annoncer qu'elle serait absente jusqu'en début de soirée. Bien sûr, il ne lui posait jamais de questions et approuvait ses « promenades à cheval ». Mais elle supportait mal les éclairs de souffrance qui traversaient son regard quand il savait qu'elle serait avec Hugh.

— Quels sont vos projets pour cet après-midi, ma chérie ? lui demanda gentiment Angus.

Elle sursauta, éclaboussant son assiette de crème fouettée.

— C'est une belle journée. Je vais sans doute me promener à cheval.

Un lourd silence retomba, bientôt rompu par Angus.

— Voilà une excellente idée ! approuva-t-il en forçant son enthousiasme. Vous êtes enfermée depuis trop longtemps. (Il se leva soudain et repoussa brusquement sa chaise.) Amusez-vous bien, ma chère.

Anna Rose frémit quand il effleura sa joue d'un baiser, la seule marque d'affection qu'il lui accordait depuis quelque temps. Il ne partageait même plus sa chambre, préférant dormir sur un canapé de son bureau. Mais il avait posé lui-même les règles du jeu...

Elle quitta la table en soupirant, refusant d'écouter la voix de sa conscience.

Hugh l'attendait déjà au pavillon. Qu'il était séduisant avec sa peau hâlée et ses cheveux noirs ébouriffés par le vent ! Sa chemise de lin ouverte laissait deviner son torse puissant et des culottes de daim moulaient ses cuisses musclées. Il courut vers elle et la souleva de son cheval avant de la faire tournoyer dans ses bras.

Sans mot dire, il s'empara de ses lèvres en un baiser exigeant, lui faisant perdre haleine. Elle s'accrochait à lui avec passion, répondant à son désir par une fièvre dévorante. Enfin ils atteignirent la porte et Hugh s'interrompit.

— Cela fait si longtemps !

— Trop longtemps, mon amour, répliqua-t-elle en lui mordillant le lobe de l'oreille.

Il ôta sa chemise et vint réclamer un nouveau baiser. Les mains tremblantes, il dégrafa la veste d'Anna Rose, sentant les seins dressés contre ses paumes viriles. Elle aussi se sentait nerveuse, comme s'ils se retrouvaient pour la première fois. Pourtant leurs corps parlaient d'eux-mêmes, sachant d'instinct comment se plaire l'un à l'autre. Hugh caressait Anna Rose, exaspérant ses sens jusqu'à ce qu'elle vibre de plaisir et de ferveur, impatiente, avide de le recevoir en elle. Quand il la pénétra enfin, avec une lenteur insupportable, elle l'étreignit sauvagement, l'accueillant de toute son âme, s'offrant entièrement. Pourtant il se retint au dernier moment, savourant le plaisir d'Anna Rose avant de l'emporter plus loin, encore plus haut sur les vagues de la jouissance, criant avec elle dans leur volupté partagée. Alors ils s'effondrèrent dans les bras l'un de l'autre, comblés.

Hugh n'annonça la mauvaise nouvelle qu'un peu plus tard, quand ils se furent habillés.

— Ma chérie, je dois partir quelque temps.

Elle s'écarta brusquement, espérant avoir mal entendu.

— Non ! s'exclama-t-elle.

— J'espère revenir très vite, insista Hugh. J'en ai déjà parlé avec Angus.

— Angus ? Il ne peut vous chasser après nous avoir réunis ! (Elle se jeta dans ses bras en sanglotant.) Chéri, je vous en prie, je ne pourrai pas...

— Ecoutez-moi, Anna Rose, reprit Hugh en lui prenant le menton. Angus n'a rien à voir avec ma décision et je lui ai simplement demandé d'accueillir Charity à mon départ. Il a tout fait pour me retenir, du reste, jusqu'à offrir de payer mes dettes... Il n'en est pas question. Un homme doit assumer seul ses responsabilités.

— Mais où partez-vous ? Et pour combien de temps ?

— Je serai capitaine sur la ligne qui relie Savannah à Key West. Il me faut de l'argent pour sauver les Highlands, Anna Rose. J'ai pris des paris désastreux l'an dernier, misant le tout pour le tout dans l'espoir de réaliser de gros profits... et j'ai perdu. Je rentrerai d'ici quelques mois, une année au plus.

— Et quand vous embarquez-vous ?

Anna Rose ne maîtrisait pas le tremblement de sa voix.

— Demain à l'aube...

Ne lui donnant pas le temps de lui dire adieu, il la hissa sur son cheval après un long baiser passionné et le fit partir d'une claque sur la croupe, trop ému pour prolonger la scène.

— Je vous aime, Anna Rose ! cria-t-il avant de se détourner, préférant confier son chagrin aux arbres.

L'hiver succéda rapidement à l'automne. Confiné chez lui à cause du froid comme un invalide, Angus passait ses journées devant la cheminée, enveloppé d'un long plaid de laine. Anna Rose s'efforçait de le dérider mais en vain. La trahison de son fils lui avait porté un coup fatal. Hugh écrivait régulièrement à Charity et à Angus, sans oublier quelques mots aimables à l'intention d'Anna Rose. Pour elle, cette froide politesse était pire que le silence !

Hugh put échapper à ses obligations un jour où son vapeur subissait quelques réparations à

Savannah et il fit une visite éclair à Rosedhu. Anna Rose retrouva goût à la vie pour quelques heures mais leur désir et leur besoin l'un de l'autre étaient trop intenses pour se satisfaire de ce rapide échange. Par respect envers Angus, ils continrent leur passion et la séparation fut encore plus déchirante.

Heureusement, peu après Noël, Pride rapporta d'excellentes nouvelles de Darien :

Inverness, le 24 octobre 1838

Ma chérie,

Comme il me tardait de t'écrire cette lettre ! Enfin tout est en ordre, les billets sont sur mon bureau et nous nous préparons à vous rejoindre. Tu ne peux imaginer ma joie ! Nous embarquons le premier janvier à destination de Savannah et si Dieu nous le permet, nous serons parmi vous vers la mi-février. Nous venons au grand complet, même Iris et Shane, qui va beaucoup mieux.

J'ai pleuré d'émotion en apprenant la naissance de John et surtout l'existence de cette petite-fille dont tu n'avais jamais parlé. Vous voilà enfin réunies ! Quel miracle... Je n'en souffle mot à personne pour le moment, comme convenu. J'ai hâte de serrer mes petits-enfants dans mes bras.

J'espère qu'Angus est en meilleure santé. Je lui concocterai quelques boissons réconfortantes dont j'ai le secret dès mon arrivée !

Tes frères et sœurs t'embrassent très fort et moi aussi,

A très bientôt,

Margaret Macmillan.

Anna Rose se hâta de répéter la bonne nouvelle à Angus, qui se réjouit autant qu'elle.

— Eh bien! s'exclama-t-il en prenant Anna Rose dans ses bras, je commençais à perdre espoir! Je suis ravi pour vous — et pour moi également! Votre famille va rendre un peu de vie à cette vieille maison.

— Peut-être même un peu trop! précisa Anna Rose en riant. Quand Gavin et Ewan auront investi les lieux, vous aurez sûrement envie de les renvoyer par le premier bateau...

— Certainement pas! dit-il tendrement. Je vous veux tous autour de moi...

Il attira son visage près du sien et pour la première fois depuis des semaines lui donna un vrai baiser.

En dépit des préparatifs, les journées se traînaient en longueur. Mais enfin l'heureux jour arriva. Angus, Anna Rose et les enfants se rendirent à Darien et regardèrent le vapeur remonter le fleuve avec une lenteur exaspérante, trépignant malgré eux.

— Oh Angus, je n'y tiens plus! s'exclama finalement Anna Rose.

— C'est bien naturel. Même moi, je suis un peu nerveux. Et si votre mère ne trouvait pas son gendre à la hauteur?

Anna Rose l'enveloppa d'un regard admiratif. Ces dernières semaines, il avait retrouvé ses forces et dans le kilt Campbell revêtu spécialement pour l'occasion, il se dressait comme un fier guerrier.

— Ma mère vous aimera, Angus, tout comme je vous aime.

Il lui sourit tendrement. Le sujet de Hugh n'avait jamais été soulevé et Anna Rose attribuait le silence de son mari à une approbation tacite. Sans doute préférait-il ne pas aborder la question. En tout cas, elle demeurait l'épouse aimante et attentive d'autrefois.

— Je les vois ! s'écria-t-elle.

Le clan Macmillan, massé sur le gaillard d'avant, se repérait facilement malgré la distance. Ils agitèrent la main en reconnaissant Anna Rose.

— Mon Dieu, je crois que je vais me mettre à pleurer...

Angus lui prit la main, lui-même très ému à l'idée d'accueillir tout ce petit monde dans son univers si calme.

Margaret Macmillan le conquit à la première minute avec sa dignité naturelle et sa beauté à peine flétrie par les ans. Seul son regard alourdi par les épreuves trahissait réellement son âge. Quelle différence avec la description qu'en avait faite Iris !

Gavin et Ewan étaient deux vigoureux jeunes gens de seize et dix-sept ans, l'un fougueux et l'autre plus réservé, mais visiblement droits et honnêtes. Les deux sœurs cadettes promettaient de tourner la tête des garçons ! A quatorze ans, Laure était d'une beauté calme et mystérieuse tandis que Fern, avec ses douze ans, gardait encore la vivacité de l'enfance.

Mais Iris Macmillan Kilgore était d'une tout autre étoffe. Si elle possédait un visage d'ange, son regard était celui d'un démon. Elle paraissait plus âgée qu'Anna Rose, et aigrie par la vie. Alors que les autres Macmillan manifestaient leur joie des retrouvailles, elle se dressait immobile sur le quai comme une statue de granit, imposant brutalement silence à Shane quand il voulut parler. Consterné, Angus surprit le regard de reproche de Margaret qui prit l'enfant dans ses bras.

Ainsi était la famille de sa femme — et maintenant la sienne. Il n'aurait vraisemblablement plus le temps de s'ennuyer !

Les semaines suivantes résonnèrent d'activité et de bonheur. Anna Rose en perdit presque la notion du temps — du moins son chagrin en fut-il atténué.

Margaret eut une excellente influence sur Angus qui oublia sa santé pour lui expliquer inlassablement le fonctionnement de la plantation. Sans le soulagement de le voir recouvrer ses forces, Anna Rose aurait jalousé le talent de sa mère !

Pride prit ses deux frères sous sa protection et leur apprit à chasser les cailles et les colombes avant de passer à plus gros gibier : les dindes sauvages, les sangliers et les daims. Il les initia également à la pêche et leur proposa de creuser leur propre pirogue dans un tronc de cyprès.

— Eh bien, ça, c'est la vraie vie ! s'exclama un jour Gavin au dîner. J'ai décidé de mon avenir : j'investirai ma part d'héritage dans une terre de la région ! Angus, connaîtriez-vous une parcelle de rizière à vendre dans les environs, pour un prix raisonnable ?

Angus sourit de fierté, heureux de sentir un planteur-né chez son beau-frère et ravi d'être consulté.

— Peut-être bien, mon garçon, répliqua-t-il. Nous irons visiter l'endroit dès demain, si tu veux.

Angus confia ce soir-là à son épouse qu'il vendrait volontiers quelques hectares de Rosedhu à son frère.

— J'aurais même pu les lui offrir, mais je crois qu'il sera plus formateur de le laisser assumer son investissement.

Ewan, à son tour, créa la surprise quelque temps plus tard en déclarant qu'il souhaitait poursuivre des études. Après avoir rencontré des garçons de son âge à une réception, il avait pris sa décision :

— Je veux m'inscrire à Franklin College et apprendre le droit. Ensuite, je m'installerai chez un avocat.

Margaret lui lança un regard empreint de bonheur. Il paraissait si instable, autrefois ! Elle s'était tant inquiétée pour son avenir... Mais il avait grandi et savait ce qu'il voulait de la vie.

Laure et Fern jouaient avec Charity, Shane et John. Quand le temps le permit, Angus leur fit construire une petite maison de bois à l'ombre d'un pin. Elle abriterait d'abord leurs jeux mais une pièce y serait réservée à l'étude :

— Vos sœurs sont aussi intelligentes que jolies. Je serai ravi de leur donner un précepteur comme aux garçons.

Anna Rose se jeta à son cou. Angus avait pris tous les enfants sous son aile ! Cet homme était né pour être père. Quelle pitié que son premier fils n'ait été qu'un vaurien...

Charity adopta immédiatement ses oncles et tantes et tout particulièrement son cousin Shane. A son contact, le petit garçon sortit peu à peu de sa coquille et enfin on le vit rire et s'épanouir. C'était merveille d'admirer leurs boucles blondes se mêler quand, penchés l'un vers l'autre, ils se murmuraient des secrets d'enfants.

Seule Iris détonnait dans cette atmosphère heureuse. Elle arpentait nerveusement les couloirs de la maison la nuit, en proie à l'insomnie, et dormait le jour. Les promenades familiales l'ennuyaient et elle ne sortait de son humeur taciturne que pour des paroles désagréables.

— Mais que lui arrive-t-il ? demanda un jour Anna Rose à sa mère.

La journée était magnifique et elles projetaient justement une promenade en pirogue et un pique-nique sur une plage voisine avant d'aller ramasser des coquillages.

— Dieu seul le sait ! répliqua Margaret en secouant la tête. Peut-être regrette-t-elle la belle vie qu'elle menait à la maison.

— La belle vie ?

— Elle voyait beaucoup de jeunes gens, tu sais.

Anna Rose garda le silence quelque temps, le premier mouvement de surprise passé.

— Comment n'y ai-je pas songé plus tôt ? s'exclama-t-elle finalement. Nous allons donner un bal ! Angus a tant d'amis dans la région... Ne te fais plus de souci, mère. Bientôt, Iris croulera sous les invitations et n'aura plus le temps de faire la tête !

Sitôt dit, sitôt fait. Les cartons furent expédiés aux quatre coins du comté et Angus, pris par l'excitation de la fête, envoya toutes ces dames choisir de belles robes à Savannah. Ce bal serait l'événement de la saison ! Et le plan d'Anna Rose portait déjà ses fruits puisque Iris avait retrouvé le sourire et se proposait même pour les aider.

Le jour dit, les premiers bateaux arrivèrent dès le milieu de la matinée. Un pique-nique ouvrait les festivités dans le parc. A la grande joie d'Anna Rose, Iris était très entourée. Elle était si séduisante dans la soie de couleur lavande qu'elle avait choisie !

Dans l'après-midi, les dames allèrent se reposer avant de se préparer pour le bal. Anna Rose invita Iris à la rejoindre dans sa chambre, espérant qu'elles pourraient bavarder un peu. Les rancunes anciennes s'étaient sans doute évanouies depuis l'Ecosse et il était temps de repartir sur des bases nouvelles. Mais Anna Rose attendit en vain sur le lit, allongée en caraco et en pantalons.

— Te voilà enfin ! s'exclama-t-elle comme la porte s'ouvrait. Je me demandais ce qui te retenait.

— Drôle de coutume ! grommela Iris. Pour une fois qu'il y a une bonne raison de sortir du lit, on est obligé de retourner dans sa chambre ! Je voulais rester avec la compagnie masculine mais il paraît que cela ne se fait pas ! Anna Rose, tu as épousé un vieux barbon ! Il est plus vieux que maman et deux fois plus prude !

Anna Rose, blessée, se força au calme.

— L'âge n'a aucune importance quand on aime.

— Quand on aime ? Ce vieux fossile ? Je t'en prie, Anna Rose ! Epargne-moi ce couplet... S'il n'y avait pas John, je parierais même qu'il est impuissant !

Anna Rose baissa les yeux, douloureusement atteinte, et préféra changer de sujet de conversation.

— Et toi, Iris ? Ne penses-tu jamais à te remarier ? Après tout, Stuart est mort depuis longtemps et Shane a besoin d'un père. Il est adorable, mais si réservé ! Il lui faut l'exemple d'un homme, c'est évident.

— On croirait entendre maman ! rétorqua Iris. Elle me harcèle constamment au sujet de Shane. Mais il grandira comme il pourra ! Je ne vais pas le materner toute sa vie... Non, si je me remarie, ce sera pour moi toute seule. Et il sera riche et beau !

Anna Rose se rembrunit.

— Et l'amour, dans tout cela ?

— Allons donc ! Tu sais aussi bien que moi qu'on a inventé ce prétexte pour préserver la virginité des filles ! En tout cas, cela ne m'a pas arrêtée.

— Pourtant tu t'es mariée très jeune, Iris, résista encore Anna Rose en rougissant.

— Aucun rapport ! lança Iris.

Ses yeux gris étincelèrent. Le moment était venu... Il était temps de déciller Anna Rose.

— Tu crois que j'étais vierge le soir de mes noces ? Je vous ai tous bien eus ! Je portais déjà Shane quand Stuart m'a épousée.

Anna Rose retint sa respiration, complètement stupéfaite.

— Je redescends ! s'écria encore Iris. Tant pis pour ce que ton vieux mari en pensera !

Anna Rose se rallongea sur le lit, tâchant de rassembler ses idées. Qui pouvait être le père de Shane, dans ce cas ? Iris et elle occupaient la même chambre avant le mariage et la discipline familiale empêchait le moindre écart de conduite... Soudain elle se redressa brusquement. Un souvenir se matérialisait lentement devant ses yeux : une nuit de pleine lune, deux silhouettes enlacées qui marchaient sur le chemin, les brindilles dans les cheveux d'Iris, les vêtements froissés de Rory... et finalement leur baiser sous sa fenêtre.

Elle étouffa un cri, les larmes aux yeux.

— Non... Non ! C'est impossible !

Mais pourquoi Rory avait-il appelé Iris en pleine agonie ? Voulait-il avouer sa faute avant de mourir ? Tout était clair, à présent. Même le prénom de l'enfant était une gifle : Shane, fils de Rory McShane... Iris était arrivée à ses fins ! Comment Anna Rose pourrait-elle jamais lui pardonner ?

Anna Rose soupira. Pauvre Shane ! Cet enfant était déjà si perturbé... Elle ne devait pas compromettre son fragile équilibre par un esclandre. Au contraire, s'il était le fils de Rory, elle le protégerait encore davantage !

Elle se leva pour sonner la bonne. Il était temps de se préparer pour le bal.

31

Angus se versa une nouvelle rasade de cognac et se remit à arpenter la bibliothèque. L'alcool lui était interdit mais ce soir, il en avait besoin. Il jeta un coup d'œil vers la porte. Où se trouvait donc Anna Rose ? Il espérait qu'elle descendrait avant l'arrivée de son invité-surprise. Pourtant, en même temps, il souhaitait à demi que son entreprise échoue.

Il était si sûr de lui jusqu'à maintenant ! Mais en attendant son épouse, la jalousie, sa vieille ennemie, revenait le torturer. Bon Dieu ! Anna Rose ne lui avait-elle pas tout offert ? Son amour, sa tendresse, un fils, une famille ? Comment aurait-il le cœur de lui refuser la seule chose qu'elle souhaitait ? Il s'était toujours considéré comme un homme évolué. Autrefois, n'avait-il pas trouvé chez Dalila ce que sa femme ne pouvait plus lui apporter ? Son esclave s'était soumise de bonne grâce et lui avait même donné Pride. Aujourd'hui, la situation était inverse : c'était Angus qui ne pouvait plus satisfaire son épouse. Il fallait l'assumer !

Il soupira et reprit sa marche forcée.

— Angus ? Ah, vous voici ! s'écria Anna Rose.

Il se retourna et admira sa femme un instant.

— Vous êtes ravissante, comme toujours.

Elle tournoya pour lui faire apprécier le mouvement de l'ample jupe de soie rose brodée de dentelle incrustée d'argent. Mais quand elle croisa à nouveau son regard, elle y lut un éclair de désespoir.

— Chéri ? l'interrogea-t-elle avec sollicitude.

— Tout va bien. Seulement... vous êtes si belle que je ne sais comment vous partager avec les autres !

Elle l'embrassa tendrement, sensible à son compliment, avant de l'accompagner près du majestueux escalier qu'emprunteraient les invités. Quelques minutes plus tard, ceux-ci descendirent dans leurs plus beaux atours, accueillis par leurs hôtes. Anna Rose souriait sans défaillir mais son regard s'égarait parfois du côté d'Iris. Elle se pavanait sans retenue, parée comme un oiseau des Îles dans une robe de satin rouge au décolleté indécent, attirant sans vergogne les regards masculins. Anna Rose la vit même prendre le bras d'un homme marié pour rejoindre la table du dîner, tandis que l'épouse délaissée restait sans cavalier ! Angus rétablit la situation en escortant la dame, Anna Rose se tournant vers Gavin.

Le dîner se déroula sans incident, mais Anna Rose sentait son époux tendu. A plusieurs reprises, il fit un signe à Pride, qui s'éclipsa un moment puis réapparut en secouant la tête. Ce petit manège intrigua Anna Rose : on lui cachait quelque chose. Angus attendait-il quelqu'un ? Pourtant, tous les invités étaient présents.

Elle ne put cependant questionner son époux qu'à la fin du dîner, quand les dames se retirèrent, laissant les hommes à leurs cigares.

— Que se passe-t-il ? Vous semblez bien nerveux...

— Rien d'inquiétant, répliqua-t-il avec un sourire contraint. Vous verrez tout à l'heure. Accompagnez plutôt vos amies et amusez-vous bien.

Mais Anna Rose n'était plus d'humeur à se divertir de bavardages insipides et Iris, visiblement impatiente de retrouver ses cavaliers, était exaspérante. Anna Rose finit par s'échapper sous le prétexte de vérifier que les enfants dormaient bien.

John, profondément assoupi, suçait son pouce. Anna Rose posa un baiser léger sur sa joue avant de s'éloigner sur la pointe des pieds. Puis elle passa dans la chambre que Shane partageait avec sa mère. Quand elle se pencha sur le petit lit, Anna Rose crut avoir une hallucination : personne ! Alarmée, elle sortit appeler la bonne d'étage mais se figea, soudain folle d'inquiétude : la porte de Charity était grande ouverte ! *Pourvu que les enfants ne soient pas partis se promener tous les deux... La digue !* songea-t-elle en un éclair. Elle se précipita dans la chambre, le cœur battant. Mais les deux trésors étaient là et dormaient blottis l'un contre l'autre, mêlant leurs boucles blondes.

Son premier mouvement fut de les recoucher séparément mais elle se ravisa : ils paraissaient si heureux d'être ensemble... Elle se contenta donc de les border tendrement.

Elle avait presque gagné le bas des escaliers quand elle entendit la porte d'entrée.

— Bonsoir, monsieur. Le Major craignait que vous ne puissiez venir.

Mais qui cela peut-il être ? s'interrogea Anna Rose avant de descendre la dernière volée de marches. Soudain, elle se figea, n'osant en croire ses yeux.

— Hugh ? murmura-t-elle.

Sans mot dire, il courut vers elle et la prit dans ses bras, vérifiant d'un coup d'œil qu'ils étaient seuls. Anna Rose s'abandonna à son étreinte, ivre de bonheur. Elle attendait cette minute depuis si longtemps ! Tout leur désir contenu s'épancha soudain en un long baiser brûlant.

— Eh bien, ma chère sœur, quand vas-tu me présenter ton ami ? résonna la voix acide d'Iris.

Anna Rose sursauta, rouge comme une pivoine, et les deux amants s'écartèrent — mais trop tard.

— Iris, je te présente le capitaine Hugh Sinclair, prononça Anna Rose sur un ton glacial.

— Je connais déjà votre nom, roucoula Iris avec un sourire de coquette. Mais je vous croyais plus âgé...

— Madame Kilgore, s'inclina Hugh. Votre réputation vous a également précédée.

Iris répondit par un rire perlé, nullement déconfite.

— Je n'imagine que trop bien ce que ma grande sœur a pu raconter sur mon compte !

Heureusement les portes des salons s'ouvrirent et les invités se mêlèrent à nouveau pour le bal.

— Hugh ! s'exclama Angus avec joie. Vous avez pu venir, j'en suis heureux !

Les deux hommes se serrèrent cordialement la main sous le regard pensif d'Anna Rose. Quelle nuit étrange les attendait ! Hugh et elle chercheraient à s'isoler, Angus le savait et le favoriserait sans doute... Un flot de musique interrompit soudain ses réflexions. Angus offrit d'un geste son épouse à Hugh, afin qu'ils ouvrent le bal mais, en un éclair, Iris s'interposa :

— Capitaine, je suis certaine que vous êtes un merveilleux cavalier ! Conduisons la danse, voulez-vous ?

Hugh, trop courtois pour protester, se laissa entraîner vers la salle de bal. Anna Rose se mordit les lèvres. Les projets d'Iris étaient clairs : séparer les amants pendant le bal et peut-être même séduire Hugh. Quelle peste ! Mais il ne serait pas dupe, elle en était certaine.

— Venez, ma chère, invita soudain Angus d'une voix douce. Allons danser et ne vous préoccupez pas de cette petite dinde.

Anna Rose dissimula sa confusion en éclatant de rire.

— Hugh et Iris forment un couple charmant. Je ne...

— Allons, mon amour, l'interrompit Angus en souriant, il est inutile de mentir, ni même d'épargner ma fierté. Je vous aime plus que ma vie, Anna Rose, et c'est pourquoi Hugh est parmi nous ce soir. Je ne peux vous donner tout ce que vous méritez... Cette nuit, vous aurez Hugh pour vous seule, c'est promis.

Anna Rose resta muette de stupeur. La complaisance tacite d'Angus n'avait jamais fait de doute ; de là à l'avouer ouvertement... A croire qu'Angus les rejoignait dans cette merveilleuse conspiration de l'amour !

Pourtant il n'était pas facile de s'éclipser. Sans Angus, les deux complices auraient vraisemblablement passé la nuit à s'observer depuis les extrémités du grand salon.

— Capitaine, intervint finalement Angus, je ne peux vous laisser monopoliser ma charmante belle-sœur plus longtemps ! Vous êtes d'un égoïsme... Il faut laisser leur chance aux autres !

Et avant qu'Iris ne puisse protester, elle virevoltait au bras d'Angus. Pride arriva à point nommé, portant un message urgent pour Sinclair — simple prétexte pour l'éloigner. Anna Rose l'attendait déjà dans l'ombre.

— Quelle soirée épouvantable... murmura Hugh en la dévorant de baisers.

— Jusqu'à maintenant, mon amour.

Ils s'aimèrent sous une tonnelle près de la rivière, enivrés des senteurs du printemps naissant, emportés par leur passion toujours grandissante. Mais une fois retombée l'exaltation de leur étreinte, Anna Rose soupira :

— Qu'allons-nous devenir ? Vous allez repartir et nous vivrons à nouveau dans l'incertitude du lendemain... C'est insupportable !

— Chut, mon amour. Il ne nous appartient pas de connaître l'avenir. Notre jour viendra. Quant à mon départ... C'est mieux ainsi. La tristesse d'Angus me fend le cœur.

Anna Rose fondit en larmes, pénétrée par la justesse de ses paroles. Elle secoua la tête.

— Je n'en peux plus. Je...

Tout à coup une conque sonna près d'eux.

— Qu'est-ce que c'est ? s'écria Hugh. Un bateau à cette heure-ci ?

Mais le signal résonnait encore et encore.

— Un incendie ! s'écria Anna Rose d'une voix aiguë, soudain hantée par les flammes de New York.

— Je ne pense pas, la rassura Hugh. Je vais voir.

Ils s'habillèrent en hâte et Hugh s'éclipsa dans la nuit. Quand il revint, son visage était sombre.

— C'est Charity. Elle a disparu.

— Charity ? Mais non, je l'ai vue dormir avec Shane juste avant le bal. Tout allait très bien. A-t-on fouillé la maison ?

— Ne paniquez pas, Anna Rose, dit Hugh en la prenant par les épaules, mais on a vu un homme. Il est entré dans sa chambre et il l'a enlevée.

— Un homme ? balbutia Anna Rose, effarée.

Pourquoi un invité aurait-il kidnappé sa fille ? Anna Rose se dégagea et courut vers la maison.

— Je dois retrouver ma fille, mon bébé ! Elle a besoin de moi !

Angus l'attendait dans le vestibule, le visage crispé. Margaret, en larmes, se tenait près de lui.

— Ne t'inquiète pas, ma chérie, la réconforta Margaret. Ils ne pourront pas quitter l'île et il ne ferait pas de mal à une enfant, tout de même...

— *Mais qui ?* hurla Anna Rose.

— Weyman, répliqua Angus, livide de fureur.

Les recherches se poursuivirent toute la nuit. A la lueur hésitante des torches, les hommes armés fouillèrent les marais, les digues, les bosquets, les rizières... Cependant, l'homme et l'enfant semblaient s'être volatilisés. Anna Rose voulait les accompagner mais Angus avait refusé, soucieux d'épargner sa sensibilité au cas où ils échoueraient.

Le premier indice apparut à l'aube : un ruban rose, sans doute arraché de la chemise de nuit de Charity, pendait à une branche comme un petit drapeau.

— Par ici ! commanda Angus en tirant son pistolet.

Les hommes traversèrent un bosquet infesté de moustiques, glissant sur le sol traître et détrempé, à la merci des palmes tranchantes. Enfin ils aperçurent devant eux un bouquet d'arbres sur un promontoire entouré d'une rizière inondée.

— Ils sont forcément cachés là-bas, murmura Hugh.

— Exact. Prenez-les à revers avec Pride. Nous restons de ce côté pour l'arrêter s'il tente de fuir.

Hugh saisit son ami par le bras :

— Et s'il ne se rend pas ?

— Tirez ! conclut Angus, laconique.

Quand Hugh et Pride se furent postés, Angus fit un pas en avant.

— Weyman ! C'est ton père qui te parle ! Tu es encerclé. Rends l'enfant immédiatement et nous ne te ferons aucun mal. Tu as ma parole !

— Et toi, répliqua Weyman d'une voix suraiguë, tu as ma parole que si vous approchez davantage, je lui tranche la gorge !

Angus resserra sa prise sur son arme.

— Qu'espères-tu obtenir, mon fils ?

— Déchire ton nouveau testament et laisse-moi tout, sinon je la tue !

Angus sursauta, alerté par un froissement de feuillage. Anna Rose se dressait derrière lui, livide d'angoisse. Il lui fit signe de garder le silence.

— Qu'est-ce qui me prouve que tu as l'enfant ? cria Angus.

Weyman sortit de l'ombre, s'abritant derrière la petite fille. Charity faisait pitié avec son visage écorché et ses yeux écarquillés de terreur. Elle aperçut Anna Rose et se mit à hurler. Anna Rose tomba à genoux, en sanglots.

— Mon Dieu, faites qu'il ne lui arrive rien !

Sa fille entre les mains d'un fou !

Relevant la tête, elle aperçut alors deux formes qui convergeaient vers Weyman dans l'intention de l'immobiliser par surprise tandis qu'Angus faisait diversion.

— Pourquoi enlever Charity au lieu de John, si tu voulais me faire chanter ?

— C'était mon projet, figure-toi, mais Dalila était dans la nursery. Alors je me suis rabattu sur Charity. Car tu savais qu'elle est la fille d'Anna Rose, n'est-ce pas ?

Angus resta suffoqué. Comment Weyman osait-il ? Heureusement que Hugh lui avait déjà tout confié sous le sceau du secret !

— Tu as commis beaucoup d'erreurs dans ta courte vie, mon fils, reprit Angus sans émotion particulière. N'y ajoute pas le meurtre d'un enfant. Pense à ta mère !

— Justement, je ne songe qu'à elle ! rugit Weyman, à bout de nerfs. Elle n'aurait pas voulu me spolier, elle ! Jamais ! Elle n'aimait que moi ! D'ailleurs, elle me l'a dit ! Et maintenant tu amènes cette catin et ses deux bâtards...

Il n'eut pas le temps de finir sa phrase. Pride et Hugh se jetèrent sur lui en une mêlée confuse. Anna Rose, pétrifiée, distingua un cri rauque, les gémissements de Charity, puis un coup de feu... et soudain le silence.

Un instant plus tard, Hugh courait vers le couple, tenant Charity dans ses bras — en larmes, mais vivante ! Anna Rose la prit contre elle, tâchant de la réconforter du mieux possible.

— Clara... entendit-elle soudain près d'elle.

Angus fixait la forme affaissée de son fils, son arme encore fumante. Une étoile pourpre s'élargissait sur la poitrine de Weyman.

— Clara, c'était inévitable... murmura Angus.

Anna Rose se dirigea vers lui, le cœur serré. Il avait tué son propre fils pour sauver Charity... Quand elle lui toucha l'épaule, il s'effondra sans connaissance.

Le docteur appelé en hâte secouait la tête.

— Je suis désolé, madame Campbell, déclara-t-il à Anna Rose. Je l'avais prévenu et il savait à quoi il s'exposait, hélas !

Ils se tenaient devant la porte de la chambre d'où provenait la respiration saccadée d'Angus. Il était étendu, pâle et immobile sur le grand lit blanc, les yeux fermés.

— Que pouvons-nous faire ? supplia Anna Rose.

— J'ai bien peur que mon rôle soit terminé.

Quant à vous, chère madame, adoucissez ses derniers moments, c'est tout ce que je puis vous conseiller.

Anna Rose passa donc le reste de la journée et une longue partie de la nuit au chevet de son époux, incapable d'avaler les collations que Dalila montait régulièrement. Prenant la main d'Angus, elle priait silencieusement pour qu'il vive. Mais son visage restait blême et il respirait de plus en plus difficilement. Désespérée, Anna Rose ne savait comment retenir cette vie qui s'éteignait sous ses yeux.

Peu après minuit, dans le silence nocturne, Angus ouvrit les yeux et remua les lèvres. Anna Rose se pencha tout près :

— Hugh... Hugh m'avait tout dit pour Charity. C'est... C'est merveilleux. Hugh... je veux lui parler...

Dalila fut dépêchée sans tarder et quand le capitaine Sinclair parut, il portait les mêmes vêtements que la veille au soir et ne s'était visiblement pas reposé non plus. Une barbe brune ombrait son menton et il avait le regard fatigué.

— Que se passe-t-il, Anna Rose ?

Elle lui indiqua le mourant d'un geste las.

— Il voudrait vous parler.

Hugh s'approcha du lit.

— Je suis là, Angus. Charity est saine et sauve, grâce à vous.

Angus referma les yeux avec un soupir.

— Angus ! s'écria Anna Rose, terrifiée.

— Anna Rose, mon amour, murmura Angus en la regardant, sa lucidité retrouvée. (Il lui prit la main comme pour apaiser ses sanglots.) Une saison pour chaque chose...

Les larmes d'Anna Rose redoublèrent : il acceptait sa propre mort, mais elle ne pouvait se résigner.

— Hugh... appela Angus en lui tendant la main avant d'unir celles des deux amants. Prenez bien soin d'elle.

Le silence retomba. Anna Rose frémit soudain : Angus ne respirait plus.

Elle se jeta dans les bras de Hugh, cherchant un réconfort, étouffant son chagrin contre sa large poitrine, et ils se recueillirent ensemble longuement.

Quand Anna Rose se fut apaisée, elle s'écarta de Hugh.

— Qu'allons-nous faire, maintenant ?

Il plongea son regard noir dans les yeux verts.

— Nous pleurerons notre ami comme il le mérite, Anna Rose. Puis nous suivrons ses dernières volontés : je prendrai soin de vous...

Une autre saison du cœur s'ouvrait pour eux. La promesse du printemps et la chaleur de l'été éclairaient déjà leur vie.

— Ce fut un excellent ami, n'est-ce pas, Hugh ?

— Oui, Anna Rose. Le meilleur...

ÉPILOGUE

— Hugh, je voudrais bien savoir où vous me conduisez !

— Mais ce ne serait plus une surprise...

Hugh jeta un regard taquin vers son épouse. Qu'elle était belle dans le halo du soleil ! Des mèches folles échappées de sa lourde natte volaient autour de son visage dans la chaude brise saline. Elle paraissait si jeune... Au fond de son regard, toutefois, Hugh retrouvait les cicatrices anciennes des chagrins passés. Il les effacerait un jour — il se l'était juré — et quel meilleur baume que l'amour ?

Hugh et Anna Rose étaient maintenant mariés depuis deux ans. Pourtant, chaque matin quand il s'éveillait près d'elle, chaque soir quand il la prenait dans ses bras, Hugh s'émerveillait de sa chance : Anna Rose était une femme incomparable et *elle était sienne !* Quel prodige !

Elle sentit la caresse de ses yeux sombres et sourit intérieurement. Même dans la foule, il savait la retrouver, s'emparer d'elle par le regard et la troubler de son désir. Il possédait un pouvoir inexplicable — parce qu'ils avaient été séparés trop longtemps, peut-être... Elle ne se lassait pas de ses baisers, de leurs étreintes, de sa simple présence. Chaque nuit la comblait davantage, chaque journée recelait de nouveaux trésors.

Il la contemplait toujours et elle sentit son corps s'éveiller sous son regard brûlant.

— Est-ce encore loin ? murmura-t-elle en rougissant.

— J'espère que non ! gronda Hugh, le regard noir de désir.

Anna Rose tourna soudain la tête, distraite par une odeur familière. Elle ferma les yeux et inspira profondément.

— Le pavillon de la rivière ! Je reconnais le parfum des arbres en fleurs. C'est comme le premier jour où nous sommes venus et...

Hugh posa sa main sur la sienne et acheva tendrement :

— Et où nous nous sommes aimés.

Voilà la surprise que Hugh lui réservait ! Depuis la mort d'Angus, ils avaient déserté l'abri de leurs premiers rendez-vous comme s'il restait hanté par l'ombre de l'adultère. Mais aujourd'hui Hugh voulait enterrer ce passé douloureux, rendre à ces lieux la pureté de leur amour.

Lisant dans ses pensées, Anna Rose lui lança un regard ému.

— C'est une idée magnifique, mon chéri.

Ils s'immobilisèrent un instant au centre de la clairière, admirant les vaguelettes argentées du fleuve majestueux. Les corolles mauves et dentelées des arbres se penchaient vers eux. Les frondaisons peuplées d'oiseaux siffleurs bruissaient au souffle de la brise.

Hugh descendit de cheval et aida Anna Rose. Mais quand elle prit appui sur ses épaules musclées pour sauter à terre, il refusa de la lâcher et la maintint prisonnière contre sa dure poitrine, cherchant sa bouche avec avidité.

— J'ai fait préparer un pique-nique, expliqua-t-il d'une voix rauque, mais d'abord...

Il étendit une large couverture sur l'herbe moelleuse et y déposa sa femme avec douceur.

— Comment ? En plein air ? suffoqua Anna Rose, se dressant à demi.

— Absolument...

Et il étouffa ses objections sous un baiser plus persuasif que tous les arguments. Anna Rose s'alanguit à ses caresses, prête à le suivre au bout du monde s'il le fallait. Mais rien ne pressait... Hugh se renversa sur le dos, plongeant son regard dans l'infini du ciel, heureux. Quelques instants plus tard, tirant un panier d'osier de derrière un buisson, il leur servit un peu de vin et but son verre lentement, sans jamais la quitter des yeux.

— Anna Rose, murmura-t-il, vous ne pouvez imaginer combien je vous aime...

Sa main s'était glissée dans le corsage de sa femme et comme par accident un petit bouton céda soudain. Anna Rose frémit.

— La vie semble trop belle, reprit-il, nous vivons un miracle...

— Je vous aime tant, moi aussi, répliqua Anna Rose. Le temps suspendra son vol encore un peu.

Nous le méritons bien, après toutes ces épreuves ! A notre bonheur... fit-elle en levant son verre.

Hugh lui sourit mais quand il voulut porter le toast, elle reprit :

— Et à notre enfant !

Hugh se figea un instant, trop ému pour parler, puis la serra dans ses bras d'un élan tendrement passionné.

— Un enfant ? Notre enfant ? C'est merveilleux, Anna Rose !

Il l'embrassa au front puis, plus taquin, sur le nez et enfin, n'y tenant plus, s'empara de ses lèvres en un baiser exigeant, déchirant le corsage rebelle d'une main avide. Quand ils ne furent vêtus que de l'ombre des feuilles, il défit la longue natte souple et laissa couler les boucles entre ses doigts jusqu'à ce qu'elle gémisse et crie grâce, le suppliant de la prendre enfin. Alors il la pénétra doucement et ils s'aimèrent dans la beauté de ce lieu retrouvé.

Bien plus tard, contemplant les jeux d'ombre et de lumière sur leur peau, Hugh se pencha vers Anna Rose :

— Reviendrons-nous ici ?

— Oui, mon amour, répondit-elle en l'enlaçant.

Les vieux fantômes s'étaient évanouis, les douleurs anciennes oubliées. Enfin ils étaient réunis, pour le meilleur et pour toujours.

Impression Brodard et Taupin
à La Flèche (Sarthe) le 22 octobre 1991
6621E-5 Dépôt légal octobre 1991
ISBN 2-277-23110-X
Imprimé en France
Editions J'ai lu
27, rue Cassette, 75006 Paris
diffusion France et étranger : Flammarion